今成元昭
仏教文学論纂　第一巻

仏教文学総論

法藏館

［編集］
日下　力
小峯　和明
谷山　俊英

［本巻担当］
小峯　和明

今成元昭仏教文学論纂　第一巻『仏教文学総論』＠目次

仏教文学総論

今成元昭仏教文学論纂　第一巻

仏教と文学

——序論にかえて——

一、相対的文学観

仏教の文学に対する考え方は二つある。その第一は相対的な考え方で、仏道の障げになる文学は悪いが、仏道の励みとなる文学は良いとするものである。そして第二は絶対的な考え方であって、そこではどんな文学でも認められることになる。さて第一の相対的文学観から、そのあらましを述べてみよう。

文学を罪悪とする考え方は、仏教が身と口と意とに関する十の悪業をあげる中で、口業には妄語・両舌・悪口（あっく）・綺語の四類があるとするところに見られるものである。

虚構を設定し、文飾をこらして人々を愉悦の境に誘い、懶惰（らんだ）の情を起こさせることもある文学は、仏道精進の障りとなるものであるから、妄語や綺語の悪業を犯すことになるわけである。そこで『法華経』安楽行品には、「世俗文筆讃詠を造る者」に親しみ近づくことまでが禁じられている。

中国唐代の詩人白楽天が「世俗文字の業」を「狂言綺語の誤り」であると言い、わが国でも平安時代中ごろの文章家慶滋保胤が、

春の苑に硯を鳴らし、花を以て雪と称し、秋の籬に筆を染め、菊を仮りて金と号す。妄語の咎、逃れ難し、綺

語の過ち、何ぞ避けられんや。

と言ったりしたのは、彼らが念仏結社に参加するようになってからのことであるから、それが仏教思想に基づく発言であることは確実である。

このような否定的文学観が、日本文学史の上でどのような展開を辿ったかは後に触れることにする。

相対的文学観の第二は、仏説を宣釈したり三宝（仏・法・僧）の徳を讃歎したりする文学を、仏道の開示悟入に役立つ有効な手段として認めるものである。

釈迦の説法である『法華経』や『維摩経』が、劇的でもあり詩的でもある秀れた文学と見られることは多くの人々の指摘するところであるが、経典の中で釈迦は、難信難解の法を大衆のものとするために、文学的な営みに力を尽くしたことを明らかにしている。

では、釈迦とはいかなる存在であったのであろうか。

およそ仏教では、仏という存在を、法・報・応の三身に分けて説明することが古来おこなわれている。その場合、法身仏とは宇宙の真なる理法そのものを仏身とみなしたもの、報身仏とは菩薩が願と行とに報われて得た仏身、そして応身仏とは教化の対象に応じて身を現した仏をいう。

つまり法報応の三身とは、真理と、その真理を具体的なものとする偉大な智恵と、その真理や智恵を人間に説くために人間として生まれ出た師とであって、その一々を仏身とみなしたものである。とするならば、その各々の仏身は、それぞれが独立しながらも別離することの許されないものである。一身は他の二身を兼ね備えていなければ、その個別身としての機能を発揮することができないものであることは言うまでもない。一身即三身、三身即一身なのである。

ところで、いま肯定的文学観を考えるにあたって重要なことは、右の三身観によって、釈迦はただの人間ではなく、応身仏として明確に位置づけられるということである。

一面から言えば、永遠の真理や、その真理を具現する偉大な智恵は、釈迦がこの世に出現しようがしまいが、広大な宇宙に厳として遍満しているものである。しかしまた、もし釈迦が人間として生まれ、人間のことばで法を説くことがなかったとしたら、仏法も仏智も、ついにわれわれのものとはならなかった、ということも間違いのない事実なのである。つまり釈迦は、仏法を伝えた人間であると同時に、仏法を創始した仏でもあるのであって、このことは『法華経』寿量品の偈の冒頭に、

我、仏を得てよりこのかた、経たるところの劫数、無量百千万億載阿僧祇（永遠）なり。常に法を説いて、無数億の衆生を教化して仏道に入らしむ。

と、釈迦自身によって宣言されてもいる。

生身の人間である釈迦が永遠（久遠実成）の仏であるとするならば、釈迦の語った人間のことばがそのまま仏の真言にほかならないということになるのであって、応身仏の言語営為にあっては、文学と仏教とは相即することになる。

応身仏の言語営為──仏教文学とは、そのようなところに生まれた作品について与えられるべき名称であると私は思っている。

二、仏教文学の二相

釈迦は衆生教化のために、説き難い真理をあらゆる手段を用いて言語に表現した。

我、成仏してよりこのかた、種々の因縁（由来談・機縁談）・種々の譬喩（たとえ話）をもって広く言教をのべ、無数の方便（仮構法門）をもって、衆生を引導して、もろもろの著（じゃく）（執着）を離れしむ。（『法華経』方便品）

と釈迦は言い、また、

衆生の心の念ふところ、種々の行ずるところの道、そこばくのもろもろの欲性、先世の善悪の業、仏ことごとくしろしめしおわって、もろもろの縁（因縁）・譬喩・言辞方便力をもって、一切（の衆生）をして歓喜せしめたまふ。（同前）

とも言っているが、久遠のむかしに「成仏してよりこのかた」の仏の教法が、応身仏である釈迦により、「言辞方便力をもって」「言教」とされたのが経典であるというのであるから、それはまさしく、仏教文学の名に価する作品の原点に置かれるべきものだと言うことができるのである。

ただここで注意しなければならないのは、釈迦の説法といっても、それは仏の側から衆生の教旨を示すという一方通行のものだけではなくて、人間の側から三宝を讃歎するというかたちをとる場合があるということであるが、この、一見対立するような二相も、仏教文学が応身仏の言語営為であるということを思い返せば、簡単に説明がつくであろう。

応身仏である釈迦は、仏法を宣説し、仏智を開示し、衆生を仏道に悟入させるために、しばらく人間としてこの世に現れたのであるから、生まれ育ち、結婚をして子をもうけ、無常に悩んで道を求め、悟道に達して衆生に法を説き、そして安らかに入滅したという、その一生がすでに仏の仕組んだ人間劇であったことになる。

この劇の主人公である釈迦は、仏の本質を自分の中に完璧に取り込むことのできた最初の衆生であったのであるから、彼は、三宝の徳を讃歎する最高の有資格者として登場したことにもなるのである。

こうしてわれわれは、仏として衆生に法を説く文学も、衆生として三宝の徳を讃える文学も、実は同一主体、すなわち応身仏によって当然作られなければならないものであったことを知ることができるのである。

そうすると、人間と仏との本質的な懸隔を認めない仏教では、万人の可能的実態として具現された釈迦のあり方と同化することによって、誰でもが応身仏（またはそれに準ずるもの。菩薩とも言う）になることができるのであるから、応身仏の言語営為である仏教文学もまた、絶えない流れとして文学史を彩ることになるのである。

三、一一文文是真仏

仏の仕組んだ人間劇の主人公釈迦は、人間であるから当然死ぬことになるが、その死は劇中に演出されたものであって、実は、

方便して涅槃を現ず。しかも実には滅度せず、常にここに住して法を説く。（『法華経』寿量品）

と言われる通り、未来永劫にわたって法を説き続ける存在である。そして釈迦は、

もろもろの功徳を修し、柔和質直なる者は、すなはち我が身（釈迦仏）、ここにあって法を説くと見る。（同前）

と、その存在が観念的なものではなく、実体的な「身」を有するものであることを明らかにしている。では死滅し

たはずの「身」は、一体どこにあるというのか――ここでもまた、仏教と文学との関連が問題になる。

平安時代の中ごろにはすでに存在していたことが確認されている仏書に、『略法華経』というものがある。これは、たとえば方便品を、

諸法本来寂滅相。仏子行道当作仏。

と略し、また寿量品や神力品をそれぞれ、

本仏成道無量劫。常在霊山而不滅。

見此瑞相獲菩提。真浄大法秘要期。

と約述するといった具合に、『法華経』二十八品について各品の主旨を七言の二句（序品だけ七言と八言）に要略したものであって、あるいは、『法華経』の各品を漢詩や和歌に詠むという平安時代文壇の流行のもととなった典籍ではないかとも思われるが、この『略法華経』の前文に、

一帙八軸四七品。六万九千三八四。一一文文是真仏。真仏説法利衆生。

という一節がある。

六万九千三百八十四というのは『法華経』の字数（伝本により若干の相違がある）であるが、その一一の文句が真仏にほかならず、その真仏が法を説いて衆生を利益しているというのである。入滅した仏の身は文句として存在している――これは幻想でもなければ比喩でもない。宗教者の実体験なのである。そこで道元は、文句の真仏に体温と慈悲とを感じて、

一句両句、みな、仏祖のあたたかなる身心なり。

（『正法眼蔵』行持・下）

と言った。

経典そのものが仏だというところをさらに一段と明確に、経典が仏を生むのだとしたのは日蓮であった。日蓮は、

法華経の六万九千三百八十四の文字の仏。（『さじき女房御返事』）

と言うにとどまらず、

法華経は釈尊の父母、諸仏の眼目也。釈迦・大日・総じて十方諸仏は、法華経より出生し給へり。（『さじき女房御返事』）

というようなことをしばしば筆にしている。経典がなければ、仏の存在もまた否定されてしまうというのである。日蓮によってきわだたされたこの考え方は、作品というものは作られたときから第一次の作者（執筆者）を離れて独り歩きを始めるものであって、真の作者とは、作品からの帰納によって実体を現すものであるという文学論に通ずるものである。

四、日本文学と綺語観

さて、相対的文学観の中の、文学を妄語・綺語とする考え方は、日本文学史の上でどのように展開したのであろうか。

日本で栄えた大乗仏教は、迷悟も善悪もみな一実平等の理に悟入するという不二中道観を根底に蔵しているから、本来的に文学を否定するものではないし、その思想との絡みによって、日本文学界もまた己れの業を妄語と感じることはほとんどなかった。ただ平安時代の中ごろからのある一時期だけ、いわゆる「狂言綺語」観が一部で問題にされたことがあったが、それも程を経ないで、文学は仏道に入る縁ともなるという考え方から、ついには文学即仏

道というような相即論にまで進んで霧消してしまったのである。

その狂言綺語観を導入したのは、勧学会に参集した紀伝道（文章を主とした）の学生たちであった。勧学会は応和四年（九六四）に始められた法会で、三月と九月の十四日の夜、二十人の文学好きな僧が比叡山を下りて寺に集まり、『法華経』の偈を誦して待っていると、そこへ月の出を合図に出発してきた二十人の学生たちが白楽天の作った仏教詩を詠じながら到着し、十五日には、朝に『法華経』を講じ、夕には弥陀仏を念じて、その後、明け方に至るまで讃仏の詩を作るというのがこの会の次第であった。

その席上で、白楽天が自作の詩を集めて香山寺に納めたときの、

願はくは、今生の世俗文字の業、
狂言綺語の誤りをもって、
翻して、当来世々、讃仏乗の因、
転法輪の縁とせむ。

という願文が誦せられた（『三宝絵』による）。これが、わが国で文学の綺語観が取り沙汰されるようになった初めである。

その後、数世紀の間は、折にふれて狂言綺語という言葉が話頭にのぼりはしたが、しかしそれは、文学を悪業として捨棄するという方向には全く進まないで、むしろ仏教への接近の契機とされるばかりであった。

勧学会を主導した慶滋保胤と親交のあった比叡山横川の僧源信は、和歌を綺語として避けていたのであるが、朝霞の立ちこめた琵琶湖を行く舟の航跡が次第に薄れていくのを見て、沙弥満誓の、

世間を何にたとへむ朝ぼらけ漕ぎゆく舟のあとの白波

という歌の無常の心をしみじみと感じ、その後は「仏道と歌道とは別のものではない」と言って、盛んに詠歌するようになったという。

これは院政期の『袋草紙』あたりから見え始める説話で、事実かどうかはわからないが、源信は「生死即涅槃、煩悩即菩薩、円融無礙、無二無別」（『往生要集』）といった中道観の持ち主であるから、彼についてこのような話が語られるようになったとしても不思議はない。つまり、勧学会の思想的母胎であった天台仏教は、本来的にも当代的にも、文学肯定の立場にあったのである。では何故、一時期にもせよ妄語・綺語の文学観が取り沙汰されたのであろうか。

それには種々な要因があるであろうが、今は、従来問題とされなかった思想史的な一観点だけの提示を試みておこうと思う。

文学における狂言綺語観は、仏教の末法思想（像末期を含めて）に呼び出されて登場した、端役のような想念だったようである。欣求されるべき浄土に対して穢土が強く意識されたとき、当然、穢土的な文学は綺語として斥けられなければならなかった。では、穢土的な文学とは何であるのか。それは俗世での栄達に連なるもの、つまり漢詩文なのであった。しかし、漢詩文によって栄達の望みのかなえられる上流貴族たちには、端役の想念は届くものではない。反面、それは端役の官僚の心には、ある種の充足感をもって迎えられたのである。穢土的文学に連なる端役官僚とは、ほかならぬ文章道の学生たちである。

摂関制による身分制度の確立は、文章道の学生らに対して栄達の限界をみじめなかたちで明示した。彼らの鋭い文才も秀れた作品も、彼ら自身にとっては何の価値もないものであった。彼らは漢詩文を綺語とし、翻して実語への道を志向することによって、穢土的文学にうき身をやつす時流者への精神の優位性を持ちえたのであった。

漢詩文の綺語観は、晴の文学である和歌にも及んだ。しかし、頭初から強烈な罪業意識を伴わず、翻すことを前提として導入されたその想念は、仏教の中道観の中に容易に消化されていく。そしてそれは、仏教が穢土浄土二元論の高唱期を経て、中世の現実的な一元論へと止揚されていく展開に付随した現象として把握される。端役の想念は、あくまでもその分をわきまえ通したのであった。

第Ⅰ部　仏教文学の構想

仏教文学の構想

——『方丈記』論によせて——

仏教文学はいかなる構想のもとに成立するかという命題について考えようとする私にとって、『方丈記』は格好の手がかりとなる作品である。なぜなら私は、二十余年前に発表した論文「蓮胤方丈記の論」[1]において、学界一般に通用している『方丈記』論とは全面的かつ本質的に異なる説を立て、『方丈記』を俗人鴨長明の作品であるとすること自体がすでに誤りなのであって、作者自身が「桑門蓮胤」と署名していることによって明らかな通りの、蓮胤の仏教文学としてとらえなければならないということを主張し、その考え方は今もって変わっていないからである。すなわち、私には、『方丈記』は明らかに仏教文学として構想された作品であると思われるので、今日なお、かなりの部分で学界一般の通念と対抗している私の『方丈記』観を振り返れば、そこに自から本稿の命題解明の手がかりが浮かび上がってくるはずなのである。

× × ×

鴨長明は、若年のころから、研ぎ澄まされた感性でとらえた隠微な人生の真実や自然の実相を、凝縮した言語宇宙（短詩型文学）として構築することに心血を注ぎ、多くの秀れた作品を発表して斯界に名を得た人であったが、俗欲の挫折を経験して苦悶の果てに出奔し、後鳥羽院からの歌壇復帰の勧誘にも応ずることなく筆を折って、「出家しておほはらにおこなひすまし」「それかとも見えぬほどにやせをとろへ」（『源家長日記』）るほどの修行生活に入っている。

緇流への参入と、文筆を断つということとの人生上の意味の重大さは言うまでもないことであって、歌人鴨長明は、この時点で生命を失ったということを確認しておかなければなるまい(2)。

それ以降は、仏教者としての蓮胤の生涯が展開するのであり、出家後数年を経て公にした『方丈記』に「桑門蓮胤」と署名しているという事実が、彼の文筆活動の、旧来のそれとは異質な、仏教的営為としてあったものであるということを如実に物語っている、というのが私の考えである。

従来通行している『方丈記』論の根本的な錯誤は、右に指摘したような、断筆と再執筆という、文人における精神史上の画期的な要事を、軽視もしくは無視して、『方丈記』を、断筆以前の鴨長明の人生に連続する延長線の上でとらえているところにあるのではなかろうか。

では、『方丈記』とはいかなる作品であるのか。このことに関する細部にわたる私見は、「蓮胤方丈記の論」に続けて発表した「『発心集』とその周辺(3)」「『方丈記』について――『発心集』との関わりを中心に――(4)」「『方丈記』の末文をめぐって(5)」「『方丈記』について――大福光寺本と嵯峨本の間から――(6)」「『方丈記』考――その署名をめぐって――(7)」「『方丈記』の享受を巡る覚書(8)」その他の論文、ならびに単行本『方丈記付発心集抄(9)』において述べているので、本稿ではそれらを踏まえながら、『方丈記』論を総括するとともに、仏教文学なるものの構想論に筆を及ぼしてみようと思う。

×　×　×

『方丈記』理解にとって何よりも大切なのは、冒頭の『方丈記』という書名と、末尾の「桑門蓮胤」という署名とが対応して示している意味内容の深重さを、正当に受け止めることであろうと思われる。

出家者が、たとえば「蓮胤」と名のみを記す場合と、仏弟子であることを標榜する冠詞を用いて「桑門蓮胤」と署名する場合との意識には明確な差違があるのであって、後者には硬質な仏教性が認められる。すなわち『方丈記』は、俗人鴨長明ではなく、また制度上の出家者蓮胤でもなく、仏教者としての意識の高揚した蓮胤によって認識された〈方丈〉の〈記〉であるということを、作者自身が明記している事実に注目しなければならない作品なのである。

では、蓮胤にとって〈方丈〉とはいかなる場であるのか。日野外山の方丈の庵が「浄名居士の跡」を襲ったものであることは『方丈記』に明記されている。とすると、桑門意識によって綴られた『方丈記』の主題は、『維摩経』の主旨に反することの許されないものであるということになる。

連歌を論ずる心敬が「鴨長明の石の床[10]」と「維摩居士の樹下の方丈」とを対比して、そこに「まことの歌仙には利も徳もなく、仏の維摩を説き給へるごとくなる」契合を見、蓮胤の「一忍」を維摩の「一黙」に当たるものとしているのは[11]、蓮胤の〈方丈〉が、維摩居士の〈方丈〉に類する、空・不二法門の説所としてあることを認めた発言として注目されるのである。

こうして、『方丈記』が、『維摩経』によるところ大なる作品であるということを、書名と署名とによって象徴的に示されたわれわれは、作品を具体的に検討することによって、それがまぎれもない事実であることを一層明らかに知ることができる。

『方丈記』の、世の無常を悲歎した主人公が、究極的には相対の攀縁（はんえん）を断ち切って阿弥陀仏の絶対の慈悲のもとに身を投ずるというのは、『維摩経』に、

此の室（方丈）に入る者は、斯の上人（維摩居士）の正法を講説するを聞き、皆、仏の功徳の香を楽ひ、発心して出づ。（観衆生品）

とされる発心者の姿を描き出したものにほかなるまい。そして、右の結末に至る過程は、同じく『維摩経』の、

起[12]　文殊師利、疾ある菩薩は是の如く、其の心を調伏して其の中に住せず、亦復不調伏の心に住せざるべし。所以は何。

承　若し不調伏の心に住すれば愚人の法なり。

転　若し調伏の心に住すれば是れ声聞の法なり。

結　是の故に菩薩は当に調伏不調伏の心に住すべからず。是の二法を離るる、是れ菩薩の行なり。（問疾品）

という一節に応じたところの、

起　菩薩の住所は空の理。（我と我所との無常を観ずる）

承　不調伏の心に住する愚人の法。（五大の破毀しやすきに身をゆだね、右往左往する愚人の相）

転　調伏の心に住する声聞の法。（不浄の世を独り逃れ超然として山林に交わり、心を調伏して我所との攀縁を断ちえたと錯誤して誇る二乗独善者の相）

結　調伏・不調伏の二心を超脱した菩薩の行。（真に我と我所との攀縁を断ち、不二の中道に住する一乗菩薩の実践）

といった展開に沿って示されているものと思われる。

右のように、『方丈記』が、基本的に、思想も構造も『維摩経』に依拠した作品であるという事情を考慮してかからないと、本文理解の上で不都合を生じることが起こるので、以下、その具体例を、従来あまり触れられていない二点に限ってあげてみようと思う。

× × ×

第一は、「不思議」の語である。『方丈記』は冒頭近く、「主と栖と無常を争ふさま」の実態を示すにあたり、

予、ものの心を知れりしより、四十あまりの春秋を送れる間に、世の不思議を見る事、ややたびたびになりぬ。

と筆を起こして、安元の大火に始まる五大災厄の惨状を記す。右の文中の「不思議」の語については、災厄の被害の甚大さを対象として、それが、人智の及ばないほどであることを述べたものだといった解釈が一般になされている。が一方で、『方丈記』の作者は、「世の中にある、人と栖」の、「久しくとどまりたる例」なきさまを凝視した人であって、諸行無常の道理は人智の中に折り込み済みのこととされていなければならず、災厄を「不思議」とするのは不当ではないかという議論もある。

右の二者は、一見対立する意見のようであるが、決してそうではない。なぜなら両者は、「不思議」を、実感する主体と、虚構する主体との、それぞれの側に立ってとらえているのであって、両意見は全く嚙み合うものではないからである。

では、『方丈記』にとって、「不思議」を実感する主体と虚構する主体とは、それぞれどのようなものであるのか。

『方丈記』に取り上げられた五大災厄は、その惨禍の酷烈さゆえに、この作品の主人公「予」[13]を山林に隠遁させ、

終焉の覚醒を誘う機縁となっている。災厄に遭って「心を悩ます事は、あげてかぞふべからず」と悲歎する以外になす術のない「予」の心には、それは人智の及ばない障害とのみ映ったことであろう。この「予」こそ、「不思議」を実感する主体である。ところが、その災厄から二十年乃至三十年ほどを経た時点で『方丈記』を執筆した蓮胤は、「予」が方丈庵において菩薩道にさめるという展開を構想した上で、その展開を必然的なものとする初発の契機として、「予」にとっての「不思議」な事象を、突き放した態度で叙述している。

このことを具体的に言うならば、蓮胤は、最も古い安元三年（一一七七）の大火を「四月二十八日かとよ」と「日」まで特定しながら、次の治承四年（一一八〇）の大風と遷都とは、「卯月のころ」「水無月のころ」と「月」までしか示さず[14]、第四災の大飢饉は「養和のころ（一一八一年七月―八二年五月）とか、久しくなりて覚えず」と発生時点を曖昧にし、最後の大地震に至っては、飢饉から数年後のことであるにもかかわらず[15]、「同じころかとよ」と記すに留めているのであって、ここには明らかな虚構が認められるのである。この虚構の意図は、二面から見抜くことができる。その第一は、最初の災厄を「日」まで特定し、次には「月」を記し、その次には「久しくなりて覚えず」と述べるといった、漸層法を用いて時を朧化していることである。この手法によって、当初の印象、つまり災厄の記述が、「日」まで明記されるほど実録性の高いものであるといった印象が、後々まで残存することになる。それは、いわば虚構隠しに打った布石とも言うべきものであり、この虚構隠しによって、最後の災厄である元暦二年（一一八五）の大地震が、養和のころのものとされていることに不自然さが感じられなくなっているのである。

この大地震の年次の繰り上げという点に第二の問題がある。つまり『方丈記』には、大地震の発生時期を史実通りに記すわけにはいかない事情があったのである。なぜなら、養和の飢饉と元暦の地震との間には、源氏軍の入洛から平家一門の滅亡といった、歴史上の、いわば〝大不思議〟が介在していて、もし『方丈記』が大地震を史実通りに元暦二年七月のこととするならば、右の〝大不思議〟に言及せざるをえなくなるからである。

上来述べてきたことによって明らかになるように、蓮胤は『方丈記』において、現実の歴史とは隔絶した独自の文学世界（宗教劇詩的空間）を構築することを試みているわけだが[16]、その基本構想に則って、五大災厄に関しても、それをいかにも史実に即したように見せかけながら、実は、遠い追憶の中に強烈な印象として焼きついている一団の、大きな「不思議」として典型化するという手法を用い、以て「予」の仏道への転入契機としているのである。

ここで思い起こされるのは、『維摩経』の終焉部で、阿難が「当に何ぞ斯の経を名づくべき」と問うたのに対して、仏が、

阿難よ、是の経を名づけて維摩詰所説と為す。亦、不可思議解脱法門と名づく。是の如く受持せよ。（嘱累品）

と答えていることである。『維摩経』には「不思議品」なる一章も特立されていて、「不思議」による「解脱」ということが力説されているが、その内容の一端は、娑婆世界をひとたびは「下劣」と軽蔑した衆香世界の菩薩が、自説の誤りであることに気づいて「自ら悔責し、是の心を捨離」する旨を述べることばに、

諸仏の方便は不可思議なり、衆生を度せんが為の故に、其の応ずる所に随って、仏国の異を現ず。（菩薩行品）

とあることによってうかがうことができる。ここに「仏国の異を現ず」と述べられているように、仏は、衆生が浄土を求める種として、敢えて穢土を現出させることもあるのである。別の言い方をするならば、仏は、

方便して為に三乗を説き、諸の衆生をして三界の苦を知らしめ、出世間の道を開示演説す。（『法華経』譬喩品）

といった方法をしばしば用いるのであるが、その方便は、衆生には「不思議」としか受け止められないのである。『方丈記』に描かれている五大災厄が、右の主旨を踏まえた「不思議」として取り上げられたものであることは、『方丈記』の展開相を分析すれば自から明らかになることである。

×　×　×

次に、『方丈記』の末文、「そもそも一期の月影傾きて」以降の一文をめぐる解釈について一言しておく。『方丈記』が、通説のごとく、閑居の楽しみを叙することを主眼とした随筆の類であるとするならば、その末文にさしたる意味合いを認める必要はないのであるが、この作品を、『維摩経』の主旨に沿った、「発心して出づ」る「方丈」の記であるとする限り、「仏の教へ給ふおもむきは、ことに触れて執心なかれとなり」と懺悔し、「草庵を愛」し「閑寂に着する」咎・障りの言辞を滔々と述べてきた「舌根」に、「不請の阿弥陀仏、両三遍申」させるという覚醒に至ったことを記す末文こそが、『方丈記』一篇の帰結を示す要所として押さえられなければならないことになる。

そこでたとえば、

静かなる暁、このことわりを思ひつづけて、みづから心に問ひて曰く、

として始まる心中の問答が、「心さらに答ふることなし」の一句で終焉していることについて、「心が問つめられて返答がなき躰也[17]」といった古註釈の系統を引く理解が今なお主流を占めているように思われるが、自問自答をしているのは、「ことに触れて執心なかれ」という「仏の教へ給ふおもむき」を「思ひつづけて」いるところの宗教的な高みに住する「心」なのであるから、前のような解釈が成り立つはずはない。すなわち、執着を断てという仏の

誡めに目ざめた「心」は、自らの中に、己れの覚悟を確認するための問答を設定しながら、その問答自体がすでに執念の所為にほかならないとして捨棄するという、自浄の営みをしているのである。このような反復する浄化作用を経ていよいよ高みに達した「心」であるからこそ、「舌根をやとひ」「不請の阿弥陀仏、両三遍申」させるという挙にも出られたのである。蓮胤が、「舌根」を「やとひ」という耳なれないことばを敢えてここに用いているのは、深い罪障を負った「舌根」を無機化させ、そのことによって称名念仏への有機的転換を可能にするという配慮によるものであると思われる。

『方丈記』末文の「心さらに答ふることなし」という行為とその前後の展開を右のようにとらえることができるとするならば、それは『維摩経』入不二法門品の、「黙然として言なし」とする維摩詰の対応をめぐる状況と軌を一にするものであることになる。すなわち『維摩経』入不二法門品では、従前の諸議論を総括すべき不二法門についての問答が展開し、文殊師利菩薩とともに維摩詰の方丈を訪れていた三十一名の菩薩たちが各々の所説を開陳するのであるが、それを終えたところで、維摩詰の「何等か菩薩不二法門に入る」との質問が文殊師利菩薩に発せられ、それに対して、

我が意の如きは、一切の法に於て、言もなく、説もなく、示もなく、識もなし。諸の問答を離るる、是れを不二法門に入ると為す。

という最終的論断とも思われる回答がなされる。ところがドラマはここで終わってはいないのであって、

是に於て文殊師利、維摩詰に問ふ。「我等各々自ら説き已んぬ。仁者、当に説くべし、何等か是れ菩薩不二法門に入る」と。時に維摩詰、黙然として言なし。文殊師利、歎じて曰く「善い哉、善い哉。乃至、文字語言あることなし。是れ真に不二法門に入るなり」と。

という鮮やかな幕切れが用意されている。

こうして文字言語を絶した不二・空の法門が説き明かされたからには、もはや説くべきことは有るべくも無い。『維摩経』は話柄を一転して、維摩詰が、遥かな衆香国の香積仏から、仏菩薩だけが食しているという香飯を恵与された物語にと局面を移している（香積仏品）。

さて、前に掲げた『方丈記』の「心さらに答ふることなし」と、『維摩経』の「黙然として言なし」との契合は言うまでもないこととして、『方丈記』の弥陀称念と『維摩経』の香飯受領とを照応させることには、若干の解説が必要であるように思う。

このことを考える際にまず認識しておかなければならないのは、蓮胤の周辺で、『維摩経』が極楽往生を志向する浄土経典の一として重視されていたということである。

『往生要集』は、大文第五の第三「対治懈怠」の「名号の功徳」の項で『維摩経』の本文を引用しているが、それを受けた『宝物集』は、往生十二門の最終章「弥陀を称念して極楽に往生」することを述べるにあたって、
阿弥陀の三字は、是れ、三世の諸仏の三身如来、細に申に不及。維摩経には「阿難もし阿弥陀の三字の功徳を讃ずれば、汝、劫の命を以ても説き尽し難し」と侍り。又「三千大千世界の衆生を、皆阿難の多聞第一にして、諸の衆生に劫の命を与へて説とも、聞き尽す事あたわず」と侍る。中々申に及ばず。此故に、或時は礼拝し、或時は口に唱へ、或時は心に念ずべきなり。啼唾便利不向西方、行住坐臥に弥に心をかけ給ふべきなり。

と言っているし、『発心集』には、「極楽を希ふ心深」い者の「いづれか往生の業となり侍るべき」という質問に対して「慈悲と質直となり」との答えが用意され、その結びの法語に、
このこと、仏の御教へに叶ひて、目出度く侍り。しかれば則ち、維摩経には「直心これ浄土」と説き給ふ。円

融の妙経には「質直意柔軟」とも、又は「柔和質直者」とも宣べ給へり。心うるはしからんものの仏を見るべき由を、寿量品の偈の僅かに一枚ばかりなる二ヶ所まで教へ給へり、自我偈とて諸神のめで給ふも思ひ合はせられて貴く侍り。南無阿弥陀仏。

と説かれている。[18]

右のような事情は、法然門においても通じるものである。およそ法然は、「(本願の念仏以外の)余行をば弥陀の本願にあらずときらひすて、又余行は釈尊の付属にあらざればえらびとどめ、又余行は諸仏の証誠にあらざるをもってやめをさめ[19]」なければならないとするから、当然のこととして『維摩経』を否定する立場にあり、わざわざ、

善導和尚は、法花・維摩等を誦しき。浄土の一門にいりしよりこのかた、一向に念仏して、あへて余の行をまじふる事なかりき。しかのみならず、浄土の祖師あひついで、みな一向に名号を称して、あへて余業をまじへざれとすすむ。これらを案じて、専修の一行にいらせ給へと申すなり。[20]

と名指しで『維摩経』の排除を勧めてさえいる。しかし、東大寺の凝念は、法然没後半世紀ほどを経た弘長元年(一二六一)に洛北九品寺を訪れて善導の『観経義疏』の講を聴聞した際、七十八歳の長西から、

観経の三心、維摩経十七事中、初の三心、起信論中、所説の三心、一経一論の所説、全く同じ、維摩・観経、並んで是れ浄土門中の心行なり。起信の三心は穢土の修行、聖道門中習業の安心、向ふ所、異ると雖も、法体是れ同じ。[21]

と教えられたという。長西は法然門下のいわゆる九品寺流の祖で、聖道・浄土の融会を認める諸行本願義の人であるが、同じく法然門下で鎮西派の開祖聖光房弁長の教義も長西に近いものがあり、法然義を継承する者のうちの少数異端的存在では決してないのである。

こうしてわれわれは、法然義を含めての蓮胤周辺の浄土信仰が、多く、『維摩経』と親密な関係にあったことを知り、進んで、『維摩経』を典拠とする『方丈記』が、その主人公の宗教的収斂を、「不請の阿弥陀仏、両三遍申」す庵主の姿に託して表現していることの妥当さを認めうるに至るのである。

さてここで、もう一度『方丈記』の、

心、さらに答ふることなし。ただ、かたはらに舌根をやとひて、不請の阿弥陀仏、両三遍申してやみぬ。

という、急転直下の大団円を迎える結文を振り返ってみよう。すると、この文では、傍点をほどこした「さらに」と「ただ」という二つの副詞が対応して、文全体の緊張度を増幅していることに気づく。すなわち「答ふることなし」という、言語からの乖離の徹底が強調され、その一点の執着も残さない潔さの中での但称念仏が、不請の友の来迎を全うするに違いない、といった安堵を醸し出すことになっている。

したがって右は、「默然として言無し」という徹底的な断言を実践した維摩詰が、文殊師利菩薩によって、

善い哉、善い哉。乃至、文字語言あることなし。是れ真に不二法門に入るなり。

と、相対界からの超絶を讃歎されたところで、「彼の土には声聞・辟支仏の名あることなし。ただ清浄の大菩薩衆のみあり」という衆香国に、香の仏飯を請うて恵与されることになるという、『維摩経』の入不二法門品から香積仏品への展開に比せられるものであるのである。

如上の解析によって、『方丈記』が思想・構成ともに『維摩経』に依拠した作品であることがいよいよ明らかになったと思うが、これらのことを手がかりとして、本稿の主題である「仏教文学の構想」へと考察を進めていきたい。

×　×　×

『方丈記』が『維摩経』に依拠しているということは、弥陀浄土信仰・極楽往生思想と深く関わるものであることはすでに述べたが、それは同時に、『法華経』の思想・信仰とも密接な関係を有する作品であるということになる。

『梁塵秘抄』所収の今様が、『法華経』法師品の心を表現する際に、『維摩経』仏道品の、

高原の陸地には蓮華を生ぜず、卑湿の淤泥には乃ち此の華を生ずるが如し。

という一節をそのまま用いて、

二乗高原陸地には、仏性蓮華も咲かざりき、泥水掘り得て後よりぞ、妙法蓮華は開けたる。

と詠んだり[22]、また日蓮が、『法華経』譬喩品の「若し人、信ぜずして此の経を毀謗せば、則ち一切世間の仏種を断ぜん」の一節を解説するにあたって、

此の経文の意は、小善成仏を信ぜずんば一切世間の仏種を断ずと云ふ事なり。（中略）法界の善根も『法華経』へ帰入せざれば善根とはならざるなり。されば釈に云く「一切の仏種を断ぜん」とは『浄名』には「煩悩を以て如来の種となす」と。此れ境界性を取るなり。此の釈の意は『浄名経』の心ならば、我等衆生の一日一夜に作す罪業、八億四千の念慮を起す。余経の意は皆三途の業因と説けり。『法華経』の意は此の業因即ち仏ぞと明せり。されば「煩悩を以て如来の種子とす」と云は此の義なり。此の『浄名経』の文は、正しく、文は爾前にいいいいい在りとも義は法華の意なり。[23]

と言っているように、『維摩経』と『法華経』とは、同義の仏性観を有する経典であると認められるものである。

×　×　×

さて、『維摩経』が浄土・法華の両思想信仰と深く関わっていることを、『方丈記』に則して言うならば、「浄名居士の跡」に擬せられている方丈の庵の「阿弥陀の絵像を安置し、そばに普賢をかけ、前に法華経を置」くという仏壇の荘厳がそれを象徴的に表しているわけだが、その道場で、「静かなる暁」に普賢菩薩を本尊とする法華懺法を修した「予」が「不請の阿弥陀仏、両三遍申してやみぬ」と言うのであるから、この『方丈記』のフィナーレは、二乗・三乗的境地の遍歴の中で次第に一乗的宗教性を高め、ついには『法華経』に帰依し、極楽往生を願求する修道者として覚醒していくという、「予」の精神世界を高らかに謳い上げたものと理解される。

そもそも『法華経』の開経たる『無量義経』徳行品に、

> 諸の衆生の請ぜざるの師（中略）能く衆生の盲いたるが為には而も眼目を作し、聾・劓・瘂の者には耳・鼻・舌を作し、諸根毀缺せるをば能く具足せしめ、顛狂荒乱なるには大正念を作さしむ。

と説かれ、『維摩経』仏国品に、

> 衆人、請せざれども、友として之を安んず。（中略）能く随順して不退の輪を転じ、善く法相を解し、衆生の根を知る。

と説かれている「不請の師（友）」としての阿弥陀仏は、「予」に庸われた「舌根」の罪悪深重なるをも厭わず[24]に来迎して「予」の往生を決定させること、したがって「予」に、還相廻向による菩薩の行業を積ませることを保証する尊者であることを忘れてはならない。

『方丈記』の作者は、当初から件のフィナーレを構想しており、その結末へ向けての蓋然性を高からしめるべき凝縮した構図の描き上げに成功したのだと言えよう。その全き構図を描き終えることによって――端的に言ってしまえば、ラストシーンを描き切ることによってということだが――作者は、「桑門」を冠した署名を躊躇なく記しうる人となったはずなのである。

× × ×

さて仏門に身を投じ、ひとたびは文筆を断った蓮胤に、自行化他という菩薩の営みとしての執筆を促した要因として、もうひとつ、『法華経』と『維摩経』とが、宗教における内実と外象、道心と言語との相関に思いを致し、その葛藤に決着をつける経典であることがあげられる。

「一切の法に於て、言もなく説もなく示もなく識もなし。諸の問答を離る、是れ不二法門に入ると為す」との哲理を、「黙然として言なし」という行為によって示し、「善い哉、善い哉。乃至、文字語言あることなし。是れ真に不二法門に入るなり」と文殊師利に絶賛された維摩詰のことは前に引いたが、この『維摩経』入不二法門品の〈真理は言説文字では表せない〉という主旨とは全く裏腹の説が、同経の観衆生品に述べられている。それは、維摩詰の方丈の室に出現した天女と舎利弗との問答においてのことであるが、天女の「耆年の解脱、亦如何が久しきや」との質問に対して、舎利弗が「解脱は言説する所なきが故に」という理由で「黙然として答へず」にいたところ、天女は、

言説文字も皆解脱の相なり。所以は何となれば、解脱とは、内ならず外ならず、両間に在らず。文字も亦内ならず外ならず、両間に在らず。是の故に舎利弗、文字を離れて解脱を説くことなかれ。所以は何となれば、一切の諸法は、皆是れ解脱の相なり。

と教えているのである。

維摩詰の行った黙然無言も、天女の説いた言説文字も、何れも仏法の真髄の表出にほかならないということは、『維摩経』菩薩行品に、

音声・語言・文字を以て仏事を作すあり、或は清浄の仏土、寂寞・無説・無言・無示・無識・無作・無為にして仏事を作すあり。

と端的に示されている通りで、何れも仏の方便としての作事である。この方便は、仏の智恵・慈悲と相即の関係にあるものでなければならないわけであるが、そのような仏の方便を、あるがままに再生発現する者が菩薩であるということは、『維摩経』文殊師利問疾品に、

禅味に貪著するは、是れ菩薩の縛なり。方便を以て生るゝは、是れ菩薩の解なり。又方便なき恵は縛なり、方便ある恵は解なり。恵なき方便は縛なり。恵ある方便は解なり。

と説かれている。

如上概観したように、『維摩経』には、不二・空なる仏法の哲理（禅味）を衆生済度の功徳力として活現させるのは菩薩の方便であり、その方便の表出は黙然無言、あるいは語言文字によってなされるということが考究されている。

×　×　×

一方、釈迦一代説法の完結期に説かれたとされる『法華経』では、『維摩経』で語言と同等に扱われていた無言の方便は影を潜め、専ら言説ばかりの方便があげられてくる。すなわち『法華経』には、

吾、成仏してより已来、種種の因縁・種種の譬喩を以て、広く言教を演べ、無数の方便を以て、衆生を引導して諸の著を離れしむ。（方便品）

仏、種種の縁・譬喩を以て巧みに言説したまふ。（譬喩品）

我、仏の教を承けて、大菩薩の為に、諸の因縁・種種の譬喩・若干の言辞を以て、無上道を説く。（信解品）

諸の因縁・種種の譬喩を以て、仏道を開示す。是れ我が方便なり。諸仏も亦然なり。（薬草喩品）

因縁・譬喩を以て、敷演し分別せよ。是の方便を以て、皆発心せしめ、漸漸に増益して、仏道に入らしめよ。（安楽行品）

諸の衆生、種種の性・種種の欲・種種の行・種種の憶想・分別あるを以ての故に、諸の善根を生ぜしめんと欲して、若干の因縁・譬喩・言辞を以て種種に法を説く。（如来寿量品）

法華を持つを以ての故に、悉く諸法の相を知り、義に随つて次第を識り、名字語言を達して、知れる所の如く演説せん。（法師功徳品）

能く是の経を持たん者は、諸法の義・名字及び言辞に於て、楽説窮尽なきこと風の空中に於て一切障礙なきが如くならん。（如来神力品）

等と全巻にわたって、方便の言語営為によってこそ仏・菩薩の道が示されること――もし方便を失ったら衆生の得度は有りえないこと[25]が説かれており、さらには、

舎利弗、善く聴け。諸仏所得の法は、無量の方便力を以て、衆生の為に説きたまふ。衆生の心の所念・種種の所行の道・若干の諸の欲性・先世の善悪の業、仏悉く是れを知しめし已つて、諸の縁・譬喩、言辞・方便力を以て、一切をして歓喜せしめたまふ。或は修多羅・伽陀及び本事・本生未曽有を説き、亦因縁・譬喩幷に祇

夜・優婆提舎経を説きたまふ。（方便品）

と、言語営為における形式・内容の種々相が具体的に示されているのである。

『法華経』は、

諸の外道・梵志・尼犍子等、及び世俗の文筆・讃詠の外書を造る、及び路伽耶陀・逆路伽耶陀の者に親近せざれ。（安楽行品）

と、「世俗の文筆・讃詠の外書」等への親近を否定していながら、法華懺法によって「煩悩を断ぜず、五欲を離れずして、諸根を浄め諸罪を滅除することを得」（『観普賢菩薩行法経』）た行者にあっては、

若し俗間の経書・治世の語言・資生の業等を説かんも、皆正法に順ぜん。三千大千世界の六趣の衆生、心の行ずる所、心の動作する所、心の戯論する所、皆悉く之を知らん。未だ無漏の智恵を得ずと雖も、而も其の意根の清浄なること此の如くならん。是の人の思惟し籌量し言説する所あらんは、皆是れ仏法にして真実ならざることなく、亦是れ先仏の経の中の所説ならん。（法師功徳品）

と、一切の言語営為がすべて仏意に沿うものとなることを教えている。

また、右に示されている言語営為の実践者たる菩薩は、決して煩悩と断絶した存在ではない[26]、ということもきわめて重要な教説であって、そのことは『無量義経』十功徳品において、

若し衆生あつて、是の経を聞くことを得て、若しは一転、若しは一偈乃至一句もせば、勇健の想を得て、未だ自ら度せずと雖も、而も能く他を度せん。

是の人、復、具縛煩悩にして、未だ諸の凡夫の事を遠離すること能はずと雖も、而も能く大菩薩の道を示現し、（中略）衆生をして歓喜し信伏せしめん。

是の経典を受持し読誦せん者は、煩悩を具せりと雖も、而も衆生の為に法を説いて、煩悩生死を遠離し、一切の苦を断ずることを得せしめん。

是の経を聞くことを得て、歓喜し信楽し希有の心を生じ、受持し読誦し書写し解説し説の如く修行し、菩提心を発し、諸の善根を起し、大悲の意を興して、一切の苦悩の衆生を度せんと欲せば、未だ六波羅蜜を修行することを得ずと雖も、六波羅蜜自然に前に在り。

などと繰り返し説かれている。

このような、『維摩経』を経て『法華経』に至って結実する一乗の菩薩道の言語観の修得が、蓮胤を断筆の桎梏から解放したことは間違いあるまい。ということは、『方丈記』を皮切りに一挙に開花した『発心集』『無名抄』の世界が、『方丈記』と精神基盤を一にするものであることによって裏づけられる。

すなわち『発心集』は、流布し出して間もなくのころすでに、『閑居友』を著した慶政によって、

人の耳をもよろこばしめ、またけちえんにもせむ、

として撰述されたものと認められており、また『発心集』自体も、序文を、

道のほとりのあだごとの中に、我が一念の発心を楽しむばかりにや、と云へり。

と結んでいて、『維摩経』菩薩品に、

法楽あり、以て自ら娯しむべし。復五欲の楽を楽しむべからず。

と教えられているところの、「菩薩の法楽」[27]を撰したものであることを表明している。

そして『無名抄』[28]は、『発心集』に、

数寄といふは、人の交はりをこのまず、身のしづめるをも愁へず、花の咲き散るを哀れみ、月の出入りを思ふ

につけて、常に心をすまして、世の濁りにしまぬを事とすれば、おのづから生滅のことわりも顕はれ、名利の余執つきぬべし。これ出離解脱の門出に侍るべし。

と明言されている通りの、「出離解脱の門出」となるべきものとしての歌道の精髄に迫ろうとする書であって、前に掲げた『法華経』法師品の「正法に順ぜん」とされる作品であり、『方丈記』『発心集』と宗教性において連繫した三部作の一としてとらえられるものなのである。

× × ×

さて蓮胤が、在俗時代に、自讃歌の勅撰集入集を「生死の余執にも成るばかりうれしく侍る也」と欣喜したことを、「あはれ、無益の事かな」と否定的に回顧しうるだけの高い宗教的境涯を体得し、数年にわたる断筆生活に終止符を打って精力的な文筆活動に入ったという事実は、そのまま、仏教文学の構想とはいかなるものかという本稿の命題の解答を提示するものである。

すなわち仏教文学は、自行化他・上求菩提下化衆生という一乗菩薩行の、言語宇宙における実践として構想されるものであるのである。

註

（1）『文学』（岩波書店）第四二巻二号、昭和四十九年二月。
（2）蓮胤が、〝出家後も暫くは法名を用いることなく、また歌壇と全く絶縁したわけではない〞とする考え方があるが、根拠が薄弱で容認できない。
（3）『説話文学研究』第一〇号、昭和五十年六月。
（4）『仏教文学研究』第二期第二号、昭和五十一年四月。

（5）『立正大学文学部論叢』第六九号、昭和五十六年二月。
（6）『国語国文』（立正大学国語国文学会）第二四号、昭和六十三年三月。
（7）『国語と国文学』（東京大学国語国文学会）第六五巻第五号、昭和六十三年五月。
（8）『立正大学文学部論叢』第九四号、平成三年九月。
（9）旺文社・全訳古典選集。なお、本書は昭和五十六年に旺文社文庫として出版されたものの改版である。
（10）ここに「鴨長明」と記されていないのは、当時、「蓮胤」は、指示語としては通用しなかったからであると考えてよかろう。
（11）『ささめごと』。再治本による。
（12）便宜上、本文を起・承・転・結に分かって示す。
（13）『方丈記』は実録を装った虚構作品であるので、本稿では、蓮胤にことよせた作中の主人公と作者とを区別し、前者を「予」、後者を「蓮胤」と記すことにする。
（14）大風は四月二十九日、遷都は六月二日のことである。
（15）大地震は元暦二年（一一八五）七月九日に起こった。
（16）歴史との隔絶を徹底しようとするならば遷都の記述は無用である。他方、史実の装いを凝らすためにはそれを除外するわけにはいかない。この難局に当惑した蓮胤は、「治承四年水無月のころ」と書き出す遷都の記述を別立てで用意し、思慮をめぐらしたのだが、取捨の決着はなかなかつかなかったようである。結局のところ『方丈記』は「遷都」を採録した形で世に残ることになったわけだが、遷都の項の冒頭の記述が前項のそれと重複して未整理であったり、後に記される「四大種の中に、水・火・風は常に害をなせど、大地にいたりては、ことなる変をなさず」という一文との脈絡が不明瞭であったりして、蓮胤にとって必ずしも満足しうる結果であったとは言えないように思われる。
（17）加藤磐斎『長明方丈記抄』。
（18）「ある禅尼に、山王の御託宣の事」。同じ話は『十訓抄』（六）にもある。
（19）『和語灯録』第二之三「九条殿下の北の政所へ進する御返事」。

(20)『和語灯録』第二之三「要義問答」。

(21)『維摩経菴羅記』巻第九。

(22)『法華経』法師品には、「譬えば人あつて渇乏して水を須いんとして、彼の高原に於て穿鑿して之を求むるに、猶お乾ける土を見ては水尚お遠しと知る」という類似句がある。

(23)日向『御講聞書』。原典は漢字片仮名混り文。

(24)「不請」の仏に関しては、『勝鬘経』摂受正法章に「応に戒を以て成就すべきものには、六根を守護し、身口意業を浄め、乃至四威儀を正し、将に彼の意を護して之を成熟せんとす」と言い、『心地観経』序品にも「善く衆生の諸根の利鈍を知り、病に応じて薬を与へ、復た疑無し」と述べている通り、諸経みな「根」の障害を除くところに力点を置いていることに注意しなければならない。

(25)「若し我但神力及び知慧力を以て、方便を捨てて、諸の衆生の為に如来の知見・力・無所畏を讃めば、衆生是れを以て得度すること能わじ」(方便品)。

(26)『法華経』に説かれている菩薩道についての宮澤賢治の、「求道すでに道である」とか「永久の未完成これ完成である」(『農民芸術概論綱要』)とかいった発言は、正鵠を射たものと言える。

(27)『維摩経』菩薩品は、「常に仏を信ずることを楽しむ、法を聴かんと欲することを楽しむ、衆を供養することを楽しむ、五欲を離る、ことを楽しむ」といった楽しみを二十九項列挙して、それらが「菩薩の法楽」であると教えている。

(28)『無名抄』「石川やせみの小川の事」。

仏教文学研究のあゆみ

仏教文学は、ごく一部の専門家の間では、明治の末年から注目されていたものであったが、一般にはもちろん、国文学研究者によってでさえもほとんどかえりみられることなく、それが市民権を得たのはごく近年に属することであった。

具体的に言うならば、岩波書店刊の日本古典文学大系は、昭和三十二年五月の『万葉集』から配本が始まったものだが、その直後の六月、同じ岩波の雑誌『文学』巻頭の座談会「国文学者への提言」には、日本古典文学大系中に仏教文学の類が一篇も含まれていないという編集方針への強い不満が述べられていて、このころから仏教文学に対する関心が高まってきたことが知られる。

その座談会の出席者は、唐木順三、杉浦民平、山本健吉、林屋辰三郎らであるが、中で山本は、たとえばフランスの文学史なんか見ますと、モンテーニュ、パスカル、デカルトとか全部十八世紀の啓蒙哲学者が出てくる。ところが、日本の国文学者はそういったものを研究の対象にしない。このことは根本的な問題だと思う。たとえば親鸞の『歎異抄』にしても、道元の『正法眼蔵』、こういうものは今度の岩波の〈日本古典文学大系〉でも一つも入っていない。これは一つの偏向じゃないかと思う。
と発言して、参会者の賛同を得ている。

これに追い討ちをかけるように、翌三十三年三月の『文学』に論文「文学の概念と中世的人間」を発表した加藤周一は、

日本文学史が除外してきた仏教的著作の一部、鎌倉五山の文学、江戸儒学者の詩文、思想的著作、明治以後中江兆民や岡倉天心、また内村鑑三等の文章は、ヨーロッパ流の文学概念に従えば、当然日本文学史のなかにとり入れられなければならない。

と述べた。

これらの世論を受けて岩波書店は、昭和三十八年四月の『源氏物語』（五）をもって予定通り〈日本古典文学大系〉全六十六巻の配本を完了すると、翌年の四月から第二期として四十四冊の刊行を始めたのであって、この期のものには思想的著述が多く組み込まれている。仏教関係の作品としては、空海、親鸞、道元、日蓮その他の僧たちの法語や五山文学が収録されているので、古く明治三十五年に、

或点に於ては空前絶後とも言ふべき特色を存する一大文学、この時代（注＝鎌倉時代）に現はれたることを百中の九十九人までは絶えて心付かざるらし。日蓮上人の文章是れ也。近年日本文学史の著述は一二にして足らざれども、三上・高津両氏の著を初めとして、上人の名をだに掲げざるが多し。坊主の書ける物なれば読まずと言ひて国文学者の申訳は立つべきや。鎌倉時代随一の大文学を念頭にかけざりしは、国文学者因襲の偏見に本（もとづ）けりとは謂ひながら、不覚も甚しと謂ふべし。

（「吾が好む文章」）

と悲憤慷慨した高山樗牛も、さぞや黄泉に盃を掲げて歓んだことであろうと思われる。

仏教文学に対する関心の高まりは、昭和三十七年四月の仏教文学研究会（昭和五十三年に仏教文学会と改称）結成ともなってあらわれた。この学会は、国文学者のみならず、仏教学者、史学者、哲学者、民俗学者などをも糾合した全国的組織の学会で、会員数およそ六百人を擁する。昭和五十七、八の両年度には立正大学に東部事務局が置かれていたが、その間だけの研究発表会をひろってみても、全国大会が二回、東西両支部の例会が二十回開催されるという、他の学会には見られない地道で旺盛な研究活動を展開している。

仏教文学研究には従来、非仏教的（時には反仏教的）とされていた作品に仏教性を発掘し、新たな相貌を与えて文学史の上にセットしなおすという、他のジャンルにおいてはあまり見られない一つの特徴が指摘される。たとえば『今昔物語集』は、芥川龍之介が「優美とか華奢とかには最も縁の遠い美しさ」である「brutality（野性）の美しさ」に「『今昔物語』の本来の面目を発見した」として、「本朝の部」のとりわけ「世俗」の「悪行」話という「最も三面記事に近い部」を、『今昔』の代表的作品であるがごとく世に印象づけたものであったが、それから半世紀、ようやくにして『今昔』研究界には、芥川が眼中に置かなかった仏法部のこの作品全篇に関わる重要な役割への注目が集まり、天竺部・震旦部の掘り下げも盛んになってきた。

また、従来は有閑趣味人鴨長明の住居論的随筆であるといった見方が通用していた『方丈記』に対し、作者は仏教者としての蓮胤（鴨長明の法名）であり、作品は仏教意識によって組み上げた構造的な思想文学であるという立場から、論題も敢えて「蓮胤『方丈記』の論」とした拙稿（岩波『文学』昭和四十九年二月）の試みも、古典の情趣的享受法への安易な寄りかかりに対する自省から発したものであった。

わが国の古典文学における仏教との交渉は、思いもよらないほど広くかつ深いものであるから、これからもまだ、どれほど多くの作品が、仏教的側面よりの照射を受けて、その作品を覆っていた通俗的想念をくつがえし、ひいては、思想性の希薄さをもって一つの特質とされているわが国の古典文学に、どれだけ多くの見直しを迫ることになるかわからない。

思えば興味の尽きないことではある。

仏教史と文学史

一、無常哀感歌から無常観歌へ

わが国で仏教史と文学史との接触が見られる最初期の作品は『万葉集』であるが、交渉の度合いは希薄である。『万葉代匠記』(二)に契沖が、「人の世の生住異滅の四相の中に、暫らく住するよと思ふ程なく異相に遷され行く」を詠んだものと解する、

もののふの八十氏河の網代木にいさよふ浪のゆくへ知らずも　(柿本人麻呂、三―二六四)

にしても、古く平安時代の『新撰和歌』(四)は「恋」の歌とし、『古今和歌六帖』(三)は「網代」の叙景歌とする。そして近世にあっては鹿持雅澄が、「歌意かくれたることなし。此は打聴えたるままにて他によそへたる意も何もなき」歌(『万葉集古義』)だと契沖に反論しているのであって、仏教歌としての評価は少数意見に属する。

そこへいくと、沙弥満誓の、

世の中を何にたとへむ朝びらき漕ぎ往にし船のあとなきがごと　(三―三五一)

は、かなり古い時代から今日に至るまで、一貫して仏教思想を詠んだ歌だとされている。しかしこの歌とても、当初から仏教的な作品であったとは思われない。なぜなら第一に、『万葉集』に収録されている他の満誓の歌が、造

筑紫観世音寺別当として現地にあったころ、寺家の少女に子を生ませた（『三代実録』貞観八年三月四日条）放恣な人物たるにふさわしく、女を慕う歌（三—三三六・三九一・三九三）と、女の恋情にことよせた哀愁歌（四—五七二・五七三）と、それに酒を愛でる歌（五—八二一）とであって、宗教的な情感とは程遠いものばかりだからである。件の歌に仏教の影を見ようとするならば、それを証するに足る、よほど明確な根拠が示されなければならないであろう。第二は内容上の問題である。平安時代にはごく一般的な語法となったところの、親密な人間関係（とくに男女の情、夫婦の仲）を「世の中」と称する例は、『万葉集』にも、

世の中は恋繁しゑや斯くしあらば梅の花にも成らましものを　（五—八一九）

世の中の常の道理かくさまになり来にけらしすゑし種から　（一五—三七六一）

などと見えるのであるから、満誓歌の「世の中」もそれらの例にしたがって解釈するのがよいように思われる。そのほうが、

見えずともたれ恋ひざらめ山の端にいさよふ月をよそに見てしか　（三—三九三）

と未知の女に恋情をつのらせ、大宰府から帰京してしまった大伴旅人のもとへ、

ぬばたまの黒髪かはりしらけてもいたき恋にはあふ時ありけり　（四—五七三）

と熟女の恋をしのばせる歌を送る満誓の作風にふさわしいように思うのである。

事実、満誓歌の「世の中」の語を人間の親密な関係（この場合は親子）の中でとらえた人物が十世紀半ばには現れる。それは源順で、『源順集』に、

応和元年（九六一）七月十一日、四歳なる女ごを喪ひて、同年八月六日、又五つなるをのこ子を喪ひて、無常の思ひ物にふれておこる悲びの涙乾かず。古万葉集中に沙弥満誓がよめる歌の中に「世の中を何に譬へむ」と

いへることをとりて、かしらにおきてよめる。

と詞書して、

世の中を何に譬へむ茜さす朝まつまの萩の上露　（一八九七五）

ほか九首（一八九七六—八四）の歌を遺しているのである。この十首の歌にはそれぞれに、朝顔・泡・夢・雲・稲妻など『維摩経』に代表される無常の十喩が詠み込まれていて、総体として仏教的世界観が詠み出されている。

源順が十首歌を詠んだ応和の年から約半世紀を経た長保・寛弘・長和のころ（九九九—一〇一七）になると、満誓の歌は『古今和歌六帖』（三—一八二二）、『拾遺和歌集』（二〇—一三二七）、『拾遺抄』（一〇—五七六）、『金玉集』（四九）、『和漢朗詠集』（下—七九六）などに、

世の中を何に譬へむ朝ぼらけ漕ぎゆく船の跡の白波

と姿を改めて収録されるようになり、また散文界にあっても『枕草子』（「うちとくまじきもの」）、『源氏物語』（総角）その他の作品が、「跡の白波」を常套の引句とするほど人口に膾炙するようになっている。つまり、満誓歌によって典型的に示されているのは、十一世紀を迎えるころに至って、急速にしかも旺盛に、文学界が仏教思想を呼び込み、作品の仏教的把握を好んでするようになったということ、本論の題に即した言い方をするならば、仏教史と文学史との激しい接触が、仏教主導型によって起こったということである。

ところで仏教の無常観は、

㈠　仮有の事相を凝視して衰滅の悲哀を感得する。

㈡　悲哀の極奥に一切を空無と覚知する。

㈢　仮有と空無とを超えて、そのいずれにも偏しない妙有を悟得する。

という三様の作用がすべて、唯一絶待（絶対）の真理の顕現であるとする。そこで、この原理をもって平安中期における満誓歌の享受のされ方を照合してみると、まず、愛する者の死を悼む心に感応し、それを癒してくれる哀傷の歌として見出され、次には仏教思想の無常の理を詠んだ作として文学界に多くの共感者を獲得する、という展開の中に、前記無常観三様のうちの、第一様から第二様への開展が見られることが指摘されるのである。

満誓歌の享受史は、無常観の第二様から第三様への開展のさまをもわれわれに示してくれている。それはまず保元年間（一一五六―五九）に成ったとされる藤原清輔の『袋草紙』（上）においてであって、そこには次のような説話が記されている。

恵心僧都は、和歌は狂言綺語なりとて読み給はざりけるを、恵心院にて曙に眺望し給ふに、沖より船の行くを見て、或る人「漕ぎゆく舟の跡の白波」と云ふ歌を詠じけるを聞きて、めで給ひて「和歌は観念の助縁と成りぬべかりけり」とて、それより読み給ふと云々。さて、二十八品ならびに十楽歌なども、その後読み給ふと云々。（傍点筆者）

和歌を仏戒に背くもの（口業四悪中の「綺語」）として忌避していた源信が、満誓の歌を聞いて翻然その誤りであることを覚り、爾後は讃仏の和歌を詠むようになったというのであるが、この平安時代末期に伝承されていた仏教・文学融合説話で注目されるのは、第一に主人公が源信とされているということ、第二に源信が「和歌は観念の助縁」であるとしていること、そして第三に、文学を仏教に奉仕するものとしてのみ容認しているということである。後述するように、右の三点を通して『袋草紙』の源信詠歌説話は、平安時代中期において急速に深まった仏教と文学との交渉の内質を、源信の行実に託して典型化したものと言える。

『袋草紙』の源信話と同じ筋書きを持ちながら、十三世紀初頭に撰ばれた蓮胤の『発心集』（六）所収のそれには、

決定的に相違する思想が見られる。すなわち『発心集』には、
かの恵心僧都は、「和歌は綺語の謬り」とて読み給はざりけるを、朝朗けに遥々と湖を詠め給ひける時、霞み渡れる浪の上に船の通ひけるを見て、「何に譬ん朝ぼらけ」といふ歌を思ひ出して、折り節、心に染み、ものあはれに覚されけるより、「聖教と和歌とは、はやく一なりけり」とて、その後なん、さるべき折々、必ず詠じ給ひける。（傍点筆者）
とあって、源信が「聖教と和歌とは、はやく一」だという、仏教と文学との不二相即観を打ち出したことになっている。この説話では、件の満誓歌は哀傷性・詠歎性を全く払拭した（厳密には、内奥に溶解し尽くした）無常観の歌としての性格が付与されているのである。

如上、『万葉集』にあっては仏教思想と関わりのなかったはずの沙弥満誓の歌が、やがて仏教歌として享受されるようになり、次第に無常哀感歌から無常観歌へと仏教性を深密化していく変遷の跡を辿った結果、それが十世紀の後半から十二世紀末にかけて成ったこと、およびその展開を支えるものとして源信に象徴される思想世界があると考えられていたことがわかった。そこで次には、源信に象徴される思想世界のいかなるものであるかを検索してみよう。

二、源信

源信が満誓歌にならって哀傷歌を詠んだという年の三年後、康保元年（九六四）三月十五日に比叡山西坂本で初めて勧学会が催された。勧学会は「法の道、文の道をたがひにあひすゝめならはむ」（『三宝絵』）と集う僧俗の起

こした浄土念仏講で、会衆は慶滋保胤、高階積善、藤原有国、橘倚平ら紀伝道の学生有志二十人と、同数の天台僧である。僧たちの名は全くわかっていないが、保胤と親交を持ち、思想世界を共有していた源信が参加していた可能性は大きい。

勧学会では、『法華経』を講じ弥陀の念仏を唱え、また経中の句偈を題として讃仏の詩を作りそれを寺に納めたのだが、このような、仏事の庭での作詩の行事は、法華八講をはじめとする多くの仏会で行われるようになった。六波羅蜜寺の供花会の際に、「緇素相語つていはく、世に勧学会あり、また極楽会あり、講経の後に詩を以て仏を讃ふ。今この供花の会、何ぞ歎仏の文なからんや」との発議があり、「満座許諾」したという慶滋保胤の記録（『本朝文粋』十）は、当時、仏教主導型による仏教と文学との接合がいかに盛んになされていたかをよく語っている。

勧学会で詩を作った文人たちは、

一切衆生をして諸仏の知見に入らしむるは法華経より先ずるはなし。故に心を起し掌を合わせてその句偈を講じ無量の罪障を滅す。極楽世界に生まるるは弥陀仏より勝れたるはなし。故に口を開き声を揚げてその名号を唱ふ。……重ねて此の義を宣べんと欲して詩句を以て歎じて云ふ。（慶滋保胤『本朝文粋』十）

先づ経を講じて後に詩を云ふ。信心を内にして綺語を外にす。……宿習の文章に課てまさに未来の張本たらんとす。（紀斉名。同前）

講経念仏の筵、また歌詠称讃の筆を含む。……猥りがはしく短才を以て要を取つて之を云ふ。（大江以言。同前）

といった渇仰の心で随喜の詩を作っていたのであるが、他面、仏教と関わることのない文学営為自体については著しい卑下の情を懐いていた。それは彼らが、作品を「蕪詞狂句」「花言綺語の遊び」「狂言綺語の誤ち」などと称していることによって知られる。彼らが「妄語の咎」「綺語の過」という場合の「妄語」「綺語」は、仏教で説く（『長阿含経』十五など）口業の悪であるので、彼らの文学卑陋視が仏教を根拠とするものであることは明らかである。

たしかに仏教は、「世俗の文筆・讃詠の外書を造る、及び路伽耶陀・逆路伽耶陀の者に親近せざれ」（『法華経』安楽行品）と教えているので、非仏教的な文学営為を忌避するのは仏意に叶ったことであると言えよう。しかし、では何故この時代まで、仏教伝来以来四世紀余の長きにわたって、俗は言うまでもなく僧までが、何ら罪の意識なく非仏教的な詩（たとえば『懐風藻』の智蔵、弁正、道慈、道融らの詩）を作り、歌（沙弥満誓の例）を詠み続けて来たのかという疑問が湧く。逆に言うならば、なぜ十世紀の後半に至って文学綺語観が突如噴出することになったのか、という疑問である。

その理由を白楽天の影響とみる人は少なくないであろう。なぜなら、白楽天が自作の詩を香山寺経蔵堂に納めて筆を折ったときの願文、

願はくは、今生世俗文字の業、狂言綺語の誤ちをもつて、翻して当来世々、讃仏乗の因、転法輪の縁とせむ。

（『白氏文集』「香山寺白氏洛中集記」）

が、そのまま勧学会の際に誦唱されている（『三宝絵』）からである。たしかに勧学会に参加した文人たちは、白楽天に範を求め、綺語を讃仏詩へと翻転することにより罪障を滅して仏果を得ようとしている。しかしそれだけが理由であるとするならば、九世紀の半ばには、わが国に渡来して伝播をしていた『白氏文集』のその文学綺語観が、一世紀余にわたって誰の関心をも引かなかったという事実の説明がつかなくなる。

文学綺語観は、六世紀半ばに仏典によって移入されていたし、九世紀半ばには白楽天の〝綺語を畏れよ〟という

警告も伝えられていたはずである。にもかかわらず、わが国ではそれを意に介することなく十世紀半ばまでを過ごしてきた。仏教と文学との異質性を認識せず、無批判・無原則に両者を和合させていたのである。ここに見られる仏教・文学共存形態を第一次のものと言っておこう。

ところが十世紀の後半に至って、文学を悪として突き放す綺語観が今さらのように呼びさまされた。わが国で初めて、仏教と文学とが二元対立するものとして意識化されたのである。しかしこの対立には、それが提示されたとき、すでに共存を可能にする受け皿が用意されていた。それは、綺語も讃仏に奉仕することによって罪障を滅することができるという白楽天の贖罪実践論をそのまま引き継ぐものであったが、文人たちは喜々としてこの仏教側からさしのべられた救済の手にすがり、ここに仏教主導型の第二次仏教・文学共存形態が成り立ったのである。思い返せば、沙弥満誓の歌に仏教歌としての評価が定着したのはこの時期なのであった。

文学が仏教に膝を屈するかたちで和合することを、文章家たちの側から求めたのは一見奇異のようではあるが、その真意を理解するためには、社会体制の推移と仏教の変質、そしてそれに伴う文筆家たちの立場の変化を勘案しなければなるまい。

律令体制下にあっては、「詩は蓋し志のゆく所」（『本朝文粋』一）であるから「王者、もつて得失を知る」（『凌雲集』序）べく、「文章は経国の大業」（同前）として迎えられていたので、文章をもって朝に仕える官人たちは、精神的にも経済的にも安定した生活が保証されていたのだが、十世紀に入って摂関体制の整備が一段と進み、律令的な身分秩序と封禄制との破綻が顕わになると、彼らの生きざまにも大きな変革が求められるようになった。そのような状況の中で、門閥との私的結合を深めることができず、もしくは上流者の恣意に応じた美文麗辞を草することを潔しとしない者は、不遇の身をかこたなければならなくなったのである。

天暦十一年（九五七）、世の頽廃を歎いて、「文士を励ます」ことを含んだ『封事三箇条』（『本朝文粋』二）を奏した菅原文時も沈倫の身となり、天延二年（九七四）の昇叙を請う上表文（『本朝文粋』六）に、「則ち恐る、天下の文士、海内の学徒、……文時の沈倫を見て、相誡めておもへらく、風月の情を以て君に奉ずることなかれ、儒雅の事を以て国に報ずることなかれ」と訴えている。この記述には若干の誇張があるとしても、心ある文士・学徒の間に退嬰的な気分が蔓延していた事実は覆うべくもなかろう。

こうした風潮の中で白楽天の香山寺での先蹤が、文士たちの胸に神々しいほど潔癖なものとして克明に想起されることになったのであろう。彼らは白楽天を「異代の師」（慶滋保胤『池亭記』）と仰いでその跡を慕い、綺語の翻転に努めた。彼らにとっては、己が文学をひっさげて仏教の傘下に馳せ参じることだけが、文章家でありつつなお世俗の権力の及ばない聖域に身を置くことの矜持を保ちうる、唯一の方法であったのである。

十世紀後期に、文学綺語観をてことして第二次仏教・文学共存形態が成り立った状況を見てきたわれわれは、次に目を比叡の山上に転じて仏教界の動向をうかがわなければならない。

律令制から摂関制への体制の推移は、ここにも大きな変化をもたらしている。それは一言でいえば鎮護国家の仏教から門閥・私人の利益追求に応える貴族仏教への変質であるが、その波に乗って比叡山に未曽有の繁栄をもたらしたのが、康保三年（九六六）に第十八代座主を襲った良源であった。良源は持ち前の政治力を発揮して九条師輔・兼家父子を中心とする摂関家の外護を恣にし、大火で焼亡した堂塔を再建して寺観を一新するとともに学問を振興して、安然以降沈滞気味であった天台教学を再興した。

そもそも天台宗は『摩訶止観』に記された四種三昧の実践を通して止観業を修することを重視したが、第三代座主円仁が中国五台山に流行した法照流の五会念仏を招来し、それを継承した相応が不断念仏（いわゆる「山の念仏」）として音楽的法要式を整えると、それが不安定な社会相に怯える貴族たちの心をとらえて極楽往生の行として流行し、本来の常行三昧が目的としていた止観は全くかえりみられなくなってしまった――それを良源が復活したのである。その成果のほどは天禄元年（九七〇）の『二十六条起請』に、「籠山十二年、四種三昧を修習す。同式在りと雖も、当今習する所は、只常行三昧なり」（「盧山寺文書」）とあるによって知られる。

天台法華教学の復権をもたらした良源は寛和元年（九八五）正月に没する。その年の四月に源信が『往生要集』を完成する。翌二年の夏ごろ、横川で源信らが二十五三昧会を発起する。この会の組織作りには慶滋保胤も協力している（九月に『横川首楞厳院二十五三昧起請』を草す）。冬には保胤が出家して二十五三昧会に投ずる。僅々二箇年間に起きたこれらの事件の関連は無視することができない。

『往生要集』は良源の遺志を継ぐものであるから、『摩訶止観』の常行三昧を基調とするのは当然である。しかし、「相好を観念するに堪へざるもの」のための称念を認めている（四―四）し、

当に知るべし、生死即涅槃、煩悩即菩提、円融無碍にして無二無別なることを。しかるに、一念の忘心に由りて生死界に入りしよりこのかた、無明の病に盲られて、久しく本覚の道を忘れたり。（六―一）

といった本覚思想も一再ならず説いている。

つまり『往生要集』は、理観の念仏を基本とし、口称の念仏も本覚思想も包み込む、往生・成仏の指南書なのである。

二十五三昧会は、『往生要集』に盛り込まれた源信の思想世界の実践法会として結成されたものであろう。勧学会も思想・信仰・実践法に大差はなかったのであるが、詩会の性格を帯びたり集会の度数が少なかったりして不徹底なところがあったので、その不徹底さを飽き足りなく思っていた保胤が、二十五三昧会の結集を機に出家してこ

れに馳せ参じたというわけであろう。このことにより、保胤が源信に象徴される思想世界の一翼を担う人であったことが、一層明らかにされたとも言える。

源信の滅後、『往生要集』に端を発する口称の念仏は永観を経て法然の専修念仏を興したとして、源信は日本浄土教の祖（『私聚百因縁集』など）と仰がれるようになる。また本覚思想についても、『本覚讃釈』『真如観』など源信に名を借りた著述が続々と出されて、源信は天台本覚論の大成者の座に祭り上げられることになる（『観心略要集』も真撰であることが疑われる）。このように源信に象徴される思想世界は、原初の実態を超えて洋々と広がっていった。『袋草紙』と『発心集』との源信詠歌説話が、それぞれの時点における思想世界の産物であることは言うまでもない。

十世紀半ばの仏教史と文学史との接触によって立ち始めた波は、十三世紀には両史の相即観によって跡無きがごとく静まるに至るのであるが、その事実と内質とを、『袋草紙』と『発心集』との源信詠歌説話は見事に典型化していると言えよう。

（歌に付記した数字は『国歌大観』の番号である。）

〈講演〉仏教と文学

一、仏教と文学

私は「仏教と文学」という文学の研究の歴史では比較的新しいジャンルを主としてやっておりますので、その方面のお話をさせていただこうと思います。

ご通知をいただきまして拝見いたしましたら、今日が一隅会の催しの第百八回ということで、この百八回ということと、それから八月の十六日ということ、何か仏縁があるような気がいたします。いわゆる月おくれのお盆が、十三、十四、十五とありまして、今日が明けて第一日目であります。お盆というのは、四月の十六日から七月の十五日まで、ちょうどインドで雨期のころにお坊さんたちが表で托鉢できませんので、部屋にこもって学問をしたり、禅定に入ったりするその九十日間を夏安居と言い、その夏安居の明けたその日に、安居していた衆僧を供養することを盂蘭盆会と言ったのですが、そのお盆が明けて第一日が本日、十六日です。

それから今日のお話が百八回ということですが、百八と申しますと、ご存知の通り百八煩悩ということがあります。煩悩をなぜ結業と言うか、結ばれているもの、滞りのあるのが煩悩であるので、そう言うわけでありまして、これは『大智度論』に書かれております。

それから金剛界の曼荼羅の諸尊が、仏、菩薩、諸天全部入れますと百八ございまして、百八尊と申します。このように百八というのは、仏教と非常に縁のある数であります。除夜の鐘なども百八ですね。現在では除夜の鐘を大晦日だけにつく風習が残っておりますが、本来は毎日たそがれにつくのが本当でありまして、百八鐘と申します。それから数珠も百八でございますね。数珠をつまぐる、あるいは鐘を百八つくということには二つの意味がありまして、一つは、百八尊を崇めるということと、もう一つは百八結業、百八煩悩を消すという意味がございます。『華厳経』の中に、「初発心のときにすなわち正覚を成ず」という意味がございまして、初発心、つまり初めて発心したときにすでに正覚が成じている、初発心そのことが正覚に直結するんだ、悟りに直結するんだということがございます。その意味で夏安居の明けた十六日、百八という数の日、まさに初発心のときにこの時点はあるのではないかというような、非常に面白いというか、楽しいというか、契合を感じながらまいりました。

さて、「仏教と文学」という本論に入ろうと思いますが、私は『宗教と文学』という私の著書の序に、こんなことを書きました。

仏教文学とは、仏教に関する文学であるといってしまえば如何にも分かったような気になるが、もう一歩つっこんで、では仏教に関するとはどういうことなのか、仏教がどのような関わり方をしている文学を仏教文学というのか、と問い直してみると、実は何も分かってはいないのであって、仏教文学の定義は専門家の間でもまちまちなのである。

ではどうしてそんなに難かしいことになってしまうかというと、その理由ははっきりしている。古くからある和歌・物語・日記などをはじめとして、近代になって新しく興った小説・詩などのジャンルは、内容もさることなから、固有の形態を持っている。それに対して仏教文学は、和歌の形をとろうが、小説に書かれようがかまわないのであって、もっぱら内容によって分類されるジャンルなのである。内容だけが分類の基準だということになれば、人それぞれの受けとめ方によって判断がまちまちになるのも当然なことだといえる。

というわけで、専門家の間でも仏教文学の定義についてはいろんな意見が提出されております。

それを大きく分けますと、いわば二元論と一元論とに分けられるわけでありますが、二元論と申しますのは、仏教と文学とは本来背反するものであって、関わり合うことはできないものである。つまり、関わり合うとしても、背反という関わり合い方をするものだというものでございます。

つまり仏教というのは――宗教全体がそうですが、人間の煩悩を超克して、その煩悩を切り捨てて清浄無垢な世界に到達しようとするものでありますから、逆に人間的な煩悩の世界にあくまでも踏みとどまって、煩悩をじっと見つめながら煩悩の世界できりきり舞いをしている人間の真実をとらえていこうとする文学とは全く反するものではないか。文学はきわめて人間的な世界に足をしっかり踏んばって、煩悩の闇に耽溺する人間たちの生々しい生態をとらえるのが文学である。だからきわめて人間的なものだ。それに反して、宗教はそういう世界を超克して、清浄な世界に向かおうとするものなのだから、これはいわば非人間的なものである。したがって、人間的な文学と非人間的な宗教とが関わり合うというその関わり合い方は、背反するという関わり合い方しかないのではないかという意見がございます。これはいわゆる二元論ですね。宗教と文学とは二元的なものであって、どうしても一元化はできないのだというわけであります。

これはたしかに一理ありそうな議論でありますけれども、私はそういう意見には反対の立場にございます。非常に素朴に申し上げてしまえば、もし宗教が非人間的なものだとするならば、なぜ人間だけがそれを持っているのかという疑問が当然提出されるわけです。おそらくほかの動物たちにはないであろう宗教、人間だけが持っている宗教、人間をほかの動物たちと区別する仕方はいろいろありましょうけれども、宗教を持つか持たないか——芸術もそうでありますけれども——ということも一つの基準になるとするならば、まさに宗教とは、最も人間的なものではないかというような言い方ができるはずなのであります。

しかし、先ほどの、文学が人間的であり宗教が非人間的であるという、つまり人間界を超克して、人間らしさ、人間の生々しさを切り捨てることによって宗教の世界が開けるのだというような意見に対しまして、そういう言い方もたしかにできるわけでありますから、結局、文学と仏教を考える場合に、どこが異質であり、どこが同質であるかというような、その両面を見ていかなければいけないので、それを非常に単純に異質なものであるとだけ言い切ってしまったのでは、問題は正しくとらえられないし、逆に同質性の面だけを強調しても、実は何の進歩、展開もないということになると思うわけであります。

あらゆるものにメリットとデメリットがあるので、固定した想ではとらえられないというのが仏教の一番基本にある思想でございますが、仏教と文学の問題を考えるときにも、そういう仏教の基本的な発想に則ればよいということになるわけであります。

よく、仏教というのは何だと若者たちに聞かれます。忙しいから一言で言ってくれ、と。そうすると私は、因縁と無我ということを言うのであります。

無我の理と因縁の法とは決して二つのものではなく、相即するもの、イコールのものであるわけです。因縁の法によってこそ無我の理がある。固定した我(が)なるものはない。固定した我なるものはないが、しかし、われわれが我と感じ取っているものはたくさんあるわけです。今ここにも、灰皿の我もあれば、マイクの我もあれば、茶碗の我もある。固定したものがあるように思いますけれども、これはまた一方から言えば、ただそこに、或る因縁が寄り集まっているだけだ。いつの過去か、何年、何十年前かは知りませんけれども、きこりさんがあの場所で、あの日に、あのときに、あの木を切らなければ、この机はここにないわけですし、それからさらに遡れば、何百年前のあの日、あの種が、あの山の、あの斜面に落ちて芽生えたから、この机はここにあるということにもなる。もしあの種が一センチ違ったところに落ちていれば、この机はここにないというようなことでありますから、あらゆる因縁が寄り集まって、ここに一つの我らしいものをつくり上げているのだと言えます。そういうわけで、一切万有の根本原理を、因縁の法と無我の理でとらえることができる。仏教のどの経典を突き詰めていっても、結局はそこに行き着くであろうと思います。

そういう非常に一般的ではありますが基本的な仏教思想のお話の次に、文学のほうにまいります。

二、文学の罪業観

仏教と文学とを二元的にとらえる立場の基盤には、悪業としての文学観というものがございます。文学は悪である、悪業であると言うのです。大乗経典、小乗経典――『華厳経』にも『無量寿経』にも、『阿含経』にも説かれておりますが、身・口・意の三業に十悪とされるものがあります。まず身業の悪が三悪ございまして、殺生・偸盗・邪淫です。

それから口業には、妄語・両舌・悪口・綺語、こういう四つの悪があります。

意業では、貪欲（とんよく）・瞋恚（しんに）（怒り）・邪見が三悪でございます。

文学作品などによく「十悪五逆の罪により」などと出てまいりますが、その十悪は、この身・口・意、三業の十悪ということであります。これらが人間の苦しみを起こすもとだというので、全部をまとめて苦業とも申します。たしかにわれわれの日常生活を振り返ってみましても、これらの業によって苦を生じていることは確かだし、またこれ以外の苦業というのはないと言ってよろしいかと思います。そしてこのうちの口業四悪の中でとくに妄語、綺語が文学なのだという見方があるのでございます。

ところで、そのようなことが記されている経典は、奈良時代にはかなり伝播していたわけですから、日本人が文学に対して、仏教の側から否定的な見方をしていることはないだろうかと思って文献を見ますと、この仏教の悪業観がどうも日本人には通用していないようであり、坊さんも平気で詩を作り、文を作っています。

空海は『三教指帰』という本に、道教や儒教の人物を登場させて、問答の末に結局、仏教が一番秀れているというようにもっていくドラマを展開しております。空海といえば、その詩も非常に新しい感じのものがたくさんありまして、蕪村の詩や近代詩ではないかと目を疑うような詩もあります。「君見ずや、君見ずや、王城の城のうちの神泉の水を。一たびは沸き、一たびは流れて、速かなること相似たり。……」こんな調子であります。そのほかの坊さんたちも気軽に詩を作ったりしておりまして、経典に、文学は悪であると説かれていることなど眼中にないのであります。

奈良時代から平安時代前期にかけまして、文学の悪業観は日本では問題にされていないのでありますが、十世紀の末ごろになって突如これがヒステリックに叫ばれたことがあります。それは勧学会という集会でのことなのですが、この勧学会は九六四年から年二回行われだしたもので、その中心人物は慶滋保胤という人です。この人は賀茂氏の出であります。そこで賀茂の賀を慶賀の慶にして、茂は滋をあて、賀茂神社に奉仕する名誉ある姓をはばかっます。

て慶滋といったのだろうというふうに言われておりますが、この保胤さんが、勧学会という集会の中心人物であり

　この集会はどういうものであったかと言いますと、『三宝絵』に出ているわけですが、人生は非常にはかないものだ、願わくば僧と契りを結んで寺に行って仏会を行おう。暮れの春三月と九月の十五日をその日と定めて経を講じ、詩を作ってお寺に納めようという会でありまして、これには比叡山の坊さん二十人と、大学寮の北堂で紀伝道を学ぶ学生たち二十人が参加し、三月と九月の望の日に、月の出を合図に、坊さんはお寺でお経を読んで待っている。一方、比叡山の坂本に下りてきた紀伝道の学生たちが、白楽天の詩を詠じたり、あるいは経典の一部を詩に作りかえたりしたのを読みながら、しずしずとお寺に向かって行くのです。これが満月の夜に行われるのでありますから、非常に詩的な、ファンタジックな雰囲気なのであります。そしてお寺に集まりまして、お経を読んだり、詩を作ってその詩を仏に捧げるという、そういう集会であります。

　この集会の中では、白楽天の詩を必ず詠ずることにしています。その白楽天（白居易）の詩というのは、

　　願はくは、今生の世俗文字の業、
　　狂言綺語の誤ちをもつて、
　　翻（かえ）して、当来世々、讃仏乗の因、
　　転法輪の縁とせむ。

という詩であります。「今生の世俗文字の業」つまり文学でありますが、文学は狂言綺語だと言うので、ここに先ほどの妄語、綺語という言葉が出てまいります。文学というのは狂言であり、綺語であると言うのです。それは仏教を妨げるものであって、罪深い業であると言うわけです。しかしそれを翻して、現世、来世の仏を讃える因とし、

法輪を転ずる縁としようと言う。これは白楽天が香山寺に自分の作った詩文を全部奉納したときに詠んだ詩で、『香山寺白氏洛中集記』という文書に載っているのですが、これを勧学会の文章生たちが唱えているわけです。国家の公務員として、いろんな国家文書の製作をしたり、また最高級貴族の文書の代筆をしたりしていた文章生が、自分たちの作っているのは狂言綺語の誤りで、仏道に反するものである。だからこれを転じて、翻して讃仏乗の因、転法輪の縁としようと言っている点が非常に注目されます。

では、このようなことが勧学会で突如言われだしたことについて、白楽天のことばが日本人には古くは知られていなかったかと申しますとそうではない。これは、平安の初期までには日本に入っていることが確かめられています。白楽天は七七二年から八四六年の人ですし、白楽天生存中に『白氏文集』が日本に入ってきておりますから、平安の初期か、あるいは奈良の後期には白楽天の前のことばも日本に入ってきているわけです。したがって、口業の四悪を説いた仏典も古くに入っているし、白楽天の香山寺の詩のことばも古くから伝わってきている。にもかかわらず、日本の仏教者も文学者もこういうものに全く無関心であったのに、九六四年（応和四）ごろになって、つまりあの詩が日本に入ってきてから約二世紀も経って、突然、勧学会の席で文学は悪であるということが叫ばれ出したのは、一体なぜだろうかという疑問が湧いてくるわけであります。

そうしますと、これは当時の社会情勢を見なければ理解できないということになりますが、九六四年に一番近い大きな事件というと、源高明が陰謀で流されるという安和の変が九六九年（安和二）ですから、ほとんど同じ時代に当たるわけであります。

この時代は摂関制の確立した時期でありますが、もう少し遡って、摂関制が成立していく上での一つ典型的な事件として、文徳天皇から清和天皇へ皇位が渡されるときのことを少し申し上げますと、五十五代の文徳天皇には第一皇子として惟喬親王がおられますが、この方は当然皇位を継承すべき方なのです。ところが軽く追いやられて清和天皇が五十六代として即位なさっている。これは惟喬親王の母静子が紀名虎の娘でありまして、兄さんが有常、つまり惟喬親王は紀氏系統の人であります。一方、清和天皇のお母さんは藤原良房の娘ですから、藤原氏の圧力で惟喬親王が排除され、清和天皇が即位されたということになります。まだ三歳の幼帝清和天皇を立てて藤原良房が摂政するわけです。八六六年（貞観八）という年が日本の摂政の最初の年、良房が最初の人になります。そして八八〇年（元慶四）には良房の子供の基経が日本最初の関白になっていますから、摂関が親子によって作り上げられたことになります。こうして成った摂関制が徐々に体制を整え、完璧なものとなったのが十世紀半ば以後ということになるわけであります。

文学と関わらせて申しますと、有常の娘が『伊勢物語』の主人公在原業平の妻であります。業平の父方の祖父は平城天皇、母方の祖父は桓武天皇でありますから、父系母系いずれからいっても業平は皇孫なのであります。昔は『伊勢物語』は業平が書いたものというふうに言われておりましたね。皆さんがお習いになったのは多分そうだと思います。今は業平が書いたとは言えないことになっておりますが、しかし業平が主人公であるということは認めてよいでしょう。あの『伊勢物語』を読みますと、業平が東下りまでしておりますね。隅田川で都鳥を見て都恋しく泣いたりしておりますが、業平は天皇のお孫さんですから、そういう貴族が関東に来るなんていうのは普通ではありえないことです。それがなぜ東下りまでしているかというと、「都にありわびて」と『伊勢物語』の中に書いてある通り、都にいられない、いたたまれない状況があった。つまり摂関体制が徐々に固まっていく時期の犠牲者として、この在原氏も紀氏も惨めな立場に置かれたのであります。

『伊勢物語』の中では、業平と有常と惟喬親王の三人はしょっちゅう飲んだくれております。三次会、四次会をやって、朝まで——惟喬親王が一番弱かったらしく、「もうわしは寝る」とおっしゃると、業平が「まだ早いじゃないですか、まだ月も出ているじゃないですか」と言い、「外では月が山の端に入ろうとしている。内では親王が寝室にお入りになろうとしている。どちらもやめさせたいものだ」なんていう歌を作っています。この連中は、いわゆるアウトサイダーであります。月をながめたり、花を見たり、狩りをしたり、酒を飲んだりして自分たちの無聊を慰めているのです。当然、天皇の位につくべき惟喬親王はわきへ押しやられ、藤原良房は幼い清和天皇を即位させて、たちまち摂政として威をふるい出す。こういう状況が、基経、師経、師輔、兼家と次第に堅固なものとなって、ついに道長でピークに達するのであります。

摂関制が確立するということは、家柄によって出世コースが決まることであります。摂関家に関わる者は、それこそ誰でも出世していくわけです。反対にそれに関わらない者は、有能であっても何にも栄達の望みがない。したがって、みんな摂関家に縁を結ぼうとしてきゅうきゅうとする。醜い栄達への争いが繰り返されていくわけです。そして一たび派閥のキャップが落ちぶれますと、将棋倒しに関係者全員が悲惨な状況に陥ってしまう、だからこそなお醜く栄達の道へつながっていこうとする。上流貴族の間での隠微な抗争は、実に醜悪なものでした。

上流の人たちはそういうことにうき身をやつしているわけですけれども、その栄達の道につながる文章を書かされていたのが文章生なのです。自分たちはどっちみち文学の学生ですから、どうせ出世できない。ただ一生懸命、「私はこういうことをやった、これだけの功績を積んだんだ、どうか階位を上げてほしい」、そういう上奏文を、文飾を極めて書いて、そのおかげで出世していく人がいても、自分たちは相変わらずうだつの上がらない世界で、もっぱら作文ばかりしているのです。

そうすると彼らは、自分たちの営みのはかなさというものをつくづくと感じるようになってくるはずです。そういう人たちが坊さんたちと集まって勧学会を催すようになった。そして自分たちの書いている文書は狂言綺語の誤りだ、はかないものなのだ、これは真実を求める仏道にむしろ背くものなのだと言いだしたわけです。彼らのやっていることは、他人を蹴落として世俗の栄達を求めるという、欲望のために血道を上げる人たちの自讃文の代筆ですから、みじめといえばこんなみじめなことはありませんけれども、そういう文学に対する反省と言いますか、もっと強く言えば、そういうことを生活の手段としなければならない自分たちの立場に対する恐れ、そんなものがあったと思うのです。こういうふうに考えていきますと、古くから仏典や白楽天の詩で伝えられていた文学の罪業観が、この時期に急にかえりみられるようになったということも納得できるように思われるのであります。

勧学会の回状にはこんなことが書いてあります。「春の苑に硯を鳴らしては花をもって雪と称し、秋の籬に筆を染めては菊をたとえて黄金と申す」。桜が散るのを雪にたとえたり、黄色い菊を金のようだと言ったりする。それはまさに妄語であり、飾ったことばだ。「妄語の咎逃れがたし。綺語の過ち何ぞ避けられんや」というようなことを言っています。そういうような飾ったことばに飽き飽きするばかりか、恐れをも抱いたというのが、この人たちであったと思われるわけです。

この摂関体制の争いというのは実に大変なものでありまして、『栄華物語』とか『大鏡』を見れば、非常に生々しく書かれております。先ほどの在原氏や紀氏や源氏、そういうほかの氏族を蹴落とした後は、今度は藤原氏内部の争いになっていくわけですが、娘を天皇の后として、そのお生みになった幼帝を立てて摂政になるのがこの制度のパターンでありますから、兄弟がそれぞれの娘を一人の天皇の后にして競うようにもなります。

ここで一つだけ有名な例を申しますと、基経から三代ばかり後になりますが、兼家の長男の道隆は自分の娘の定子を、同じく兼家の五男の道長は自分の娘の彰子を、それぞれ一条天皇の后といたします。結局は彰子が男のお子さんをお生みになるから、うまく後一条天皇の誕生ということになり、道隆のほうは零落していくことになります。道隆が生きている間は、道長はまだ兄として一応そっとしておきますけれども、道隆が死んだ途端に、その子供の伊周とか隆家を流してしまいます。それで専ら、道長側が権力を握ることになっていきます。

そのときに定子に仕えていたのが清少納言で、彰子に仕えていたのが紫式部であります。清少納言のほうが落ちぶれていくわけでありまして、清少納言が『枕草子』を書いたころはすでに落ち目になっているはずであるのに、『枕草子』の中には暗い影がありません。非常に才気煥発な清少納言が生き生きとしております。

ところが、勝った、権力を握った側の彰子に仕えていた紫式部の『源氏物語』は、宿世の文学と言われている通り、憂愁に満ちております。つまり負けたほうが明るくて、勝ったほうが沈んだ雰囲気を持っているということの中に、やはり文学者の鋭い感覚というものを感じるわけであります。と申しますのは、親子も兄弟もない非常に醜い争いを、この後宮の女性たちは、裏の裏まで全部見抜いているのでありまして、どういう形でもって自分たちのほうに権力が転がり込んだか、どういう形で道長が兄を蹴落としていったかということも全部わかっている、そういうことが、前の一見矛盾するような事実と関係あると思います。

つまり勝って余裕のある貴族たちは、勝利に酔いしれて万歳万歳と言っているわけですけれども、それをじっと客観視するまなこ、文学者の目というのは、自分がのし上がったことへの罪深さをつくづく見つめるはずなのです。紫式部という女性と、清少納言という女性の個性ももちろんあるわけですが、自分たちがこうなった、そしてその陰で泣く人々を思わなければいられない、そういう作品として『源氏物語』はあると言えます。

『源氏物語』の主人公の光源氏は、政治力を発揮すれば天皇になれる立場でした。実権は光源氏が握りえたのでありますけれども、兄の朱雀天皇に皇位を渡し、自分は臣下に下って源氏姓を名乗っていくというふうに、控え目控え目に動いています。そういう人物が『源氏物語』の主人公になっておりますが、やはり紫式部は、そういう作品を書かなければやり切れないものがあったと思うのであります。

前に申しました勧学会が行われたのが九六四年、安和の変が九六九年でありましたが、『源氏物語』時代の一条天皇の即位は九八六年（寛和二）でありまして、そのころが摂関制のピークだったことを忘れるわけにはいかないのであります。

九八三年（永観元）に、慶滋保胤が『日本往生極楽記』という仏教説話集、つまり往生人の伝を作っております。この『日本往生極楽記』をはじめといたしまして、『法華験記』とか、『拾遺往生伝』とか、その他往生伝類が続々と平安時代の後期に向かって編まれていきます。これは往生思想が徐々に盛んになったことに応ずる事実であります。

九八三年に一条天皇の即位が決定したしばらく後、九九〇年（永祚二）に兼家は出家をしております。摂関家としての出家はこれが最初で、その後道長も出家しておりますし、道長の子供の頼通も出家しております。摂政や関白をした人の出家が続々と始まるわけであります。そして道長は法成寺を建てる。この法成寺というのは現在はございませんが、たいへん素晴らしいお寺だったようで、とくに阿弥陀堂が豪華で御堂（みどう）と言われていました。道長を御堂殿と言うのはそれによるものであります。

それから、ちょっと時代が下りますが、道長の子供の頼通は、一〇五二年（永承七）に宇治の平等院を造って、宇治殿と呼ばれております。宇治の平等院は皆さまご存知の通り、世界的に秀れた美術的な建物ですが、この平等院も、法成寺も、本尊は阿弥陀仏であります。阿弥陀仏は言うまでもなく西方極楽浄土の仏であります。つまり浄土教・往生思想がこのころから盛んになってくるということであります。

浄土教、往生思想が盛んになるということは、この世を厭離したいという思想が強くなったことでありまして、それが、保胤たちの勧学会あたりを皮切りとして顕著になり、ついに道長、頼通のころになりますと、摂関家の人々、つまり最高の権力争いをした人々までが出家をして、この世をあだなもの、はかないものというふうに思いはじめる。それで阿弥陀信仰に走っていく、こういうような時代になったということであります。そういう時代に、先ほど申しました、文学は悪であるという考え方が出てきているわけです。

ところが、先ほど〝ヒステリック〟ということばを使いましたけれども、このヒステリックに叫ばれ出した狂言綺語観はその後、比較的早い時期にあまり問題にされなくなっていきます。

三、外在の否定

藤原清輔が一一五六年（保元元）ごろに、『袋草紙』という歌論書を書いています。この歌論書の中に、恵心僧都源信は、和歌は狂言綺語の誤りだと言って詠まなかった。あるとき、比叡山から琵琶湖を見ていると、船がすうっと一艘通っていった。そのときにそばにいる人が、『万葉集』にある沙弥満誓の歌を口ずさんだ。その歌は、

世の中を何にたとえむ朝開き
漕ぎいにし船の跡なきがごと

というのですが、この歌は伝本によっては「跡なき如し」というふうになっております。『万葉集』の歌は平安時代の中期以後少しずつ平安的に変えられるわけで、この歌も「世の中を」が「あさぼらけ」に、「漕ぎゆく船の跡なきがこと」が「あとの白波」と、ずっと色彩的で、平安的な美しさが出されるようになってまいります。「あと

の白波」のほうは『拾遺集』に載っていますが、とにかくこの歌を耳にした源信は「和歌こそ仏道に入る縁である」と言って、それからは折あるごとに和歌を詠んだということであります。

この説話は比較的有名で、『袋草紙』の後にも、鴨長明が『発心集』の中に取り入れております。船が進んで行ったあとには航跡がきれいに残る。ところがその航跡もだんだん消えていく。われわれが、手の舞い足の踏むところを知らなかった喜びも、紅涙とどまるところのなかった悲しみも、すべて時の中に呑み込まれていって、結局、あとには何も残らないという人生無常をこの歌は詠んでいる。これこそ仏道に入る縁になるものだ。なるほど和歌というのはいいものだ、狂言綺語じゃないと言って、源信は和歌を詠むようになったというのです。源信は九四二年（天慶五）から一〇一七年（寛仁元）の人ですが、この源信と、勧学会を主催した保胤とはきわめて近い関係にあります。仲がいいのです。ですから保胤が文学は狂言綺語だと叫んでいるころ、源信は、そうではないと言ったということになるわけであります。

ただし前の説話は、源信や保胤の時代より百五十年も後の『袋草紙』に見えるものですから、源信が本当にそういうことを言ったかどうか、それはわかりませんけれども、しかし、源信の和歌も実際に残っておりますし、ある一部の文章生・文章商売の文学屋が自分たちの営みのはかなさを感じて、狂言綺語だ狂言綺語だと叫んだとしても、その叫びは結局、日本人の伝統的文学観を変革するには至らなかったのであります。

では、そういう仏教と文学との関わりについての日本人的な感覚というのは、一体どういうところからきているのだろうかということになりますが、まず二元対立的なものを好まないという民族性があげられると思います。ですから仏教が伝来しても最初から、文学の悪業観は取り入れられなかったのだと思いますけれども、さらにこの地盤的な、民族性の上に、もう一つ大事なことがこの時代になると注目されるようになるのであります。

ご存知の通り、恵心僧都源信は『往生要集』という堂々たる大著述や、それから非常にやさしい仮名文の『横川法語』などを書いております（横川は恵心院のあった比叡山の横川であります）。

『往生要集』は大変な著述でありますけれども、この『往生要集』の画期性は、称名念仏の独立的な価値を認めたというところにあります。念仏というのは大きく分ければ観念と称念、観想念仏と称名念仏に分けられるわけでありますが、観想するというのはかなりむずかしいことで、たとえば『往生要集』の中に、阿弥陀さんの前に座りまして、頭頂の肉髻から額のあたり、眉のあたり、目、鼻、口、あごというふうにだんだん下のほうに下げていって足の裏に至るまでをじっと観想し、それが終わったらまた上のほうへ観想しまして、仏の四十二相を往復十六遍するというようなことが書いてあります。そういうことは時間的に余裕がなければできませんし、また観想するに価する仏さんというのは、よほど彫刻も立派でなければならないでしょうから、経済的にもかなり豊かでないとできません。結局、貴族社会のエリートのための念仏ということになります。

もう一方の称名念仏、これは阿弥陀さんの名前を唱えるだけですから誰でもできます。何をしながらでもできますから、金もかからないし、時間も要りません。これはすべての者に可能な念仏であります。この称名念仏をとりたてて、独立した価値として認めた最初のものが『往生要集』なのです。つまり、専ら貴族のための仏教から、すべての人々が参加できる仏教を説き出した、その最初の、はっきりした著述が『往生要集』だと言うことができると思います。

それから、仮名法語として書かれた『横川法語』はどんなものかと言いますと、たとえば、

妄念は凡夫の地体なり。妄念のほかに別の心もなきなり。

という語句があります。仏教は一般的に言うと、妄念を切り捨て悟りの世界に入ることを説く教えだとも言えるの

ですが、源信は、妄念はわれわれの地体なのであって、これを切り捨てることはできない、切り捨てることは人間を放棄することで、生きている限り妄念は常につきまとっているのだ、これを除いて悟りの世界へ行くなどということは妄想に過ぎないという立場に立ち、妄念を認めるところから出発しているわけです。妄念は凡夫の地体であり、妄念のほかに別の心もないのだから、臨終のときまでは、「一向に妄念の凡夫にてあるべき」と心得て念仏すればよろしい、と言っているのです。こういう考え方がもっとはっきりすると、法然上人までいくわけであります。

ですから念仏三祖という場合に、第一祖を源信に置きます。第二祖が院政期の永観（ようかん）という人で、第三祖が法然です。この考え方は、鎌倉時代に定着しております。

源信たちの考え方は、凡夫にとっては観想念仏は無理なのであるが、それに代わる往生の業に称名念仏があるということであります。こういう思想は摂関制の爛熟期には、摂政をし関白をした兼家、道長、頼通らをもとらえていきます。世俗的な栄達を遂げた者も、あるいは零落した人々も、どのみちすべて妄念の凡夫に過ぎないのであって、弥陀にすがるよりほかないというようなことがはっきり認識されだした時期、それが平安朝の真っ只中、ちょうど一〇〇〇年（長保二）くらいということになります。

このころ比叡山では中国から導入された、五会（ごえ）念仏という音楽的な念仏が盛んに行われていました。音楽に五線譜というのがありますが、五つの音階をうまく組み合わせた音楽的な念仏が、比叡山で唱えられたのです。これは山の念仏と言われています。

それから京都市街では、市聖と言われた空也が念仏を広めます。空也は九〇三年（延喜三）から九七二年（天禄三）の人で、この人が京都のまちの中へ出て来て念仏を広めたのは九三八年（天慶元）ですから、やはり大体、同じ時期になるわけです。山の上も京都の市中も、念仏の声が満ち満ちていったということになります。

京都の六波羅蜜寺には、有名な、口から六体の阿弥陀仏が出ている空也像があります。針金で六体の像を支えておりますが、われわれの感じない振動も感じまして、常に動いておりますね。あの六体は南無阿弥陀仏の六字である。それから布施・持戒・忍辱・精進・禅定・智恵という六波羅蜜を表すのだとも言われておりますけれども、南無阿弥陀仏の一字一字が仏さまとして口から出てくるところを造形化したのだと思いますけれども、音声を形象化するという点で、素晴らしい造形美術だと思うのです。いつも動くように作られている点も珍らしいアイディアで、あの前にたたずんでおりますと、何か空也の生きた声を聞くような気がします。

空也の念仏は狂燥的な呪術的なものであったと考えられますが、それが京都のまちを席巻していったということは、前から申しておりますように、為政者も、民衆も、みんな世の醜さを実感して、弥陀の西方極楽にあこがれていたからでありますが、親子、兄弟を蹴落として、自分がいい立場に立ったと思ったら、明日はそれがわが身であるかもしれないような不安、一旦上の者が失脚すれば、その系列の人々すべてがたちまちにして将棋倒しになっていくような不安、そんな不安な社会状況の中で、誰もが存在するもの、つまり外側にあるもののはかなさをつくづく感じ、もっと堅固なもの、確かに信頼できるものを内側に求めていくようになる、その境目が、ちょうど一〇〇〇年くらいのころであったというわけです。

たとえば『紫式部日記』に、池に遊んでいる水鳥を見て紫式部が、

　水鳥を水の上とやよそに見ん
　われもうきたる世を過しつつ

と歌に詠んでいるところがあります。水鳥は水の上に遊んでいるが、その水の下には何もない。不安定な中に浮いて、それで安心顔をしている水鳥は何と愚かなことよと、よそに見ることができようか、われも浮きたる世を過ご

しているのだ、という歌です。「浮き」は「憂き」と掛詞になっています。こういうはかなさの実感、この世に存在するものに対するはかなさの実感がひしひしと迫っていたわけで、そういう紫式部ですから、先ほど申し上げましたような宿世の文学と言われる『源氏物語』も書いているわけでありますけれども、こういう実感は、何も紫式部ひとりのものではなかったわけです。

道長、頼通によって法成寺の御堂や宇治の平等院といった素晴らしい阿弥陀堂が建てられたことは、浄土教の隆盛を示す事実ではありますけれども、実のところは、あの人たちは内なるものの真実を本当に求めていたと言いきれないものがあります。というのは、彼らにはこの世に極楽を実現したいという欲望がかなり働いているわけです。だからこそ、あれほどの素晴らしい建築、美術も作られたのですが、あの姿は、まだまだ外なるものに頼ろうとする心を拭いきれないものと言えましょう。

四、「人間」の発見

ところが一〇〇〇年あたりを境にして、次第に内面的なものが深く求められるようになっていく、これが中央の情勢でありますけれども、そのころ地方ではどんどん新興豪族たちが力を持ってまいりました。有名な芥川龍之介の『芋粥』は、『今昔物語集』巻二十六にある話を小説化したわけでありますけれども、敦賀の豪族のところで、京都の下級官僚が芋粥を腹いっぱいごちそうになって驚くという話です。

京都の五位の男は、自分の家と役所とを往復しているだけの平凡なサラリーマンで、よそへ行ったこともない。当時は普通の家にはお風呂というものはありませんから、入浴もあまりしたことがない。そういう男があるパーティのときに芋粥をごちそうになって、「こんなうまいものを腹いっぱい食べたいな」とつぶやいた。そうしたら敦賀の豪族藤原有仁の婿である利仁が、これまた五位でおりまして、「それなら腹いっぱい食べさせてあげよう」と言う。

そのまま時がたつ。貧乏五位は忘れているのですが、あるとき利仁に誘われます。「山寺でお風呂をわかしているから入りに行こう」と言うので、「それでは」というわけで、用意された馬に乗って行きます。五位は大体、京都から出たこともない人ですから、利仁が、だんだん山の中へ入って行くのが恐ろしくなって、「どこまで行くんだ」と言うと、利仁は「いや、すぐそこだ」と言いながら、とうとう比叡山を越えて三井寺まで行ってしまう。ははあ、三井寺でお湯を沸かしているのかと思ったら、またそこからどんどん敦賀のほうへ進んで行く。五位はこんな大旅行をしたことがない。ところが地方豪族の利仁は、敦賀なんていうのは自分の庭みたいに感じているというような、そういうスケールの違いを出しているわけです。

途中で狐が出てきます。そうするとその狐を、利仁は駿馬を駆ってつかまえまして、「これからお客さんを連れて行くから、迎えの者をよこすように敦賀の家に伝えろ」と言って放してやる。五位は、それこそ狐につままれたような気持ちで利仁の行為を見ていたのですが、やがて本当に迎えの集団が現れるのです。利仁が迎えの者に「どうして来たのか」と質問したら、「奥様に狐がついて、利仁様がおいでになるから迎えに行くように、と言うので来ました」というようなわけで、これまた京都の貧乏五位をびっくりさせるのです。

狐をこの場で登場させるという『今昔物語集』、もちろん龍之介も取り入れていて、これは自然界まで、動物界までを支配下に治める豪族の力を象徴するものだと思いますけれども、このような豪族が地方でどんどん力を得てくる、そういう時代がちょうど藤原頼通のころであります。

『今昔物語集』の話からもう一つ二つかいつまんで申し上げますが、巻二十三の第十四話に、平致経という男の話があります。明尊僧正という三井寺の坊さんが、京都の藤原頼通の家で一晩じゅうお勤めをしたその夜のこと、どうしても三井寺へ行って用足しをして帰ってこなければならないことになった。しかし琵琶湖畔の三井寺までの山中は盗賊などが出まして、かなり危険ですから護衛が必要なわけです。そこで頼通に警護団を依頼したのですが、現れたのは平致経一人なのですね。それで明尊僧正が「あなた一人ですか」と言うと、「一騎当千だから大丈夫です」なんて言うのです。非常に不安に思いながらも明尊は、致経の用意した馬に乗って二人で出発します。

七、八町ばかり行きますと、向こうから黒装束の者が二人、馬に乗って来るのですね。そこで明尊はもう出たかと思ってどきっとするのですが、その黒装束の者たちは馬から飛び降りて平伏する。致経は黙っているが二人の者は後に従う。四人で一町ほど行くとまた二人が現れて、同じように平伏してついてくる。こうして賀茂川を渡るまでに三十数人の護衛団ができ上がったのです。その大護衛団に守られて明尊僧正は三井寺へ行き、用足しをして無事帰ってくるのですが、賀茂川を越えると、致経の郎等たちは先刻現れたところで二人ずついなくなって、頼通の家に帰り着いたときには致経と明尊と二人だけになっていたというのです。たいへん無気味な、すごい話であります。

同じような話が巻二十五の第十二にございます。これは武勇で有名な源頼光の弟の頼信という人の話です。この頼信もその子供の頼義も豪勇な武士でありますけれども、この親子の話です。頼信が関東からよい馬を買いまして、それが京都まで連れてこられた夜の出来事です。何しろ名馬ですから馬盗人が街道筋で目をつけまして、盗もうと思いながらついに京都まで来てしまった。途中で盗めなかったわけです。馬は頼信の家の馬屋につながれた。ちょうどその夜は雨が降っていました。子供の頼義は、親が名馬を買って今日到着したそうだから、ほかの人に取られないうちに自分が譲り受けようと思って頼信のところへ行きます。頼信はどうして頼義がやってきたのか、その心の中を見抜きます。そして頼義が何も言わないうちに、「関東から名馬が届いた。今日はもう暗いから、明日の朝、見て、気に入ったら、つれて行きなさい」と言います。

その晩、雨に紛れて、関東からついてきた馬盗人がその馬を奪って逃げるのですね。馬屋のほうから「馬盗人だ」という声が聞こえる。『今昔物語集』を読みますと、「……とも告げずして」「……とも言わずして」といったことばがたくさんこれから続くところなのですが、頼信も「どろぼうだぞ」と言わないし、頼義も「お父さん、どろぼうだ」なんて言わないで、それぞれが別々に跳び起き、装束をつけて、馬にまたがって追いかけて行くのですね、闇の中を。闇の中を追いかけて行くと言いますと、闇なのにどっちへ行ったかわかるはずがないという方もいらっしゃるでしょうが、ところが脇目もふらずに追いかけて行くのです。さすが頼信・頼義くらいの武士になりますと、当日に入荷した馬には関東から馬盗人がついてきているから、盗人は関東のほう、つまり逢坂の関のほうへ向かって逃げたということがわかっていて、当然のことのように東へ追って行く。

闇の中を、子供が先、親が後になって行くわけですけれども、二人は一言も言葉をかわしていないのです。関山あたりへ行きますと雨も上がった。馬盗人はここまでくればと安心して、水たまりをじゃぶじゃぶと行くわけです。そうするとただ一言、「あれじゃ、射よ」と言う頼信の声が闇をつんざく。あの水の音が泥棒だというわけです。そのことばを聞くか聞かないかのときに矢の飛ぶ音がする。頼義も全く同じことを考えたわけですね。矢の飛ぶ音がして間もなく、闇の中にからんからんというあぶみの音がする。これは泥棒が射落とされた証拠ですね。その音を聞くと頼信は、何も言わないで帰って寝てしまうのです。頼義は頼義で、馬をつかまえて帰ってくると馬小屋につないで寝てしまう。

明くる朝、頼信は、頼義に黙って馬を与えるのですが、その馬には素晴らしい鞍が置いてあったというのです。これは夕べの手柄のほうびのつもりでしょうが、それについて何も言わないのですね。これまた先ほどの話と同じような無気味な話、武士団の、あるパワーを感じさせる話です。

私はこれについて『日本の説話』という本に書いたことがあるのですが、そのときに使ったことばで申しますと、「古代貴族社会の〈個人における華麗なる表出〉」に対する、「中世武士の〈集団における重厚な無言〉」が価値として認められるようになったことを示す話であると思います。貴族社会では、歌を詠みかけられて返し歌ができなければ大恥であり、勅撰集に一首入ったといって喜んで死んでしまった人もいるくらいですから、とにかく個人の表出、個人の華麗な表現が文化的に最高の価値を持った時代です。

そういう時代が去って、集団における重厚な無言の価値が、貴族たちの今まで考えも及ばなかった新しい価値として認められだしたのでした。

大体、ことばを多く用いなければまとまらないというのは弱い集団なんですね。ですから野球なんかでも、監督さんがどこかなでたり、たたいたりしてサインを送っていますけれども、あのような動作さえも全くなくて、監督が盗塁と思うと選手がパッと盗塁する、そんなチームは絶対勝ちます。会社でも上役がこうするといいなあと思うことを黙っていても社員がやってのけるという会社は、すごい会社だと思います。要するに表現が多くなければならない集団というのは、精神的な結びつきが少ない弱い集団であろうと思います。

貴族社会は集団としては弱い集団で、専ら尊重されたのは個人における華麗な言語表現であったわけでありますが、そういう社会がだんだん崩壊していって、集団における無言の価値が認められるようになってくる、ということは、武士集団、地方豪族集団がのし上がってきたことの表れであるわけですが、ここにも、外面的なものより、内面的なものが求められているという事実を指摘することができると思います。

この時代は、「人間」ということばの意味を変えた時代でもあります。文献上では『大鏡』とか、『栄華物語』とか、『今昔物語集』とか、大体一一〇〇年（康和二）くらいに成立した本の中に、変化した意味での人間ということばが出てまいります。われわれがいま使っているのは、そのころ変化した意味の人間ということばなのです。人間というのはもともとは仏教からきたことばで、十界観で地獄界・餓鬼界・畜生界・修羅界・人間界という、その人間が本来の意味です。つまり人間界でありまして、人の間ということです。世間というのも同じような意味です。だから、山の中で道に迷って、人間に出ようとする、というような使い方がされています。ですから、人間というのはまさに字の通りの意味で、人の間がらということです。ところが平安時代後期から、個人を人間と言うようになってくるのです。

では、なぜ人間関係、社会を意味することばが個人の意味に変化したかということでありますが、それは、個の価値が重要視された時代がだんだん去っていって、集の価値が認められるようになったことと関係が深いと思います。かつては貴族が、さぶらい・侍らう人としてあざ笑っていた連中が、やがて武士として貴族を追い落としていくことになるわけですが、その新興階級の集の力が認識され出したとき、つまり個の無力さを感じ出したときとは、個は集と無関係には生きていけるものではないということが明らかにされたときでもあります。個が個として生きられるような錯覚を持ちえた社会から、集の中の個としてでなければ生きていけないことが確認される社会への移行、それがこの時代の特徴的なできごとでありました。

そうしますと、「人間」ということばも、もともと集団を意味し、社会を意味していたものが、個も社会の一部であるという意味から変化してくるわけです。つまり人間を除いて個の人はありえない、社会を除いて個の存在はありえないのだということになりますから、個と集とが、二元的なものとしてとらえられなくなる。個人も人間なのだということになってくるわけです。

　そうするとこれは大変な文化事象でありまして、現在われわれが人間を見る見方、つまり人間というのは社会的な存在であるというのは、実は日本ではこの時代にはっきりしだしたということになるわけで、その時代とは、先ほどから繰り返し申し上げているような、人間の卑小さと、それに相対する仏の世界の偉大さとを実感しだした、その時期であったのです。

五、仏教文学の確立

　摂関期・院政期の厳しい体験の上で日本の思想史の一大転機がおとずれたことは、以上お話しした通りでありますけれども、そういうような試練を経て、本当に仏教と文学が結びついていく、そのような展望を私はしております。

　仏教思想が文学の上で表れてくるのは、仏教の無常観が、死や四季の移り変わりによって無常を観ずるという形で出てくるわけなのですが、これが『万葉集』あたりにあるわけです。

『古事記』『日本書紀』というのは、やはり上古の伝承を記録したものでありますから、仏教思想の影響はほとんどないわけです。『万葉集』から仏教思想の影響があるといっても、強いものではありません。ただ無常というだけならば、仏教思想でなくても言われているものですから、それだけでは深い仏教思想と言うことはできません。

　それから、先ほどの話に出ましたように、平安文学の中には仏教がかなり取り入れられておりますけれども、しかし、思想としてぎりぎりのところまで掘り下げられたものはあまりありません。

一例をあげますと、清少納言が小白河の御八講という法会に行きまして、このときは説教師が非常にうまい人で、押すな押すなの盛況で車を動かすことも不自由なほどでした。清少納言は用があるものですから、途中で失礼するというので車を表へ出そうとした。そうしたら権中納言義懐という男が、「ややまかりぬるもよし――あ、清少納言、出て行くの、それもいいだろう」と言ったのです。そうしたら清少納言は表へ出てから、使いの者をやりまして「五千人のうちにいらぬようもあらじ――あなたも五千人の中に入りそうね」と言った。これだけの話が『枕草子』に載っておりますけれども、これは『法華経』の方便品に、釈迦が説法しているときに増上慢五千人が退座したという話を踏まえているのですね。そのときに釈迦は、「かくのごときの増上慢、退くもまたよし」と言ったのです。ですからお説教の途中で出て行こうとした清少納言に義懐は、「おまえは増上慢だから退くもまたよし」と、にやにやしながらからかったわけです。そこで清少納言は、本当は退くもよしというのはお釈迦さまのことばなのに義懐が言っていますから、「あなたこそ増上慢じゃないの、あなたこそ五千人の中に入るわよ」とやり返したというわけです。こういうのは素材として仏典を使っているだけで、仏教思想そのものとは全く無関係なわけです。

そういうように王朝文学に仏教が非常に多く影を落としているといっても、深みとしてはまだまだ物足りないものがあります。しかし、先ほどから申し上げているような一一〇〇年くらい――院政が始まるのが一〇八六年（応徳三）ですから、大体そのころになるわけですが――、院政期を迎えるころからますます時代は混乱して、一一五六年（保元元）には保元の乱が起きるし、一一五九年（平治元）には平治の乱が起きます。それから二十年くらい経って源平の戦いが起きて、一一八五年（元暦二）に平家が壇ノ浦で滅びるわけですが、摂関制以来きざしだした矛盾の種が戦火となって、武士の時代になっていきます。そして、一二二一年（承久三）の承久の乱で徹底的に京都はたたかれて、北条幕府の天下になるという、そういう新しい時代を迎えるための陣痛は、たいへん厳しかったわけです。そういう厳しい状況を通して、本当に仏教と文学とが結びつく作品ができていきました。中世――中世といっても室町になると少しまた様子が変わってまいりますけれども――鎌倉期の文学作品は、多くが本当の意味で仏教と文学とが結びついています。

私は、岩波の雑誌『文学』の昭和四十九年二月号に、『方丈記』に関して従来の通説と全く違った説を発表しました。皆さんは『方丈記』を随筆として習われたと思いますが、あれを随筆というのはとんでもない間違いであるという説です。NHKブックスの『仏教文学の世界』の中にも『方丈記』という一節を設けて言っているのでありますが、随筆性というのは、『方丈記』には全くないのです。説を立てた本人が言うのですから、割引して聞いていただいてもいいわけですけれども、私に言わせれば『方丈記』は、随筆でも、それから岩波の『古典大系』の解説に書かれているような生活記録でもないのです。日野の外山の方丈の庵に住んでどうしたとか、こうしたとかということが記されているので、何となく生活記録というような感じがないこともないのですけれども、しかし、実は、衣についても、食に関しても全く書かれておりませんで、具体的な生活は「せ」の字もないのですね。

それから閑居の楽しみを書いた随筆だという通説も、『方丈記』の一番大切なところを見落としています。たしかに筆をきわめて閑居の楽しみを書いておりますが、それは「不請の阿弥陀仏、両三遍申して、やみぬ」という最後の言葉で、全否定されているのです。もう少し細かく申しますと、『方丈記』の前のほうには、この世が非常に住みにくいことを、地震だとか、飢饉だとか、火事だとかの災害の叙述で、これでもかこれでもかというふうに書かれておりますけれども、それは、そういう住みにくい世の中を去って、山の中に閑居の楽しみを見出すことの必然を出すための前提であるわけです。そして次に、閑居の楽しみが筆をきわめて書かれておりますが、それがまた、次の、閑寂さや草庵生活に執着すること自体も仏の戒めに背くものだという、仏教的結論にもっていくための手段である、というように、非常に巧妙に仕組まれた構造が『方丈記』には見られるのです。構造が仕組まれているならば、当然のことですが、それを随筆と言うことはできません。

詳しく申し上げだすときりがないのですけれど、非常に具体的に、形式の上から『方丈記』を、いわゆる文学作品のジャンル内でとらえるのが誤りであることを指摘することもできます。それは、『方丈記』の末尾には、「時に建暦の二年、弥生のつごもりころ、桑門の蓮胤、外山の庵にして、これを記す」という跋がついています。物語でも、随筆でも、日記でも、文学的な意図をもって作られた作品には、跋をつけ署名をすることなどないのが、古典の伝統なのです。しかも、この署名は鴨長明とは書いていません。「桑門蓮胤」とされているのです。蓮胤というのは長明の法名で、わざわざ法名をしるしているのですから、このような形式を見ても、『方丈記』は仏教者が仏教的自覚をもって書いた本だということになるわけです。

それから、中世仏教の一つの特徴は、法然にしろ、親鸞にしろ、日蓮にしろ、二乗をきらうというところにあります。二乗というのは、菩薩の下の声聞、縁覚、つまり己れ清しとして利他の行に欠けるもので、それを非常にきらうのが中世仏教です。この思想は仏教本来のものですが、日本では『往生要集』あたりから次第に強くなってきます。末法・末世観に基づいて、すべてのものが妄念の凡夫であるとする『往生要集』の立場は、そこから本当の平等観をにじみ出してくるわけですから、己れのみを清しとする二乗の心を排斥します。この思想が次第に明確になりまして中世を迎えることになります。だからこそ法然や親鸞や日蓮らの仏教が、真に民衆的でありえたわけですね。貴族だけが救われる仏教ではないものになっていったのです。

そういう時代に、蓮胤と、わざわざ法名で署名までした男が、日野の外山へ入って、下界では愚か者どもが、苦界にのたうち回っておるわいというような二乗の心で、閑居の楽しみを謳い上げる作品など遺すはずがない、そんな恥ずかしいことができるわけはないのです。こういう基本的な中世仏教に対する理解を踏まえれば、『方丈記』が随筆であるということには決してならないであろうというふうに思うわけです。

時間がまいりましたので、まとめに入りますが、ただ今の、二乗を否定する絶対の平等観が芽生えてきたのが、一〇〇〇年くらいの、摂関制が爛熟し、末法思想・浄土思想が強まり、『往生要集』や『横川法語』が記された時代ですが、それが中世初頭で結実するわけであります。その結実への過程で、貴族は貴族なりの悩みを、新興集団は新興集団なりの苦しみを味わいながら、命がけの古代末動乱を戦い抜いてきたのであって、そのような苦悶の果てに初めて絶対平等の宗教観が深化した。そしてそれはまた、「人間」ということばの意味内容を変えることにもなった。われわれは、古代末から中世にかけての思想の深化を超えるものは、現在までほとんど見ることができないように思います。ところで、そのような峻厳な中世を基盤として、人間に固着しようとする文学と人間を超克しようとする宗教とが、相即するものとして結びつき、真の仏教文学が開花するに至った。私はこのような展望を持っております。

最後に一言つけ加えさせていただきます。平和運動は盛んに行われていますけれども、果たして宗教を除いた平和運動というものが本当にありうるでしょうか。われわれはとりあえずは平等ではありません、みんなすべての点で違うわけです。あらゆる面であらゆる点が違っている者が、本当の意味で平等になるというのはどういうことでしょうか。それは仏に対しての平等――仏と言わなくても結構なので、神でも絶対者でも、そういうものに対しての平等以外に本当の平等はありえないのではないかと思います。つまり、妄念の凡夫であるという凡夫意識が徹底することによって、一般の人間社会の差別などというのは、毛ほどの違いもない、爪のあかほどの違いもなくなるわけです。これは人間だけの問題ではありません。ゴキブリでも、馬でもみんなそうでしょうが、そういう平等観が芽生えるはずです。

別に仏教だとか、キリスト教だとか、宗派を考える必要はなく、大きく宗教という名のもとでとらえ、あるいは宗教情操という心情に還元してもよいのですが、その宗教情操を除いての平等観というものはありえないのではないか、そして本当の平等観がない限り、本当の平和志向もありえないのではないかと思うわけです。

一隅会という名の会にお招きいただきましたので、一隅を照らすということの意味合いに関わったことを申し上げて、拙いお話を終わらせていただきます。

●質疑応答

一、仏は絶対者か

質問　最後のお話で、いわゆる平等ということですね。われわれは絶対のものに対して少々差があるもの、これは些細な差であって変わりはないのだという、絶対者というものの考え方を宗教というものでくくってしまったときに、仏というものを絶対者と考えてもいいものかどうか……。

今成　キリスト教ですと絶対の神がおりますね。仏教の場合は、一番先に申し上げましたように、無我の理、因縁の法。その無我の理、因縁の法を人格化した場合に絶対の人である。つまり仏教で言うと応身仏になります。法報応の三身説というのは、仏を法身と報身と応身とに一応分けて、それからの三身即一というふうに見ますね。そういうものが仏教で言う絶対者でしょう。

ですから、法身仏は大日如来で、これは形がなく無限の仏ですから、それを形象化するために少しでも大きくというわけで、経済の許す限り大きくしたのが奈良の大仏さまですね。

それから報身仏は、経典によって違いますが、たとえば阿弥陀さんなどは、報身仏と見る経典と、応身と見る経典とがありますけれども、慈悲そのもの、つまり法身と応身とを結ぶ大きな智恵ですね。そして応身仏は人間としてこの世に出現なさったお釈迦さまと、一応そういうふうに三身に分けるけれども、私たちはお釈迦さまを、法身も報身も兼備している三身即一・久遠実成の仏陀としております。そのように仏陀というものをいろいろな角度から見ますけれども、せんじつめれば因縁の法、無我の理を人格化したものだと言えましょう。そういうのが仏教の絶対者観だと思うのですね。

つまり因縁の法に比べれば、これと対した場合に、われわれは少しくらい金があってもなくても、体力があってもなくても、みんな必ず死ぬのですから、全く平等だというような理解の上で、先ほどのようなことを申し上げたのです。

目くそ鼻くそを笑うと言いますが、絶対者の前に出ればみんな目くそ鼻くそなので……。

二、百八について

質問　百八の数字はどういうふうに？　煩悩とかいろいろ……。

今成　その百八の内容を即答することはできませんが、仏教辞典などをお引きになると詳しく書いてあります。仏教は細かく分けて言うのが好きでして、たとえば、一切は四大、地・水・火・風から成り立っている。人間もまた四大から成り立っている。その四大の一つひとつに百一の病気があるから、合わせて四百四病だというようなことも言われるわけで、その百一の病気も全部仏典には細かく出ておりますけれども、記憶はしておりません。

三、夏安居

質問　夏安居というのはどういうことですか。

今成　禅定と学解の期間でありまして、南方ではやらざるをえないわけでしょう。雨季で、外に出られない。日本でもそれに類することをやる場合があります。

質問　托鉢するのに適当な期間でないから、その間、勉強するということですね。

今成　そういうことですね。

夏安居を何回もやることが臈を積むということで、それをやった人が上臈になるわけです。あまりやらないのは下臈になるわけです。

質問　長臈ということばもありますね。

今成　長臈は上臈のことですね。その集団の一番上。一回臈を積んだから一臈ではなくて、一番上の人を一臈と言います。

四、『方丈記』について

質問　先生の『方丈記』のお話、あれは時間がなくなって、途中で切れているような気がするのですが、もう少し補足していただけませんか……。

今成　そうなんですね。『方丈記』と『平家物語』がいいのではないかと思うのですが、『方丈記』のお話も八合目くらいのところまでで終わってしまったわけなのですが……。第一『方丈記』という名前をつけること自体も問題になります。方丈というのは維摩居士の部屋です。後にそれがお寺の住職の部屋から、さらに住職のことを言うようにもなりますが、もともとは維摩居士の部屋が方丈ですから、『維摩経』との関わりを無視するわけにいかないのです。

維摩居士は、居士なのに非常に仏教の知識が豊富で、弁も立つ、そういう居士が病気になる。実は、本当の病気ではないので、仮の病気を表すわけです。釈迦が弟子たちを見舞いに行かせようとするのですが、みんな維摩居士に論破されたことがあるので尻込みをする。最後に文殊師利に白羽の矢が立ちますと、人々は智恵の文殊と維摩の問答を是非聞きたいといって、多勢集まって見舞いに行くというようなところから『維摩経』は始まる、非常にドラマチックなお経なのです。文殊師利が「あなたの病気は何ですか」と聞く。すると居士は、「私の病気は衆生が病んでいるという病気だ」と答える。すべての者が悩んでいるということを悩んでいるのだから、この病気はすべての人が救われなければ救われないということになります。

ですから、そういう維摩居士の庵である「方丈」を題名に持つ作品であれば、京都で悩み苦しんでいる人々をさしおいて、自分だけ山の中へ入って楽しむということを主眼とする随筆なんかであるはずがない。そんな作品を作り、しかも「桑門蓮胤」などと署名できるはずがないのです。

五、仏教のエネルギー

質問　先生のお話は、貴族社会から武家社会への移り変わりということで、たいへん面白く伺いました。そこで少し飛躍するかもしれませんが、現代社会で今、価値観の非常な転換という面でいろいろあろうかと思うのですが、たとえば浄土宗の殊に急激な拡大、広がりがあるというふうなことで、現代社会で何か多くの人が求めているものと言いますか、あるいは何かが起こった場合に、多勢のエネルギーが集まるチャンスとでも言うか、何かそういったことで先生がお感じになられるようなことがあったら伺いたいと思うのですが。

今成　非常にむずかしい……。今は出版界で仏教書ブームでありますし、それから放送界でも盛んに宗教が取り上げられておりますね。やはり時代が落ち着いてきたと同時に、落ち着いたから一層のこと、今まで目の届かなかった微細な危機的状況も見えてくる、だからそのような現象が起こっているのじゃないかと思うのです。テレビや新聞などでも報道されました南無の会というのがありまして、辻説法と称していくつもの喫茶店で説教をしていますが、これには若者がたくさん来まして、非常に熱心に聞いています。それからご存知の通り、座禅をしている寺には、夏休みを利用して若者がたくさんつめかけたりもしております。宗教が真面目に、地道に求められていることは確かだと思うのです。

エネルギーが集まるという、そういう契機の問題は私にはちょっとわかりませんけれども、会社なら会社の場でもって、その会社の危機とか、あるいは地域社会の危機とか、そういうものを実感されることは日常的にたくさんあるわけでございますね。そういうときに備えてどうするかということを、小集団内の問題として考えておかれることがいいのではないかと思います。社会全体が単一の核による爆発を起こすというのは、近代社会ではないのではないかという気がしますけどね。会社のためにとおっしゃって、会社の捨て石となって自殺なさった方もおられましたね。たいへん真面目な方なのでしょうが、どこかやはり一番基本的なところで、ちょっと何かが外れているような気がするのです。実際にはどうなのでしょうか。会社にとってはそういう方こそ、本当にとことんありがたい社員なのでしょうか。

日常的に起こりうる、何かのトラブルで沈んでしまう仲間は決してないという、安定感を持つことのできる集団は健全なのだと思うのですが、健全というのは守りの姿勢の中にあるのではなくて、一旦、事があった場合には爆発するエネルギーを秘めているわけですから、やはり精神的な連帯がないところにはありえないのでしょうね。ご質問の答えには、十分になっておりませんけれども……。

六、『徒然草』の仏教観

質問　『徒然草』における仏教観というものにつきまして、お話を聞きたいのですが……。

今成　あれは不思議な作品で、仏教思想は満ち満ちていると思うのですが、ストレートには書かれていないですね。『徒然草』の中に出てくる仏書も、具体的に名前が出てくるのは、『一言芳談』『摩訶止観』『往生拾因』の三つだけです。

ここでまた、私の非常に思い切った考え方が一つあるのでご披露しておきますけれども、『徒然草』の一番最後の段に、自分が八歳のときにお父さんをやり込めたという話があるのです。「仏って何だ」と親に聞く。そうしますと、「仏教をよく習い修めて悟った人が仏なんだ」と答えるのですね。「それじゃ、仏になった人を教えた人は誰か」と聞くのです。そうすると、「それはまたその先の仏が教えたんだ」というふうに答える。「その先の……」と言ってとことんまで、八歳の子ですから追求するわけですね。それで父親が、「えこたえずなりぬ」（とうとう私は答えられなくなったよ）と笑いながら人にしゃべったというのが、最後の段です。

一体どうして最後に、こんな風変わりな軽い話が置かれているのかということが気になります。なぜなら、兼好のお父さんもたいへんな教養人でありますから、そんな八歳の子にやり込められるはずはないので、先ほどの法報応の三身説をはじめ、仏陀観についても深い知識があったのは当然なのですね。知らないはずがない。だからこそ「子供にやり込められたよ」と、人に笑いながら語る余裕があると思うのです。しかも、当の子供の前で笑いながら、この子にやり込められたと言うのは、本当にやり込められていない証拠だと思うのです。

それから、話は飛びまして、今度は序段です。「つれづれなるままに……」という例の有名な段ですが、日ぐらし硯に向かい、そこはかとなく書きつけていると、「あやしうこそものぐるほしけれ」と言っている、あの「ものぐるほしさ」とは、一体何だろうかということです。ものぐるおしさというのは、詩魂のうずきではないか。文芸的なモティーフ、何か表現したいという衝動、これは誰もが持っているわけで、それで筆を持つと、迷わし神に誘われて詩の世界をさまようような不思議な陶酔を覚える。兼好の言うものぐるおしさというのは、そういったものではないかと思います。

このように考えますと、序段に文学に対するものぐるおしさを書きまして、最後に何ものにもこだわらないあっけらかんとした仏教思想で締めくくる、『徒然草』は首尾をそのようにしていることになります。

そうしますと、こういうことが言えないでしょうか。『徒然草』というのは、本当にもろもろの話が集められているわけですが、それは華厳の世界、雑華荘厳世界であり、先ほどの首尾はそれを締めくくる役割を与えられて置かれているのではないか。法然や親鸞は「自然（じねん）」ということを盛んに言っていますが、彼らに限らず「自然法爾」ということは仏教の根本的な思想で、道元が万法と言い、日蓮が妙法と言っているものも、ほとんど変わりないと思います。「自然」ということばは、仏典が漢訳される時期に中国で老荘の思想が盛んだったから使われたのだと思いますが、要するに、すべてあるべきものがあるべきようにあるということですね。この世界は、私も、椅子も、机も、みんな雑華なので、そのもろもろによって総体的に荘厳されている、これが華厳ということです。

ですから先ほど出ましたことで申しますと、みんなそれぞれが、それぞれの持ち場で役割を果たしながら、調和のとれた因縁法の世界を構成している、自然のあるべきようにあることが、世界が浄土だということになります。

ところで、『徒然草』にはいろんなことが本当にいっぱい脈絡もなく記されておりますが、あれは雑華荘厳世界なのではないでしょうか。人間とは、そして世の中とは、ということを、あの兼好の鋭い目で見抜いた、いろんな形のものを並べることによって、一つの雑華荘厳の世界を現出しているのではないでしょうか。

雑華は、くくりませんとばらばらに飛んでいってしまって荘厳世界を形成しませんから、最初に文学を置き、最後に仏教を置いて締めている。つまり、ブーメランのように、最初と最後をぴっしりと仏教と文学で締めて、その中間は非常に振幅の大きな雑華荘厳世界を表した作品、『徒然草』をそのように見ることはできないでしょうか。こんな考えを私は持っているのです。ですから大きなとらえ方の仏教と文学との融合が、いかにも中世らしくなされているのであって、個々のところにはあまり仏教が生々しくは出ていないと思います。

七、現代文学と仏教

質問 今日のお話は中世が中心になっていますが、現代文学、明治以降の文学と仏教との関係はいかがですか。

今成 近・現代の文学と仏教というのは、私自身あまり勉強していないところでありますから、満足なお答えはできないのですが、たとえば、近代文学全集とか、現代文学全集に宗教篇が一冊か二冊組み込まれていますが、その八割はキリスト教文学で、仏教文学というのは本当に少ないのです。

実は私にも先日、東洋哲学の研究誌に、近代文学における仏教の罪意識について書いてくれというお話がありましたが、とても書けませんとおことわりしてしまったのです。気軽に罪意識と言われても、近代に入りますと、先ほどから申し上げているような、仏教の考え方の罪と、キリスト教の考え方の罪が渾然としておりまして、仏教的観点だけからそれを探り出すというのは、たいへん困難なことなのですね。近代・現代文学研究の専門家でも、そういう方面をやっている方はあまりおられません。

たとえば親鸞のことを書いている倉田百三の『出家とその弟子』にしましても、キリスト教用語がたくさん出てまいります。いや、用語ばかりでなく、明らかにキリスト教思想の出ているところもあります。ですから、あの作品は親鸞観を誤らせるものだという人もいるくらいなのですね。

それから仏教についていろんな著述をしている岡本かの子にしましても、初めは熱心なクリスチャンであったのでありまして、それが仏教信仰を持つようになったからといって、キリスト教の罪の意識を全部否定することはありえないわけです。

現代の方々にしても、たとえば私なんかでも、仏教のプロであっても、やはり非仏教的な発想を折り込んで仏教を解釈して、それを書いたりしている点がないとは言えません。ですから近・現代における仏教文学というジャンルの受け止め方は、研究者によってずいぶん違ってくると思います。

たとえば、私も近代について全然書かないというわけでもなくて、有斐閣から出ている『日本仏教の心』という本に「近代文学者と仏教」という文章を載せましたが、志賀直哉の『暗夜行路』を仏教的側面からとらえて書いてみたところ、近代文学の専門家から、ああいう考え方もできるんだね、と言われたりしているのです。ですから見方によって、ずいぶん違ってくると思いますね。

八、無常観と無常感

質問　中世文学には決まって精神的なものが混じって、いくらか矛盾を感じるものですね。いわゆる文学に出ているということを言われていることについてですけれども、これは要するに、仏教の無常感がそのまま出てくるというようになっているわけでございましょうか。

今成　今おっしゃった無常カンの「カン」というのは、どういう字でしょうか。

質問　フィーリングのほうです。

今成　フィーリングの無常感ということばが使われ出したのは昭和ではないでしょうか。昭和も十年以後だと思います。本来、観念の観ですね。それ以外の「ムジョーカン」ということばはなかったはずです。ですから紛らわしい場合には、フィーリングのほうの感は「無常哀感」とでも言って、それで無常観と分けたらよいのではないかと思っているのです。

無常の哀感というのは、仏教と無関係にあるわけでございますね。「歓楽窮まって哀感多し」ですか、漢の武帝が言ったというのは。あれは仏教がまだ影響していないはずでして、無常を悲しむということは、仏教と無関係に人間本然の心情としてあるわけです。

仏教の無常観のほうは、哀感を伴いません。むしろ哀感を克服する方向に作用するものです。無常だからこそ人生は楽しいので、無常でなければ明日の喜びもないわけです。滅びるのも、栄えるのも無常で、その無常を観ずる――つまり実相を見抜くということですから、一切のものを固定した相でとらえることがなくなります。先ほどの因縁の法ですね。すべてが因縁果の法則で推移していくのを見抜くことが、無常「観」のほうでございます。

そこで、文学と無常との関わりを一体どう考えたらよいかという場合に、やはり「観」が出ていなければ仏教文学とは言えないと思うのです。『平家物語』にしろ、『方丈記』にしろ、『徒然草』にしろ、「観」がある。そこに言い知れないあたたかさとか、明るさがやはりあるのではないか。

『方丈記』と『徒然草』の話が出ましたから、もう一つ、中世の仏教文学として代表的な『平家物語』について少し申し上げます。『平家物語』が、有名な、

祇園精舎の鐘の声、諸行無常の響あり

で始まるのは、皆さんご存知の通りです。冒頭から「無常」ということばが出るので、『平家物語』は無常感の文学だというようなことがすぐ言われてしまうのですが、しかしここには一つの問題があります。大体、諸行無常というのは、『涅槃経』の四句の偈によるものでございます。「無常偈」と言いますが、

諸行無常

是生滅法
生滅滅已
寂滅為楽

諸行は無常である。生じたり滅したりすることは法則なのだ、というのが第一句と第二句です。第三の句の「生滅滅已」の「生滅」は相対的な生ずることと滅することで、相対生・相対滅なのですが、次の「滅」は上の生も滅も滅してしまうという絶対滅です。そういう「滅」の世界では、寂滅も楽しみとなるというわけです。

これはインドの祇園精舎に無常堂というお堂があって、その軒の四隅に下がっている鐘の音の功徳を説く偈であります。この無常堂というのは病んだ坊さんが収容されてそこで死ぬところなのですが、病僧が臨終のときにこの玻璃の鐘が鳴る。そして四句の偈を響かせるのです。それを聞いてみんな開悟して安らかに死んでいくというのが、『涅槃経』の話です。

ですから、この四句の偈の結論は「寂滅為楽」であるわけで、四句の中から一句だけ選んで言うならば、「祇園精舎の声、寂滅為楽の響あり」と言わなければいけないのではないでしょうか。

ところが『平家物語』は、「祇園精舎の鐘の声、諸行無常の響あり」と言っているので、諸行無常の響きであるならば、迷いっ放しなわけです。それをなぜ、「諸行無常の響あり」と言っているのかということが問題になります。もっとも、「祇園精舎の鐘の声、寂滅為楽の響あり」と言ったら『平家物語』はそれでおしまいでありまして、あとは全然いらないわけなのです。（笑）

私は今、『平家物語』の冒頭が、仏教の正しい知識を踏まえていないと言って文句をつけているわけでありますけれども、そんなことは当時の作者は十分に知り尽くしています。中世の仏教教養人でありますから、わかって言っているに決まっているのです。ということは、どういうことでしょうか。これは「諸行無常の響あり」と言って、これから諸行無常の歴史物語を語るぞという姿勢を示しているのだと思うのです。そしてあの源平の戦い、まさに諸行無常としか言いようのない戦乱物語を語っていくわけです。しかしそれだけではおさまりがつかないわけで、どうしても最後を締めくくらなければいけない。『平家物語』の最後に、ご存知の「大原御幸」があります。尼となって大原に籠った清盛の娘建礼門院徳子を、後白河法皇が訪問する話です。

大体、古代末の動乱は摂関制と天皇親政（院政）との争いだということができますが、清盛は摂関制の伝統を護っていこうとする人で、徳子は摂関体制側の生き残りということになります。それに対して、天皇親政を復権しようとする院政側の生き残りが後白河法皇です。この二人の対面の場で、徳子は生身のまま六道を輪廻した体験を語ります。

都での栄華の生活は天上界。都落ちに際して愛別離苦を味わった人間界。西海にさまよう身となって、周りは海だけれども、海水だから飲むこともできない餓鬼道。戦争は修羅の巷。壇ノ浦で滅亡の地獄絵を演じ、生け捕られて都へ帰る道すがらに見た夢は、一門の人々が畜生道に堕ちている夢、というように、六道を全部生きながら経験した話をし、後白河とともに涙を流します。

そして、この二人の別れの場面が、「寂光院の鐘の声けふも暮れぬとうち鳴らし」となっているところに注目したいのです。摂関制対院政という二つの政治体制の戦いに巻き込まれて、肉親が敵味方に分かれて血みどろの闘争を繰り返してきたわけですが、戦いすんで日は暮れて、恩讐を超えた両体制生き残りの二人が、仏法を語り合い、涙とともに別れて行くときに、寂光院の鐘の声が鳴っているのです。

序章で、諸行無常と響く祇園精舎の鐘の音に託して提出した課題を、終章の寂光院の鐘で解決して、仏教文学として完結する、『平家物語』はそのように、首尾の整った作品であると思います。このように見てくると、『徒然草』もそうだし『方丈記』もそうであるという符合に、改めて驚いたり感動したりしてしまうのですが、中世においては仏教と文学が、いかに深いところで溶け合っているかがおわかりいただけると思います。

〈講演〉

歴史が文学となるとき

「歴史が文学となるとき」——これは結論から申しますと、文学というものがいかに素晴らしいか、そして、文学を学ぶことがいかに素晴らしいか、そのへんのところを、私の専門とする平安時代の半ば以降から鎌倉時代にかけて書かれた作品で見ていこうとするものです。

はじめに、『十訓抄』の中からいくつか取り上げてみます。

最初の資料①（後掲。以下同）にあるのは、能因というお坊さんの話です。能因は九八八年（永延二）に生まれた人ですから、ちょうど藤原氏の権勢にかげりが出始めたころ、地方では武士集団が興ってきて源平の戦いを経てやがて武士社会になる、そういう貴族社会から武家社会に移るころです。今日の話は大体そのころ、藤原道長から少し下ったころの話だと思ってください。

「能因いたれる数奇ものにてありけん」とありますが、「数奇もの」というのは風流人ということです。どのようなところがそうなのかと言うと、まず歌を見てみましょう。「みやこをば霞とともに立ちしかど秋風ぞふくしら河のせき」とあります。たいへん有名な歌ですが、「立ちしかど」の「たつ」は、霞がたつのと、旅に立つの掛詞です。霞のたつ春に旅立つという構想です。そして秋風が吹くころ白河の関に着いた、と、こういう歌を作りました。ところが「都にありながら」、つまり、実際に旅をしないでこれを提出したのではつまらないと思って、人に知られずこっそり、どこかに隠れて真っ黒に日焼けして、はるばる白河まで行ってきたようなふりをしてこの歌を出した。そのへんが「数奇もの」たるゆえんなのでしょう。江戸時代の「わらじくいまでは能因気がつかず」という川柳はこれによったもので、真っ黒に日焼けしたけど「わらじくい（靴づれ）」までは気がつかなかったでしょうね、と冷やかされるくらい有名な話だったのです。

次に資料②をご覧ください。これは、待賢門院に仕えていた女房の加賀という歌人の話で、歌は「かねてよりおもひしことぞふししばのこるばかりなる歎せんとは」というものです。この歌にも掛詞がありまして、「ふししばのこるばかり」の「こる」は、「ふししば」を刈るのこると、懲りるのこるで、「歎き」にもなげ木が掛けられています。失恋の歌です。

しかし彼女は、この歌を作ってちょっと考えたのです、ただ出したのでは面白くない――前の能因の場合と同じです。どうしても、「さるべき人にいひむつばれて、わすれられたらんに」、つまり、素敵な人に愛され、捨てられたときに、これを提出したら格好いいだろうと思ったのです。「集などにいりなん」、ひょっとしたら勅撰集に取られるかもしれない――まあ、どうせ作品を作るならこれくらいのことは考えたほうがいいのです。それで「花ぞの〻大臣」という人に愛され「思ひのごとくやありけん」、うまい具合に捨てられるわけです。そこでこの歌を提出したところ、たいへんな好評を得まして『千載集』に取られ、おまけに「ふししばの加賀」というあだ名までつきました。「能因がふるまひに似たるによりて」とありますように、歌を作ってそれをただ無造作には発表せず、そこに何か仕掛けを加えて出すわけです。

資料③は和泉式部の娘、小式部内侍についての話です。「大江山いくのの道の遠ければまだふみも見ず天の橋立」の歌は、百人一首でよく知られていますね。和泉式部はむろん名だたる歌人ですが、娘のほうもまだ十代半ばの若さなのにとても歌がうまかった。それで世間では、あれはきっと母親が代わりに作っているのだろう、といった僻みまじりの噂もあったわけです。

さて、母が丹後守になった夫の保昌と一緒に丹後国に下りますが、その間に歌合がありました。そこで小式部内侍はさぞや困っているだろうということで、定頼中納言――この人は藤原公任の息子でたいへんな歌人です。その定頼が、からかって「丹後へ遣はしける人は参りたりや。いかに心もとなくおぼすらん」、お母さんに歌を見てもらえなくて心細いでしょうね、と言って内侍の部屋の前を通り過ぎようとした。そのときに御簾の下から手を出して、定頼の直衣の袖をつかんでこの歌を詠んだというのです。

「いくのの道の」は大江山へ行くといく野の掛詞ですし、「まだふみも見ず」も文（手紙）と踏みの掛詞です。前々から予定して発表するのではなくて、その場で即座にこんな素晴らしい歌を詠んだわけですから、定頼もあまり突然のことでびっくりしてしまい、返歌もできずに逃げてしまった。定頼ほどの歌詠みをとっさの歌で撃退したのですから、これはニュースバリューのある話で、内侍はますます有名になり時の人になった、という話です。

いま『十訓抄』から三つの短い話を見てみました。これらに共通するのは何でしょうか。能因と待賢門院の女房の加賀の話は、歌をただ出したのでは面白くないといって、能因は真っ黒に日焼けして、都からわざわざ白河まで行ったことにして歌を詠み、加賀は男に捨てられた歌を作って、実際に当時の最高の男性に、予定通り愛され、予定通り捨てられてから、件の歌を出した。そして小式部内侍は、お母さんに作ってもらっているのだろうという噂があったのに、とっさに名歌を詠んで定頼のような歌人さえたじろがせてしまいました。

この「大江山いくのの道の」の歌は『金葉集』に入っています。加賀の「かねてより」の歌は『千載集』に取られたとあります。勅撰歌人になるというのは、たいへんなことです。要するにこれらは文学で名をあげた人、もっと言えば、平安時代を代表する文学である和歌によって名をあげた人の話です。和歌というのは、別の言い方をすればことばの文化ですから、そういったことばの文化で有名になった人の話を見てみたわけです。

ところが、次にあげるのは全然ちがった話です。『今昔物語集』から二つ選んでみました。資料④は巻二十三の第十四「左衛門尉平致経（むねつね）、明尊（みようそん）僧正を送りたる語」、資料⑤は巻二十五の第十二「源頼信朝臣の男頼義、馬盗人を射殺す語」です。一つ目の話のはじめに、「今は昔、宇治殿の盛りにおはしましける時、三井寺の明尊僧正は」云々とあります。「宇治殿」は藤原頼通。この人は九七二年（天禄三）に生まれ、一〇七四年（延久六）に亡くなっていますから、やはり、先ほどの『十訓抄』の話と同じころの話になります。

二つ目の「馬盗人」の話も大体そのころです。頼通がなぜ宇治殿と呼ばれたのかというと、この人は宇治の平等院を造った人だからです。一〇五二年（永承七）という年が、日本では末法が始まると言われた年でした。それで、今年から末法だというので、宇治殿は自分の別荘をお寺にして仏さまを拝みました。それが、いま十円玉になっているあの宇治の平等院です。

はじめの話の要点を述べてみます。まず「三井寺の明尊僧正」というのは、書道で有名な小野道風の孫で天台座主にもなった偉いお坊さんです。宇治殿の屋敷に、宿直のお坊さんとしてこの三井寺の明尊僧正という人がいました。三井寺は比叡山の東の山麓にある寺ですから、京都から三井寺に行くには山の中を通って行くのですが、平安時代もこのころになると相当ぶっそうな時代で、京都の町中でさえ強盗が闊歩するほどでした。芥川龍之介の『羅生門』もそのころの話です。あの小説のはじめのところで、羅生門に死体が放置されていますが、貴族でさえ親の火葬もできない、それくらい貴族社会が傾いていた、そんな背景の話です。

明尊僧正は夜中に急用があって、宇治殿の屋敷から三井寺に行って、その夜のうちに戻ってこなければならない。しかしぶっそうなものですから、護衛の者が必要になります。そこで平致経という人物が護衛をしていくことになります。ところが、見ると致経一人がいて、しかも馬にも乗っていないで「私がお供をします」と言う。だから明尊だけが馬に乗って、致経は歩いて行くわけです。山賊の出る山道を行くのですから、心配しながらしばらく行くと「黒ばみたるものの、弓箭を帯せる」、つまり、武装した黒装束の者が現れるのです。僧都が怖がっていると、その者が「お馬を用意しました」と言う。致経の家来です。しかし、三井寺に行くのは突然の命令ですから、致経には、自分の家来にそのようなことを指示するひまはなかったはずです。

それからしばらく行くと、また黒装束の者が二人現れます。ところが致経は「ともかくもいはぬに」、黙って何も言わないのに、その者たちはちゃんと従ってくる。またまた二人現れて護衛につきますが、やはり致経は何も言わない。暗闇から黒装束の者が次々と現れ護衛がふくらみますが、この間、致経は一言もしゃべらない。黒装束の者たちも、「ともにいふことなし」です。全く無言のうちに事が進んでいきます。そして、賀茂川を越えるころには、三十人ばかりの集団になります。そんなふうにして山の中を通り三井寺に着く。ほとんど無声映画を見ているようです。

さて、その帰りは、まるでフィルムを逆に回すのと同じです。賀茂川の河原までは三十人もの護衛が粛々とついてくる。そして、「京に入りて後、致経はともかくもいはざりけれども、この郎等共、出で来し所所に二人づつ留まりければ」、つまり、現れてきた順に消えていって、しまいには明尊と致経の二人だけになってしまうわけです。だからフィルムの逆戻しなのですね。これ、不気味でしょう。とても不思議で不気味なことです。それで明尊は、このことを宇治殿に申し上げます。殿もきっと驚くにちがいない、と思って。ところが、殿は何も問わずに、「ああ、そうか」でおしまいです。そこのところは、資料④の原文では次のようになっています。

「いみじき者の郎等随へて候ひける様かな」と申しければ、殿これを聞こし召して、委しく問はせたまはむずらむかしと思ふに、いかに思し召しけるにか、問はせたまふ事もなくして止みにければ、僧都、支度違(たが)ひて止みにけり。

さて、この話の中で「いはぬ」というのが四回ほど出てきます。無言のうちにすべてが進行していく、そのことに明尊が不思議がりびっくりしている、そういった話です。

二番目にあげておいた巻二十五の第十二「源頼信朝臣の男頼義、馬盗人を射殺す語」も、これと同じような話です。この話は題にある通り源頼信という武士の息子、頼義が馬盗人を射殺す話です。「今は昔、河内前司源頼信朝臣といふ兵ありき。東に、よき馬持たりと聞きける者のもとに、この頼信朝臣乞ひにやりたりければ」という出しで始まっています。この当時、京都の武士たちは関東から馬を買い、それを都まで連れてきました。そうしますと、馬盗人が目をつけて途中で盗もうとします。ところが、警護がきびしくてとうとう京都まで来てしまったという話です。そこでどうなったか。

頼信の屋敷に良い馬が届きます。夜届くのです。しかも雨が降っています。息子の頼義がそれを聞きつけて、父のところに素晴らしい馬が来ているけれど、あまり良いと誰かにもらわれてしまうんじゃないか、だから自分が先にもらってしまおうと思ったのです。それで、夜中に行きました。雨が降っているから、その日はだめだとしても、とにかく一番先に名乗りを上げておこうとしたのです。すると、父は「これ乞はむと思ひて来たるなめりと思ひければ、頼義が未だいひ出でぬ前に」とあります。ここにも「いわぬ」という言い方があります。父親はわかっているのですね、息子は、今日来た馬がほしいのだろうということが。そこで、「朝見て心につかば、速かに取れ」と言って寝ます。頼義も嬉しく思って、その夜は寝ます。

すると、例の盗人が取って逃げてしまうわけです。雨音にまじって聞きつけた番人が、「盗っ人が馬を取ったぞ」と叫びます。頼信がそれを耳にして、息子に、「馬が盗まれたのを聞いたか」とも言わずに、起き出して弓矢を持って「関山」、つまり逢坂の関のほうに追いかけて行きます。盗人は関東に戻って行くから、必ず関山に向かうと知っているわけです。

一方、息子のほうもその音を聞いて「親の思ひける様に思ひて、親にかくとも告げずして」、つまり何も言わないで黙って追いかけて行きます。この親子は気持ちが全く一つになっているのですね。真っ暗な中を馬に乗って走る親子、これが互いに何も言わないで同じことを思い、同じことをやる。盗人は関山のあたりまで来て、もう逃げおおせたろうと思って、水たまりの中をジャバジャバ音を立てて馬を進めます。それを聞き取った頼信は、「射ろ！　あれだ！」と言う、そのことばが終わらないうちに、ビュッと息子の放った弓の音がします。このとき頼義は、親の命令を聞いて矢を射たわけではないのですね。全く同じことを思っていた。水の音を聞いて、即座にそれをめがけて射る。こうして馬盗人は射殺されました。そして頼義が馬を連れて帰るわけですが、道々、二人の親子は黙ってひとことも交わさずに戻って、そのまま寝てしまいます。そのあたりの場面を資料⑤で見てみましょう。

頼信家に返り著きて、此（と）やありつる、彼（かく）こそあれ、といふことも更にいはずして、未だ明けぬほどなれば、もとの様にまた這ひ入りて寝にけり。頼義も、取り返したる馬をば郎等にうち預けて寝にけり。その後夜明けて、頼信出でて頼義を呼びて、「希有に馬を取られざる。よく射たりつるものかな」といふ事、かけてもいひ出さずして、「その馬引き出でよ」といひければ、引き出でたり。頼義見るに、実によき馬にてありければ、「さは給はりなむ」とて、取りてけり。但し、宵にはさもいはざりけるに、よき鞍置きてぞ取らせたりける。

このように、「いはぬ」ということが繰り返し出てきます。要するに語り手は、言わないことを言っているのです。これほど「言わずに」「言わずに」と語っているこの話の語り手は、よっぽど「言わない」ということ、つまり無言のうちにすべてが進行していくことが不思議に思われたのでしょう。だからしつこいくらい、「言わない」ということを言うわけです。

さて、以上の話で私はまず、ことばによって支えられている文化を示しました。次に無言の文化を出しました。無言の文化というのは、もともと日本にはありませんでした。たとえば、和歌を詠みかけられたら必ず返すという、ことばの文化だけがありました。ですから、平安半ば過ぎ、いま見たような致経話だとか頼義話などの語り手たち――都の人たちですが、彼らはそうした話を強い驚きをもって語ったのです――彼らにとっては、まことに驚くべきことが起こっていたわけです。なぜなら、自分たちがいちばん軽蔑している《ことばがない》ということ、それがまさに出来事を進行させ、事件を解決していっているからです。

今だったら、皆さんはことばのない文化というのを十分知っていると思います。プロ野球の試合などを見ていても、監督さんたちがあちこち触ったりして盛んにサインを送っていますね。それを読み取って行動しているのでしょう、選手は。あれをことばでやったら、全部ばれちゃいますよ。「盗塁しろ！」なんてやったら、たちまちアウトになってしまう（笑）。つまり無言の文化があるわけです。無言によって事が進む、良いほうに進んでいく。

そうでなかったら集団は勝てないわけでしょう。無言であればあるほど、強い集団です。武士団も野球のチームも、その点では全く同じで、ことばがないほうが強い集団なのです。そういう集団が地方に続々と生まれてきている、それが平安後期という時代です。

先に見た『今昔物語集』の二つの話は、いずれもそのように平安貴族の華やかな文化がちょうど下り坂に向かうころの話です。地方で生まれつつある武士団は、やがて貴族社会に進出していくことになりますが、そうした武士の生態を、驚きをもって語っている人たちがいるわけです。ことばに出して言わないことを繰り返し言っているのは、彼らが「言わない」ことに驚きを抱いている証拠なのでしょう。

ところで、実はまだ一つだけ問題が残っています。先ほど取り上げた『今昔物語集』のはじめの話、平致経とその郎等が無言のうちに明尊僧正の護衛をしたあの話の終わりのところです。もう一度そこを読んでみると、「殿これを聞こし召して、委しく問はせたまはむずらむかしと思ふに、いかに思し召しけるにか、問はせたまふ事もなくして止みにければ」とあります。明尊は、自分の不思議な体験を宇治殿に話せば、きっと興味を示してくれるにちがいないと思った。ところが、殿は何も聞くことをしないわけです。一体、宇治殿はなぜ深く問おうとしなかったのか。そのところに一つ疑問が残ります。

そこで考えてみますと、明尊はお坊さんですから、あのような武士の生態を初めて見たわけで、それであのような無言の文化にびっくりしている。けれども、宇治殿——この人は当時の最高の貴族、藤原頼通という人物ですが、彼は政治の中心にいる関白ですから、そのような事態はもうちゃんと見抜いています。そして、この無言の文化を持つ武士団が、やがてことばの文化を持つ貴族の階層を突き崩していくであろうという、あまり好ましくない予感を持っている。要するに、いちばん嫌なことを明尊に見られてしまったわけです。ですから、いまさら聞き直すまでもない、それどころか、とても不愉快な思いで聞き流したのだろうと思います。

さて、表題の「歴史が文学となるとき」ということについて、そろそろ触れることにします。これはどういうことかと言えば、歴史の本などは、これまで話したようなことを歴史的に説明するわけです。しかし、そのようなものを読んでもあまり面白くないでしょう。頭で理解することなんてたいしたことではないのですね、人間にとって、人生にとって。それよりも、こういう感動的で印象的な話なら、一度聞いたら忘れられないでしょう。しかも、それでいて、古代から中世にかけての歴史の真実が理解できるでしょう。歴史を語ろうとして、いくら理論的にことばを並べても語り尽くせないような、貴族社会から武士社会への転換期の真実――それを、これらの話は、ことばの文化から無言の文化への転換という側面から描き上げているのです。「歴史が文学となるとき」という題をつけたのは、そういう文学の素晴らしさをとらえてみたかったからです。

それと関連して、話のしめくくりとして、『平家物語』の有名な「那須与一」について少し触れておくことにします。この話は、平家が源氏に追い詰められ、一の谷の戦いに敗れて、今の神戸のあたりから船に乗って四国の屋島に辿り着き、そこに陣を張る、そのときの話です。

神戸で負けて屋島に陣を張った平家を、源氏が攻め落とすまでに一年かかっています。寿永三年（一一八四）二月から寿永四年（一一八五）二月ですから、ちょうど一年です。屋島で負けた平家は、ずっと離れた九州の壇ノ浦に逃げて、そこで滅びます。ところが、この間わずかにひと月です。あの遠い道のりがひと月、屋島が一年。どうしてそんなことになったのかというと、源氏は関東から興った陸の王者で、平家は瀬戸内海から興った海の王者であるという点が問題になります。源平の戦いというのは、別の見方をすれば、陸の王者と海の王者の戦いだったのです。ですから平家が瀬戸内海に逃げ込めば、ホームグラウンドですから、源氏はそうたやすく追いかけて行けません。きっと船の漕ぎ方だって知らなかったのではないでしょうか。それで、屋島を攻めるのに一年もかかったのです。

だから、その屋島さえ落とせば、あとはわけもないことになります。壇ノ浦を攻めるひと月などはおまけのようなもので——ということは、平家の実質的な滅びは屋島にあったということになります。そしてその屋島を落とす場面に、あの那須与一の話があるのです。いちばんの見どころのところを引いてみましょう。

> 頃(ころ)は二月十八日の酉の剋ばかりの事なるに、をりふし北風はげしくて磯うつ浪も高かりけり。舟はゆりあげゆりすゑただよへば、扇も串にさだまらずひらめいたり。沖には平家舟を一面にならべて見物す。陸(くが)には源氏轡(くつばみ)をならべて是を見る。いづれも〳〵晴ならずといふ事ぞなき。（中略）与一鏑をとつてつがひ、よつぴいてひやうどはなつ。小兵といふぢやう十二束三伏、弓は強し、鏑は浦ひびく程長鳴りして、あやまたず扇の要際一寸ばかりおいて、ひいふつとぞ射きったる。鏑は海へ入りければ、扇は空へぞあがりける。しばしは虚空にひらめきけるが、春風に一もみ二もみもまれて、海へさつとぞ散ったりける。夕日のかがやいたるに、みな紅の扇の日いだしたるが、白波のうへにただよひ、うきぬ沈みぬゆられければ、奥には、平家舷(ふなばた)をたたいて感じたり。陸には源氏箙(えびら)をたたいてどよめきけり。

扇が射落とされるところ、なんともきれいでしょう。でもこれは作り話ですね。こんなきれいな場面を、なぜここにセットしたのか。それは、いま述べたように、これが平家の滅びだからです。平家の実質的な滅びの場を飾る物語なのです、これは。

陸から攻めてきた源氏、海で最期の戦いをする平家、その源氏と平家の真ん中にある扇が、矢で射落とされる。

矢は関東武士の象徴です。そして扇、これは京都に住んで都の文化に染まった平家の象徴でしょう。その平家の象徴である美しい扇が、関東武士の象徴である矢に射落とされる物語なのです。さらにもう一つ言うなら、都文化というのは平安文化、貴族文化です。それが、これから始まろうとしている中世の武士文化に追い落とされていく、そういう物語でもあります。与一の話は、貴族社会の没落をこういう美しい物語に仕立てて、限りない哀惜の念を語っているのです。しかし、そういうことを歴史書に書いたら味も素っ気もないわけで、文学というのは、それをこういう感動的な物語として語り伝えているわけです。

ところがそれだけではないのです。この話は、これも有名な「弓流し」の話にすぐつながっていきます。その「弓流し」のはじめの部分が問題です。資料⑥にそのところを引いておきました。与一に感動した五十ばかりの平家方のおじさんが鎧を着て、長刀を持って、扇が立っていたところで踊りをおどります。それを、源氏方の伊勢三郎義盛という男が、「義経殿のご命令だ、射ろ！」と言う。すると与一は、今度は人を射殺すための「中差」の矢を取って、首を射抜いて舟底に逆さまに射倒してしまう。そのところは、「平家のかたには音もせず。源氏のかたには又箙をたたいてどよめきけり」とあり、「あ、射たり」といふ人もあり、又、「なさけなし」といふ者もあり」と続いていきます。

あれほど華やかな話のあとに、このように、感動して踊りをおどっている男を射殺してしまう残酷な与一が語られます。なぜ、そういう話につなげるのか。それは、こういう無残で血生臭い話でもって、戦争の実態を生々しく示そうとしているからです。美しい感動と残酷な殺戮をまぜ合わせて語っているわけです。それは、文学だからこそできることです。

そのようなところから、題にあげました「歴史が文学となるとき」ということの意味を汲み取っていただければと思います。そして、皆さんが文学を学んでいることに誇りをもってもらいたいと思うのです。

資料①『十訓抄』

能因いたれる数奇ものにてありけん、

みやこをば霞とともに立ちしかど

秋風ぞふくしら河のせき

とよめりけるを、都にありながら、此歌をばいださむこと、無念とおもふて、人にもしられず、久しくこもりゐて、色をくろく日にあたりなして後、みちの国へ、しゅぎゃうのとき、よみたるとぞ披露しける。

資料②『十訓抄』

待賢門院の女房に、加賀といふうたよみありけり。

かねてよりおもひしことぞふししばの

こるばかりなる歎せんとは

と云ふうたを、とし比よみてもちたりけるを、おなじくは、さるべき人にいひむつばれて、わすられたらんによみたらんは、集などにいりなん、おもても優なるべし、とおもひてすぎけるに、花ぞのゝ大臣に申そめてけり。思ひのごとくやありけん、このうたをまいらせたりければ、おとゞもいみじく哀におぼえけり。かひぐ〵しう、千載集にいりにけり。世人、「ふししばの加賀」とぞいひける。能因がふるまひに似たるによりて、その次にくはふ。

資料③『十訓抄』

和泉式部、保昌が妻にて、丹後へ下りける程に、京に歌合せありけるに、小式部内侍、歌よみにとられてよみけるを、定頼中納言たはぶれて、小式部内侍の局にありけるに、「丹後へ遣はしける人は参りたりや。いかに心もとなくおぼすらん」といひいれて、局の前をすぎられけるを、みすよりなからばかり出でて、わづかに直衣の袖をひかへて、

大江山いくのの道の遠ければまだふみも見ず天の橋立

と詠みかけけり。思はずにあさましくて、「こはいかに、かかる様やはある」とばかりいひて、返歌にも及ばず、袖をひき放ちて逃げられたり。小式部、これより歌よみの世におぼえ出できにけり、これはうちまかせて、理運の事なれども、かの卿の心には、これほどの歌、只今詠み出だすべしとは、知られざりけるにや。

資料④『今昔物語集』巻二十三　左衛門尉平致経明尊僧正を送りたる語　第十四

今は昔、宇治殿の盛りにおはしましける時、三井寺の明尊僧正は御祈りの夜居に候ひけるを、御灯油参らざり。しばらくばかりありて、何事すとて、遣はすとは人知らざりけり。

俄かにこの僧正を遣はして、夜のうちに返りまゐるべきことのありければ、御厩に、もの驚きせず、早りせずしてたしかならむ御馬に移し置きて、「ゐて参じて居てさぶらふに、この遣ひに行くべき者は誰かある」と尋ねさせたまひければ、その時に左衛門尉平致経が候ひけるを、「致経なむ候ふ」と申しければ、殿、「いとよし」と仰せられて、その時はこの僧正は僧都にありければ、仰せごとに、「この僧都、今夜三井寺に行きて、やがて立ち返り、夜の内にここに返り来らむずる、かやうの供たしかに候ふべきなり」と仰せたまはれば、致経その由を承りて、常に宿直処に弓胡籙を立てて、藁沓といふ物を一足畳の下に隠して、賤しの下衆男一人をぞ置きたりければ、これを見る人、□細くてもある者かなと思ひけるに、この由を承るままに、袴のくくり高く上げて、そば捜りて、置きたる物なれば、藁沓を取り出して履きて、胡籙掻き負ひて、御馬引きたる所に出で会ひて立ちたりければ、僧都出でて、「あれは誰ぞ」と問ふに、「致経」と答へける。

僧都、「三井寺へ行かむとするには、いかでか、歩より行かむずる様にては立ちたるぞ。乗物の無きか」と問ひければ、致経、「歩より参り候ふとも、よもおくれたてまつらじ。ただ疾くおはしませ」といひければ、僧都、いと怪しきことかなと思ひながら、火を前にともさせて、七八町ばかり行くほどに、黒ばみたるものの、弓箭を帯せる、向かひざまに歩み来れば、僧都これを見て恐れ思ふほどに、この者共致経を見てつい居たり。

「御馬候ふ」とて、引き出でたれば、夜なれば、何毛とも見えず。履かむずる沓提げてあれば、藁沓履きながら沓を履きて馬に乗りぬ。胡籙負ひて馬に乗りける者二人うち具しぬれば、たのもしく思ひて行くほどに、また二町ばかり行きて、傍より、ありつるやうに黒ばみたる者の弓箭帯したる、二人出で来て居ぬ。その度は、致経ともかくもいはぬに、馬を引きて乗りてうち副ひぬるを、これもその郎等なりけりと、希有にするものかなと見るほどに、また二町ばかり行きて、ただ同様に出で来てうち副ひぬ。かくするを、致経何ともいふことなし。また、このうち副ふ郎等ともにいふことなくて、一町余り二町ばかり行きて、二人づつうち副ひければ、川原出で畢（は）つる時に、三十余人になりにけり。僧都これを見るに、奇異の為者（しわざ）かなと思ひて、三井寺に行き著にけり。

仰せたまひたることども沙汰して、未だ夜中にならぬ□参りけるに、後前（しりさき）にこの郎等ども、うちつつみたる様にて行きければ、いとたのもしくて、川原までは行き散ることなかりけり。京に入りて後、致経はともかくもいはざりけれども、この郎等共、出で来し所所に二人づつ留まりければ、殿いま一町ばかりになりにければ、初め出で来たりし郎等二人の限りになりにけり。馬に乗りし所にて馬より下りて、履きたる沓脱ぎて、殿より出でし様になりて、棄てて歩み去（の）けば、沓を取りて馬を引かせて、この二人の者も歩み隠れぬ。その後、ただもとの賤しの男の限り供に立ちて、藁沓履きながら、御門に歩み入りぬ。

僧都これを見て、馬をも郎等どもをも、かねて習し契りたらむやうに出で来る様の、あさましくおぼえければ、いつしかこのことを殿に申さむ、と思ひて、御前に参りたるに、殿は待たせたまふとておほ殿ごもらざりければ、僧都仰せたまひたることども申し畢てて後、「致経はあさましく候ひけるものかな」と、ありつることを落さず申して、「いみじき者の郎等随へて候ひける様かな」と申しければ、殿これを聞こし召して、委しく問はせたまはむずらむかしと思ふに、いかに思し召しけるにか、問はせたまふ事もなくして止みにければ、僧都、支度違（たが）ひて止みにけり。

この致経は、平致頼（むねより）といひける兵（つはもの）の子なり。心猛くして、世の人にも似ず殊に大いなる箭（や）射ければ世の人これを大箭（おほや）の左衛門尉（じょう）といひけるなりとなむ、語り伝へたるとや。

資料⑤『今昔物語集』巻二十五　源頼信朝臣の男頼義、馬盗人を射殺す語　第十二

今は昔、河内前司源頼信朝臣といふ兵（つはもの）ありき。東（あづま）に、よき馬持たりと聞きける者のもとに、この頼信朝臣乞ひにやりたりければ、馬の主辞（いな）び難くて、その馬を上（たてまつ）りけるに、道にして、馬盗人ありて、この馬を見て極めてほしく思ひければ、構へて盗まむと思ひて、密（ひそ）かにつきて上りけるに、この馬につきて上る兵どもの、たゆむことのなかりければ、盗人道の間にてはえ取らずして、京までつきて盗人上りにけり。馬はゐて上りにければ、頼信朝臣の厩に立てつ。

しかる間、頼信朝臣の子頼義に、わが親のもとに、東より今日よき馬ゐて上りにけりと人告げければ、頼義が思はく、その馬よしなからむ人に乞ひ取られなむとす。さらぬ前(さき)にわれ行きて見て、実によき馬ならば、われ乞ひ取りてむと思ひて、親の家に行く。雨いみじく降りけれども、この馬の恋しかりければ、雨にも障(さは)らず、夕方ぞ行きたりけるに、親子にいはく、「何と久しくは見えざりつるぞ」などいひければ、ついでに、これはこの馬ゐて来ぬと聞きて、これ乞はむと思ひて来たるなめりと思ひければ、頼義が未だいひ出でぬ前に親のいはく、「東より馬ゐて来たりと聞きつるを、われは未だ見ず。遣(おこ)せたる者はよき馬とぞいひたる。今夜は暗くて何とも見えじ。朝見て心につかば、速かに取れ」といひければ、頼義、乞はぬ前にかくいへばうれしと思ひて、「さらば今夜は御宿直仕まつりて、朝見たまへむ」といひて留まりにけり。宵の程は物語などして、夜深更ぬれば親も寝所に入りて寝にけり。頼義も傍らに寄りて寄り臥しけり。

しかる間、雨の音止まずに降る。夜半ばかりに、雨の交(まぎ)れに馬盗人入り来り、この馬を取りて引き出でて去ぬ。その時に厩の方に、人音をあげて叫びていはく、「夜前(ようべ)ゐてまゐりたる御馬を、盗人取りてまかりぬ」と。頼信この音をほのかに聞きて、頼義が寝たるに、「かかることいふは聞くや」と告げずして、起きけるままに、衣(きぬ)を引き壺折りて、胡(やな)籙(ぐひ)をかき負ひて、厩に走り行きて自ら馬を引き出して、賤しの鞍のありけるを置きて、それに乗りて、ただ独り関山ざまに追ひて行く。心は、この盗人は東の者の、このよき馬を見て取らむとてつきて来けるが、道の間にてえ取らずして、京に来て、かかる雨の交れに取りて去ぬるなめりと思ひて、行くなるべし。また頼義もその音を聞きて、親の思ひける様に思ひて、親にかくとも告げずして、未だ装束も解かで丸寝にありければ、起きけるままに、親のごとくに胡籙をかき負ひて、厩なる□関山ざまにただ独り追ひて行くなり。親は、わが子必ず追ひて来らむと思ひけり。子は、わが親は必ず追ひて前におはしぬらむと思ひて、それに後れじと走らせつつ行きけるほどに、河原過ぎにければ、雨も止み空も晴れにければ、いよいよ走らせて追ひ行くほどに、関山に行きかかりぬ。

この盗人はその盗みたる馬に乗りて、今は逃げ得ぬと思ひければ、関山のわきに水にてある所、いたくも走らずして、水をつぶつぶと歩ばして行きけるに、頼信これを聞きて、ことしもそこそこにもとより契りたらむやうに、暗ければ頼義が有無も知らぬに、頼信、「射よ、彼(あ)れや」といひける言も未だ畢てぬに、弓音すなり。尻答へぬと聞くに合わせて、馬の走りて行く鐙(あぶみ)の、人も乗らぬ音にてからからと聞えければ、また頼信がいはく、「盗人は厩に射落としてけり。速かに末に走らせ会ひて、馬を取りて来よ」とばかりいひかけて、取りて来らむをも持たず、それより返りければ、頼義は末に走らせ会ひて、馬を取りて返りけるに、郎等どもはこのことを聞きつけて、一二人づつぞ道に来り会ひにける。京の家に返り著きければ、二三十人になりにけり。頼信家に返り著きて、此(と)やありつる、彼(かく)こそあれ、といふことも更にいはずして、未だ明けぬほどなれば、もとの様にまた這ひ入りて寝にけり。頼義も、取り返したる馬をば郎等にうち預けて寝にけり。

その後夜明けて、頼信出でて頼義を呼びて、「希有に馬を取られざる。よく射たりつるものかな」といふ事、かけてもいひ出さずして、「その馬引き出でよ」といひければ、引き出でたり。頼義見るに、実によき馬にてありければ、「さは給はりなむ」とて、取りてけり。但し、宵にはさもいはざりけるに、よき鞍置きてぞ取らせたりける。夜、盗人を射たりける禄(ろく)と思ひけるにや。

怪しき者どもの心ばへなりかし。兵の心ばへはかくありけるとなむ、語り伝へたるとや。

資料⑥『平家物語』巻第十一「弓流」

あまりの面白さに、感にたへざるにやとおぼしくて、舟のうちよりとし五十ばかりなる男の、黒革威(をどし)の鎧着て白柄の長刀(なぎなた)もつたるが、扇たてたりける処にたつて舞ひしめたり。伊勢三郎義盛、与一がうしろへあゆませ寄って、「御定(ごちやう)ぞ、仕れ」といひければ、今度は中差(なかざし)とつてうちくはせ、よつぴいてしやくびの骨をひやうふつと射て、舟底へさかさまに射倒す。平家のかたには音もせず。源氏のかたには又箙(えびら)をたたいてどよめきけり。「あ、射たり」といふ人もあり、又、「なさけなし」といふ者もあり。

第Ⅱ部　仏教文学の担い手と場

「聖」「聖人」「上人」の称について
──古代の仏教説話集から──

一、問題の所在

王朝以来の文学作品の中で、われわれは「聖」「聖人」「上人」などと称された多くの僧たちに出会う。彼らは「ひじり」あるいは「しやうにん」と言われたのであろうが、内質から言えば一応、〈ひじり〉と目してさしつかえなかろう。〈ひじり〉の語義については、『古事記伝』第三十六の〝日の如く天下をしろしめす者〟とか、『楊氏漢語』第八に紹介された『斎部秘授鈔』の〝日を知る、即ち神明の徳を以て己が徳とする者〟とか、あるいは『日本釈名』巻中の〝万世にひいで道を知る人（「ひ」は美称）〟とか、また五来重氏の〝神聖な火を管理する「火治り」〟（『高野聖』）とする説その他多くあるが、本稿はそれらに深く関わることなく、概括的に〈智徳の秀でた者〉、就中、『法苑珠林』（巻六十一）に「如説修行者乃名是聖」と説くような〈浄行僧〉ととらえた上で、さてそれでは〈ひじり〉が、「聖」とされ「聖人」とされ、あるいは「上人」と記されるとき、それらの称号間に何らかの意味内容上の相違があるのかないのか、あるとすればどのような相違であるのか、について考えてみたい。

右の考察を進めるための資料としては、主に仏教説話集を扱うが、それは、第一に仏教説話集には多様な〈ひじり〉たちが立体的に行動的に描かれており、称号の微妙な差違を見る場として適当であろうと思われること、第二に仏教説話の管理は緇流が行っていたのであるから、そこに見られる用語は本来の（くずれていない）意味内容を知るに適当なものと認められる、という配慮に基づくのであるが、実際作品に当たってみると、「聖」「聖人」「上人」の語の関係はなかなか複雑であって、整理の糸口をどこにつけたらよいか、とまどいを感じるほどである。

たとえば『法華験記』を見ると、上巻はその目次によれば、「第一伝灯仏法聖徳太子」「第二行基菩薩」「第三叡山建立伝教大師」と進み、「第三十九叡山円久法師」「第四十播州平願持経者」まで四十項の説話が収録されているのであるが、「第九奈智山応照聖人」を除けば、「聖」「聖人」「上人」などと称されている者は存在しない。ほかは傍点を付した通りの菩薩・大師・法師・持経者であり、また和尚・僧正・律師・阿闍梨たちなのである。したがってこの目次を一覧する者は、誰しも第九話の「聖人」なる表記に特別な意味内容があるであろうことを予測するに違いない。ところが第九話は表題を「奈智山応照法師」とし、「沙門応照。熊野奈智山住僧」で始まる本文中にも、全く「聖」「聖人」の称を見出すことはできないのである。その反面、目次には何とも記されていなかったところの、聖徳太子（第一）・雲浄（第十四）・蓮寂（第十八）・法厳（第三十三）・仙久（第三十八）・平願（第四十）らには「聖人」の、光日（第二十一）には「聖」の称が与えられ、また妙達（第八）・持法と持金（第十七）・春朝（第二十三）・蓮蔵（第三十三）・理満（第三十五）らのごときは、同一話中に「聖人」「聖」の両称を有しているのである。

『法華験記』の下巻について、右の上巻で試みた手続きと同じく目次から本文へと目を移してみると、今度は「上人」に関して同様な結果が得られる。すなわち下巻目次には「聖」の語も「聖人」の語も見当たらず、ただ一つ第八十二話が「多武峰増賀上人」となっているのみで、ほかにはすべて法師・僧都その他の称が記されているので、ここでもわれわれは「上人」の意味内容に多大の関心をそそられるのであるが、さて本文に当たってみると、

「増賀聖。平安宮人也」で始まるこの話の中で増賀は「聖」のほかに「聖人」と称されているばかりで、ついに「上人」なる語を見出すことはできない。それにひきかえ、この話の直前の「第八十一越後国神融法師」なる表題を有する話では、主人公が「神融聖人」とも「神融上人」とも、また「持経上人」とも言われているのである。

重松明久氏が「(『法華験記』の撰者)鎮源は聖人の語を特殊な意味で用いた」とし、この書では「聖」と「上人」[1]との意味内容は峻別されているのであるから、後に三善為康が『拾遺往生伝』を編むにあたって、「鎮源が、慶日を聖としたのを、為康は上人としたが、(中略)為康の宗学的不用意が、上人の話に改変させたものであろう」とされた[2]。その説の当否は次第に明らかにするが、ともかくこのような推論がなされるということは、『法華験記』が後の往生伝類に比して、「聖」「聖人」「上人」などの語の意味内容を識別しやすかるべき書であるということになるわけであるが、それでもなお前述したように、実体はなかなか複雑で、同一人物が「聖」とも「聖人」とも、あるいは「上人」とも称されている例を摘出するのにさえ、われわれはさして困難を感じないのである。

学界一般は、「平安時代の往生伝の類を始め多くの文献にしきりに見受けられる『聖』は『聖人』『上人』とも書かれており……」といった発言[3]に代表されるように、「聖」「聖人」「上人」の意味内容を全く同一のものとしている。梅谷繁樹氏が最近、「今昔物語集の聖、聖人について」という副題を持つ論文[4]で、「聖」と「聖人」との用語例を詳しく検討されたが、そこでも、得られた結論は「聖と聖人との別に余りとらわれなくてもよさそうだ」ということであった。「聖」と「上人」とについては、井上光貞氏の「両者は、区別するのが妥当なようである」という新見[5]が異彩を放っているが、後に検討するようにその説をすべて肯定するわけにはいかない。

右に略述したように、「聖」「聖人」「上人」などの用例は複雑であり、その意味内容の異同について、学界は未だ明らかな結論を得ていないのである。もっとも、現前する諸問題にとって語自体はさして有力な意味を持つものではない。重要なのは内容であり実質であって、語は、その内容・実質の跡を追って、それを歴史の上に繋ぎ止めようとする、所詮は副次的役割をしか果たさない追跡者に過ぎない。しかし古典研究の世界では、語の吟味はひとまず内容・実質の把握に先行する。「聖」や「聖人」や「上人」にしても、そのように称された人々の実態がまずあったのであって、その語があって彼らが存在したのではない。しかしわれわれは、それらの語を媒介とすることなしに実態に直入することを許されてはいない。あくまでも文献上に「聖」「聖人」「上人」と明記されている人物を、ひとまず「聖」「聖人」「上人」であると認めた上で、彼らの思想なり行動なりから帰納的にその実態に迫る以外に道はないのである。それ以外に道がないから、私もその道をたどろうとするが、その出発時点における〈語〉の吟味は、いくらしてもしすぎることはなかろう。初発段階におけるわずかな誤差は、帰着点を全く狂わしてしまうものだからである。

右のような心算で稿を進めようと思う私だが、ここでおことわりしておかなければならない大切なことがある。それは、この稿では、文献に「聖」「聖人」「上人」と記されているものを、過不足なくその称に対応する実態の所有者として扱うという原則を持つということである。このことは、一面で、実態は〈ひじり〉であるものを、たまたま文献上にその呼称が見出せないという理由で〈ひじり〉の系列外に置くかも知れず、逆に実態は〈ひじり〉でないのに、何かの拍子でたまたま「聖人」などと誤記された者がいたとしても、それをふるい落とす手だてを持たない。右の前者はまあまあ許されるとしても、後者は学問的には致命的な欠落をもたらす事柄である。ということを知りつつも、本稿ではそれらに目を覆うことにしようと思う。具体的に言おう。『法華験記』で確かめたように、目次に「聖人」とされ、あるいは「上人」とされながら、本文中に全くそれらの称が与えられていない人物を〈ひじり〉と認めるべきか否か。このようなことが疑問の第一なのである。説話の表題が、まして説話集の目次が、説話自体に先行することはありえないから、目次だけに「聖人」「上人」とある人物が、果たしてそれらの呼称に対応する実態の〈ひじり〉であったか否かは疑問である。この点については、目次が説話集編集時に作成されたものであり、説話集編集時点ではそのような認識があったという想定のもとに論を展開する。また、極端な例を示すならば、『法華験記』『江談抄』『今昔物語集』『三外往生記』『撰集抄』その他の文献あまねく「聖」「聖人」「上人」と記し、誰もが〈ひじり〉の代表的存在であると認めている多武峰の増賀が、『続本朝往生伝』には「沙門」との み記されているような事実がある。このような事実は、われわれが『続本朝往生伝』だけを見て増賀を〈ひじり〉の系列から外すといった類の過を犯しかねないことを物語っているのである。この点については、「聖」「聖人」「上人」の称を有しない者から〈非ひじり〉の実態を帰納させるという作業をしないようにすることで、その危険性を食い止めることにしたい。

右のような私の原則は、たとえば「『日本霊異記』をみると、碁打ちを本業とした聖（上巻一九話）、形は沙門で賊盗をはたらき、造塔勧進といつわって人の財物をむさぼる聖（上巻二七話）、還俗して金貸しをして妻子をたくわえていた聖（下巻四話）、剃髪して袈裟をつけながら産業をいとなんだ牟婁沙弥という聖（下巻一〇話）、彫刻にたくみで学問もあり、多才多芸ながら寺を出て農をいとなみ妻子をやしなう聖（下巻三〇話）、子があまたありながら食無くして乞食してやしなう沙弥鏡日という聖（下巻三八）などの俗聖がかたられている」[6]という、五来重氏のような見方を容れないことになる。なぜなら、五来氏が「聖」とする六人のうち、『霊異記』に「聖」とされているのは下巻第三十話の老僧観規だけであり、しかも観規の場合は十一面観音像の彫刻半ばにして死んだ彼が蘇生し、仏師多利磨にその遺業を付属したことが「誠に知る、是れ聖にして凡を非ざることを」と讃歎されているのであって、五来氏が特筆されるような、「寺を出て農をいとなみ妻子をやしなう」ことと『霊異記』の語る「聖」とは、およそ無縁だからである。つまり「聖」として『霊異記』から選び出された前掲の人々は、すべて五来氏によって認定された「聖」なのであって、『霊異記』自体は決して彼らを「聖」であるとは語っていないのである。したがって私の方法によれば、彼らは「聖」の範疇に入ってこないのである。

後述するように、『霊異記』には人物を「聖」とする観念はないのであって、その理由として井上光貞氏が言われるところの、「人間をヒジリ（恐らく日知りの意）、又は聖とよぶにはそれらの語が、あまりにも神聖であったからであろう[7]」という考えに賛意を表したいが、とするならば一層のこと、碁を打ちながら法華持経者を誹謗したために業病にとりつかれた自度の沙弥をはじめとして、五来氏の列挙された人々は、「聖」とは全くうらはらな資質を備えた人々であると言えるのである。氏の高著『高野聖』は、「はしがき」に言われている通り、「道心者としての高野聖のイメージを見事に粉砕し、このとらわれた観念を粉砕することによって、高野聖の研究にあたらしい道」をひらいた柳田國男氏の「俗聖沿革史[8]」に触発され、日本仏教を担ってきた庶民宗教家としての俗聖の生態をできるだけリアルに分析し追求することを目的とする書であるらしいから、ことさら『霊異記』中の俗（あるいは俗悪）的な沙弥を「聖」として提示されたのかも知れないが、後代（主として中世以降）の文献で「聖」「聖人」「上人」などと称されている人々から帰納して描き上げた人物像を以て、普遍的な〈ひじり〉像とし、それによって『霊異記』中の人物にまで決定的な枠づけをすることはいかがであろうか。この場合、語の意味内容の、時代性・社会性や、本義と流通義との違いなどは無視されていると言われても、いたしかたないのではなかろうか。

二、「聖」と「聖人」

「聖」と「聖人」とは一般的に同一内容を意味する語と認められているが、必ずしもそうではないようである。

わが国における「聖」「聖人」の語の古い用例を尋ねると、『古事記』上巻に、出雲に下った須佐之男命が大山津見神の女（神大市比売）を娶って生んだ大年神の、その第四子に、「日知りの神の意で、暦日を掌る神か」[9]と考えられる「聖神」がおり、また仁徳天皇が『古事記』下巻には「聖帝」、『日本書紀』巻十一では「聖」「聖帝」とされている。天皇君子が「聖」とされるのは、儒教の聖天子観の影響であると考えられ、仁徳天皇の発言中にも理想的治世を指呼して「古聖王之世」（『日本書紀』巻十一）とあるが、『万葉集』巻一では神武天皇を「橿原乃日知」と記している。また『日本書紀』巻二十二の聖徳太子が片岡で見た乞匃人についての記述「其非凡人。必真人也」の「真人」が古来「ひじり」と訓ぜられているのは、右の文の後に「聖（聖徳太子）乃知聖（乞匃人）、其実哉」とあって、儒教の「聖」に相当する道教の「真人」なることが明らかであるからであろう。変わった例では、『万葉集』巻三の、例の大伴旅人の讃酒歌の中に、「酒名乎　聖跡負師　古昔　大聖之　言乃宜左」とあるのが注目される。これは魏の太祖の禁酒令を破った徐邈が、清酒を聖人、濁酒を賢人と称して刑を免れたという故事[10]によるもので、酒が「聖」、徐邈がカリカチュアライズされた最大級の尊称を以て「大聖」とされているのである。

如上、管見の及ぶところ、古代前期の作品には『古事記』に二例、『日本書紀』に五例、『万葉集』に三例、計十例の「聖」（「真人」「日知」を含む）と摘出しうるのであるが、それらは、酒・酒仙の特例を除けば超能力者・天皇君子に対する尊称ばかりであって、ここにわれわれは少なくとも二つの注目すべき事実を指摘することができる。

すなわちその第一は、古代前期には、今私が問題としようとしているような、僧を〈ひじり〉とする用例がないことであり、第二に「聖人」なる語を見出すことができない（むしろ『三国志』の清酒「聖人」が、『万葉集』では「聖」とされている）ということである。右の特徴的な事実の、前者は、当時未だ僧に対する〈ひじり〉の観念は芽生えていなかったことを語り、後者は、「聖」はあくまでも「日知り」であって、人間臭さを伴わない、高次元の、いわば神格的存在として認識されていたという当時の事情を示しているように思われる。

「聖」とともに「聖人」なる語を見出しうる最古の文献は『日本霊異記』であろう。しかもそこに見られる「聖」や「聖人」は、聖徳太子を除けばすべて仏菩薩または僧に関するものであって、僧が〈ひじり〉の対応者としての地位を獲得したのは、この書撰述の弘仁十三年（八二二）をあまり遡らないころであったと思われる。そこで、『霊異記』における「聖」と「聖人」との用語例を子細に検討し、当時における両語の意味内容の異同を考えてみようと思う。

(A)　聖徳太子が目の前に現れた不思議な乞匃人を尊敬したことについて、「誠知、聖人知聖、凡人不知。凡夫之肉眼見賤人、聖人之通眼見隠身」と記されている。ここの「聖」は乞匃人であり、「聖人」が聖徳太子であることは言うまでもない。（上巻第四）

(B)　大和国葛城の高宮寺で死んで荼毘に付された法師願覚が、近江に再出現したという不思議な話の末尾に、「当知是聖反仮也。食五辛者、仏法中制而聖人用食之者、无所得罪耳」とある。「食五辛」ということはこの話に含まれていないので、願覚が昼間は山をおりて里に出ることを「常業」としていたことに対する譬喩的表現であろうから、この「聖人」は願覚を指すことになる。（上巻第四）

(C)　興福寺の僧行善（河辺法師）が自ら造立した観音像を供養する讃歎文に、「憶聖椅上憑威」とある。ここで

は「聖」は観世音菩薩のことである。（上巻第六）

（D）『法華経』の一字だけをどうしても覚えられぬ大和国葛城の一持経者が、〝その字は、前生で『法華経』を読誦していたときに灯で焼いた字である〟との夢告を得、伊予国で前生の父母を尋ね求めて件の『法華経』を修復したという話の主人公は、讃歎文に「読経求道　過現二生　重誦本経　現孝二之　美名伝後　是聖非凡」と記された。（上巻第十八）

（E）唐では玄奘三蔵に師事して仏法を究め、帰国して禅院寺を造り、臨終時には極楽往生の奇瑞を現した道照法師の讃歎文には、「明徳　遠求法蔵　是聖非凡　没放光」とあった。（上巻第二十二）

（F）道照法師が新羅の山中で『法華経』を講じたとき、日本語で質問をした者がいた。名を聞くと、「役優婆塞」と答えたので「法師思之　我国聖人自高座下求之无之」という。役優婆塞が「聖人」と認められている。（上巻第二十八）

（G）聖武天皇の催した元興寺の大法会の折、乞食する沙弥の頭を打ち破った長屋親王は、ついに服毒自殺をするはめに陥った。この話には「著袈裟之類　雖賤形不応不恐　隠身聖人交其中」という教訓がある。（中巻第一）

（H）巻中第七話は表題に「智者誹妬変化聖人而現至閻羅闕受地獄苦縁」とあり、聖武天皇に重く用いられた行基を妬んで悪口した智光が、死んで地獄に赴き、「従此已来　智光法師　信行基菩薩　明知聖人」という話である。ここでは行基が「聖人」とされている。

（I）行基を生駒寺に訪ねた帰途、蟹を持った老人に会い、衣服に換えてその蟹を放生した尼は、蛇の難をこの蟹に助けられることになった。思えば老人は尼を助けるために出現したのであって、「耆是聖化也」とされたという。（中巻第八）

(J) 元興寺の村の法会に講師として招請された行基は、聴衆の中に猪の油を髪に塗った女がいるのを察知して退去させた。行基は、「凡夫肉眼是油色　聖人明眼見視宍血　是化身聖也　隠身之聖矣」と讃美されている。（中巻第二十九）

(K) 法会の庭で泣き叫ぶ幼児が、実は前生の悪業を母に報いているのだということを見抜いた行基は、その子を深淵に捨てるように指示する。事情を知らない衆人は、「聞之、当頭之曰、有慈聖人、以何因縁而有是告」と不思議がった。（中巻第三十）

(L) 貧しい海使表女（あまのつかひみのめ）が福徳を千手観音に祈ると、観音が妹に変化して出現し銭百貫を授けた。讃歎文に「滅貧窮愁、感聖留福」とある。ここの「聖」は(C)と同じく観世音菩薩である。（中巻第四十二）

(M) 熊野山中で死んだ持経者の髑髏は、三年を経ても舌が朽ちないで『法華経』を誦していた。讃歎文に「捉身曝骨而髑髏中、著舌不爛、是明聖也。不凡矣」と言われた。（下巻第一）

(N) 吉野山中の僧が病気で衰弱したので、魚を食おうと弟子を海辺につかわした。これを見とがめた男が、弟子の持った箱を無理に開けさせると、魚は経巻に変わっていた。男は五体を地に投げ、「雖実魚体而就聖人之食物者、化法華経也。我愚癡邪見、不知因果而犯逼悩乱。願罪脱賜」と陳謝した。（下巻第六）

(O) 七歳以前から『法華経』『華厳経』を転読するような聡明な女がおり、出家して道心堅固に修行したが、生まれつき奇型だったので、「愚俗呰之、号曰猴聖」。この尼は大安寺の戒明大徳と法文を論議しても、「尼終不屈乃知聖化而更立名」舎利菩薩と言った。（下巻第十九）

(P) 十一面観音の彫刻半ばにして死んだ観規は、蘇生してその完成を友に依頼し、予告通り釈迦涅槃の日に往生した。讃歎文に、「内密聖心外視凡形、著俗触色、不染戒珠、臨没向西、走神示異。誠知、是聖非凡矣」と言われ

た。（下巻第三十）

(Q) 紀伊国の悪人、紀直吉足（きのあたえよしたり）が、乞食に来た自度の沙弥を軽侮し、却って沙弥の呪縛にかかって殺されてしまった話である。「雖自度師、猶闇忍心、隠身聖人、交凡中故」と教訓されている。（下巻第三十三）

右が『霊異記』における「聖」「聖人」の用例のすべてであるが、(A)の〝聖人は聖を知り、凡夫は知らず〟の一句は、『霊異記』における「聖」「聖人」両語の意味内容の相違を測る手がかりを与えてくれるように思う。というのは、聖徳太子と片岡の乞匂人との話は古く『日本書紀』にも見られ、そこには「聖之知聖、其実哉」と記されているからである。大体この一句は、『魏志』「杜襲伝」の「夫惟賢知賢、惟聖知聖、凡人安能知非凡人耶」の影響下にあるものと思われるが、いま私が問題にしたいのは、先行文献が「聖之知聖」としている部分を、『霊異記』が「聖人知聖」としていること、つまり二度続けて用いられている「聖」の一方だけを、なぜ「聖人」と改めているのかということである。このような一見無統制と思われる改変には、かえって強い意図が働いている場合が多いものである。

『霊異記』の「聖」十四用例中、(D)・(E)・(M)・(P)の四例は「聖非凡」という、凡に対する聖であって、いずれも讃歎文の中に見られる常套的句法(11)によるものである。そして(C)・(L)の二例は観世音菩薩を「聖」としている。その他、(A)・(B)・(I)・(O)・(P)などの例を見ても、「聖」は決して具体的な人物を指してはいない。それにひきかえ「聖人」においては、(A)の二例は聖徳太子、(B)は願覚、(F)は役優婆塞、(H)と(J)・(K)の三例は行基、(N)は病僧、そして(G)・(Q)の二例は沙弥某といった具合に、十一例悉くが具体的人物について言う語となっているのである。右の検討によって知られるように、古く超能力者・天皇君子を指呼する語であった「聖」が、緇流においては超能力性・尊貴性に重きを置く語として用いられ、その「聖」性を具備する人物を言う場合には、「聖人」という語が新しく用いられるようになったようである。こうしてわれわれは、『日本書紀』の聖徳太子話における「聖之知聖」が、『霊異記』の同話では「聖人知聖」と改変されていることの事情を確かに説明しうるように思う。

右の考察は、井上光貞氏の「霊異記にも聖人という語がみえるが、「隠身の聖人」（中―一、下―三十三）という語の示すように、いかに尊い仏教者でも聖人そのものではなくてその化身なのである」[12]という発言を是としない。私はこの〝隠身の聖人〟(G)・(Q)も具体的人物を指すと見てさしつかえないものと思う。この場合、『霊異記』に〝聖の反化〟(B)・〝聖の化〟(I)・(O)という語句があるに反して、〝聖人の化〟のごとき例を見ないということも私の考えを援ける事例となる。すなわちこれらの事例は、変化する本体（神格）が「聖」であり、「聖」の変化した具象（人格）を「聖人」とする、という原則に当てはまるものである。ただ、(J)に〝化身の聖なり〟という語句があるので、前の事例をそのまま第一級の資料として提出するわけにはいかない。にもかかわらず私が前の事例にある程度の重みを感じているのは、(J)の〝聖人の明眼には、見るに宍の血を視る。日本国においては、是れ化身の聖なり、隠身の聖なり〟という文では、独立して「聖」と記される場合と違って、前出の「聖人」に引きつけられた語感をここの「聖」は持っていること、したがってほかの二十三例（「聖」十二例、「聖人」十一例）から導き出された意味内容の結論に合わせて考えうるように思うのであるが、どうであろうか。

次にもう一つ、私の考えに疑問を投ずるであろうかと思われる事例について見解を述べておこう。問題は(O)に出る「猴聖」で、「聖」とあるにもかかわらず具体的人物に対する呼称となってはいないかということである。そしてこのような呼称は（『霊異記』にこそ他に例を見ないが）『日本往生極楽記』の「阿弥陀聖」「市聖」をはじめとして数多くわれわれの目に触れるものであるから、どうしても避けて通るわけにはいかないのである。

さて、ある名詞と「聖」との複合によって作られる右のような呼称は、固有名詞のごとく用いられはするが、実は固有名詞ではない。弥陀念仏を信奉する「聖」や、市井に住む「聖」一般が「阿弥陀聖」であり、また「市聖」なのである。そしてこの語が固有名詞的に用いられるというのは、普通名詞が、たまたま、ある時のある場においては、ある個人を指呼することになるというに過ぎない。大体このような呼称の作り方は、住所（書写聖・小田原聖）や行動（縄聖・一宿聖）、修行（如法経聖・六万部聖）、姿勢（皮聖・裸聖）などの特徴と「聖」とを結合させるのであって、その固有性は上の名詞によって表され、下の「聖」は、むしろその人物の尊貴性を証するために付された語であると考えられるのである。

× × ×

如上『日本霊異記』によって知りえた意味内容を有する「聖」「聖人」の語は、古代の仏教説話集を検した限りでは正統に用いられているようである。以下、それを証するに足る数例をあげよう。

『法華験記』

(1) 龍華寺の妙達が死んで閻魔王宮に行くと、閻魔王は妙達を礼拝し、「我今請聖。為説日本国中善悪衆生所行作法。聖人能憶持、還於本国、勧善懲悪。利益衆生。其善悪人如別伝註」と依頼したという。この「聖」は智徳の秀れた高僧一般であり、「聖人」は妙達である。（第八　出羽国龍華寺妙達和尚）

(2) 日蔵の弟子理満がある小屋に宿ったころの話に次のようなことがある。「一両年読経。宅主在聖辺。見聖所作。聖読一巻。経置机上。取次巻読時。読畢。経一尺躍昇。従軸本巻還。至於縹紙。即置机上。宅主見畢。一心合掌白言。肴有。彼経躍昇。独巻還端。聖人大驚。誡宅主言。努努他人無語。是慮外幻化非実事。若以此事。令他聞知。永以恨申。因是宅主。聖存生間。不出口外。入滅之後。所言説矣」。右の「聖人」は驚愕し哀願する人間理満、「聖」は宅主から見た不可思議霊妙な行者をいう語として、明らかに使い分けられている。（第三十五　法華持経者理満法師）

『後拾遺往生伝』

東山の石蔵寺を建立した行円について「件聖人本是大和国人。修行之次。至彼山洞。結庵始住。（中略）聖平生之時。有人夢見。此聖著用緇衣。而企他行之貌也。有人問曰。将行何所乎。聖人答曰。可行西方也」という話がある。一見して知られるように、具体的な人物を指呼するときだけ「聖人」と言われている。（巻下　石蔵寺聖）

『打聞集』

(1)「（鳩摩羅が立ち寄った国の王は）此聖イミシク止事无キ貴キ聖ナリ。コノムスメアハセテタネヲトラム。聖貴ケレト年イタク老タリ。往来ノ道ハルカニ玄シ。（中略）今生タラム子ハ聖ノ思ノコトク伝ヘサセム。トオホシテナク〳〵聖人ニアハセタテマツルニ、聖イミシキ事トモヲ申テスマヒ申。王ノノタマハク、聖ハ戒ヲ破テ地獄ニ落トモ、ユク末ノ仏法ノハルカニ伝ハラムコソ菩薩ノ行ニハアラメ……」（第八話　鳩摩羅仏盗事）

(2)「（玄奘三蔵に）天竺ノ王種々宝ヲ聖ニ賜フ。此中ニ一ノ鑊（カナヘ）アリ。入タル物共シ尽セズ。其鍋ナル物食人速ニ病癒ヌ。世ノ伝ノヲホヤケノ宝ニテ有ケルヲ、聖ノ貴ニ賜ナリケリ。聖人賜テ心毒ト云川ヲ渡ニ船半許ニテ、タタ方フキニ方フテ、多ノ法門仏沈（シズミ）ヌヘシ。聖大願ヲ立テ祈給ヘト其ノ験ナシ。……」（第九話　玄奘三蔵心経事）

右の、(1)における六個、(2)における三個の「聖」に対するそれぞれ一個ずつの「聖人」の語の存在を、気まぐれなものとして見過ごすことはできないであろう。まさに女と交わりそうになり、また手を伸ばして賜物をもらうという俗的行為の現実感に満ちた場合にだけ、「聖人」の語が用いられているのである。

『今昔物語集』

『今昔物語集』には百数十人の「聖人」が登場するが、「聖」の語は数えるほどしか見当たらない。しかも私がこれまでの作品に見てきたような、「聖人」と「聖」の両語が隣接して用いられている好例を摘出することができないから、『今昔物語集』に限っては「聖」の用例を持つ各話をひとわたり点検しておこうと思う。

巻一の第三話・第四話には、悉達太子（釈迦）が幼時より「夜ハ静ニ心ヲ鎮メテ思ヲ不乱シテ聖ノ道ヲ観ジ給」う人で、やがて出家し、跋伽仙人の苦行林の中に至って、「我レ聖ノ所ニ来レリ」と言う場面があるが、右に引用した部分を原典『過去現在因果経』第二は、それぞれ「於静夜中、但修禅観」「我今既已至閑静処」としている。つまり「聖」の語に当たる部分は「禅観」であり「閑静」なのであって、これらの「聖」は、同巻第十七話の釈迦が子の羅睺羅を「出家セシメテ聖ノ道ヲ習ハシメム」、巻十五第三十九話の「我ヲ聖ノ道ニ勧メ入レ給」の場合とともに、仏法の真諦を言う語なのである。また巻三第三十五話の「諸ノ聖ハ仏ノ教ヲ受ケテ口ニ法ヲ唱ヘ」、巻十二第三十話の「極メテ貴キ聖リニテナム有ケル」、巻十三第三十六話の極楽の「聖ノ僧」、巻十四第三十九話の「極タル聖ニ在マス徳」、巻十七第三十六話の「化身ノ聖」などの「聖」は、菩薩や超人的尊貴性を表す語であり、そして、巻十三第四十話・第四十一話、巻十七第二話・第七話、巻二十九第九話などに見られる「聖」は、法蓮聖・持金聖・持法聖・最勝聖・法華聖・阿弥陀聖・地蔵聖といった複合名詞化の「聖」である。このように見てくると『今昔物語集』においても、ほんのわずかな例外的表記[13]を除けば、尊貴性に重きを置く場合に「聖」、具体的人物を指呼する場合に「聖人」の語を用いるという原則は守られているのである。

三、「聖人」と「上人」

『古事記』『日本書紀』『万葉集』はもとより、『日本霊異記』にも「上人」なる語は見出せない。「上人の始めは常康親王の男、仁明帝の孫、六波羅蜜寺の開基空也之に任ず。日域の上人は是れが始めなり」という『諸門跡譜』の説は、清和天皇の貞観六年（八六四）に三階の僧位をたてた際の「法橋上人位」といった官制のものではなく、〈ひじり〉の「上人」、すなわち本稿で扱う「上人」についての発言と認めてよい。そして空也は天禄三年（九七二）に七十数歳で没したことがほぼ確実であるから、〈ひじり〉の「上人」号は十世紀以前にはなかったと認められる。とするならば、『日本往生極楽記』に空也（『極楽記』には「弘也」とある）・勝如・増祐の三名が「上人」とされているのが、文献に現れた「上人」の最初期のものと考えてよいであろう。もっとも、勝如（証如）は証道の弟子で、『帝王編年記』によれば貞観九年（八六七）に八十七歳で没した人物であるから、もし彼が生存当時から「上人」と称されていたとすると、空也より一世紀も早くその称が用いられていたことになるわけであるが、これは、空也以後の念仏者間に「上人」号が普及してから、説話中の対話部分で勝如も「上人」と呼ばれるようになった（この話では、沙弥教信からの呼びかけの言葉として一か所だけ「上人」が用いられている）と考えるべきであろう。

『極楽記』の空也は、「常唱弥陀仏。故世号阿弥陀聖。或住市中作仏事。又号市聖」とも紹介されている。『極楽記』における「聖」（「聖人」「聖者」を含む）の用例は他に四か所あって、「大聖」聖徳太子と、小松寺の玄海に「汝今所来者極楽辺地也」と告げる浄土の「聖僧」とに「聖」の語が用いられ、また、百済から来朝した日羅が聖徳太子によって「日羅者聖人也」と紹介され、東大寺造営供養の講師として来日する予定の「南天竺波羅門名菩薩」が、行基によって「異国聖者」と披露されている。そこで、この「聖」「聖人」五例と前の「上人」三例により、われわれはそれらの語に関するいくつかの問題を整理することができる。

第一に、『霊異記』を手がかりとして考察した「聖」と「聖人」との相違は、『極楽記』においても誤りないことが確かめられる。第二に、「聖」と「聖人」との関係はそのまま「聖」と「上人」との関係にスライドできるのであって、「上人」は具体的人物に対応する語であることが知られる。第三には、「上人」が念仏と深く関わりを持つという事実が指摘されるが、この件から「聖」との相対関係に言及することはできない。

さて、従来の学界では「聖人」と「上人」とに差違を認めず、「ヒジリは即ち浄行僧の別名であって、上人と言うのも全く同意味であった[14]」としていたが、井上光貞氏は、「聖と上人は一般に一括して扱われてきたし、私もかように考えてきた。しかし両者は、区別するのが妥当なようである。なぜならば、同一人を時人が聖とも上人とも両様によんだ例（たとえば黎取上人は大仏上人とも黎取聖ともいった。『法華験記』四七）も少なくないが、阿弥陀聖・小田原聖などと固有名詞的によばれたものには山林修行、苦行、遊行、入水焼身など、異常な宗教的霊力や行為を示す行者が多いのに対して、上人には都市や農村に定着し、隠棲して自利の業を積み、又は講や説法などによって人々の尊崇を集めたものが多いからである。念仏の空也を聖とよんだのはこの例に背くものであるが、空也がはじめは山林修行や遊行をも兼ねた原初的な念仏者であったことは既述の通りであって、摂関期以後のふつうの念仏者はおおむね上人とよんで、聖とはいわないのである。聖が山林修行と密接なことは梁塵秘抄（巻二、僧歌）に「聖の住所はどこどこぞ、大峯・葛城・石の槌、箕面よ勝尾よ、播磨の書写の山、南は熊野の那智新宮」とし、聖と霊山とを結びつけていることもよく照合するであろう。聖は「ひじり」であり、「日知り」であると説かれるが、このことは、聖と上人のこの区別に着目するとははなはだ自然である[15]」とも、「民間の人々は常人に異なる宗教者を上人・聖といって尊んだのであるが、上人の名は主としてその徳行の故に、聖の名は苦行などによって得られた験力の故に与えられたものとみることができる。そして念仏はその性質上、苦行を重んじないから、浄土教の伝播者は一般には聖的であるよりも、上人的であったといってよかろう[16]」とも言っておられる。

引用が長くなったのは、これが、「聖人」と「上人」とを明確に区別するほとんど唯一の傾聴すべき意見であること、しかしこの説には納得できかねる点が多くあるので、やや細かく吟味すべく俎上に載せさせていただこうと思ったからである。まず氏は「聖」と「上人」とを対比させておられるが、その発想自体が問題の在所をあいまいにする。なぜなら前述した通り、ここで「上人」と対比すべきは「聖人」なのであって、「我師上人者、苦行精進聖也」(『拾遺往生伝』下十八)という章句を一見すればわかるように、「上人」は「聖人」に対比すべき具体的人物であり、「聖」はその「上人」の尊貴性を重視して言う語だからである。この「聖」と「聖人」、「聖」と「上人」の関係における把握の不徹底は、爾後展開される井上氏の論理全般に微妙なひずみとなって表れているように思われる。たとえば「阿弥陀聖・小田原聖などと固有名詞的によばれたもの」には霊力の効験が強調され、都市や農村に定着して講などをした「上人」とは対照的関係にあるとする氏は、空也を例外として説明されるが、究極的に空也は「聖」なのか「上人」なのかという問いに対してはどう答えられるであろうか。大体、「何某聖」が「上人」とされるのはごく一般的なことであって、「小田原聖」が「教懐上人」(『拾遺往生伝』上十)と言われたのをはじめ、「石蔵聖」の蓮持(『拾遺往生伝』上十七)も、「裸聖」の法縁(『拾遺往生伝』下十八)も、「香聖」の経助(『後拾遺往生伝』上九)も、その他多くの「聖」たちが皆「上人」と呼ばれているのであり、「日円上人。俗云美作聖」(『拾遺往生伝』下二十一)とか「播州有上人。号棚原聖」(『後拾遺往生伝』下十八)といった記述も多く目につく。「上人」

が「聖」と対になる語ではないこと、そして「何某聖」といった複合名詞化をする「聖」は何某の尊貴性を讃える語であることを思えば、右の現象も当然なこととして理解できるのである。また井上氏の説かれるところに反して、苦行に身をさいなみ霊力を現す「上人」たちも決して少なくない。「鳥獣馴来。舐掌中食。鬼神常侍。願作給役。（中略）如是奇事。其数甚多」という叡山安楽院の叡桓も「上人」であり（『法華験記』中巻第四十六）、「康平年中。於阿弥陀峯下。焼身入滅」した僧（『拾遺往生伝』中五）や、土佐国金剛定寺で「企焼身。先積薪於浄所納身於其中。合掌向西。高声念仏。衆僧門弟。同音合殺。西方濺油。一具加火」で死んだ僧（『三外往生記』）たちは「焼身上人」と言われているばかりか、全く「聖」とはされていない。そして氏が『梁塵秘抄』によってわざわざ「聖」の霊山として示された勝尾寺や書写山では、それらの山々を代表すべき勝如や性空らがいずれも「上人」とされている（『往生極楽記』『法華験記』）のである。これらの事実を列挙してみると、井上氏説には漏れるものがあまりに多すぎるように思えるのである。

さて、「上人」なる語を摘出できる最初期の文献が『日本往生極楽記』であり、「上人」が念仏と深く関わりを持つということは、この語の特質の一端を予測させるわけだが、その予測に立って『続本朝往生伝』『拾遺往生伝』『後拾遺往生伝』『三外往生記』『本朝新修往生伝』など、諸々の往生伝類を通覧すると、目次は知らず、本話では非常に多くの人物が「上人」と称されている。一例に「上人」という記述の最も少ない大江匡房の『続本朝往生伝』を取り上げてみても、源信僧都往生の夢告を得た横川安楽谷の浄行上人、愛宕月輪寺の真縁上人、それに沙門高明の師として性空上人、阿闍梨延慶の弟子道円上人らの「上人」は登場するが、「聖人」の名は全く見えないのである。『日本往生極楽記』の撰集から『続本朝往生伝』の出現まで約一世紀あり、両書の成ったちょうど中間の時期に『法華験記』が出ているわけであるが、「上人」なる語をよりどころとして言うならば、『続本朝往生伝』は、約六十の「聖人」「上人」関係話中わずか七話にしか「上人」を扱っていない『法華験記』を越えて、『日本往生極楽記』の系列に連なるものであることになる。かくのごとくして「上人」が主として念仏系聖に関して用いられた語であることを、われわれは確かに知りうるのである。

しかし、「聖人」と「上人」とが厳密に截然と区別される語でなかったことは、同一人物が両様に称されている事実によってすでに明らかなところであるが、多くの用例によって知りうることは、「上人」とは念仏系聖を、褻の場・褻の意識で称する場合に用いる語であり[17]、晴の場・晴の意識においては、念仏系聖といえども「聖人」とされたらしいということである。次に、右の推論の根拠を例示してみよう。

(1) 同一説話中に両語が使い分けられている例

『法華験記』巻中第七十九話は、越後国古志郡国上山に住んだ仏蓮の話で、彼の修行に堪えかねた給仕人が逃げ去った後、「有二童子。自然出来。白上人言。我等二人。奉仕聖人。一名黒歯。一名華歯。十羅刹女変身来耳」とある。この「上人」は地文にあり、説話の語り手が親しく仏蓮を呼ぶ場合の称であり、「聖人」は護法善神が仏蓮の前に跪いて発する畏敬に満ちた言辞なのである。

(2) 同一説話の、本文と注記とで両語の用法が異なる例

『拾遺往生伝』(上)の沙門源算の話には、西山良峯に霹靂・震動の異変があって鳥獣が皆死んだとき、「上人独存矣。見者異之」とあり、その直後の「善峰縁起云」で始まる注記には、「沙弥名曰行蓮。件聖人源算之父也」と記されている。すなわち、往生人の行実を説話として述べようとする意識においては、「上人」とされる人物が、寺社縁起中の記録的部分では「聖人」とされているわけであるが、往生伝の撰者はその差違を意に介することなく並置している、というところに、「聖人」と「上人」とに関する時人の差別と融通の認識を見ることができるよう

に思う。

(3) 説話集の編集意識によって両語の用法が異なる例

往生伝類には多くの「上人」が登場し、またその中の多くの人々が『今昔物語集』に同話・類話を踏まえて登場している。しかし『今昔物語集』においてはすべてが「聖人」であって、「上人」なる語をこの集に見出すことは全くできないのである。大体『今昔物語集』という説話集は、「一定の編述方針があり、全話がそれに従って編集され、ある一時期に成立したと見られる」のであって、「その編述方針の中でのあるもの、即ち、史実性・公的記録性・合理性の尊重・律令国家主義・教訓教導強調主義・類聚徹底主義などの編述方針が、ある既述の説話をもとにして語句の補塡・改変を行なったとすれば、そこに必然的にもとの説話との間に相違語が生ずる」[18]わけで、この国東氏の列挙された編述方針、つまり晴の意識に支えられて、『今昔物語集』には「聖人」ばかり百数十人の登場が約束されたと思われるのである。

さて、右に掲げた三点よりもさらに有力な証拠として私が提出したいのは、源為憲の『空也誄』である。『空也誄』には二つの注目すべき事実が指摘される。その第一は、空也の伝を記す序文が一貫して「上人」なる表記を用いているのに対し、「不堪称歎。而為之誄。其辞曰」として記されている誄（生前の功徳を讃歎する弔辞）が、「赫々聖人。其徳無測……」と高い調子で語り出されていることである。これは「上人」と「聖人」とにおける、褻と晴との関係を如実に見うる好例ではなかろうか。第二に見落としてならないのは、空也が神泉苑水門の外のやつれた病女を養育したとき、その女が「吾是神泉苑老狐。上人者真聖人」と讃歎した言葉である。この「上人」は人間空也への親しみ深い呼びかけであり、「聖人」は空也が〈ひじり〉の内質を具備した尊者なることを表す語であって、一見よく両語の関係を見うるものと言えよう。

四、結語

私は、古代の、おおむね『打聞集』や『今昔物語集』が撰ぜられたと思われる十二世紀初ごろまでの仏教説話を主たる資料として、当時の緇流の、つまり正統な意味内容が維持されやすい場での用例を検討して、「聖」「聖人」「上人」の称の微妙な相違を明らかにしたつもりであるが、ことばは生きているものであって、いつ、いかなるところでも、本来の意味内容が保持しつづけられるというようなことはない。「聖」「聖人」「上人」にしても、同時代の俗界における、あるいは後代における広い場での使用が、必ずしも私が本稿で考察しえた意味内容によるとは限らないことは当然である。それらの語意の変遷や、〈ひじり〉の実態の探索は、いずれ稿を改めて行いたいと思っている。

註

(1)『法華験記』(中)の第六十五話、および『拾遺往生伝』(上)の第二十七話の主人公。
(2)『日本浄土教成立過程の研究——親鸞の思想とその源流——』(平楽寺書店、一九六四年)一五〇頁。
(3)井上薫「ひじり考——平安時代浄土教の発展——」(『ヒストリア』昭和二十六年九月)。
(4)「時衆成立前史——今昔物語集の聖、聖人について——」(『時衆研究』昭和四十六年八月)。
(5)井上光貞『日本古代の国家と仏教』(日本歴史叢書、岩波書店、一九九五年。のちに『井上光貞著作集』第八巻に再録)二一五頁。
(6)五来重『高野聖』角川新書、一九六五年、四六頁。

（7）井上光貞前出書、二一二頁。
（8）筑摩書房『定本柳田國男集』第二七巻所収。
（9）岩波『日本古典文学大系』本の注。一一〇頁。
（10）『三国志・魏志・徐邈伝』。
（11）見道以前を凡夫とし、見諦以後を「聖」と名づけることは『大乗義章』（第十七本）に見えるが、「聖」と「凡」とを対比させる方法は、仏教界で古くから行われていたようで、諸橋轍次『大漢和辞典』（凡の項）には、梁武帝「勅二捨レ道事レ仏文」の「革レ凡成聖」、隋煬帝「答二智顗遺旨一書」の「革レ凡登レ聖」、また『四十二章経注』の「明捨レ悪趨レ善、除レ惑断レ障、超レ凡入レ聖之深旨也」などの例文が見られる。
（12）井上光貞前出書、二一二頁。
（13）『今昔物語集』における例外的表記とは、「聖徳太子ト申聖御ケリ」（第一話）・「行基菩薩ト申ス聖在ケリ」（第二話）・「弘法大師ト申ス聖御ケリ」（第九話）・「伝教大師ト云フ聖在マシケリ」（第十話）・「慈覚大師ト申聖在マシケリ」（第十一話）・「智証大師ト申聖在マシケリ」（第十二話）と語り出している巻十一冒頭の一群の「聖」と、巻十六第四話の里人が丹後国成合の山寺の僧に「聖」と呼びかける部分とである。右のような場合には「聖人」とするのが一般のようであって、たとえば巻十一の右に列挙した話の中間にある第三話から第八話までにも、「役ノ優婆塞ト申ス聖人御ケリ」（第三話）・「道昭和尚ト云フ聖人在シケリ」（第四話）・「鑒真和尚ト云フ聖人在マシケリ」（第八話）などとオーソドックスな形が見られるのであるから、前記の例外的表記には何らかの特異な事情を考えざるをえないのであるが、今の私にはそれに答えるべき用意がない。
（14）柳田國男「俗聖沿革史」。
（15）井上光貞前出書、二一五頁。
（16）同前書、二四〇頁。
（17）「聖人」から「上人」への転化には、堀一郎氏が言われるような「僧位をあらはす上人号が、もじつて聖人に転用されたらしい」（『我が国民間信仰史の研究』第二巻、八頁）という音通のほかに、念仏聖に対する人間的親しみと「上人」の語感との関係、文字が平易であるなど、種々の要因が考えられる。だからこそ褻なのだと言えよう。

(18)　国東文麿『今昔物語集成立考』早稲田大学出版部、一九六二年、一二三頁。

寺院と文学──概説篇──

一、はじめに

寺院と文学との関わり方は複雑多岐にわたっている。たとえば『平家物語』（覚一本）には、二条上皇の葬儀に際して、東大寺の次に掲げる山号額の順位争いから清水寺焼亡事件までを引き起こした興福寺と延暦寺（巻一「額打論」「清水炎上」）、国司と寺僧とが喧嘩をして全国的な動乱の因を作った加賀国の一山寺（巻一「鵜川いくさ」）、その焼亡が平家の滅亡を予告するかと思われた信濃の善光寺（巻二「善光寺炎上」）、源氏の挙兵をめぐって僧徒が合戦を起こした熊野本宮と新宮・那智山（巻四「源氏揃」「熊野合戦」）、源平の争乱に巻き込まれて炎上した三井寺や南都七大寺（巻四「三井寺炎上」、巻五「奈良炎上」）、敗色濃い屋島の平家陣営を離脱した平維盛が出家した高野山（巻十「高野巻」「維盛出家」）、建礼門院徳子が往生を遂げた大原寂光院（灌頂巻「女院死去」）、その他多くの寺院が登場し、その数は五十箇寺以上にのぼっている。しかしそれらの寺院はほとんどが政治史的関連において見られるものであって、寺院本来のあり方によって文学と関わっているのではない。

また『大鏡』の舞台となった雲林院や、矢数俳諧盛行の契機を作った三十三間堂、あるいは『宇治大納言物語』の話材収集が行われたという南泉房などの場合も、右に類する。『大鏡』は、山城の紫野にあった雲林院で菩提講が行われた際に、そこに来合わせた高齢の翁たちが若いころからの見聞を語るという体裁の歴史物語であり、矢数俳諧は、京都三十三間堂の弓場で一昼夜にわたる通し矢の数の多さを競い合ったのをまねて、西鶴が大坂生玉（いくたま）本覚寺で独吟した千六百句を『俳諧大句数』と題して出版したのに刺激されて盛行したもの、そして『宇治大納言物語』は、『宇治拾遺物語』の序文によれば、宇治大納言源隆国が官職を辞した晩年に、宇治平等院一切経蔵の南の山際にある南泉房で、往来の者を呼び集めて話させた昔物語の集成であるという。

このように、雲林院は菩提講という多数の人々が参集する場としてのみ『大鏡』の成立に参与しているのであり、三十三間堂はそこで行われた世俗の遊技が矢数俳諧という様式を発想させたに過ぎず、南泉房は全国各地の物語を聴取するに好都合な交通の要路に当たって存在したという地の利が『宇治大納言物語』の集成を促進させただけであって、いずれも寺院本来の在り方とは無縁な状況で文学と関わっているのであり、その点では『平家物語』に登場するほとんどの寺院との同質性が指摘されるのである。

右のような寺院は数え切れないほど多くの文学作品を賑わせているのであるが、本稿はそれらに言及する余裕を持たないので、以下、寺院本来のあり方、つまり宗教性と直接的に関わる文学についてのみ述べることにする。

二、有名寺院

寺は、俗界における仏の在所であり聖域である。世俗性とは断絶した境界であるので、結界とも言われる。人は、結界に参入して仏の加護のもとにおける利益を得ようとする。その利益とは現当二世にわたる安楽——具体的に言うならば、現世での無病・息災・致富や、来世での往生・成仏などである。

人々の願望に応える度合いの大きさが、自から寺院の評判を高くし参詣者を増やすことになるわけであるが、清少納言が「寺は、壺坂。笠置。法輪。霊山は釈迦仏の御住みかなるがあはれなるなり。石山。粉河。志賀」（『枕草子』二〇八段）と掲げ、『梁塵秘抄』に「観音、験を見する寺。清水。石山。長谷の御山。粉河。近江なる彦根山。間近く見ゆるは六角堂」と詠われている寺などが、その当時以来の有名寺院である。

右のような一般の人々の信仰を集めた寺院とは別に、修験者の道場としては『梁塵秘抄』が、「聖の住所は何処何処ぞ。大峯。葛城。石の槌。箕面よ勝尾よ。播磨の書写山。南は熊野の那智・新宮」とか、「出雲の鰐淵や、日の御崎」などと列挙する山々があった。

そのほかにも文学と関わりの多い有名寺院が少なくないが、それらは次項以降に自から明らかになるところであるので、ここでは省筆することにする。

三、縁起

寺院が、いつ・誰によって・どのような事情のもとに建立されたかということを語る「縁起」は、寺院が、自らの存在理由を明らかにし、人々の信仰心を高める上で不可欠の文書であり、文学の類型上では説話・物語の範疇に入るものである。

『今昔物語集』には、巻十一の第十三話以降に多くの寺院の縁起話が集められており、その内容の要点は表題によってほぼ把握することができるので、以下それを列記する。

「聖武天皇、はじめて東大寺を造りたる語　第十三」「淡海公、はじめて山階寺を造りたる語　第十四」「元明天皇、はじめて元興寺を造りたる語　第十五」「代々の天皇、大安寺をところどころに造りたる語　第十六」「天智天皇、薬師寺を造りたる語　第十七」「高野姫の天皇、西大寺を造りたる語　第十八」「光明皇后、法華寺を建てて尼寺となしたる語　第十九」「聖徳太子、法隆寺を建てたる語　第二十」「聖徳太子、天王寺を建てたる語　第二十一」「推古天皇、本の元興寺を造りたる語　第二十二」「現光寺を建てて霊仏を安置したる語　第二十三」「久米の仙人、はじめて久米寺を造りたる語　第二十四」「弘法大師、はじめて高野山を建てたる語　第二十五」「伝教大師、はじめて比叡山を建てたる語　第二十六」「慈覚大師、はじめて楞厳院を建てたる語　第二十七」「智証大師、はじめて門徒を三井寺に立てたる語　第二十八」「天智天皇、志賀寺を建てたる語　第二十九」「天智天皇の御子、笠置寺をはじめたる語　第三十」「徳道聖人、はじめて長谷寺を建てたる語　第三十一」「田村将軍、はじめて清水寺を建てたる語　第三十二」（ただし、第十九・第二十の二話は本文を欠き、第十六・第十八の二話は後部を欠く）。これらが、それぞれの寺院の独立した縁起から説き出されているものであることは言うまでもない。

右に列挙されている縁起のほか、今日に伝わる文学的縁起としては、石山寺・高山寺・西芳寺・清凉寺・醍醐寺・当麻寺・道成寺・多武峰・善光寺・六波羅蜜寺のものなどが著名である。なお、それらの中には絵巻に仕立てられているものも少なくない。

四、参詣記

寺院への参詣は多くの日記・紀行文学を生んでいる。建仁元年（一二〇一）十月、後鳥羽上皇の熊野御幸にしたがった藤原定家の『熊野御幸記』、松永貞徳の『石山詣之記』、深草元政の『身延道の記』などは、その代表的なものである。『宴曲抄』（巻上）に収められている「熊野参詣」は京都から熊野・那智山への、また「善光寺修行」は鎌倉から信濃善光寺への道行（みちゆき）の早歌である。複数の寺々を参詣して巡った際の巡礼記には、古く、東大寺・大安寺・西大寺・興福寺・元興寺・唐招提寺・薬師寺・法隆寺を巡拝した大江親通の『七大寺巡礼記』（一一四〇年〈保延六〉成る）や、興福寺実叡が南都七大寺を中心とする十四社寺の巡礼次第を記した『南都巡礼私記』（一一九二年〈建久三〉成る）などがあり、中・近世に入っての観音霊場や七福神巡りの作品は、お伽草子・浄瑠璃・歌舞伎・講談・落語その他の分野にも及んで枚挙に遑（いとま）がない。なお前記親通の『巡礼私記』では、平重衡の奈良焼打ち（一一八〇年〈治承四〉）で失滅する直前の諸寺の様子がわかる。また実叡の『巡礼記』は別名を『南都七大寺縁起』とされている通り、縁起が大部分である。

『熊野御幸記』によれば、御幸途次の王子王子で法楽の歌会が開かれ、その都度、多くの貴紳が懐紙に筆を染めて奉納したという（三十数枚の熊野懐紙が現存する）。寺院への参詣を契機とする文学の作出は、日記・紀行のみならず、多くのジャンルに及んでいるのである。

五、法会の文学

寺院で営まれる法会に際しては、その勧修の趣旨を記した表白文、施主の祈願するところを述べる願文（がんもん）、施主の布施物を記して願意を明らかにする諷誦文などが読み上げられるのを常としたが、それらの文書は、『源氏物語』〈夕顔〉に「文学博士を召して願文を作らせ給ふ」と記されているように、文章（漢詩文）表現の専門家が作ったものであって、それを能書家が浄書をし、法会の導師が音吐朗々と訓読したのである。つまり、文学的にも美術的にも音楽的にも、秀れて宗教的な雰囲気を盛り上げるに有効な文書であると言える。それらは『東大寺諷誦文稿』『本朝文粋』『本朝続文粋』『本朝文集』などのほか、各種の「表白集」「願文集」「諷誦文集」に収められている。

法会というものを広義に解釈するならば、前述の『熊野御幸記』に見られたような、仏神に奉納することを目的とした文学作品創造の営みをも含めて、法会と見なすことができるであろう。永久四年（一一一六）に雲居寺で行われた結縁経文供養後の法楽歌会は、その名も『雲居寺結縁経後宴歌合』ということになっているが、このような法会に随伴する文学営為は、漢詩文・和歌・連歌・俳諧などの諸分野でしばしばなされ、『仁和寺五十首』『多武峰往生院歌合』『石山千句』『大原野（勝持寺）千句』『双林寺千句』などと、興行された寺院名を冠して伝えられている。

六、印行

製作年代の明らかな世界最古の印刷物は神護景雲四年（七七〇）の『百万塔陀羅尼』で、十大寺に十万塔ずつ配分されたという事実によっても明らかなように、寺院による印行は仏教伝来の当初から行われていた。それが平安時代中期以降にはとくに盛んになり、奈良の諸大寺をはじめとして各地の寺院に及んだ。

わが国初の版経として伝わっているのは、寛治二年（一〇八八）三月二十六日に成った正倉院の聖語蔵の『成唯識論』（十巻。八巻現存）で、興福寺が印行して守護神の春日社に奉納することを目的としたその一系の版式を、「春日版」と呼んでいる。その他、高野山金剛三昧院の「高野版」、比叡山延暦寺の「叡山版」、根来山大伝法院の「根来版」など、諸寺院それぞれの版式をもっての印行がなされたが、とくに文学と関わりの深いのは「五山版」

である。

「五山版」は、鎌倉時代末期から室町時代にかけて京都五山を中心に印行されたものであるが、鎌倉五山のものや「臨川寺版」「妙心寺版」など、京都五山以外の禅宗（臨済宗）寺院の出版物をも含めて、その総称とされる。宗祖臨済義玄の語録『臨済録』をはじめ、一山一寧・夢窓疎石・絶海中津らのものなど文学性に富んだ語録が多いばかりでなく、虎関師錬の『済北集（さいほくしゅう）』、雪村友梅の『岷峨集』、義堂周信の『空華集（くうげしゅう）』その他の秀れた詩文集があり、それらは五山文学と称されて、日本文学史上に確固とした地位を占めている。

僧侶の文学活動

かつては和歌もしくは物語の世界でしか通用していなかった仮名混じりの和文体が、仏教の宣説や讃歎を主たる目的とする文書にも多く用いられるようになったのは、中世のことであった。

それは、救済対象を凡愚な民衆にまで拡大した仏教が、その内質に対応する外象としての平易な表現を求めたからであるが、観点を変えれば、和文表記が民衆仏教の盛行を助長したとも言える。

なぜなら和文は、高度な理法の知的理解を容易にするばかりでなく、日常的な情緒に深く喰い入って大きな感動を誘うという点においても、漢文体文脈の遠く及ばない効力を発揮するものだからである。

この、情緒に喰い入って感動を誘うという和文脈の特性が、従来は専ら理知学解の対象物でしかありえなかった仏教の文書を、その高踏的で偏狭な世界から解放し、文学の園に遊行させることになり、中世は、日本文学史上にもまれな、仏教文学の全盛期を迎えたのであった。

× × ×

仏教文学ということばは、いろいろな意味に用いられているが、大別すれば、

Ａ　仏教的要素のある文学

Ｂ　仏教を宣説もしくは讃歎する文学

の二つとなろう。

しかしＡは、日本古典文学のほとんどすべてに適用されかねない、きわめて曖昧な規定であり、そのような文学に敢えて一つの範疇を与えることには意義を認めえない。よって私は、Ｂに該当する作品に限って仏教文学と称することにしているのだが、この仏教文学はまた大別して、

ａ　文学創出の意図のほとんどないもの

ｂ　文学創出の意図の大いにあるもの

の二つに分けることができよう。

表現行為というものが、それ自体すでに、より美的な、より感動的な世界を志向するものであるとするならば、文学創出意図の全く内在しない文辞はありえないと言えよう。よって、いかに仏教の宣説や讃歎を目的とするという文書であっても、その目的をいっそう効果あらしめるための営みとして、筆者は多かれ少なかれ文学的世界に関わるものである。

その中で、文学創出の意図のほとんどないものをａ類とするが、文学創出意図の多寡は、そこに産出された作品の文学性の有無とは無関係なのであって、ａ類の作品が、その筆者の無垢な信仰やら明澄な思想やら真摯な態度やらを反映して、自からなる高い文学性を発見する場合も少なくない。

具体的に言うならば、中世民衆仏教の担い手たち、法然・親鸞・日蓮・一遍・他阿らの法語類がそれに当たるの

であるが、上記の人々の作品を文学書という枠の中で俎上に載せるのはかならずしも適当とは思えないから、本章はb類の作品についてだけ述べることにする。

×　　×　　×

安元三年（一一七七）六月、平家打倒の計画が発覚して鬼界島に流された平康頼は、配所へ赴く途中で出家し、性照と号することになったが、翌治承二年の春に赦されて帰郷ののちは、東山双林寺に籠居して、

　憂かりし昔を思ひやり、宝物集といふ物がたりを書きける。

と『平家物語』巻三に記されている。

『宝物集』のことは、建久九年（一一九八）に成ったとされる上覚の『和歌色葉』巻第五に「康頼が宝物集」とあり、その後にも、順徳天皇（在位一二一〇—一二二一）勅撰の『八雲御抄』や、永仁二年（一二九四）には成立していた『本朝書籍目録』などに同様の記述が見られるから、『平家物語』の伝えるところは、ほぼ事実に近いものと思われる。

『宝物集』には、〈説話集〉とも〈物語〉とも言える本や、〈和歌集〉と言ったほうが適当だと思われるほどに和歌の多いものなど、数種の異本があるが、全篇の構成という点では諸本ほぼ一致している。

——嵯峨の釈迦堂に通夜した人々の間で、人間にとって何がいちばん大切な宝物であるかということが話題になる。ある人が姿を隠すことのできる「隠れ蓑」だと言うと、何でも出せる「打出の小槌」があればよいではないかと反論する者、それも「黄金」さえあれば買えるという者、「黄金」よりは「如意宝珠」のほうが高価だという者がつぎつぎと現れる。そこで話題は、物質よりも「子」や「生命」により高い価値を認めようとする方向に転じ、

結局は「仏法」こそ最高の宝だということになる。すると、その理由の説明を求める女がいて、それに答える僧が、三宝・六道・十二門などの法理を懇切に説くうちに夜も明け、人々は散り散りに帰路につく——。

右の筋書きを見れば、仏教宣説の効果を、戯曲の様式によって高めようとした性照の意図は明白である。いやそればかりではない。性照は歌人としての資質を存分に生かし、会話の随所に和歌を配して、情緒のふくらみを作品に与え、全篇の構成・部分の展開に相応して宣説効果を増幅する、仏教文学の創出に成功しているのである。

× × ×

建久二年（一一九一）三月三日の若宮八幡宮歌合で性照と席を同じくしたことのある歌人鴨長明は、元久元年（一二〇四）には失意の身を緇流に投じて洛北大原に隠棲し、蓮胤と号する身となっていたが、

時に、建暦の二年（一二一二）、弥生のつごもりごろ、桑門の蓮胤、外山の庵にして、これを記す。

と跋書した『方丈記』に前後して、仏教説話を収集・編纂し『発心集』と称した。

『発心集』にも数種の異本が伝えられているが、『宝物集』のような古本はなく、いずれも近世の伝本であるので、それらに蓮胤原作本の面影がどの程度残されているかということは、疑ってみなければならない。しかし、幸いにして蓮胤には『方丈記』『無名抄』といった確かな著述が伝えられているので、それらの思想や表現に徴することによって、現存『発心集』の中に、蓮胤自身の作と目される部分が少なくないことが推断できる。

『発心集』に、他の類書に例を見ない特色を求めるならば、それは、人間の心の不条理を鋭く追い求める説話を好んで収載していることであろう。一、二の例をあげる。

——蓮花城という有名な聖〈実在人物で安元二〈一一七六〉年八月十五日、桂川に入水した〉が、友の卜蓮に会って

桂川で入水往生する旨を告げた。懸命の制止にも耳を貸さない蓮花城の堅い決意を知って、ト蓮は友の最期に花を添えるべく入水準備を手伝った。当日は京中の善男善女が結縁のため集まり、念仏の大合唱の中で、蓮花城はめでたく入水した。

ところが、数日してト蓮のもとに、極楽往生を遂げているはずの蓮花城の亡霊が現れた。理由を聞くと亡霊は、「実は入水直前に恐怖心が湧いたので、止めてくれるように目くばせをしたのに、知らぬ顔をされたのが恨めしい。たくさんの人が見ているので自分から中止するのも体裁が悪く、しぶしぶ入水はしたが、臨終のときに妄念があったので、往生できずに迷っている」というのであった――。

――若い男と再婚をした女がいた。彼女は、先夫の娘が年ごろになったので理想的な配偶者をさがしたが見つからず、結局、自分の夫と結婚させることにした。それが、若い夫にとっても、娘にとっても、いちばん幸せなことだと信じられたからである。

女の唐突な提案にとまどった若い男女も、女の愛情の深さに感動して夫婦になり、幸福な日々を送ることになった。こうして年月を経るうちに、女に憔悴の色が見えだした。娘の質問に答えて女は告白した。「私は、あなたの幸せを願って夫を譲った。それこそが正しく美しい行為だと思い込んでいたのに、心の片隅から妬ましさが頭を持ち上げ、それを押さえようとする理性との葛藤を繰り返しているうちに、こんな現象が起こりました」。そう言ってみせた女の両手の親指は蛇になって、舌をペロペロと出しているのであった。娘は驚いてそれを夫に語り、三人とも出家して仏道に励むうちに、指の蛇形も影をひそめた――。

右はいずれも、人間の深層に巣喰う不条理な心理を鋭く掘り起こして余りある説話ではある。

蓮胤は『発心集』の序に、

仏の教へ給へることあり。「心の師とは成るとも、心を師とすることなかれ」と。実なるかなこの言。人、一期を過ぐる間に、思ひと思ふわざ、悪業にあらずといふことなし。

と、人の日常心の限りない罪深さを強調し、

かかれば、ことにふれて、我が心のはかなく愚かなることを顧みて、かの仏の教へのままに、心を許さずして、このたび生死をはなれ、とく浄土に生れん、

と願うべきであるが、「智者の言ふ事を聞けども」「愚かなるを教ふる方便はかけ」ているので、「所説、妙なれども、得る所は益すくな」い。そこで、「深き法を求めず、はかなく見ること聞くことを注しあつめ」たのだと言っているが、深遠な理法を身近な具象によって実感的に説き示そうという、右の蓮胤の意図が『発心集』において見事に開花している様子は、前に引例した二つの話を概観しただけで想像がつくであろう。

× × ×

蓮胤の『発心集』は、成立後まもなくのころから人々に読まれていた。ということは、承久四年（一二二二）の春三月に京都西山で『閑居友』を著した慶政が、その書の中で、

『発心集』には、伝記の中にある人々あまた見え侍るめれ。……長明は、人の耳をもよろこばしめ、また結縁にもせむとてこそ、伝のうちの人をものせけんを、世の人のさやうにおもはで、……。

と言っていることによって明らかである。

右の一節には、本稿にとってもう一つ注目すべきことが語られている。それは『発心集』が、「人の耳をもよろこばしめ」ることを一つの目的としたものであるということである。『発心集』は、この目的が功を奏して、成立

後ほどなく「世の人」の関心を集め、そのことによって多くの人々を「結縁」させたのであろうが、これぞまさしく仏教文学のあるべき姿を示すものと言える。

慶政もまた、『発心集』にあやかるつもりで『閑居友』を撰んだにちがいないが、この集の特色として指摘されるのは、不浄観に関する話が目立つことである。

不浄観というのは、万物、とくに人間の身が不浄であることを観想して菩提心を起こす行であって、龍樹の『大智度論』や智顗の『摩訶止観』などに説かれ、わが国には源信の『往生要集』によって詳しく紹介された。しかし、不浄観に基づく説話は、『続本朝往生伝』（第二十九）と『発心集』（四巻第一）とに一話ずつ見られるくらいでほとんどない。そこへいくと、総話数わずかに三十そこその『閑居友』が、題に「あやしの僧の宮づかへのひまに不浄観をこらす事」（上巻第十九）と、正面きって不浄観説話であることを標榜する話をはじめとして四話も収めているのは、編者の趣向と、この種の話の宣説効果に対する期待がうかがわれて興味深い。

右に題を示した「あやしの僧」の話というのは、夜な夜な比叡山の僧房を抜け出して朝帰りする下級僧がいたので、女性関係を疑った仲間が後をつけてみると、蓮台野に捨てられた死骸を見て不浄観をこらしていたのだった、というものである。この話の語り手は、聞き手が、破戒僧に関する三面記事的興味を懐くことを予測し、最後にそれを裏切る仕掛けを用意して楽しんでいるようである。このようなところに、慶政が蓮胤に対して言った、「人の耳をもよろこばしめ」るという文学的志向が、実は慶政自身のものでもあったことが暴露されている。

×　×　×

中世の仏教説話集が、

狂言綺語のあだなる戯れを縁として、仏乗の妙なる道に入れ、世間浅近の賤しき事を譬へとして、勝義の深き理を知らしめんと思ふ。この故に、徒らなる手ずさみに、見し事、聞きし事、思ひ出るに随て（手当たりしだいに）書き集め侍り。

といった共通の姿勢を持つものであることはすでに明らかになったと思うが、右の引用文を序とする無住の『沙石集』（十三世紀末に成る）も、その例に漏れるものではない。

『沙石集』は十巻・約百五十話に及ぶ大部な説話集で内容も多岐にわたり、よく一言にして全貌を述べることはできないが、最も特徴的でしかも文学的感興をもよおすのは、少なからず収められた笑話においてである。

○嵯峨に住む能説房という説法の名手が、酒に水を入れて売る女に、その行為の罪深さを諄々と説いたところ、女は水に酒を混ぜて売るようになった。

○飴を毒物だと称して小僧に与えなかった慳貪な法師は、小僧に秘蔵の水瓶を破られたうえ、謝罪のための自殺用にといって飴を全部なめられた。

○信州の山寺の上人が、三人の女の腹に一人ずつ子をもうけた。初めの子は遠慮がちに「思ひもよらず」という名をつけたが、しだいに慣れて、第二子は「さもあらむ」、第三子は「子細なし」と名づけた。

○出家した女が、自分で考えた法名をそのままつけてほしいと師僧に申し出た。それは「阿釈妙観地白熊日羽嶽房」という非常識に長いものであったが、日ごろ信仰している阿弥陀・釈迦・妙法・観音・地蔵・白山・熊野・日吉・羽黒・御嶽から一字ずつを取ったのだという。

このような後世の狂言や落語に取り入れられる話が『沙石集』には目につくが、いずれも、さりげない笑いの奥に、鋭い人生批評・社会諷刺があって、底知れない深い味わいを蔵している。

×　×　×

中世における僧侶の文学作品のうちの、きわだって特徴的な部分にだけ照明を当ててみたが、このわずかな紙幅に述べえたところだけを見ても、筆者の宗教的使命感が、豊かな文学的資質に支えられて、いかに個性的で闊達な仏教文学の世界を構築しているかが知られるであろう。

日本語の中の宗教性

——仏との親しい交わり——

一、民衆に溶け込んでいた仏典

『日本書紀』によれば、仏教の「経論若干巻」が百済の聖明王から献じられたのは、古く欽明天皇の十三年（五五二）であった。そして、推古紀から現れ始める経典の名は、持統紀までの約一世紀の間に、『勝鬘経』『法華経』『無量寿経』等十二種にのぼっている。また『続日本紀』には、『日本書紀』に見られなかった『華厳経』『大集経』『涅槃経』等を含めた十八種の経典がのべ七十回も引かれていて、仏教伝来の当初から仏典が陸続と輸入され、盛んに講読されていた様が知られる。

仏典は、高踏な哲理や崇高な信仰の書としてばかりあったのではない。民衆の日常的な知的生活を豊かにもしていた。たとえば、以前に飛鳥地方で、古辞書に「修羅」という名だけを留めていて実態のわからなかった石材運搬用の木橇が発掘され、古代を研究する人たちを喜ばせたことがあったが、この機材の名は、忉利天の主である帝釈と宿命的な対決抗争を繰り返したという伝説の主人公、修羅（阿修羅）から取ったものだという。命名の理由は、〝大石（たいしゃく）に立ち向かってもたじろがない〟という洒落たものであった。この命名がなされるためには、『長阿含経』巻第二十、『観仏三昧経』巻第一、『譬喩経』下や『法華義疏』巻第二などに説かれている帝釈・修羅闘争談が、教説の埒を超えた、娯楽的な物語としても享受されていなければならなかったはずなのである。

このように、経典が教理とは関わりなく日常生活に作用している例は今日でもたくさんある。「アッブダ（＝腫瘍）」「マンダラ（曼陀羅）」「ダーナ（＝布施）」などの梵語をそのまま「あばた（痘痕）」「まだら（斑）」「だんな（旦那）」とし、子供のことを「餓鬼」「砂利」（舎利）と呼び、迷いのある者をいう「有漏」から「うろうろする」と言い、「我」よ「他」よ「彼」よ「此」よと安定しない状態を「がたぴしする」というような例は、あげたらきりがない。

しかしそれらは、本稿の課題である〈宗教性〉という点から見ればあまりに間接的すぎるのでしばらく措き、ここには、日本人の宗教的思考を多く反映していると思われる二、三の語を取り上げ、その語を成り立たせている諸要素について考えてみたいと思う。

二、物語、諺に見る宗教語

「往生」という語に注目してみよう。『無量寿経』その他の浄土教系経典に多く見られるこの語が、仏教伝来とともにわが国に伝えられたことは言うまでもない。しかし、この語が世間に広く流布するようになったのは、末法到来が目前に迫り、欣求浄土の気風が盛んになった平安時代の中期、比叡山横川の恵心院源信が極楽往生の指南書『往生要集』を書いたころからのことであった。その源信と親交のあった慶滋保胤は、往生をした人の伝を記すべく「故老に訪ひて、すべて四十余人を得」（序）、『日本往生極楽記』を編んだ。次いで大江匡房も、四十二人の往生人を探索して『続本朝往生伝』を撰し、中世にかけての往生伝輩出の基礎を固めた。このようにして「往生」の語は、人々の心に強い印象を残すものとなったのである。

言うまでもなく極楽往生は、穢土に生を受けた凡夫の憧憬である。だからこそ心ある先達が往生人の行業を記し留めて、己れのみならず多くの人々の往生の指針としたのである。往生とは、それほどに高く尊く仰がれるべき稀有な理想状況なのであった。しかし周知の通り、今日では死ぬこと自体が往生と言われている。このような語意の拡大がいつごろからなされたかは明らかでないが、近世初頭の仮名草子にはすでに見られるところのものである。

地獄に堕ちたか畜生道をさまよっているかわからない悪人でも、死ねば「往生をした」と言うのと同じ発想は、死人をすべて「ほとけ」と呼ぶところにも表れているが、何でもよいから死んだら「往生」をし「仏」になったと見立てる底抜けに温かい抒情は、日本人に特徴的なものであると思われる。

この無限定な愛情の根源には、日本で熟成した大乗仏教の〈一切衆生悉皆成仏〉の思想があると私は見ている。『梁塵秘抄』巻二（後白河院撰）の今様に、「仏も昔は人なりき、我らも終には仏なり」と言い、それを受けた『平家物語』巻一の祇王が、「仏も昔は凡夫なり、我らも終には仏なり」と歌っている通り、仏と人間との間にさえも分け隔てを置かないほどの、あるいはまた親鸞の言葉を借りて言うならば、「善人なをもて往生を遂ぐ、いわんや悪人をや」（『歎異抄』）と、悪人こそが仏道の正機であると言いきれるほどの徹底した平等観が、仏教にはあるのである。

西欧で発達した近代神学を学ぶ人の中から、仏教は神（罪の子である人と絶対の断絶を有する創造主）を持たないから宗教ではないという意見が出されたことがあったが、それほどに仏は人と親密な関係にあるものである。だから『竹取物語』の翁は愛するかぐや姫を「吾が仏」と呼び、正岡子規は死期の迫った自分を「咲のつまりし仏」と表現したし、物品が毀れることを「お釈迦になる」と言ったり、「お釈迦様でもご存知あるめえ」という啖呵が切られたりするような、キリスト教の神の前においてはありうべくもないことばが吐かれたりするのだが、その一見不遜とも思われる態度の中に、日本人の仏に対する依存度の高さがかいま見られるのである。

たとえば「仏の顔も三度」という諺は、仏といえども顔を三度逆撫でにすれば腹を立てるというもの（『増一阿含経』巻二十六や『瑠璃王経』の原話とは異なるが、今は問題にならない）だが、このことばの中には、二度までは何事をも見逃してくれるはずの慈父の寛大さを見通して甘えようとする悪童の心理を見るべきであるし、「馬の耳に念仏」という諺が〈無駄なこと〉という意味で通用するためには、普通の人の耳ならばそれを聞くと必ず効果が上がるという、念仏の功徳が信じられていなければならないことを忘れてはなるまい。

三、いろは歌に見る宗教性

生・老・病・死と、それに加うるに愛別離・怨憎会・求不得・五陰盛の苦悩があるとする「四苦」「八苦」の語の内容は知らなくても、また、〈苦を忍ぶ所〉という意味の梵語「サハー」が「娑婆」と音写されていることはわからなくても、日本人は、この世が四苦八苦に満ちた娑婆であることを、生理で納得した上でこれらの語を使っている。だからこそ、娑婆の苦悩から解放される死が「往生」であり「成仏」であると意識されたと言えるであろう。

このように日本語の中には、茫洋として微妙な宗教性が認められるが、その日本語を成り立たせている四十七の字音が宗教歌に詠まれ、日本文化全般の基軸とされてきたという事実は、一層注目に価する。

物事の根源・創始を「イロハ」と称するほどに日本人の精神生活の底に定着した〈いろは歌〉（一〇七九年『金光明最勝王経音義』に初見する）は、今様調の歌型によって平安時代中期以降に成ったものであることが推測されるが、古くから弘法大師の作だとする説が唱えられていた。そのような伝説の誕生自体がこの歌に対する鑽仰の情の強さを物語るものであるが、平安時代の後期には、覚鑁（一〇九五—一一四三）が釈した『伊呂波釈』、西念が頭字にイロハの一字ずつを冠して詠んだ『極楽願往生歌』（一一四二年成る）、橘忠兼が編んだイロハ引きの辞書『色葉字類抄』（一一七〇年ころ成る）などが作られており、〈いろは歌〉がいかに多くの面から好み迎えられていたかがわかる。

「色は匂へど散りぬるを、我が世誰ぞ常ならむ、有為の奥山今日越えて、浅き夢見し酔ひもせず」というこの歌は、『涅槃経』の無常偈「諸行無常、是生滅法、生滅滅已、寂滅為楽」の翻訳であるとされる。雪山童子(せっせん)が生命とひきかえに修得したというこの偈は、万象悉く実体も自性もなく〈空無常〉であるという仏教の根本思想を示したものであるが、日本人の精神構造の奥底には、この〈空無常〉の思想が深く根づいているようなのである。

四、「縁」その周辺の語

〈空無常〉の哲理をわれわれが実体として覚知するのは、〈縁〉ということにおいてである場合が多い。だから日本語の中には、〈縁〉とその周辺に位置する〈因〉や〈果〉を用いるものが多い。

たとえば「縁談」ということばがある。外国語訳の不能なこのことばは、日本人が持つ人間関係の不条理観をよく表しているものの一つであろう。〝縁が結ばれなかった話を「縁談」というのは矛盾している〟という意見を聞いたことがあるし、不成立に終わった「縁談」について、〝この「縁談」はなかったことにしよう〟などと言われることがあるのも事実である。しかしそれらは小賢しい理屈をもてあそぶ軽薄子のたわごとであって、ものの本質が見失われている。婚姻の成立は「縁談」の結果の一つに過ぎないのであって、たとえそれが成立しなくても、多くの男女の中から配偶者候補に選り出されて話題とされただけでも、二人の縁は濃密なものと言わなければならない。一樹の陰に宿り合い、袖振り合うも多生の縁なのであるから。

ところで、長い恋愛の末に勝ちとった結婚生活が途中で毀れることもあるし、知らぬ同士がふとしたことから結ばれて一生を円満に過ごすこともあって、人生何が起こるかわかるものではなく、人智の及ぶ範囲の狭さは、経験を積めば積むほど痛く思い知らされるものだが、そういう人間の脆さ、弱さ、みじめさを、しみじみと味わわせながら且つ致命的な衝撃波に変えない効用を、〈縁〉の論理は日本人の上に及ぼしている。

たとえば、予測を裏切る事態に遭遇したときにも「縁は異なもの味なもの」と客観視することによって周章狼狽による手傷を負わないですませるし、不興な相手との対峙は「縁なき衆生は度し難し」とうそぶいて、不快感も敗北感も味わうことなく気軽に避けられるようにする。そして、「縁と浮世は末を待て」と腰を落ち着けて「縁起」の良し悪しを観察するようにさせるのであるから、〈縁〉に身を寄せる者に過失は少なくなる道理である。

しかし、過失が少ないからといって喜んでばかりはいられない。それを生み出す日本人の寛容性・協調性・恬淡性・情趣性その他、一見美徳と目されるものは、角度を変えて見るならば、真実を追求する態度が不徹底で、明確な自己主張を持たず、厳しい現実を正面から受け止めることを嫌い、無節操な妥協によって自己を韜晦する、日和見主義・場当たり主義であるとも言いうるものなのである。

実際、右の二面は、内質に雲泥の隔りを有しながら、外象はほとんど（あるいは全く）変わりがない。だから、仏の相好を観じ念ずる修行（「観念」）に打ち込んでいる人や、「観念」によって諸法の実相を明らかにする（「諦観する」「あきらめる」）ことのできた人の外象、つまり何事にも動揺することがないという状態を共通項として、万事を放棄して虚脱状態に陥ることを「観念する」とか「あきらめる」とか言うようにもなるのだが、天才と狂気との境界を特定することができないように、仏教語の原義と日本語の通義との間に、明確な線を引くことは困難である。死ぬことを「往生する」「仏になる」と言うとき、意識するとしないとに関わらず、仏教の救済観が作用していたように、通義には多かれ少なかれ原義が影を落としているものであるから、それらの因縁・因果を辿ってみるのもまた一興であろう。

第Ⅲ部　法語の世界

法然・親鸞の世界

一、浄土教と仮名法語

「男もすなる日記といふものを、女もしてみんとてするなり」と、女性に仮託して『土佐日記』を書き、漢文体を用いるならわしの男性文化圏に和文のなぐりこみをかけた承平五年（九三五）ごろには、紀貫之はおそらく七十歳を超えていた。土佐守を最後とする長い長い官僚生活から解放された心の気易さが、日本人の心のひだを克明に描き上げるには和文によるしかないというかねてからの考えを、実践に踏み切らせたのであろう。貫之の試みは成功して、後世の和文による日記・紀行・随筆などの盛行に大きな影響をもたらしたのではあったが、しかし、『土佐日記』が女性に仮託した形をとらなければならなかったというところに、この試みがいかに冒険に満ちたものであったかを推測することができる。

日記でさえもそうであったのだから、まして、漢訳の経・論・釈を信受するところから出発した日本仏教界において、和文による教義の表出がなされるためには、それなりの内的必然性が熟さなければならなかったのは当然である。したがって、仮名法語が漢文体の教説書と対等の地位を占め、あるいはそれを超えるほどに多く記されもし、また重んぜられるようになったのは、仏教が真に日本の宗教として深化し、幅広い民衆を対象としだした中世においてであった。すなわち十三世紀ごろになると、浄土宗の法然（一一三三―一二一二）・浄土真宗の親鸞（一一七三―一二六二）・法華宗の日蓮（一二二二―八二）・時宗の一遍（一二三九―八九）ら、各宗の祖師をはじめとして多くの緇流が、強い信仰に支えられた個性的で感動的な宣説釈義の書を、平易な仮名文で記し、日本文学史の上に画期的な法語文学の時代を創り上げたのであった。

法語が和文脈の世界で生き生きと躍動するに至る外的理由としては、教化の対象が地方の民衆にまで及んだことがあげられるが、もっと根本的には、説く者が自分をも「愚鈍の身」（法然）・「愚禿」（親鸞）・「謗法の者」（日蓮）とする人間観に発するものであって、彼らが、対者と、穢土に生を受けた劣機としての連帯感で固く結ばれるという、精神的風土の中で呼吸をしていたことが指摘される。

中世における仮名法語盛行に先立つこと約二世紀、『往生要集』の著者源信にも『横川法語』といわれる仮名文の短い教説書があるが、源信もまた、己れを「闇愚の者」とする人であった。

夫一切衆生、三悪道をのがれて、人間に生まるる事、大なるよろこびなり。身はいやしくとも畜生におとらんや。家まずしくとも、餓鬼にはまさるべし。心におもふことかなはずとも、地獄の苦しみにはくらぶべからず。世のすみうきはいとふたよりなく、人かずならぬ身のいやしきは、菩提をねがふしるべなり。このゆゑに人間に生まるる事をよろこぶべし。

信心あさくとも本願ふかきがゆゑに、頼まばかならず往生す。念仏もの憂けれども、唱ふればさだめて来迎にあづかる功徳莫大なり。此ゆゑに本願にあふことをよろこぶべし。

又、妄念はもとより凡夫の地体なり。妄念の外に別の心もなきなり。臨終の時までは、一向に妄念の凡夫にてあるべきとこころえて念仏すれば、来迎にあづかりて蓮台にのるときこそ、妄念をひるがへしてさとりの心とはなれ。妄念のうちより申しいだしたる念仏は、濁にしまぬ蓮（はちす）のごとくにして、決定往生うたがひあるべからず。妄念をいとはずして信心のあさきをなげきて、こころざしを深くして常に名号を唱ふべし。

ここには、一種の人間肯定の精神がある。「妄念はもとより凡夫の地体」で、われわれは「妄念の外に別の心もなき」身であるから、「（阿弥陀仏の）来迎にあづかりて蓮台に」乗り、「妄念をひるがえしてさとりの心」を得るまでは、「一向に妄念の凡夫」であってよいのだと源信は言うのである。「妄念のうちより申しいだしたる念仏」が往生を決定づけるというこの教えは、そのまま法然たちの中世浄土教に直通するものであるので、愚勧住信が「恵心・永観・法然上人日本三祖」（『私聚百因縁集』）と記しているように、源信を日本浄土教の祖とする考え方が定着した。このように、日本浄土教の祖が仮名法語の祖でもあるという因果関係は、ことさらに重視されなければならないであろう。

日本浄土教の第二祖とされる永観（一〇三三―一一一一）は、南都東大寺の三論の学匠であるが、「真言止観の行は、道かすかにして迷ひ易く、三輪法相の教は、理奥にして悟り難し。勇猛精進にあらずんば何ぞ之を修せん。聡明利智にあらずんば誰か之を学ばん。（中略）いま念仏宗に至りては、行ずるところは仏号、行住坐臥を妨げず、期するところは極楽、道俗貴賤を簡（えら）ばず。衆生の罪重けれども一念によく滅し、弥陀の願深ければ十念に往生す」（『往生拾因』原漢文）と、「真言止観の行」「三論法相の教」を排して「念仏宗」に帰した人で、その著『往生拾因』の後代に及ぼした影響はたいへんに大きなものがある。『往生拾因』は藤原敦光が「首楞厳院の沙門源信は『往生要集』を作りて世に伝ふ。今、東大寺の比丘永観は『往生拾因』を作りて、以て之を継ぐ」（『往生拾因私記』後序）と述べているように、『往生要集』の正統を継承するものとして受け止められていた。ここにわれわれは、南都北嶺の浄土教が融合しながら、法然の「恵心・永観などいう自宗他宗の人師、ひとへに念仏の一門をすゝめたまへり」（『要義問答』）の言葉通りの展開を遂げた事情をかいま見ることができる。永観の浄土教は、観念に対して称念の圧倒的な優位性を打ち出したものであって、それだけ念仏の民衆性を前進させたわけであるが、この永観にやや遅れて出た同じ東大寺の珍海は、永観に輪をかけた称念重視の立場に立ち、平易な仮名法語『菩提心集』を著している。『菩提心集』には、たとえば、

問、往生極楽の勤めを怠りやすい者は、往生できないのか。

答、極楽へ行く途中に懈慢国というところがある。仏はいないが楽しい国だから、一応そこへ生まれることに勉めるがよい。そうすれば次には必ず極楽に行ける。

問、閻魔法王という鬼の王がいて、人の善悪を定めるというが、極楽に往生する者も彼の裁きを受けるのか。

答、閻魔の庁に、往生をした人の似顔絵がかけてあったというから、多分そうだろう。

問、誰が人の善悪を細かく知っているのか。

答、人の左肩にいて善業を注記する「同名」と、右肩にいて悪業を注記する「同生」という二人の倶生神（ぐしょうしん）がいて、閻魔王に報告するのだ。

問、どうやって善悪を定めるのか。

答、業の秤で測定する。昔、『法華経』一巻だけを読んで死んだ者が、閻魔の庁で、犯した罪と『法華経』一巻とを秤にかけられたが、経のほうが重かったのでこの世に帰されたと、確かな文献に書いてある。また、業の鏡というものもあって、その前に立つと生前の善業悪業がすべて映し出される。

といった素朴な質問とそれに相応した解答が用意されていて、院政期の仏教がいかに急速に、非知識層への浸透を果たしつつあったかをうかがわせるのである。

上に述べてきたような、妄念を凡夫の地体として称念に往生の路を開いた源信に触発され、永観・珍海に見られるような称念を最重視する南都浄土教の思想を受け、それらをさらに純化した形で法然の真に民衆的な専修念仏が唱導され、中世仏教の幕明けとなるのである。

二、専修の思想と文体

比叡山黒谷の別所に隠棲した法然は、師の叡空から『往生要集』を学んで浄土の教えに大きく蒙を啓かれたのであったが、しかし『往生要集』にまだまだ残っている観念重視の立場にはあきたりないものがあった。そんな法然を覚醒させ、「たちどころに余行を捨て」（『選択集』）させたのは、唐の善導の『観経疏』（巻四「散善義」の「就行立信」釈）の、「一心に専ら弥陀の名号を念じて、行住坐臥に、時節の久近（くごん）を問はず、念々に捨てざる、これを正定の業と名づく。彼の本願に順ずるが故に」の一句であった。この句は『往生要集』には見当たらないが、『往生十因』（永観）や『決定往生集』（珍海）には引かれていて、称念重視の基礎文献の一つとされている。しかし、法然の称念はただ彼らのあとを襲うだけのものではなかった。

古来、念仏を観念と称念とに分けて、勝劣と難易との二点から比較解説することは一般に行われていた。そして観念は〈勝〉であるが〈難〉であるのに対し、称念は〈劣〉ではあるが〈易〉であるからこれを勧める、とするのが浄土教の立場であった。源信は言うまでもなく、右に引いた『観経疏』によって「称名は正中の正なり」（珍海）とする永観・珍海流であっても、その基本的な立場は変わっていない。ところが法然は、勝劣を以て論じても称念が〈勝〉であるとした。従来の、観念の助業という範疇から抜け切ることのできなかった称念を、〈勝〉であり、かつ〈易〉であるという独立した絶対的価値のもとに位置づけたところに、法然の新義がある。

　阿弥陀仏がまだ法蔵比丘として修行に励んでいるとき、「設ひ、我、仏を得んに、十方の衆生、至心信楽して、我が国に生まれんと欲して、（「南無阿弥陀仏」と一声）乃至十念（十声）せんに、もし、生まれずは正覚（仏の位）を取らじ」と誓った〈念仏往生の願〉は、法蔵比丘が「平等の慈悲に催されて」、「貧窮困乏の類」「愚鈍下智の者」「少聞少見の輩」「破戒無戒の人」をも含めた、「一切を摂せんが為に」「唯だ称名念仏の一行をもって、その本願としたまえる」もの（『選択集』）であるから、われわれはただその本願に順じて称念すればよいのであって、他の諸行は全く不要であるとする法然の〈選択本願念仏〉は、

　本願の念仏には、ひとりだちをさせてすけ（つっかい棒）をさゝぬなり。すけさすほどの人は、極楽の辺地にむま（生）る。すけといふは、智恵をもすけにさし、持戒をもすけにさし、道心をもすけにさし、慈悲をもすけにさすなり。善人は善人ながら念仏し、悪人は悪人ながら念仏して、ただ、むまれつきのまゝにて念仏する人を、念仏にすけさゝぬとは云ふ也。　（『禅勝房伝説の詞』）

という通りの、独立（ひとりだち）した〈勝〉と〈易〉のそれなのである。したがって、その専修のみが価値的宗教行為である。だから法然は、

　現世をすぐべき様は、念仏の申されん様にすぐべし。念仏のさまたげになりぬべくは、なになりともよろづをいとひすてゝ、これをとどむべし。　（同前）

と、人生のための念仏というよりは、念仏のための人生を生きることを勧め、衣も食も住も念仏の手段に過ぎないとさえ言う。

　ひじり（聖）て申されずは、め（妻）をまうけて申すべし。妻（め）をまうけて申されずは、ひじりにて申すべし。

住所にて申されずは、流行（歩く）して申すべし。流行して申されずは、家に居（坐る）て申すべし。自力の衣食にて申されずは、他人にたすけられて申すべし。他人にたすけられて申されずは、自力の衣食にて申すべし。一人して申されずは、同朋とともに申すべし。共行して申されずは、一人籠居て申すべし。衣食住の三は、念仏の助業なり。これすなはち自身安穏にして念仏往生をとげんがためには、何事もみな念仏の助業也。

（同前）

念仏のための助業を宗教外の万行にまで拡大することは、見方を変えれば、念仏を除く一切の宗教行儀を俗的行為とひとしなみに扱うことになるであろう。だからこそ念仏が「ひとりだち」の「すけさゝぬ」ものだということになるのであるが、それほどの価値的易行が目前にあるというのに、人々はなぜそれに依ろうとしないのか――法然の「……して申されずは、……して申すべし」の反復は、すべての者に恵まれている往生の契機を、日常茶飯事の中に鮮明に浮かび上がらせて、必ずすくい取らせずにはおかないという、温かい抒情をにじませている。

この温かさは罪業意識の徹底化による絶対平等思想に裏づけられて醸し出されるものであるが、その堅固な人間観の上に、一面では法然の論理的で明澄な文体も成立する。次に「九条殿下の北政所へ進（まいら）する御返事」の一節を引いてみよう。

まことに往生の行には、念仏がめでたき事にて候也。

〈そのゆへは〉

念仏は、是（これ）弥陀の本願の行なれば也。余行は、真言・止観のたかき行なりといへども、弥陀の本願にあらず、

又、念仏は、釈迦付属の行なり、余行は、定散両門のめでたき行なりといへども、釈尊是を付属し給はず。

又、念仏は、六方諸仏の証誠の行なり。余行は、顕密事理のやむごとき行也といへども、諸仏これを証誠し給

はず。

〈此(この)ゆへに〉

様々の行おほしといへども、往生のみちは、ひとへに、念仏がすぐれたる事にて候なり。

〈しかるを〉

往生のみちにうとき人申すやうは、「念仏は、余の真言・止観の行にたへざる、やすきまゝのつとめにこそあれ」と申すは、きはめたるひが事にて候也。

〈そのゆへは〉

余行をば弥陀の本願にあらずときらひすて、

又、余行は、釈尊の付属にあらざればえらびとどめ、

又、余行は、諸仏の証誠にあらざるをもてやめをさめて、

〈いまはただ〉

弥陀の本願にまかせ、

釈尊の付属により、

諸仏の証誠にしたがひて、

をろかなるわたくしのはからひをばやめて、これらのゆへつよき念仏の行を信じつとめて、往生をばいのるべしと申事にて候也。

便宜上分かち書きにしたこの文の要旨は、「往生の行には、念仏がめでたき事……すぐれたる事……念仏の行を信じつとめて、往生をば祈るべし」というものであるが、前半に、「念仏」が「弥陀の本願」「釈尊の付属」「諸仏

の証誠」の三項目に正応し、「余行」が上の三項目に背離することを総説し、中間に〈しかるを〉として「うとき人」の「ひが事」をさしはさんで文章の平板化を避け、後半に、やはり前項の三項目に則りながら、「余行」を「きらひすて」「えらびとどめ」「やめをさめて」、〈いまはただ〉念仏の一行に励むべきことを勧めている。語句が反復しながら起伏を豊かにし、行を追うごとに一貫した主旨がますます堅固なものとして対者の心底に喰い込んでゆく、一語一句の無駄もない論証的名文である。

法然の文章には、このように書簡の一節に至るまで行き届いた構成と言語配置とを見ることができるのであるが、さらに進んで、思想が言語を超克した一つの形象として独立的世界を構築しているのが『一枚起請文』である。この文は建暦二年（一二一二）正月二十三日、京都吉水の草庵で臨終を二日後にひかえた法然が、弟子の静観房源智の求めに応じ、

> もろこし、我が朝に、もろ〱の智者達の沙汰し申さるる観念の念にも非ず。又、学文をして念の心を悟りて申す念仏にも非ず。たゞ往生極楽のためには、南無阿弥陀仏と申して、疑なく往生するぞと思ひとりて申す外には別の子細候はず。但し、三心（至誠心・深心・廻向発願心）、四修（恭敬修・無余修・無間修・長時修）なんど申す事の候は、皆、決定して、南無阿弥陀仏にて往生するぞと思ふ内に籠り候也。此の外におくふかき事を存ぜば、二尊（釈迦・阿弥陀）のあはれみにはづれ、本願にもれ候べし。
>
> 念仏を信ぜん人は、たとひ一代の法を能々学すとも、一文不知の愚どんの身になして、尼入道の無智のともがらに同じて、智者のふるまひをせずして、唯一向に念仏すべし。

と記したもので、法然は、「安心起行、此の一紙に至極せり。源空が所存、此の外に全く別義を存せず。滅後の邪義をふせがんが為に所存を記し畢」と自ら奥書をつけている。

親鸞は、「故法然上人は『浄土宗のひとは、愚者になりて往生す』と候しことを、たしかにうけたまはり候しうへに、ものもおぼえぬあさましき人々のまいりたるを御覧じては、『往生必定すべし』とて、え（笑）ませたまひしを、みまいらせ候き」と述懐したという（『歎異抄』六）が、『一枚起請文』は、この親鸞の耳目に印象深く感受された法然の人と思想とを過不足なく「一紙に至極」している。この一文で私がたいへん興味を感ずるのは、「もろ（こし、我が朝に）もろ〳〵」と静かに始まった文章が、「非ず」「非ず」「候はず」という否定を連ねて展開し、後半に至ると、「一（代）」「一（文不知）」と「一」を重ね、「なして」「同じて」「せずして」と入念な注告の果てに、「唯、一向に念仏すべし」とおさめる表出である。『一枚起請文』は、諸々の行を否定し、一向専修に念仏するという法然究極の思想を、言語による理論的世界を超えた、曼陀羅にも似た形象の中に凝結させている。これは、法然が意図して仕組んだ構図ではなかったかも知れない。とするならば、研鑽と迫害の中で練り上げられた法然の強靱な思想が、八十年の生涯の終わりに当たって、独りでに歩き出した、思議を絶した姿と見るよりほかないであろう。

三、無上仏は自然

法然の根本思想はきわめて尖鋭なものであったが、実践的教説面では旧仏教的要素をも加味した柔軟な対応を示すことも多かった。それはたとえば、戒律否定のはずの法然が授戒の師として諸所に出向いているという事実（『玉葉』など）や、「一声も南無阿弥陀仏と申せば、わが身はたとひ罪ふかくとも、仏の願力によりて、一定往生する」（『正如房へつかはす御文』）とする反面、「かずをさだめぬは懈怠の因縁なれば」「数遍のおほからんにはすぐべからず」（『一百四十五箇条問答』）とか、また、「つねに退する事なく念仏するを廻向発願心といふなり、これ恵心の御義なり、此心ならば至誠心・深心具足してのうへに、つねに念仏の数遍をなすべし、(中略)三心の中にひとつもかけなば往生はかなふまじき也」(『七箇条起請文』)などというようなところに表れているが、その幅の広さは、法然在世中から師の真意をめぐって、一念か多念か、一行か諸行か、信中心か行中心か、他力か自力かなどの諸点で意見の相違を生じさせた。その中で最もラディカルな路線を歩み、当時盛行した西山派(証空流)や鎮西派(弁長流)などの宗団から異端視されたのが、親鸞であった。

といっても、親鸞には、浄土宗と別に一派を立てようとするような意識は全くなかった。むしろ、自分の宗教こそ法然義の真宗であると確信し、「法然上人の御弟子のなかにも、われはゆゆしき学生などおもひあひたる人々も、この世にはみな、やう〳〵に法文をいひかへて、身もまどひ、人をまどはして、わづらひあふてさふらふめり」(『末灯抄』)と諸義諸説の行われていることを歎いて、「まさに知るべし、聖道の修行は、智恵をきはめて生死をはなれ、浄土門の修行は、愚癡にかへりて極楽にむまる」(『諸人伝説の詞』)という法然の教えを、ぎりぎりのところまで追い詰めていったのである。

その結果は自から、法然には明らかにされていなかった独自な思想が打ち出されることになった。それは法然が、穢土の凡夫にできるのは、弥陀の本願にまかせた専修念仏を廻向して往生を期待することだけであるとするのに対し、親鸞は、人間には念仏の功徳を廻向する力さえもないのだという立場から、「往還の廻向は他力による」(『教行信証』行巻)と言い、往相(人間が浄土に往生をする)も、還相(成仏して衆生救済のためにこの世に還ってくる)も、すべて仏から廻向された願力によるものであるとした。それはたとえば、善導も法然もそれに随っていた「(衆生が)至心に廻向して」往生を願うという『無量寿経』の伝統的読み方を、「(仏が)至心に廻向せしめたまへり」(『教行信証』信巻)と読みかえてしまうほど、信念に満ちた思想だったのである。

つまり親鸞によれば、専修念仏者は、死んでから浄土へ往生して、そこでの修行の結果成仏するというような経過をたどらず、信心が決定したときに往生も成仏も同時に決定しているというのである。「念仏成仏これ真宗」（『浄土和讃』）と親鸞自身によって謳われたこの思想は、仏となるべき決定がこの世でなされるから、現生正定聚と言われているが、ある意味では従来の浄土教の思想を根本からくつがえすものであった。なぜなら、正信を決定した人が直ちに阿弥陀仏と全く同体の悟りを開くならば、その人の住む穢土は忽ちに浄土と転じてしまうのであるから、穢土と浄土とを二元的にとらえるところから出発したはずの浄土教は、その根源の基盤を失うことになるのである。凡夫の劣機性をぎりぎりまで追究し、穢土と浄土とを徹底的に二元対極化した法然の思想は、その法然に絶対随順するという親鸞によって、穢土・浄土相即の一元当体として受け止められた。法然の〈絶体の非連続〉は、親鸞の〈連続〉として展開しているのである。

西方十万億土の彼方にあるとされる極楽浄土の存在が否定されるならば、そこからの来迎などということも当然ありえない。

来迎は諸行往生にあり、自力の行者なるがゆへに。臨終といふことは、諸行往生のひとにいふべし。いまだ真実の信心をえざるがゆへなり。（中略）真実信心の行人は、摂取不捨のゆへに、正定聚のくらゐに住す。このゆへに、臨終をまつこともなし。来迎をたのむことなし、信心のさだまるとき、往生またさだまるなり。来迎の儀をまたず、正念といふは、（阿弥陀仏の）本弘誓願の信楽さだまるをいふなり。（『末灯抄』）

こうした親鸞の思想は、実は極楽浄土の教主である阿弥陀仏をさえも否定することになる。

自然（じねん）といふは、自は、おのづからといふ。行者のはからいにあらず、しからしむということばなり。然といふは、しからしむといふことば、行者のはからいにあらず。如来のちかひにてあるがゆへに。

法爾といふは、この如来のおむちかひなるがゆへに、しからしむるを法爾といふ。法爾は、このおむちかひなりけるゆへに、すべて行者のはからひのなきをもて、この法のとくのゆへにしからしむといふなり。すべて、人のはじめてはからはざるなり。このゆへに「他力には、義なきを義とす」としるべしとなり。自然といふは、もとよりしからしむといふことばなり。弥陀の御ちかひの、もとより行者のはからひにあらずして、南無阿弥陀仏とたのませたまひて、むかへむとはからせたまひたるによりて、行者のよからむとも、あしからむともおもはぬを、自然とはまふすぞとき丶て候。ちかひのやうは、無上仏にならしめむとちかひたまへるなり。無上仏とまふすは、かたちもなくまします。かたちのましまさぬゆへに自然とはまふすなり。かたちましますとしめすときには、無上涅槃とはまふさず。かたちもましまさぬやうをしらせむとて、はじめて弥陀仏とぞき丶ならひて候。みだ仏は自然のやうをしらせむれうなり。（『末灯抄』）

これは、親鸞八十六歳の折の善法房への話の聞き書き（顕智書）であって、親鸞の仏陀観が平明に説かれている一文である。

人を「無上仏にならしめむとちかひたまへる」「弥陀の御ちかひ」は、「行者のはからひ」とは無関係に、「南無阿弥陀仏」と頼りにさせて（仏の側からの廻向）「むかへむとはからせたま」うものであるが、その「無上仏とまふすは、かたちもなくまします」ところの自然法爾なのである。法蔵菩薩が願と行とに応じて悟りの境地に達し、阿弥陀として色も形もある仏身を現したのは、実は「自然のやうをしらせむれう（料＝手段）」に過ぎないと言うのである。

四、自然と道元の万法

人の側からのはたらきかけの全くない状態で、自然（じねん）という無上仏の救済の意思にすべて身をまかせるという親鸞の思想は、

ただ、わが身をも心をもはなちわすれて、仏のいへになげいれて、仏のかたよりおこなはれて、これにしたがひもてゆくとき、ちからもいれず、こころをもつひやさずして、生死をはなれ、仏となる。（『正法眼蔵』生死）

という道元の思想と、ほとんど重なるものである。

「ただ、わが身をも心をもはなちわすれて」（道元）、「よからむとも、あしからむともおもはぬ」（親鸞）行者が、「仏のかたよりおこなはれて」（道元）、「無上仏にならしめむとちかひたまへる」（親鸞）慈悲の力によって、「すべて行者のはからひのなきをもて」（親鸞）、「ちからもいれず、こころもつひやさずして」（道元）、仏と同体の悟りを得られるというような記し方をすると、どこに親鸞がおり、どれが道元の言葉か、区別がつかないほどの接近を両者は見せている。

道元といえば、仏教文学史の上に燦然と輝く特異な作品を残している人であるが、本稿は、「聖人たちの説話集から仮名法語群へという史的展開」を追って、わが国の仏教文学の「主な流れをたどる」という構成をとったので、古代以来の沙弥・聖の系譜の上に位置づけることはできず、また、仮名文脈の上でのみとらえることの、かならずしも適当でない道元とその著述をもって、一節を特立することはひかえることにした。しかし、たまたま親鸞との思想的契合に関して道元の文章を引見する機会に恵まれたので、その文学的側面にも若干の照射を試みておこうと

思う。

親鸞が「自然」と呼んだ仏とほとんど変わらない縁起の道理を、道元は「万法」と言った。親鸞が「自然」に摂取されることにあるとした悟りの境涯は、道元にとっては「万法に証せらるる」ことであった。

仏道をならふといふは、自己をならふなり。自己をならふといふは、自己をわするるなり。自己をわするるといふは、万法に証せらるるなり。万法に証せらるるといふは、自己の身心および他己の身心をして脱落せしむるなり。

（『正法眼蔵』現成公案）

ここには、「仏道をならふ」ことの解説が連鎖法によって要領よく語られているが、前半に「自己」のみが反復されているのに対し、「万法に証せらるる」を境として、後半では「自己」および「他己」とされていることは、殊に注目に価するところである。「他己」とは聞きなれないことばであるが、思えば「自己」以外のものたちも、そのおのおのにとっては主体的な「自己」であるし、「自己」も他者から見れば「自己」ではない。つまり「己」は自もなく他もないと同時に、それぞれが厳粛な自であり他であるところの「己」なのである。よって「己」は、「自己……および他己」と表示されることによって、正確かつ明瞭にその実存がとらえられることになる。そして低次元な「自己」から、自覚的な「自己」（それは「他己」を包摂する）への開展は、「万法に証せらるる」ことがなければありえないことを、右の文は厳密に表している。〈身心脱落〉への契機は、そうした自覚的自己において初めて宿りうるものなのである。

道元の文章には、このような道理の軌道を寸分たがわずに進展させるための語句が選ばれ、構造が組み立てられている。道元は、

法語等を書くも、文章に課（おお）せて書かんとし、韻声（いんしょう）違（たが）へば礙（さ）へられなんどするは、知りたる咎（とが）なり。語文・文

章はいかにもあれ、思ふままの理(ことわり)をつぶつぶと書きたらば、後来も、文章悪しと思ふとも、理だにも聞(きこ)えたらば、道のためには大切なり。

（『正法眼蔵随聞記』）

と言ったというが、心の定まった者が「思ふままの理をつぶつぶと（厳密に）書」けば、言辞もまた定まるのは当然のことであって、道元の文体の確かさは、彼のゆるぎのない思想体系が、厳密な言語と構造とを選んで表出されたところに約束されていると言えるのである。

道元の著述は莫大であるし、そのいずれもが極端に凝縮した言辞の緊張関係の上に思想をにじみ出させているものであるから、それらの全般にわたって述べることは容易なことではない。そこでここには、『有時』と『山水経』との二巻の、そのまたごくわずかな部分を引きながら、道元の〈時間〉と〈存在〉に対する見方と、文章の特徴とをかいま見てみようと思う。

有時に経歴の功徳あり。いはゆる今日より明日へ経歴す。今日より昨日に経歴す。昨日より今日へ経歴す。今日より今日に経歴す。明日より明日に経歴す。経歴は、それ時の功徳なるがゆゑに。

前後を「有時に経歴の功徳あり」「経歴は、それ時の功徳なる」と同義句で締め、その中間は「〇〇より〇〇に（へ）経歴す」の繰り返し以外に全く何も置かれていない一節であるが、〈時〉というものが、停滞したり、一方にだけ流れるような梱死した他者ではなく、縦横無尽に躍動している確かな〈有〉——まさしく「有時」として「経歴」する実体的「功徳（作用）」であることを、単なる知的理解としてではなくて、視覚からも聴覚からも、つまり体験として実感させる文章である。重なる反復が、くだくだしさとしてではなくて、かえって軽快なさわやかさを発揮しているのは、道元の論理が明快な澄み通ったものであるからであろう。

いはゆる山をのぼり、河をわたりし時にわれありき、われに時あるべし。われすでにあり。時さるべからず。

時もし去来の相にあらずは、上山の時は有時の而今なり。時もし去来の相を保任せば、われに有時の而今ある、これ有時なり。かの上山渡河の時、この玉殿朱楼の時を呑却せんや吐却せざらんや。

時は来るものでも去りゆくものでもなく、山を登り河を渡るという、なんでもない我の現在（今）に生き生きとあるもの、我をして、今、我あらしめている作用そのものが、道元の言う「時」なのである。「有時の而今」を『正法眼蔵弁註』（天桂伝尊）は「久遠即これ今日」と釈しているが、永遠を今の我に実現するという主体的時間論が、ここに展開されているのである。

『山水経』は、

而今の山水は、古仏の道現成なり。ともに法位に住して、究尽の功徳を成ぜり。空劫已前の消息なるがゆゑに、而今の活計なり。

と、山も水も仏道の現れであって、法に即した現在的な作用を活現している旨から説き出される。そして、山は安泰で水は流れるというような固定した想念を破壊したあとで道元は、山中にも水辺にも、古来多くの聖者賢人が住んだことを述べる。

山中の聖者の段は、

山は、超古超今より大聖の別居なり。賢人聖人、ともに山を堂奥とせり。山を身心とせり。賢人聖人によりて山は現成せるなり。おほよそ山は、いくそばくの大聖・大賢いりあつまれるらんとおぼゆれども、山はいりぬるよりこのかたは、一人にあふ一人もなきなり。たゞ山の活計の現成するのみなり。さらに、いりきたりつる縦跡なほのこらず。

と書き出し、また水辺の聖者の段は、

あるひはむかしよりの賢人聖人、まゝに水にすむもあり。水にすむとき、魚をつるあり。人をつるあり。これともに古来水中の風流なり。さらにすゝみて自己をつるあるべし。釣（つり）をつるあるべし。釣につらるゝあるべし。道につらるゝあるべし。

と書き起こし、

水は水の如是実相のみなり、水是水功徳なり、流にあらず。一水の流を参究するに、万法の究尽たちまちに現成するなり。

と、まず水の段を結び、次に、

やまこれやまといふにあらず。山これやまといふなり。しかあれば、やまを参究すべし。山を参究すれば山に功夫（くふう）なり。

と山の段で結んだ上で、一言、

かくのごとくの山水、おのづから賢をなし、聖をなすなり。

と、この経の全巻を閉じるのである。

山は人を抱き込んで跡を止めないが、多くの聖賢を生んだ。山は深く静かな不動の存在であるからこそ、脈々と流動して偉大なものを生産し続けている。水辺もまた聖賢を生んだ。水は流動するから釣りが楽しめるのだが、その場で善い指導者に巡り合えた人もいるし、自己の実存を見極め、万有の真実諦を悟った人もいる。もし水が流動していなかったら、不動のものを与えることはなかったのである。山をただの動かない土塊とし、水をただ流れる液体と見るような表層的なとらえ方では、本当の山や水を知ることはできないのである。

「やまこれやまといふにあらず。山これやまといふなり」というような言いまわしは一見難解のようであるが、最初の「やま」は凡眼に映る風景の山であり、次句の「山」は、真理の現れとして「かくのごとくの山水、おのづから賢をなし、聖をなす」ところの、参学の対象であるというような道元の書き癖を知れば、文意は百千語の冗文よりもかえってよく的確に直通して爽快でさえある。

『有時』『山水経』には、永遠の時間・無限の空間（存在）が我にはたらきかけ、我がその中に融解していって、絶対自由の境涯を獲得する趣きが述べられているが、それは冒頭に触れた『現成公案』の「万法に証せら」れて「自己の身心および他己の身心をして脱落せしむる」という、「仏道をならふ」ことにほかならないのであり、親鸞の自然法爾の世界と軌を一にするものであると言うことができるのである。

五、絶対の帰投

親鸞は承元元年（一二〇七）二月、興福寺奏上による専修念仏弾圧に座して越後の国府に流された（このとき、法然は土佐に流されている）。それに先立つこと三年余の元久元年（一二〇四）十一月七日、次第に激しさを増し出した弾圧の鋒先をやわらげるために、法然以下百九十名の浄土宗の人々が連署をして提出した『七箇条起請文』によれば、親鸞は八十六番目（八日に追加された了西を加えれば八十七番目）の弟子ということになって、迫害を受けた他の人々に比べて桁はずれに地位が低い。このことは、親鸞が法然義の尖鋭な面をいかに強く打ち出していたかを推測するに足る事実であろう。流罪は五か年で許されたが、親鸞はただちに帰京することなく、建保二年（一二一四）ごろには関東へ出て、常陸・下野地方を巡錫し、恵まれない民衆に法を説くこと約二十年に及んだ。帰京したのは文暦・嘉禎のころで、親鸞はすでに六十二、三歳になっていたと思われるが、それからまた二十年ほどたった

ころ、関東の門徒に信仰上の動揺があって、代表者がわざわざ京都の親鸞に教示を仰ぎに来たことがあった。親鸞の答えは、

> 各(おのおの)、十余ヶ国の境をこゑて、身命をかへりみずして、たづねきたらしめたまふおんこころざし、ひとへに往生極楽のみちをとひきかんがためなり。しかるに念仏よりほかに往生のみちをも存知し、また法文等をも知(しり)たるらんと、こころにくくおぼしめしておはしましてはんべらば、大きなるあやまりなり。もし、しからば、南都・北嶺にも、ゆゝしき学匠たちおほく座せられてさふらふなれば、かのひとびとにも遇(あい)たてまつりて、往生の要、よく〱きかるべきなり。
>
> 親鸞におきては、「ただ念仏して、弥陀にたすけられまいらすべし」と、よき人（法然）の仰せをかふむりて、信ずるほかに別の子細なきなり。

と、師の明晰な解説に期待の胸をふくらませながら幾山河を越えてきた門徒たちにとっては、あまりにそっけなく語り出された。こうして対者の固執目標を完全にはぐらかしておいて、親鸞は得意の反語法をもって超論理的な「信」の世界を説明する。

> 念仏は、まことに浄土にうまるゝたねにてやはんべるらん。また、地獄におつべき業にてやはんべるらん。惣(そう)じてもて存知せざるなり。たとひ、法然上人にすかされまいらせて、念仏して地獄におちたりとも、さらに後悔すべからずさふらふ。そのゆへは、自余の行をもはげみて仏になるべかりける身が、念仏をして地獄におちてさふらはばこそ、すかされたてまつりて、といふ後悔もさふらはめ、いずれの行もおよびがたき身なれば、とても、地獄は一定(いちじょう)すみかぞかし。

常識的な正義を求め、あるいは精神の柔軟さを失った人にとっては、ど肝を抜かれるようなことばの連続で、彼

らが考えあぐねてきた価値の体系いかんではなく、それ以前の、そのような価値を探ろうとすること自体の無価値さを、ありありと浮かび上がらせている。そして次には、漸層法を用いて、「いずれの行もおよびがたき身」に残された唯一の道を、幽遠な世界から誰でもが手にすることのできる場に近づける。

弥陀の本願まことにおはしまさば、釈尊の説教虚言なるべからず。仏説まことにおはしまさば、善導の御釈虚言したまふべからず。善導の御釈まことならば、法然の仰(おおせ)そらごとならんや、法然のおほせまことならば、親鸞がまうすむね、またもてむなしかるべからずさふらふか。

己れのはからいを零状態にした親鸞にあるものは、仏の国から、インド・中国・日本の先師を経て直結している弥陀の本願そのものにほかならない。仏によって廻向されている本願力、それを信ずる「如来よりたまはりたる信心」（第六条）、こんなに確かで安らかな世界が厳存するというのに、今さら何に迷うことがあるのか。親鸞は歯がゆそうに、次のようなことばでこの条を結んでいる。

せんずるところ、愚身の信心にをきてはかくのごとし。このうへは、念仏をとりて信じたてまつらんとも、また、すてんとも、面々の御計(はからい)なり。

（『歎異抄』第二条）

親鸞の宗教にとって、玉虫色の解答はない。一切か、しからずんば無か、この非人情的な厳しさは、徹底した思想の負う宿命であったが、親鸞はそれをありのままに門徒たちの前へさらけ出している。門徒たちは、おそらく、少々の濁りはあってもよいから、師の手で汲まれた美酒(うまざけ)に長旅で渇いた喉をうるおしたかったに違いない。しかし親鸞は、たとえ目前に門徒たちの飢死を見ようとも、いつわりのテーブルに彼らを誘うことのできない人であった。右の文の末尾で「面々の御計」にまかせるよりほかはないとするのを、門徒たちを導く手段であると考えることは許されない。親鸞はそのような技法の段階でものを言っているのではない。それは「今生に、いかに、いとをし、不便（かわいそう）とおもふとも、存知のごとく（思っているように）たすけがたければ、（中略）念仏まうすのみぞ、すゑとをりたる（徹底した）大慈悲心」（『歎異抄』第四条）なのだという、信念の一つの発露であったのである。

六、悪の上での善悪

右に見たように親鸞の宗教には、人間がらみの指導とか教育とかいったものは全く考えられない。

親鸞は弟子一人ももたずさふらふ、そのゆへは、我はからひにて、ひとに念仏をまうさせさふらはゞこそ、弟子にてもさふらはめ。ひとへに弥陀の御もよほしにあづかりて、念仏まうしさふらふひとを、わが弟子とまうすこと、きわめたる荒涼のことなり。つくべき縁あればともない、はなるべき縁あれば、はなるゝことのあるをも、師をそむきて、ひとにつれて念仏すれば、往生すべからざるものなりなんどいふこと、不可説なり。如来よりたまはりたる信心を、わがものがほに、とりかへさんとまうすにや。かへす〴〵もあるべからざることなり。自然のことはりにあひかなはば、仏恩をもしり、また師の恩をもしるべきなり。

これは「専修念仏のともがらの、我弟子、人の弟子といふ相論のさふらふらんこと、もてのほかの子細なり」の一句で始まる『歎異抄』第六条で、事実、門徒たちの中に、徒党を組み派閥を作る風習が生じたのを戒めたことばであるが、「弥陀の御もよほしにあづかりて」「たまはりたる信心」によって口をついて出る念仏に、他のいかなる人力も介入する余地のないことを直截に言い表している。

右の原理は、弥陀の本願に直結することによって、人間社会で設定されたあらゆる価値、たとえば地位の高下であるとか、行為の善悪であるとか、その他一切のものを超えて、誰もが平等に尊厳な存在であることを確認させるものである。もし人間の尊厳を放棄するものがあるとすれば、それは弥陀との直結を自らの手で拒もうとするもの、ちょうど孫悟空が自力で仏の掌中の世界から脱出できると錯覚していたような、已れの無力さに気づかない慢心者であるのだ。ところが、そのような無法者が、無法なるがゆえに獲得した地位や名誉や財産や学識やによって、有能者としてまかり通り、師表と仰がれたりするのが世間の一般である。

善人なをもて往生をとぐ、いはんや悪人をや。しかるを、世のひとつねにいはく、「悪人なを往生す。いかにいはんや善人をや」と。この条、一旦そのいはれあるににたれども、本願他力の意趣にそむけり。そのゆへは、自力作善の人は、ひとへに他力をたのむこゝろかけたるあひだ、弥陀の本願にあらず。しかれども、自力のこゝろをひるがへして、他力をたのみたてまつれば、真実報土の往生をとぐるなり。煩悩具足のわれらは、いづれの行にても生死をはなるゝことあるべからざるを哀たまひて、願をおこしたまふ本意、悪人成仏のためなれば、他力をたのみたてまつる悪人、もとも（最も）往生の正因なり。よりて、善人だにこそ往生すれ、まして悪人は。

（『歎異抄』第三条）

人間の絶対平等観に立つ親鸞であるならば、善人と悪人とを区別するはずはない。また、仏の本願が廻向されたものであるならば、善よ悪よと人を選ぶものではないはずである。したがって、この文の「善人」「悪人」を、一般の通念にしたがって単純に相対的な概念としてとらえることは許されないであろう。人間は本来、煩悩具足・罪悪深長の者であるから、親鸞の言う「悪人」とは、「人間」そのものにほかならない。であるから、右の文の「善人」と「悪人」とは一応対等な相関関係にありながら、再応絶対な虚実の関係を持つ。つまり、「悪人」は人間の根源悪に根をおろすものであるに対し、「善人」は「悪人」の基盤の上に仮に設定された差別の称に過ぎないのである。このような堅固な思想に支えられることによって、親鸞の物静かで粘りのある文体が成立している。

もし、「善人」「悪人」を単なる相対次元でしか受け止めることのできない者には、「善人なをもて往生をとぐ、いはんや悪人をや」の冒頭句も、軽妙で奇警な逆説的言辞として享受されるに過ぎず、親鸞の峻厳な宗教体験を通して掘り起こされた法悦を、追体験することはできないであろう。

凡愚の自覚に徹した親鸞は、生半可な他力信仰者では思いもよらないようなところにも、弥陀の本願に接する喜びを味わうことができた。次のような話が『歎異抄』に載っている（第九条）。弟子唯円が、〝念仏を唱えても「踊躍歓喜の心」も「浄土へまいりたきこころ」もあまり起こらないのはどうしてでしょうか〟と尋ねたとき、親鸞は、「親鸞もこの不審ありつるに、唯円房、おなじこころにてありけり」と語り出した。まず冒頭のことばを聞いて、唯円は驚いたに違いない。叱責されるか軽侮されるかとためらいながら発した質問に対して、完璧であるはずの師が、自分も同じ心の持ち主であるということを、さらりと言ってのけたのである。唯円の心は、そのこわばった構えを解いて、師の言をあるがままに受け入れることのできる余裕を取り戻したことであろう。親鸞は次に、謎めいた断定の辞を吐く。

よく〳〵案じみれば、天にをどり地にをどるほどによろこぶべきことを、よろこばぬにて、いよ〳〵往生は一定とおもひたまふなり。

往生の障りになるのではないかとして提出された素材が、逆に、それこそ往生決定の証拠だといって投げ返されてきたのであるから、唯円は己れの耳を疑ったに違いない。しかし、その先の説明を聞いてみれば、論理はきわめて単純であり、論旨は甚だ明解なのである。

よろこぶべきこころをおさへて、よろこばせざるは煩悩の所為なり。しかるに、仏かねてしろしめして、煩悩具足の凡夫、とおほせられたることなれば、他力の悲願は、かくのごときわれらがためなりけりとしられて、いよ〳〵たのもしくおぼゆるなり。また、浄土へいそぎまいりたき心のなくて、いさゝか所労（病気）のこともあれば、死なんずるやらんと、こゝろぼそくおぼゆることも、煩悩の所為なり。（中略）踊躍歓喜のこゝろもあり、いそぎ浄土へもまいりたくさふらはんには、煩悩のなきやらんと、あやしくさふらひなまし。

弥陀の悲願は、煩悩具足のわれらのためのものであるから、煩悩を感じなくなったら、救済の対象からはずされたのではないかと警戒しなければならない。というのは、悩める凡愚者にとってなんと行き届いた懇切な説示であろうか。対者の心の隅々にまでしみ通るようなこの温かい文章は、決して技術によって生み出されたものではない。それは徹底した悪人正機の思想が、人間連帯の慈悲を伴って、自ずと選んだことばの組み立てであると言えよう。

七、煩悶は絶えず

『歎異抄』は、親鸞没後三十年ほどを経た十三世紀の末に、唯円が「同心行者の不審を散ぜんがため」に編集した仮名法語集で、その前半（第十条まで）が、上来概観したような親鸞の語録である。それらは親鸞の思想・信仰の真骨頂を示すものとして選ばれたものであるから、一貫した論理が歯切れよく語られていて清涼感に満ちているのであるが、親鸞が書き残した書簡類の中には、日々の生々しい情感が表れていて別種の趣きを醸し出しているものがある。

およそ法然によって煮つめられた宗教思想は、たいへん尖鋭なものであったので、多くの危険性をはらんでいた。「専修（念仏者）の云はく、囲碁双六、専修にそむかず。女犯肉食、往生をさまたげず」（『興福寺奏状』）などと非難される事実も少なからずあり、しばしば専修念仏は停止され、指導者たちは死罪・流罪の処断を受けたのであった。そのような法然の教えの、最も尖鋭な部分を継承した親鸞にとっては、己れの教義が正当に理解されえないという悩みはすでに宿命的なものであった。


念仏は、行者のために非行非善なり。

我はからひにて行ずるにあらざれば、非行といふ。

我はからひにてつくる善にもあらざれば非善といふ。

ひとへに他力にして自力をはなれたるゆへに、行者のためには非行非善なり。

（『歎異抄』第八条）


なにごとも、こころにまかせたることならば、往生のために千人ころせといはんに、すなはちころすべし、しかれども、一人にてもかなひぬべき業縁なきによりて、害せざるなり。わが心のよくてころさぬにはあらず。また、害せじとおもふとも、百人・千人をころすこともあるべし。

（『歎異抄』第十三条）


このような透き通った文脈に盛り込まれたモダンな哲理を、非知識層の人々に理解させるのは容易なことではなかった。素朴で一本気な門徒たちの中に、「非行非善」「すなわちころすべし」といったことばだけを脳裡に強く焼きつけた者がいたとしても、不思議ではあるまい。


なによりも、聖教のをしへもしらず、また浄土宗のまことのそこをもしらずして、不可思議の放逸無慚のものどものなかに、悪はおもふさまにふるまふべし、とおほせられさふらふなるこそ、かへす〴〵あるべくもさふらはず。北の郡にありし善乗房といひしものに、つゐにあひむつるゝことのなくてやみにしをばみざりけるにや。凡夫なればとて、なにごともおもふさまならば、ぬすみをもし、ひとをもころしなんどすべきかは。

（『末灯抄』）


こんな次元の低い書簡を書き続けて死んでいったのが親鸞であった。天才は常に孤独なものであるが、親鸞もその例外ではありえなかったのである。そういう親鸞にとって最も悲痛だったのは、子息善鸞の義絶事件であった。

建長四年（一二五二）ごろ、破戒無戒を厭わないとか、諸神を信ずる必要がないとかいう問題をめぐって、関東の門徒間に動揺が起こった。これも親鸞の教義の奥底を理解しえない人々を多くかかえた教団にとっては宿命的な事態であったわけであるが、親鸞はすでに八十歳を超える老齢であったので、子息の慈信房善鸞を派遣し事を鎮めようとした。ところが善鸞は、自分だけが父から深夜ひそかに受けた教えであると偽って異義を立て、別派集団を結成するに及んだ。関東からは教団の危機を訴える情報が続々と寄せられた。親鸞は、善鸞に真信を説く書簡を何度となく送っている。

（前略）慈信房のくだりて、わがきゝたる法文こそまことにてはあれ、ひごろの念仏は皆いたづら事なりと候へばとて、おほぶの中太郎のかたのひと〴〵は、九十なむ人とかや、みな慈信房のかたへとて、中太郎入道をすてたるとかやきゝ候。いかなるやうにて、さやうには候ぞ。詮ずるところ、信心のさだまらざりけるときき候。いかやうなる事にて、さほどにおほくの人々のたぢろぎ候らん。不便のやうときゝ候。又、かやうのきこえなど候へば、そらごともおほく候べし。（後略）

この書簡は建長五年ごろのものと推測されるが、すでに百人に及ぶ分派がなされたという報告を耳にしていながらも、親鸞はまだ子息に対する信頼を捨てきってはいない。やさしく詰問しながら、なお真信の回復を祈る親の情が、文面の隅々からにじみ出ている。このような書簡類には、『歎異抄』に見られたような歯切れのよさは、全く影をひそめているのである。

親鸞は、初めのうちは善鸞の虚偽の報告にまどわされながら、関東の動揺の鎮まるのを待っていたが、年を追うて深刻化する事態に、建長八年にはついに、子息義絶の断を下さざるをえなくなった。そのころ門徒に宛てた書簡

には、

（前略）やう〳〵に慈信房がまふすことを、これ（親鸞）よりまふしさふらふと御こころえさふらふ、ゆめ〳〵あるべからずさふらふ。法門のやうも、あらぬさまにまふしてさふらふなり。御耳にききいれらるべからずさふらふ。きはまれるひがごとどものきこえさふらふ。あさましくさふらふ。（後略）（御消息集・真浄房宛）

（前略）なかにも、この法文のやうきゝ候。こころもおよばぬ申ごとにて候。つや〳〵親鸞がみには、ききもせず、ならはぬことにて候。かへす〴〵あさましふ、こころうく候。弥陀の本願をすてまいらせて候ことに、ひと〴〵のつきて親鸞をもそらごと申たるものになし候。こころうく、うたてきことに候。（後略）

（『性信房御返事』）

などとあって、遠い東国の空を見やりながら、直接強力に門徒たちにはたらきかけられないもどかしさを、「あさまし」「こころうし」「うたてし」などの形容詞や、短い文節の激しい息づかいに託して送る老骨の心痛が、悲しいほど切実に伝わってくる。

また善鸞宛の義絶状（五月二十九日付）には、

（前略）又、慈信房の法門のやう、名目をだにも聞かず、知らぬ事を、慈信房一人に、夜、親鸞が教えたるなりと、人に、慈信房申されて候とて、これにも、常陸・下野の人々は、みな、親鸞が虚言（そらごと）を申したる由を申しあはれて候えば、今は父子の義はあるべからず候。（中略）伝え聞くこと、あさましさ、申すかぎりなければ、今は、親といふことあるべからず。子と思ふこと思ひ切りたり。三宝神明に申しきりおわりぬ。悲しきことなり。わが法門に似ずとて、常陸の念仏者、みな、惑わさむと、このまるゝと聞くこそ、心憂く候え。親鸞が教にて、常陸の念仏まふす人々を損ぜよと、慈信房に教えたると、鎌倉（幕府）までに聞こえむこと、あさましく。

と、前半には強くきっぱりと義絶を宣告しながら、後半に至ると「三宝神明に申しきりおわ」ることによって愛子への未練を断ち切ったつもりでいながら、それをしも「悲しきことなり」と詠歎したり、虚偽の申告を幕府に提出されて「あさましく」と困惑したり、齢八十余歳に及びながら、なお俗縁に翻弄され続ける弱者の迷妄を、迷妄のまま語り、

念仏者は無碍の一道なり。そのいはれいかんとならば、信心の行者には、天神地祇も敬伏し、魔界外道も障碍することなし。罪悪も業報を感ずることあたはず。諸善もおよぶことなきゆへに、無碍の一道なり。（第七条）

などと、さわやかに言い切る『歎異抄』の親鸞においては完全に超克されていると思われた、人間深部の苦悩をのぞかせている。

親鸞は生涯、苦悩の人であった。そして、

浄土真宗に帰すれども
真実の心はありがたし
虚仮不実のわが身にて
清浄の心もさらになし

外儀のすがたはひとごとに
賢善精進現ぜしむ
貪瞋邪偽おほきゆへ

奸詐ももはし（多数）身にみてり

と、ためらいもなく言える人であった。そしてまた、

悪性さらにやめがたし
こころは蛇蝎のごとくなり
修善も雑毒なるゆへに
虚仮の行とぞなづけたる

（『愚禿悲歎述懐』）

と述懐する通りの、人間に本来そなわっている蛇蝎のごとき悪性を素直に認め、虚仮の修善による安易な救済を、すべて峻厳に拒み続けた人であった。その無限定に掘り下げられた人間性の、「自然（じねん）」との出合いによる驚愕や歓喜や戦慄やが、言語を通して自から流れ出したとき、親鸞の天衣無縫な文学が成ったと言えるであろう。

〈講演〉

親鸞と日蓮

一、日蓮像と親鸞像

仏教文学会での講演を機に、今度は武蔵野女子大学での日曜講演で、「親鸞と日蓮」というテーマで話さないかというお話をいただきました。気楽に「わかりました」と申し上げたのですが、その後、大変なことになったと反省しました。日蓮聖人は、「念仏無間、禅天魔、真言亡国、律国賊」などと言って、念仏を信ずる者は地獄に堕ちると言ったことが有名です。もっともこの話は、後からだんだんふくらんできたものですが、まあそれに類することはたしかにおっしゃっています。そういう日蓮聖人について、真宗の本拠で褒めたお話をするとなると、これは大変なことだ、生きて帰れないんじゃないかと思いまして、それからずっと二、三か月、寝られないでいるところです。

日蓮聖人という方は、たしかに強烈なところが取柄とさえされているわけでありますが、私は、どうも今までの日蓮聖人の扱われ方は一方的すぎると思って、不満を持っております。

少しお考えいただけばすぐわかることなのですが、日本でお釈迦さまのお像というと丸味をおびていますね。あのお釈迦さまのお像がふくよかなのは、仏像だからなのですね。仏さまになられてからのお釈迦さまのお像です。仏さまになられる前にさんざんに難行苦行をなさった、いわゆる苦行像、たとえばガンダーラの遺跡にあります肋骨の形が見えるほど痩せた、そういう釈迦像は日本にはございませんでしょう。つまり日本でお釈迦さまと言えば、仏さまになられてからのお釈迦さまだけが、お像として祀られているのでございます。

日蓮聖人の場合も、痩せた日蓮聖人のお像というのはないのです。実際は身延山に入られたのが五十三歳で、それから約九年の間、身延山のあの厳しい自然の中で生活された。山に入られて間もなくのころから消化器系のご病気になられて大変苦労なさったのですから、晩年は痩せこけているはずなんですけれども、しかし日蓮聖人の亡くなったときの絵伝を見ましても、やっぱりまるまるしているのですね。それはつまり、日蓮聖人に対する信仰の形というのが、日本のお釈迦さまと同じように、仏になられた、あるいは悟りの境地に達せられた日蓮聖人を前面に出すことになったためなのですね。ですから痩せた日蓮聖人というのは具合が悪いのです。そういう、つまりあくまでも強烈な信仰の旗をかざしてほかの宗派と対決し、退くことを知らない、そういう日蓮聖人が、亡くなって間もなくのころからずっと続いているわけです。現在でもその傾向があるわけですね。

ところが、私のように文学をやっている者といたしましては、やはり日蓮聖人の人間味というものを、どうしても掘り起こしたい。人間的な魅力を尋ねてみたいと思うわけです。そこで思い切って、講談社から『挫折をこえて日蓮』という本を出しました。こういう本は日蓮聖人伝の七百年の歴史の中にないのですね。理由は、先ほどから申し上げている通り、日蓮聖人は強気一点張りのお方であって、挫折があっては具合が悪いというのが伝統的な日蓮信仰の立場だからなのです。しかし日蓮聖人だって人間でありますから、挫折がないはずがない。それを正直に表現していいのではないかというふうに私は思います。

そこへいきますと親鸞聖人のほうは、苦悩する親鸞聖人というのが前面に出てまいりますね。むしろ私なんか、そういう親鸞聖人に非常に魅力を感じるわけでございます。

今日はそういうわけで、親鸞聖人と日蓮聖人の「人間と宗教」というような観点のお話をさせていただこうと思います。

二、観想念仏から称名念仏へ

親鸞聖人のご信仰というのは、もちろん法然上人のおっしゃったままに念仏をするのだ、ということでございますね。これは皆さんご存知の通り、法然上人という方はたいへん尖鋭な信仰を打ち立てられたのでありますが、その尖鋭な――シャープな信仰の中でも、最もシャープな部分を親鸞聖人は受け継がれていたと思います。大体、本当にシャープなものというのは世に受け入れられにくいのですね。錐のように鋭いものというのは、あまり大衆性を持ちませんので……。法然上人の時代、それから法然上人が亡くなってから、かなり長い間、親鸞聖人の信仰というのはわかりにくくて、あまり広まっていません。むしろ浄土宗の鎮西流とか西山流とかが大きな集団を形成していきますけれども、そういう法然上人の教えの中でも、あまり尖鋭でない部分、比較的柔軟性のあるソフトな部分を引き継いだ信仰団体に比べれば、親鸞聖人の信仰集団というのは、妥協のない、非常にきわどい線をずっと進んでいったわけでありますね。そういう意味では日蓮聖人の一門もまた、違った立場でぎりぎりのところを行ったのであります。

まあそういうことをはじめとして、親鸞聖人と日蓮聖人にはかなり共通点があると思いますが、そんな点にも触れながら話を進めたいと思います。

大体、「時代が人を生む」という言い方ができると思いますけれども、あの鎌倉前期の混乱した時代に、そういう時代だからこそ、どうしてもそこに、悩む多くの人々を救わなければいられないという天才たちが頭角を現す。その中の一人が親鸞聖人であり、あるいは日蓮聖人でもあったわけであります。親鸞聖人の場合は、いま皆さんがお唱えなさったような念仏「南無阿弥陀仏」一筋の信仰でございますね。日蓮聖人の場合は、お題目「南無妙法蓮華経」一筋の信仰というわけですから、こういう点も一致しております。

親鸞聖人や日蓮聖人以前の宗教はどうかと申しますと、比叡山の横川に籠った恵心僧都源信が勧めた念仏が盛んでした。源信僧都という方は、『源氏物語』の終わりのほうで、身投げをしようとした浮舟という女性を助けた横川の僧都のモデルではないかと言われている人ですけれど、その横川の恵心僧都源信が『往生要集』という本を書いて、念仏信仰を非常に流行させました。

鎌倉時代に、すでに日本浄土教の三祖という言い方ができていますけれど、その一番最初が源信僧都だとされているのですね。日本浄土教を始めたのはこの方だというわけです。ついでに申しますと、第二祖は東大寺の永観律師という方、第三祖が法然上人というふうに、鎌倉時代の本に書かれています。

さてその恵心僧都源信が、なぜ日本の浄土教の祖とされるかと申しますと、それ以前の浄土教は、心の中で仏を観ずる、阿弥陀仏を観ずるという観想念仏、それが中心だったわけです。

観想念仏というのは大変な修行なのですね。『往生要集』に書いてございますけれども、観想念仏は大きく分けて三種類ほどありまして、いちばん丁寧なのは別相観——別々に想いを凝らす——というのがございましてね。その別相観は、阿弥陀さまの前に坐りまして、その頭の頂上、そこに肉髻というのがございますね、仏さまの頭の肉のとび出したところ、その肉髻からずっと一つひとつ仏さまの特徴に想いを凝らしていきます。仏さまの特徴を相好と申しますね。――この相好という仏教語が一般に使われまして、「相好を崩して笑う」などと言いますが――相というのは大きな特徴であります。好というのは小さな特徴でありまして、仏さまには三十二の相と八十種の好があるというふうに、お経の中に説かれているわけですね。その頭のてっぺんからずっと一つひとつ、じっと想いを凝らしてきまして、足の裏――ここにも千輻輪という相があるのですが、そこまで観想しまして、また上のほうへずっと戻ります。そして頭の頂上、肉髻まで行くのですね。そういうことを十六回繰り返す。これは大変な修行でありますね。まあそれだけやりますと、たしかに仏さまの中にぐっと溶け込んでいく気持ちになると思います。けれどもそういう修行は、時間もなければできませんし、おカネもなければなりません。想いを凝らす対象になる仏像は美術的でなければいけませんですね。見てがっかりするような仏像では想いを凝らせませんから、要するにカネはかかる、暇はかかる。つまり裕福な貴族だからそれができるわけでございますね。そういう別相観。

それから惣相観、雑略観というふうにだんだん簡略な方法になりまして、最後は白毫想を観念するところまでしぼられていく。眉間の白い毛が左巻きにあるのが白毫です。これが仏さまの三十二相の一つで、ここから智恵の光がパーッと出て、真実の世界を照らし出すという、そういうのが白毫であります。この白毫をじっと見て想いを凝らす。そういうふうに細かく細かく想いを凝らすことからだんだん簡略になりまして、白毫相だけ想いを凝らせばよろしいというふうになるわけです。しかし、ここまではまだ観想念仏なのですね。想いを凝らすのですから、いくら簡単になったといっても観想念仏には変わりないのですね。

ところが、『往生要集』の中に、最後に「もし相好を観念するに堪えざるものあらば」――観想念仏ができない者は口でお唱えするだけでよろしい、という一言があるのでございますよ。これはたいへんな飛躍なのですね。つまり従来の平安貴族仏教のそれまでのお念仏というのは、口に名号を唱えながら心に仏さまの相好を想う、これが念仏だったわけですね。心に念じないと絶対ダメなのです。ところが『往生要集』の中に初めて、たった一言ですけれども、もし観念に堪えられない者がいたら、その人は口で唱えるだけでよろしいということばが出てくるのでございます。ここに、源信僧都が日本浄土教の初祖と言われる所以があるのです。これはたった一言であっても、その価値は無辺大に広い。従来の念仏とは無限大の差があるわけですね。もう何も想わなくていい、口で「南無阿弥陀仏」と唱えるだけでよろしい。この一言。これはおカネもかかりませんし、時間も要りませんしね。いつでもどこでも、地位も名誉も関係なく、どんな愚かな者でもこれならできるわけでございますから、すべての人を阿弥陀さまが救ってくださるというように、初めて『往生要集』が言ったわけです。——九八五年でしたかね、『往生要集』ができたのは。『枕草子』や『源氏物語』が作られる少し前のことです。ちょうど今から千年くらい前に、恵心僧都源信がそういうふうにおっしゃいました。

そして永観律師という方。この方は院政期に入りますけれども、口称の念仏をさらに強く推します。それからまた一世紀くらいたって、口称の念仏を飛躍的に展開させたのが法然上人であったわけです。

大体、私たちがものを判断するときに、勝劣と——つまり勝っているか劣っているかということと——それから難易——つまり難しいか易しいか——という、この二つの基準で判断いたしますね。勝劣と難易と、この二つの基準。私たちが買い物をするときでも何でもそうでしょう。どっちが良いか悪いかということと、どっちが安いか高いかということを見て判断するのですね。良くて安いものが一番ですからそういうものばかり探すわけですけれども、なかなかそうはいきません。良いものは高いし、安いものは悪い。これが普通なのですね。

そこで、法然上人以前のお念仏は、口で唱える念仏だけでいいというふうにはなりましたけれども、しかしそれよりも実のところは観想念仏のほうがいいとされていたわけです。口でお唱えするだけの念仏は易しい、けれども観想念仏よりは劣っている。そのように劣であるけど易であるから、勝であるが難であるところの観想念仏に堪えられない者はこの易のほうにつきなさい、と言うのです。まあ、これだけでもありがたいのですけれどもね。これが源信僧都から永観律師への線だったわけです。

法然上人は違います。口で唱える念仏が勝でありかつ易である、こうおっしゃっていますね。勝っていて、しかも易しい。これが口でお唱えする念仏なのだというわけで、それまでの日本浄土教の古くから伝えられていた念仏の価値観を逆転したわけですね。これが法然上人のすごいところでございます。

そしてその法然上人のすごいところの、そのまた一番すごいところをお取りになったのが親鸞聖人であったわけです。大体、すごいものというのはわかりにくいのですね。たとえば睫毛は見えません。あまりに近くて見えない。遠過ぎるものと近過ぎるものは見えないのですね。親鸞聖人の尖鋭な宗教観というのは、なかなか当時の人々には理解できなかったようであります。

三、自然と妙法

さて、ここで少し話を変えて、親鸞聖人と日蓮聖人との関わりを見ることにしますが、親鸞聖人は一一七三年（承安三）にお生まれになって、一二六二年（弘長二）に亡くなっておりますね。一方、日蓮聖人は一二二二年（貞応元）にお生まれになって、一二八二年（弘安五）に亡くなっているのです。ですから親鸞聖人と日蓮聖人とは、四十年間も同じ時代に生きておられたのですね。しかも親鸞聖人は一二〇七年（建永二）に越後に流されて、四、五年越後におられて、罪が許されてから茨城県の稲田へ行っておられますね。日蓮聖人は一二七一年（文永八）に佐渡に流されていらっしゃるのですね。そしてあとはほとんど関東で活躍なさっていらっしゃいますから、お二人は隣の県におられたことさえあったのですね。これはまた不思議な縁でございます。だけども親鸞聖人は日蓮聖人を知らなかったし、日蓮聖人も親鸞聖人を知らなかったようです。というのは、日蓮聖人は千葉県の漁村に生まれて、苦学力行して、第一線に出て、今でこそかなり大きな集団の祖となっておりますけれども、当時はやはり小さな集団の中心人物でありましたし、親鸞聖人もまた、法然上人の浄土宗のような大きな集団でない、まだそのころは小さな集団の主宰者であったわけですから、二人ともお互いにはご存知なくても当然といえば当然でございますね。ですから日蓮聖人が専ら攻撃していた浄土教というのは、法然上人の浄土教、法然上人の念仏であったわけです。

話は前後しますが、親鸞聖人も日蓮聖人も、お二人とも比叡山で勉強なさって修行なさった方ですね。ところがこの比叡山というのは、天台宗でありますが、「朝法華の夕念仏」、もう少し違った言い方をしますと「朝法華夕例時」、つまり、朝は『法華経』を読んで罪を懺悔し、夕方には阿弥陀仏を念じて極楽往生を祈るという、それが比叡山の法式――天台宗の法式でございました。ですから今でも比叡山へいらっしゃれば、『法華経』の修行をする法華堂と、お念仏を唱える常行三昧堂が並んでおりまして、二つが廊下でつながっておりますね。その形が、ちょうど担う荷物のようなので、これを担い堂とまで言っていますね。そのように『法華経』の信仰と浄土教の弥陀信仰とは、たいへん仲の良いものと考えられていたのです。

ですから『平家物語』の中に、平清盛の娘徳子――高倉天皇の妃になりました建礼門院徳子が、壇ノ浦の戦いで負けて捕われて、京都大原の寂光院に入って出家した、その寂光院の様子が書かれておりますけれども、そこには阿弥陀さまがお祀りしてあって、前に『法華経』が置かれておりますね。鴨長明の『方丈記』の、あの方丈の庵の中にも阿弥陀さまが祀られていて、『法華経』がある。つまり阿弥陀信仰と法華信仰というのは、もともとは一つのものだったわけです、天台宗で。ところがそれが鎌倉仏教になりまして、それぞれが独立していくわけですね。その念仏信仰が独立していったのが法然上人、親鸞聖人の系統であり、『法華経』信仰を独立させたのが日蓮聖人であったわけです。ですから元をただせば、ほとんど兄弟のような信仰であったのに、鎌倉時代から、「法華念仏犬と猿」などと言われるように、仲の悪いものになってしまうのですね。

これはなぜかと申しますと。大変な混濁した時代に、先ほど申し上げましたような、非常に易くて勝れている信仰と修行が選び取られるようになったからで、「阿弥陀仏」と唱えるだけでよろしい、それで救われる、理屈は要らない。あるいは「南無妙法蓮華経」だけでよろしいという、そういう民衆の誰でもが頼ることのできる仏教が開発され勧められるということは、逆に言うと、その信仰・修行以外のものは無用であるばかりか、障害になるとして忌避されることになるわけです。純粋化すればするほど排他的な側面が顕著になってくるという、ただそれだけの話でありまして、浄土信仰と言い法華信仰と言っても、基本的に人を救おうとか世を救おうとかという、熱烈な宗教的心情の上に成っているものであることは変わりがないわけです。

たとえば法然上人が、亡くなる少し前でありますが、ご自分の宗教の精髄をたった一枚の紙に示された文書があります。それは『一枚起請文』と申しますが、その中に、「もろこし（中国でも）我がてう（日本でも）に、もろもろの智者達のさたし申さる、観念の念ニモ非ズ」（先ほど申し上げた観想念仏。心に想う念仏ではないのだ）。「又学文をして念の心を悟リテ申（もうす）念仏ニモ非ズ」（学問しなきゃわからないという念仏でもないのだ）。「ただ往生極楽のためニハ、南無阿弥陀仏と申て、疑なく往生スルゾト思いとりテ申外ニハ別ノ子さい候わず」（ただ「南無阿弥陀仏」と申せば極楽往生ができるのだと、信じて「南無阿弥陀仏」と言うだけ。それ以外何もないのだ）、と言っておられます。

そしてその後に、「三心四修（いろいろな修行であります）と申事ノ候ハ皆（中略）南無阿弥陀仏にて往生スルゾト思フ内ニ籠り候なり」、こう言っておられるのですね。「南無阿弥陀仏」と申せば往生するという、その信心の中に全部の修行が籠っているのだというのですから、ありがたい話です。あれをしなきゃいけない、これをしなきゃいけない、こういう修行をしなきゃいけないというのは何もない。それは全部、「南無阿弥陀仏」というお念仏の中に籠っているのだとおっしゃっています。

ところが、日蓮聖人の書き残されたものの中にもこういうことばがあるのです。「釈尊の因行・果徳」（つまり、お釈迦さまが仏さまになる原因として積んだ多くの修行と、その結果、仏さまになってからあらゆる人々を救った大きな功徳）。その因行果徳の「二法は妙法蓮華経の五字に具足す」（全部「妙法蓮華経」の五字の中に籠っているのだ）とおっしゃっている。同じでございますね。あらゆる仏道修行が「南無阿弥陀仏」の中に籠っているという法然上人、親鸞聖人の教え、それから釈尊の因行果徳の二つが全部「妙法蓮華経」の中に籠められているという日蓮聖人の教え、考え方が全く同じですね。

そこで、「南無阿弥陀仏」というのと「南無妙法蓮華経」とはどこが違うかといいますと、これはあまり違わないと申し上げたのではいけないのでしょうかね、やっぱり信仰の世界では。しかし実は、大して違わないのです（笑）。

と申しますのは、これは道元禅師でもあまり違わないのですが、親鸞聖人は、仏さまというのは「自然」だということをおっしゃっているのですね。これはご存知の通りであります。『法華経』の中にも仏＝自然＝如来、こういうことばが出てきます。如来、これは仏さまのこと。普通に仏さまのことを阿弥陀如来などと言いますが、阿弥陀仏と同じですね。ところが自然というのも仏さまであって、如来さまだ、というのが『法華経』の中にも出てきます。ほかのお経にも出ています。

親鸞聖人は、仏さまは自然だということを盛んにおっしゃっています。『末灯抄』でありますけれども、自然の自は自からということです。自分の「自」ですからね。「行者のはからひにあらず」（われわれが何かに働きかけるようなものではなくて、自からそうなる）ということなのです。それから自然の然については、「自然といふはしからしむといふことば、行者のはからひにあらず」（われわれが何かを計らうのではなくて、仏さまのほうから働きかけてくださるのだ）、こういうわけですね。もう皆さん、こういうのはベテランでいらっしゃると思いますけれども。「自然といふはもとよりしからしむといふことばなり、弥陀の御ちかひのもとより行者のはからひにあらずして（行者が、われわれが計らうのではなくて）南無阿弥陀仏と頼ませたまひて、迎へんとはからせたまひ（下略）」。

このあたりが親鸞聖人のすごいところだと思うのです。源信僧都や永観律師は、「南無阿弥陀仏」と念仏して、救っていただくことを阿弥陀さまにお願いするということを言っておられるわけですが、親鸞聖人になりますと、仏さまに助けてくださいとお願いする力さえないのが、凡夫なのだということになってしまうのですね。われわれは底なしの凡愚であって、計らうことのできないものであるから、阿弥陀仏さま、助けてくださいと言うだけの力も持ち合わせていない。助けてくださいと言うときには、自分で助かろうと思う意志が働いているのですから、これは自力なのですね。仏さまは、われわれが救済の手をさしのべて助けをくださいと言う前に、助けてくださる、これは純粋他力なのだ、こういうふうにおっしゃっています。ですから自然なのです。自からしからしむるということが真理なのですけれども、それなのにわれわれはじたばたして、ろくなこともできないくせに自分で助かろうとする。それが間違いなのだ、仏さまの慈悲というのは、もっともっと大きなものであって、助かろうとしない者でも助けてくださるのだ。自からしからしむるのだから、すべてをおまかせすればいいのだと、こう言っておられるのです。

そこで親鸞聖人の今のご文章ですが、とくにすごいところは、阿弥陀さまというふうに、とりあえず仏さまの名前で呼んでいるけれども、「弥陀仏は自然のやうをしらせんれう（料）なり」と言っておられる。そこがすごいのですね。つまり、自然の大きな仏さまの慈悲というもの、自からしからしむるという大きな慈悲は、いくら説明しても理解できるものではないから、そこで阿弥陀さまという慈愛に満ちた仏さまの姿を仮に作り上げているのだと、そこまでおっしゃっているのです。そうするとわかりいいですから。「南無阿弥陀仏」と言って阿弥陀さまにおすがりすれば、何となく安心するでしょう。「南無自然」ではどうもピンときません。自然の大きな真理を、慈悲の権化としての阿弥陀さまという形で表しているに過ぎないのだ、こうおっしゃっています。

どうしてこういうことをおっしゃるかというと、阿弥陀さまなら阿弥陀さまという仏さまが出現しますと、そのとたんに、これは小さな一人の仏さまに過ぎないものになってしまいます。仏さまというのは、阿弥陀さまのほかにも、お釈迦さまだって、大日さまだって、全部含んだ、そういう大きな存在なのですね。宇宙を包んでいる広大無辺な慈悲。それが仏さまの本体であり、それが自然でございますね。ですから、そういう大きな慈悲を阿弥陀さまという形で表してはいるのですけれども、さて、だから阿弥陀さまほど優れた仏さまはいないと思ったとたんに、その阿弥陀さまは、ほかの仏さまたちの相対する一人の小さな存在になってしまうのだ、そういうふうにおっしゃっているわけですね。そういう意味で親鸞聖人は、仏さまを「自然（じねん）」というふうにおっしゃいました。

道元禅師は仏さまのことを、「万法」と言っておられます。大体、皆さんならおわかりの通り、万の法でございますから、自然と同じでしょう。宇宙を包み込むすべての法ですね、この万法が仏さまなのです。この万法ということばをどのように使っておられるかと申しますと、「仏道をならふといふは、自己をならふなり。自己をならふといふは、自己をわするるなり」（つまり、自己にこだわっていたらダメだ。自己を忘れるのが仏道を習うことなのだ）。「自己をわするるといふは、万法に証せらるるなり」（万法に証明されることなのだ。万法が自分を証明してくれる）。「万法に証せらるるといふは、自己の身心および他己の身心をして脱落せしむるなり」（身心を捨ててしまうことだ。つまり、あらゆるこだわりを捨てる。それが仏道を習うということだ。万法の中に溶け込むことだ）というわけですが、道元禅師の言われる万法は、親鸞聖人に言わせれば自然でございますね。

日蓮聖人はどうか。日蓮聖人の場合は「妙法」でございます。ただ「法」というと小さな法則と間違いやすいので、絶対の妙なる法。別の言い方をすれば「妙法蓮華経」ということになりますね。

大体、お経には、本題と喩題（比喩の題）とあるものが多いのです。金剛石（ダイヤモンド）のように堅固な仏の智恵のお経ということで、『金剛般若経』というように――。つまり『妙法蓮華経』というのは、「妙法」が本題でございます。それから「蓮華」が喩題ですね。ではなぜ蓮華が比喩になるのか。仏像はみんな蓮華の台の上に乗っておりますね。インドから蓮華は仏さまの花とされておりますが、それは蓮華が、妙法という仏さまの説かれた真理を表す花だからなのです。蓮華は普通の花と比べてどこが違うかと申しますと、花の中にもう種ができているということなのです。

普通の植物ですと、種から芽が出て、成長して花が咲き、実が成ります。そして、実の中にある種が地に落ちて芽を出すという循環を繰り返すわけですね。だから原因と結果とが、時間の流れの中でつぎつぎと展開している様子がわかります。ところが蓮華は、花の中に種ができているというのですから、原因と結果が一所にあるということになります。

そこでよく考えてみると、種から芽が出るという場合、種が原因で芽が結果だということになるのですが、次にはその芽が原因となって、成長した草木に結果としての花が咲く。そしてその次には花が原因になって実を結び、種を宿し、種から芽を出すというのですから、どの一つを取ってみても、原因だけとか結果だけとかいうものはなくて、みんな原因であると同時に結果である。つまり、因と果というのは一つのものなのですね。このことに気がつかないで、われわれは因と果を分けて考えるから失敗するのです。こうすればこうなるという、時間を隔てた順番があるのではなくて、何かをしたときに、もうその行いの中に結果はすでに含まれているわけなのですから、その結果を考えたらおかしな原因は作れなくなるはずでしょう。何事でも結果を見通すことができれば、失敗はないはずですね。ところが人間、なかなかそうはいかず、結果が見えない原因を作ってしまって、後で「しまった」と言うことが多いのです。そういうわけで、「因と果とは別のものではないのだ」というのが、仏さまの説かれた大切な教えで、その因果一如という真理を表す花として、種と花とが同時に存在する蓮華が尊ばれるというわけです。

あらゆるものは原因であり、同時に結果であるという絶対の真理、それが『法華経』の「妙法」なのです。蓮華の花に譬えられる「妙法」ですね。原因があって、しばらく経ってから結果が出るのではなくて、原因があったときに、もうそれは結果に等しいのだということですから、日常、一つひとつわれわれが何かをするたびに、その結果を含んだことをしているのだと思いますと、あまりいい加減なことはできなくなるはずなのですが、われわれの能力には限りがあるので、正しく結果を見通すことができないで失敗して苦しむ。そこで失敗しないですむように、因果関係の道理を知ろうとするときに、それを一〇〇パーセント誤りなく示してくれるのは、自然であり、万法であり、妙法であるわけでしょう。

結局、親鸞聖人が「自然」と言われること、道元禅師が「万法」と言われること、日蓮聖人が「妙法」と言われることは、同じなのですね。その自然・万法・妙法が人格として出現したのが、仏さまだということになるわけですね。

四、「如」をめぐる

仏さまは如来さまとも申しますでしょう。この「如来」という言い方が、また自然・万法・妙法の人格化でもあるのです。大体、「如」というのはたいへんな曲者（くせもの）です。われわれは何となく、「如し」とか「何とかのようだ」と言っておりますけれどもね。そうそう、三日前は満月でございましたね、中秋の名月。「お盆のような月」なんていう歌がありましたでしょう、お若い方でご存知ない方もありますけれども、「出た出た月が（中略）お盆のような月が」と申します。お盆のような月、まんまるい月ということですね。この「ような」というのは、丸いお盆があって、それに似ているということでございますね。似ているということは、逆に言えば少し違うところがあるということです。

違うところがあるから「〇〇の如し」という譬えの言い方になるのですが、この言い方から「〇〇の」というのを取り去って、ただ「如」だけにしたらどういうことになるか。これはもう、何も違うところがないものですね。何も違わないもの、一分の過不足がなく、全然隙間もないものですから、そこにはトラブルの起こる余地がありません。全く円満で、全く自由で。それが「如」というものです。

いま「自由」と申しましたが、この「自由」というのも仏教のことばでございます。「自在」もそうですね。仏さまのことを「自由人」とも申しておりますね。お経の中に、「自在人」とも書いてありますね。「自由自在」、これは仏教のことばです。この「自由」というのは「自然」と同じで、自らに由るということです。

他人に全然制約されない、他人に制約されないで、自らに由るというのが自由でございましょう。自らの在るまま、勝手に在るがまま、これが自在でありますね。ですから自由自在というのは、全く何ものの規制も受けない伸び伸びとした状態、それが自由自在でございます。つまり何の制約もないのですから、それはイコール「如」であるのです。「何とかの如し」ではないのですよ、「如」そのものなのです。このように「如」は、全く何ものにも支配されない、左右されない、自らに由り、自らの在るがままを楽しんでいられるものなのですが、それが仏さまなのです。

ただ、今までの説明ではまだわかりにくいところがあります。「如」が仏さまなんて言ってもちょっとわかりにくい。そこで何かの形、たとえば阿弥陀さまという形になってもらったり、お釈迦さまという形になってもらったりする。そのほうがわかりやすいでしょう。お付き合いするのにも、拝むのにも、そういうお姿があったほうがわかりやすいですね。ですから、「如」に人間の姿をして来てもらうのです。「如」に来てもらうから「如来」なのですね。「如去（にょこ）」ということばもありますね、如に来てもらってもいいし、如に去ってもらってもいいのですから、仏さまを「如来」とか「如去」とかいうことばもお経の中に出てまいりますが、元をただせば「如」です。あるがままです。自由自在、何のこだわりもない、何の悩みもない、何の苦しみもない。つまり「如」ですね。ですから、その「如」あるいは「如来」と、「仏」と「自然」と、全く同じものです。

私たちが信心するということは、そういう仏さまと同じようになろうとするわけですね。いろんな悩みとか、苦しみとか、こだわりがいっぱいあり過ぎて困っているわけですから、そんな状態から解き放されて「如」になり、自由自在でありたいし、また、ほかの悩める人々をも救いたい。そういう世界に入りたいと思うから、宗教があり、信仰があるわけです。ですから、政治のこだわりの世界にどっぷりつかっていながら自由党なんて名乗っているのはとんでもない話で、自由というのはもっともっと尊厳なことばなのですね。簡単に使われては困るのですよ。でもまあ、せめて少しでも自由に近づきたいという、そういう気持ちはわからないことはありませんけれども、本当はこの「自然」とか「自由」とか「自在」とか、「如」とかいうのが、仏さまの本質を言い当てたことばでありま す。そういう仏さまに、われわれはできるだけ近づこうとする、同化しようとする。それが宗教心でございますね。

五、愚禿・親鸞

同化するにはどうすればいいかということで、いろんな先師たちがいろんな説き方をなさいます。その中に「南無阿弥陀仏」もあれば「南無妙法蓮華経」もあるわけでございます。

そういう場合に、親鸞聖人はご自分で「愚禿」とおっしゃいましたね。「愚禿鸞」と自らおっしゃいました。それから、一番有名な『歎異抄』の中のお言葉では「悪人往生」がありますね。「善人なをもて往生をとぐ、いはんや悪人をや」ということばがあって、その後に、世の人は一般に悪人さえ往生するのだから善人が往生するのが当たり前だという。ところが自分に言わせれば、善人さえ往生するのだから、まして悪人は往生できるに決まっていると言うのですね。有名なところです。これは非常に逆説的なおっしゃり方ですね。パラドックスです。

親鸞聖人の説かれ方には、逆説が多いのです。だからますますわかりにくいのですけれども……。たとえば、「往生のために千人殺せ」と言ったら殺しなさい、ということばもありますからね、やはり『歎異抄』の中に。千人殺せば阿弥陀さまに救ってもらえるというのなら、千人殺しなさい、と。こんなことを師匠から言われたら、たいていの人はびっくりして耳を疑うでしょう。人殺しなんて、一人でも大変なことであるのに、千人殺してよいとは、一体どういうことなのでしょうか。これも親鸞聖人得意の逆説的なショック療法でありまして、本当は、殺すとか生かすとかいうことは全然問題でないのです。人は、何かをするつもりがなくてもしてしまうことがあるし、しないつもりでもやってしまうことがある。そういう愚かな存在なのだから、殺すことがよいとか悪いとか考えること自体無意味なので、すべてをよいように取り計らってくださる阿弥陀さまにおまかせしなさい、というわけですね。

同じような逆説的な説き方を禅の語録で申しますと、「百尺竿頭一歩を進める」ということばがございます。百尺の竿のてっぺんにまで上がった人に、もう一歩上へ進みなさい、と言うのですね。もう竿はないのだから、もう一歩行ったら落っこちてしまうじゃないか、と誰でも思うでしょう。ところが、落っこちるかどうかは、進んでみなければわからないことです。わからないことを取るに足らない人の浅智恵でわかったように思い込んで、本来ならば自分のものになるはずの人生上の大切なものを失ってしまうことのいかに多いことか――心を無にして、身を万法の中に投げ込んでごらんなさい、全力を投入して、万法の証明を受けてみなさい、ということなのですが、やっぱり少しわかりにくいですね。

まあこういう逆説的な説き方が非常に多いわけでありますが、話を元に戻して、親鸞聖人の「善人なをもて往生をとぐ、いはんや悪人をや」というお言葉ですが、これなどは最も逆説的なものですね。ここに言われていることは、自分の力で何かできると思っている善人よりも、全く無力だとあきらめきって、何事も仏さまのお慈悲にすがるほかないと素直になっている人のほうが往生しやすいという、純粋他力の信仰ですね。内容としてはよくわかるのですが、ことばとしてはショッキングなものです。

六、旃陀羅の子・日蓮

ところで、日蓮聖人もアッと驚くようなことをおっしゃっています。「私は旃陀羅の子です」などですね。これは一二七一年（文永八）、佐渡へ流されたときのことでありますけれども、「せんだら」というのは、「チャンダーラ」という、インドの四つの身分制度にも加えられない賤民であります。日蓮聖人が自分を「旃陀羅の子」とおっしゃったのは、千葉県の漁村の出身なので、魚を獲って殺生する家の出だという意味からだろうという説がありますが、これはとんでもない間違いです。日蓮聖人が親孝行であったことは、残っているお手紙を見ればすぐわかることなのですが、その日蓮聖人が、わざわざインドの賤民を持ち出して、自分の親は旃陀羅だなんておっしゃるはずがありません。

このことばは、親鸞聖人がご自分を愚禿とおっしゃるのと同じような意味で、仏さまから最も遠いところにいる劣った者ということを表現するために用いられたものと考えなければなりません。そして、どんな底辺の者でも仏さまの慈悲は及ぶのだ、そういうことをおっしゃるための典型的な表現だということを理解しなければならないと思うわけです。われわれはつい、いろんな差別をしてしまうわけですが、全く無差別、平等、先ほど皆さんがお唱えになりました「願以此功徳、平等施一切」ですね、あの全くの平等の世界、これが「自然」の世界であり、「如」の世界であり、「妙法」の世界である。それをはっきりと教えるために、「愚禿」とか、あるいは「旃陀羅」とかいうようなおっしゃり方がされているわけです。ですから私たちも祖師たちの教えにしたがって、日常生活の中で、あらゆる虚飾、あらゆるこだわりを取っ払ってみたら、まさに自由自在の世界が開けるに違いありません。それが結局、仏さまに抱かれている世界であると言うことができると思うのです。

七、御曼陀羅について

さて最後に、おそらく皆さんには耳新しいだろうと思われることを、もう一言申し上げたいと思います。

それは、日蓮宗が本尊としている「御曼陀羅」についてでございます。真ん中に「南無妙法蓮華経」と書いてあって、その左右に「南無多宝如来」「南無釈迦牟尼仏」とあります。どの仏さまにも脇侍がおりますね。たとえば阿弥陀さまの場合は、観音・勢至の二菩薩が普通でございます。しかし、細かいことを言いますと、かならずしもそうではないのです。これは『暮らしに生きる仏教語』という私の本をご覧いただければわかりますが、その「三尊」というところを見てみます。釈迦如来の脇侍は普賢・文殊、阿弥陀如来の脇侍は観音・勢至、お薬師さまの脇侍は日光・月光、それから大日如来は観音・虚空蔵というのが多いのです。ところがそれだけだと思ったら間違いで、たとえばお釈迦さまには薬王菩薩、薬上菩薩、観音菩薩、金剛蔵菩薩、弥勒菩薩、文殊菩薩、そういう菩薩たちが脇侍になっていることがございます。それから阿弥陀さまには観音・勢至のほかに、お地蔵さまとか、文殊菩薩、弥勒菩薩、龍樹菩薩、そういう方々が脇侍になっているのもあります。このように、思想・信仰によって仏さまが誰を脇侍にするかというのは、比較的自由なわけです。

脇侍のお話が長くなりましたが、要するに私が申し上げたいのは、日蓮聖人の「御曼陀羅」とお釈迦さまの脇侍が特殊だということでございます。それは四人の菩薩でありまして、上行菩薩・浄行菩薩・無辺行菩薩・安立行菩薩という四人です。この菩薩たちは『法華経』の中の第十五番目──『法華経』は二十八章に分かれていますが──大地の下から涌き出してきた菩薩たちなのですが、その地涌の菩薩を脇侍としているところが、たいへん面白いことなのです。

と申しますのは、この第十五章の「従地涌出品」というところでありますけれども、お釈迦さまが、「自分はもうじき死ぬが、自分の亡き後、娑婆世界でこの『法華経』を広める者は集まれ」とおっしゃって募集をします。そうするとほかのいろんな浄土から、清らかな空を飛んでたくさんの菩薩たちが来まして、「私にその役をさせてください」と言うのです。そうするとお釈迦さまは、「いやいや、私の死後にここで『法華経』を広める者は、この娑婆世界の中にいるはずだ」とおっしゃる。するとそのとき、大地が響きを上げて裂け、その底から金色に輝く菩薩たちがワーッと涌き上がってきて、空中に漂うのです。それでこれを、地涌の菩薩と申します。この地涌の菩薩の代表四人が、日蓮聖人の「御曼陀羅」の脇侍になっているのです。つまり、汚れのない浄土から清らかな空気の中を飛んで来た菩薩には、この人間の世界の救済はまかせられない。汗みどろ、血みどろになって頑張っている、地の中から涌き出るような菩薩たちだけが人々を救う実力を持っているのだ、そういう意味がそこにあるのですね。

親鸞聖人の凡愚とか、悪人とか、そういう底辺の者こそが大事な宝なのだという考え方と同じものが、日蓮聖人の「御曼陀羅」にも出ているわけです。こういうところにも民衆仏教になりました鎌倉仏教の特徴があるわけでございまして、法然上人、親鸞聖人、道元禅師、日蓮聖人、どなたもそういう形で、今に綿々と続く一宗一派の祖になられたわけでございます。

〈講演〉

日蓮の法語

一、日蓮法語の特徴

仏教と文学という大きなテーマのもとで日蓮の法語を扱うとなりますと、二つの特徴的なことが言えると存じます。そもそも法語文学というと、道元とか法然とか親鸞とか、いわゆる中世仏教の祖師たちの仮名法語を中心に考えることが多いわけでありますが、そういう中世の祖師たちの法語の中でも、日蓮の法語には二つのきわだった特徴があるというふうに考えます。その二つというのは、まず第一に〔一〕のA「日蓮法語の内なる文学」、つまり「日蓮法語と文学性」という問題、それからB「日蓮法語と外なる文学」、つまり「日蓮法語と他の文学作品との関わり」、こういう二点が考えられるわけですね。ところが、法然、親鸞、道元その他の祖師たちの法語の場合には、このBを考える必要がございません。このBを考えるというところに、日蓮の法語を扱う場合の一つの特徴があると存じます。つまり、その「法語の文学性」ということは、どなたの法語についても言えるわけでありますけれども、その法語が文学史上の他の作品と、どのように関わるかという点については、あまり考えなくていいのです。

日蓮だけがそれを考えなければいけない、ということが第一の特徴であります。第二の特徴は、Aに関わることでありますが、それが〔二〕としましたことで、日蓮の位置づけであります。ご覧の通り、本尊と日蓮と対告衆とが直線上に置かれていますね。このような関係の上に、日蓮の宗教の特質が見出されますし、それが法語の特性の発生源であるというふうに言えると思います。

二、日蓮法語と外なる文学

さて、このAおよび〔三〕に関しましては後で申し上げることにいたしまして、まずB「日蓮法語と外なる文学」ということ、つまり、「日蓮の法語と他の文学作品との関わり」ということについて申し上げます。

まず日蓮略年譜（後掲）をご覧ください。これが普通のあちらこちらにある日蓮の年譜と違うところは著述を中心にしているところでありまして、たとえば第三段目に篇数というところがございますね。仁治三年（一二四二）には一篇、建長五年（一二五三）には一篇というふうに数が書かれておりますが、これは立正大学の日蓮教学研究所発行の『昭和定本・日蓮聖人遺文』（以下、『昭定遺』と略称する）という遺文集によりまして、日蓮が各年次に、どれほどの数の著述をしているかということを示したものであります。その上段を見ればわかりますが、(1)の時期では二十九年間に合計七十七篇しか書いていないわけです。一年平均単純に割りますと二・七篇であります。次に(2)の時期、これは佐渡時代でありますが、佐渡時代は四年間で八十一篇ですから、平均すると一年間に二十・三篇くらいずつ書いています。それから(3)のところ、これは身延時代でありまして、合計は二百七十六になるはずでありますが、八年間でそれだけということになりますと、年平均三十四・五篇くらいずつ書いていることになります。

〈資料・日蓮の法語〉

■No.1　上段

〔一〕
A　日蓮法語の内なる文学＝日蓮法語の文学性
B　日蓮法語と外なる文学＝日蓮法語と文学作品

〔二〕　本尊（釈尊・『法華経』）――日蓮――対告衆

日蓮略年譜

（1）

暦年	年齢	篇数	摘要
仁治三	二十一	一	このころから約十年間、京畿遊学。
建長五	三十二	一	安房清澄寺で立教（四月二十八日）。
六	三十三	一	
七	三十四	五	このころ鎌倉へ。
康元元	三十五	一	
正嘉元	三十六	○	鎌倉地方、災害続発。
二	三十七	三	
正元元	三十八	六	『守護国家論』撰述。
文応元	三十九	六	『立正安国論』を幕府に呈出（七月十六日）。
弘長元	四十	三	伊豆流罪（五月十二日）。
二	四十一	五	
三	四十二	一	流罪赦免（二月二十一日）。
文永元	四十三	五	安房へ帰省、小松原で受難（十一月十一日）。

■No.1 下段

(2)

二	四十四	五	
三	四十五	三	この前後、房総方面巡教。
四	四十六	一	
五	四十七	十六	蒙古国書到来（閏一月八日）。
六	四十八	八	この前後、『立正安国論』の趣旨を強説。 七〇『法門可被申様之事』（「平家」関係記事初出）
七	四十九	六	（七三『金吾殿御返事』） 「去年方々に申シて候しかども、いなせ（否応）の返事候はず候。今年十一月之比、方々へ申シて候へば少々返事あるかたも候。をほかた人の心もやわらぎて……」 （七四『上野殿母尼御前御書』） 「当時は蒙古の勘文によりて世間やわらぎて候なり」 七六『善無畏三蔵抄』（地方賤民宣言）
文永八	五十	十六	佐渡流罪（十月二十八日着）。 九一『佐渡御勘気抄』（センダラ宣言）
九	五十一	二十一	（九八『開目抄』） 一〇〇『佐渡御書』（センダラ宣言。「平家」関係記事。外典物語）
十	五十二	二十五	（一一八『如来滅後五五百歳始観心本尊抄』） 一三六『小乗大乗分別抄』（「平家」関係記事）

←――(3)――→ ←			
十一	五十三	十九	流罪赦免（二月十四日）。身延入山（五月十七日）。
十二	五十四	四十六	
建治二	五十五	三十二	
三	五十六	三十四	明雲記事　四篇（A二四五・B二四七・C二四九・D二六〇）。
四	五十七	五十四	明雲記事　二篇（E三〇七・F三一〇）
（弘安元）			三〇五『妙法比丘尼御返事』（地方民出身） 三〇七『本尊問答抄』（地方海人子）
弘安二	五十八	三十四	明雲記事　一篇（G三四五） 三五四『中興入道御消息』（地方民出身）
三	五十九	四十	明雲記事　二篇（H三六〇・I三六一） 三六〇『秋元御書』（「平家」関係記事）
四	六十	二十五	
五	六十一	十一	入寂（十月十三日）。

一九一『妙心尼御前御返事』

日蓮は日本第一のふたう（不当）の法師。ただし法華経を信じ候事は、一閻浮提第一の聖人也。

二四六『上野殿御返事』

日蓮は賢人にもあらず、まして聖人はおもひもよらず。天下第一の僻人にて候が、但、経文計にはあひて候やうなれば……。

愚者にて而も仏に聖人とおもはれまいらせて候はん事こそ、うれしき事にて候へ。

三四〇『四条金吾殿御返事』
心は三毒ふかく、一身凡夫にて候へども、口に南無妙法蓮華経と申ば如来の使に似たり。

『大日本国法華経験記』巻中　七三
最初に旃陀羅の想を生ずといへども、後には仏のごとき清浄の想を生ぜり。

要するに、日蓮の著述活動は何といっても身延隠栖時代が盛んであり、その次に佐渡時代です。佐渡流罪以前は活動に寧日なき状態でありまして、やはり著述を物していないと、そういうことが一見してわかるようにあげてあります。それから第四段目の摘要のところで、「七〇『法門可被申様之事』」とか「七三『金吾殿御返事』」とかいうもの、これは法語の名称でありまして、かっこをつけましたのが四点ばかりありますが、そのかっこをつけたもの以外は、以下の本文中に原文を引いているものでございます。

「日蓮の法語と外なる文学」ということを考える場合に、外なる文学は大体、説話と軍記であります。和歌には、ほとんど日蓮は関わっておりません。日蓮自作の歌というのも伝えられておりますけれども、私はあまり信用しておりません。説話と軍記とには非常によく関わっております。摘要七〇『法門可被申様之事』の下にかっこして「平家」関係記事初出」と書いておきましたが、このころから「平家」関係の記事が急速に多く見られるようになります。ここで「平家」と申しておりますのは、『平家物語』の資料となったようなものです。それは『保元物語』や『平治物語』の資料でもあったはずですが、そういう「群小平家」とでもいうようなものを日蓮はこのころから読みだしたということが考えられます。その七〇の原文と申しますのは、No.4上段の「法門可被申様之事」であります。その次にあるのが『平家物語』巻五の「物怪之沙汰」の一節であります。これは、平清盛が王法仏法を衰滅させたというので神々が怒って議定をして平家を滅ぼしたという記事でございますが、それと同じことが日蓮の遺文に出てまいります。この文永六年（一二六九）の記述をはじめとして、爾後急速に「平家」関係記事が、日蓮の遺文の中に出てくるようになります。ですから、おそらくその前年くらいから、日蓮は「平家」に接しだしたのではないかというふうに考えられるわけです。

ついでに、同じNo.4の資料をご覧いただきます。これは『保元物語』や『平治物語』とも多く関わっているということを示すために記しました。「一二三六『小乗大乗分別抄』」の記事は、源頼朝が藤原泰衡を討つために、泰衡に義経を討たせておいてそれから泰衡を滅ぼしたということ、平清盛が伯父の忠正を斬って「自分も肉親を斬ったのだから」と言って、義朝に父の為義を斬らせるという段ですね。これが『保元』『平治』にございます。続けて資料に示した通り、そっくりな記事がございます。このことに関連する記述が資料No.3の下段の六行目にありますからご覧ください。二重線を引いたところでございます。そこの「泰衡がせうと（弟）を討、九郎判官を討て悦しが如し」というのがそうなのですが、こういうふうに『保元』『平治』の物語を、さらっと引いておりますので、これはかなり熟した知識として、頭の中にあったということが考えられるわけでございます。

それからNo.5もご覧ください。これは日蓮の秋元太郎兵衛という人に出した手紙の中の一節でありますが、上段の二十行目からの線を引いてあるところ、日本に二十六人の朝敵がいたということでございますね。「第一は大山の王子、第二は大山の山丸」と言って、ずっと朝敵を並べている、いわゆる朝敵揃でございます。下段に示しましたが、これが『平家物語』の朝敵揃でありまして、傍線のところ、この両文はおそらく同じ典拠から出ていると思われます。〔参考〕として枠で囲んだ断簡、これは日蓮の真蹟の残っているものでありまして、その真蹟に「大山皇子　大石山丸」というふうに書かれております。この「大山皇子　大石山丸」というのは、下段の『平家物語』四行目に三角印をしましたが、「大石山丸、大山王子」とございますね、全く同じでございます。ところが、上段の『秋元御書』には、「第一は大山の王子、第二は大山の山丸」とあって、名前が違っておりますね。これは写本でありますので、おそらくは書写した者が間違えたので、日蓮自身はこの真蹟の通り、『平家物語』と同じ知識を持っていたというふうに考えられるというわけであります。

さて№4に戻りまして、下段に(A)(B)(C)……と(A)から(I)まで書きましたのは、木曽義仲が天台座主の明雲を殺す記事であります。これまた『平家物語』にある通りの記事が出てくるわけですが、(B)(C)(D)……とわずか一行ずつであるのは、「明雲は義仲に殺れて」というような非常に簡単な記述でありますので、日蓮がどういう知識を持っていたか具体的にはちょっとわからないわけでありますが、しかし(A)書と(I)書、つまり最初と最後の遺文にはかなり細かい記述があります。それを比較いたしますと、(A)書のほうには『平家物語』と全く違った記事がございます。それに反して(I)書のほうは『平家物語』と同じですし、「安元三年五月」というような日付その他も、史書と一致しております。このような事実から、日蓮の「平家」との関わり方の一面が見えてきます。たとえば、義仲が天台座主明雲を殺したということを日蓮が知ったのは、(A)書の時点、つまり建治三年（一二七七）、五十六歳の時点からわずかに遡ったころであったろうということが推測されます。日蓮はそういう知識を得ると、すぐにそれを利用して「明雲は真言の祈禱をしたから滅ぼされたのだ」ということを書き出す。だから、もしそれ以前のかなり古い時期から知っていたとすれば、こういう記事がもっと前から出てくるはずでありますけれども、四百篇に及ぶ遺文の中に(A)書以前には見当たりません。こういうふうにして、日蓮がどのような「平家」関係の知識をいつごろ得たかということは、ほぼ想像できるのであります。それから、日蓮の得た明雲最期の伝承が、(A)書と(I)書とで違っていて、(I)書が史実に近いということによって、日蓮が当時のいろんな伝承を受け入れながら、次第に正確なものを摂取するようにしていったというような状況も推測されます。

それから次に、No.6をご覧いただきます。これは『光日房御書』でありまして、光日尼という女性信者に出した手紙の一節でありますけれども、その上段十二行目をご覧になりますと、「燕のたむ（丹）太子の馬、烏のれい(例)、日蔵上人の、山がらすかしらもしろくなりにけり」という一節があります。故郷に帰りたいという願いが神に通じて、烏の頭が白くなって出てきたという燕の丹太子の故事、これは『平家物語』にあるのですが、日蓮はそれを引用しておりますし、それからその前の八行目、蘇武の話が出てまいりますね。「胡国に入て十九年、かりの南へとびけるをうらやみ、仲丸が……」――阿倍仲麻呂の「天の原ふりさけ見れば……」の歌ですが、いずれも『平家物語』にある説話であります。このように、日蓮の法語と軍記・説話との関わりというのは、非常に密接なのであります。こういう状況は、他の中世仏教の祖師たちには見られないということですね。日蓮の宗教活動の特徴だと言ってよいわけであります。付け加えて言いますと、上段のうしろから三行目に「うらしまが子」というのが出てまいりますね。これは浦島伝説を取り入れている例であります。こういう実例を総括してみるときに参考になりますのは、次の部分です。

No.3の上段をご覧ください。これは『昭定遺』の百番目にセットされております。『佐渡御書』、文永九年（一二七二）の三月に記されたものであります。日蓮は文永八年の秋に佐渡に流されていまして、その翌年の春三月に鎌倉の弟子・檀那たちに送った法語であります。その『佐渡御書』の最初の三行をご覧いただきますと大体見当がつくわけでありますが、二行目、「京・鎌倉に軍に死る人人を書付てたび候へ」。この軍というのは日蓮の闘いであります。日蓮の一党が弾圧を受けまして殺される者も出るわけですが、そういう者を戦死者と見立てているわけであります。その「軍に死る人人を書付てたび候へ」の次に、「外典鈔・文句（これは『法華文句』でございましょうね）文句ノ二・玄（これは『法華玄義』）四ノ本末・勘文・宣旨等これへの人人もちてわたらせ給へ」とありまして、日蓮が文献資料を一所懸命に集めていることがわかるわけであります。ここに「外典鈔」というのが出てまいりますね。おそらく法然や親鸞方は外典には目もくれなかったはずでありまして、これは日蓮の特徴といってよいと考えられるわけですが、「外典鈔」その他を佐渡に来る者に持たせてほしいという手紙を出しているのです。そして、この手紙を書き終わった最後に、また同じことを日蓮は言っております。No.3下段のうしろから二行目、「外典書貞観政要」、その次に「すべて外典の物語」とさえ言っているのですね。それから「八宗の相伝等、此等がなくしては消息もかゝれ候はぬ」と言っています。つまり、外典の物語類もないと手紙を書くことができないから、早く届けてほしいというふうに言っているわけですね。ここに外典の物語とあるのが注目されます。「平家」関係記述、あるいは一般の説話関係記述、これは当然、外典の物語の中に入るわけですね。説話といっても、いわゆる仏教説話は内典に類するので外典とは申しませんから、いわゆる世俗説話ということになりますが、日蓮はそういう外典の物語にたいへんな関心を持ち、それを伝道の資料として大いに使った人であるということになるわけであります。

〔参考〕として示しておきましたが、「公家の日記」とか「武家の日記」、「公家・諸家・叡山等の日記」「元興寺・四天王寺等の無量の寺々の日記」「日本紀と申すふみより始て多の日記」、いわゆる歴史史料でございますね、こういうものも日蓮は取り寄せて教説の資料としております。法然・親鸞・道元らの宗教は、こういう歴史的事実とは関わらないで、専ら心の内面への深まりを求めていくわけでありますから、これはやはり日蓮の大きな特徴であると言うことができるわけですね。

三、日蓮法語の文学性

この辺で、一番最初に申しましたB「日蓮法語と外なる文学」、つまり「日蓮法語と他の文学作品との関わり」という問題を切り上げて、次に〔一〕のAおよび〔二〕について申し上げようと思います。

まず日蓮法語の文学性という問題であります。著者である日蓮の特質がその作品に表れるのは当然なわけでありますが、その〔二〕本尊（釈尊・『法華経』）、そして日蓮、そして対告衆・衆生というこの直線的な状況というのは、日蓮において、あるいは日蓮の宗教において独特なものでございます。今でも日蓮系のお寺へいらっしゃるとすぐわかりますけれども、正面に本尊、十界の大曼陀羅が掛けられていて、釈尊像が安置されることが多いのですけれども、その前に日蓮像が置かれておりますね。つまり、仏と日蓮と礼拝者とが直線で結ばれております。しかしこういう形は他の宗派には見られません。たとえば法然像とか親鸞像とかが、本尊の直前に置かれることなど決してありませんね。だから礼拝者は阿弥陀さまと直結するわけであります。祖師像を安置するとしても横のほうに置くわけですね。つまり祖師は、阿弥陀如来の威光の紹介者であるわけです。仏の徳を称えてそれに帰依させるという形だから祖師は傍に存在することになるのですが、日蓮の場合だけは真ん中にいるわけです。これは日蓮が釈迦の使者として末法の世に遣わされたものであり、日蓮は釈尊の再誕であるという考え方が形になって表れたものなのですね。このことがゆがんで強調されまして、いわゆる日蓮本尊論などが唱えられたことがありますが、そういう論が出る可能性は全くないわけではないのです。

もう一つの別の面から言いますと、仏と衆生とを結ぶ直線上に日蓮が置かれているということは、日蓮が衆生とも重なる面があるということ、つまり凡愚とも重なるということになります。だから日蓮は聖者とも重なり凡愚とも重なる、そういう立場にあるということになるのであって、これが日蓮あるいは日蓮の宗教の特質の一つなのですね。それからもう一つ今のことに関して申しますと、日蓮という名はどうも本人がつけたようであります。それ以前の名が何というのかはわかりません。のちの日蓮伝によりますと蓮長と言ったとありますが、そういう証拠は、確実な文献にはありません。是聖房と称したことは確かですけれども、法名がどうだったかはわかりません。日蓮というのは、日蓮自身が、自分の『法華経』信仰を表現するのには一番「日」と「蓮」がよろしいというふうに考えてつけた名のようであります。これは遺文の中に記されていることでありまして、『法華経』の第二十一章、神力品の中に「日と月が闇を照らす」とあり、また第十五章の従地涌出品の中に、「蓮華が泥沼から生えて美しい花を咲かす」とあるところが根拠となっております。つまり日蓮は、自分は衆生の闇を照らす「日」であり、そして泥沼の中から咲き出た「蓮」であると言って、自分で「日蓮」とつけているのですね。これは今申しました〔二〕の図式で言いますと、仏が「日」の側でありまして、「蓮」は泥沼から生えますから対告衆の側を表すものということになります。ですから、聖と凡とを両方合わせ持っているのだという日蓮の立場は、日蓮という名称にまで明確に表れているということが言えるわけであります。

そこで№2の資料でありますが、日蓮はたいへん珍しいことを言っているわけです。まず七六番の法語『善無畏三蔵抄』ですが、二重線①のところ、「日蓮は安房国東条片海の石中の賤民が子也」と自己紹介しているわけですね。それから九一番の『佐渡御勘気抄』の二重線②のところをご覧ください。「日蓮は日本国東夷東条安房国海辺の旃陀羅が子也」と言っております。それから№3の資料『佐渡御書』の下段の二重線③、「日蓮今生には貧窮下賤の者と生れ、旃陀羅が家より出たり」と言っております。時代順に言うとこれが三番目です。それからまた№2

に戻りまして、四番目は上段の資料『妙法比丘尼御返事』でありますが、二重線④、「日蓮は日本国安房国と申す国に生て候しが、民の家より出でて頭をそり袈裟をきたり」。それから五番目は下段『本尊問答抄』の二重線の⑤のところです。「日蓮は東海道十五ヶ国内、第十二に相当安房国長狭郡東条郷片海の海人が子也」。第六はその次の『中興入道御消息』の二重線⑥、「日蓮は中国都の者にもあらず、辺国の将軍等の子息にもあらず、遠国の者、民が子にて候しかば」でありますが、今、ずっと見てきましたような、自分を辺国の身分の低い者だと公言する人は、ほとんど見当たらないわけでありますね。逆に「何々天皇の末裔で……」というようなのは、当時の軍記物語の名乗りにたくさんございますが……。ところが面白いことに、日蓮は軍記物語の名乗りの影響を受けながら、全然逆のパターンの名乗りをしたのだと、私はそのように思っています。

その中でとくに強烈なのは、「旃陀羅が子」ということばです。日本には元来、旃陀羅ということばも、それに類する階級もありませんが、これはインドの身分階級制度の四姓の中にも入らない、最も下賤の、人間扱いされない者であります。サンスクリットのチャンダーラというのを旃陀羅と漢字で表すわけですが、日蓮は自分を、その「旃陀羅」の子であると言っているわけです。これはたいへんなことで、何故そういうことを言ったのだろうとたいへん興味を引かれるわけでありますが、この「旃陀羅が子」について、日蓮は「海人の子」だから、殺生をことするという意味で「旃陀羅が子」だと言ったのだというのが、一般的な解釈であります。しかし私は、そういう考え方を取っておりません。もし海人の子だから旃陀羅の子だというふうに名乗ったとすれば、日蓮は自分のみならず自分の周辺の人々、親も子も、兄弟も、そして地域社会の人々全部をおとしめていることになるわけでありまして、日蓮がそんなことを言うはずは決してないのであります。

では一体、日蓮はなぜ「旃陀羅が子」といった名乗りをしているのでしょうか。そこで、資料№1の下段の一番最後をご覧いただきます。これは『大日本国法華経験記』(以下、『法華験記』と略称する)の中の一部ですが、巻中の第七三話「浄尊法師」という章の中の一節です。大体、浄尊法師の話というのは、浄尊という、動物の死んだ肉などを食べている法師が山の中にいる、その庵を訪れた人が、これはきっと旃陀羅だなと思ったというのです。そうしたら夜中になって、その法師が身を清め、『法華経』を読み、懺悔を行ったのですね。そればかりではなく、その人に自分の往生する時を予告したわけですが、それがピタリと当たったという話が『法華験記』にございます。これは『法華験記』のほかにも『拾遺往生伝』や『今昔物語集』にも取られている話でありますが、その主人公の法師についての客人の感想を、『法華験記』はそこに引きましたように記しております。「最初に旃陀羅の想を生ずといへども、後には仏のごとき清浄の想を生ぜり」というわけです。つまり、この「旃陀羅」というのは「仏」に対する語でありまして、〈仏から最も遠い者〉という形容的な表現であるというふうに考えられるのです。仏から最も遠い汚れた者であると思ったら、案に相違して、仏のような清らかな者であるとの想いが生じたというわけであります。私はやっぱり、日蓮の言う旃陀羅も、こういう意味の旃陀羅であると思います。日蓮が自分を旃陀羅だと言ったのは文永八年十月、佐渡に流されるそのときでありまして、そのとき以外には使っていません。その時点で二回使っているわけですね。日蓮が生涯の中で最も酷烈な状況に追い込まれたときに、「自分は旃陀羅だ」と言ったわけですね。この事実を重視しなければいけないと思うのです。

日蓮という人は、しばしば非常に傲慢な人だと思われています。それも一理あることで、日蓮は、自分は日本第一の『法華経』の行者だというようなことを盛んに言っておりますので、どうも鼻持ならないという印象を持つ人が多かろうかと思います。日蓮には、たしかにそういうふしがないわけではないのでありますけれども、日蓮が一見傲慢に聞こえることを言う場合を子細に観察してみますと、その前に必ず全く反対のこと、つまり謙虚というか、卑下というか、謙譲の辞を述べているということ、これを見落としてはならないと思うのです。と申しますのは、№3の下段で「旃陀羅」というのを見ましたが、その上段うしろのほうの傍線をご覧ください。「日蓮は聖人にあらざれども、法華経を説の如く受持すれば聖人の如し」とありますね。こういう形が日蓮の文章――一〇〇パーセントそうなのですが、「自分は聖人なんてものではない、旃陀羅のようなものだ。だけど『法華経』に説かれている通りのことを実践しているので、聖人と称するに足るものだ」と言うのです。『法華経』を媒介することによって、仏から最も遠い者も仏になるという思想ですね。これが日蓮には常にあるわけです。ですからその一方だけを見ますと、何か鼻持ならない傲慢な男というように感じられるのですが、実はそうではないのです。

このことがはっきりとわかる具体例を、№1の下段に三つばかり出しておきました。たとえば一九一番『妙心尼御前御返事』がありますが、「日蓮は日本第一のふたうの法師（だめな者だ）。ただし法華経を信じ候事は、一閻浮提第一の聖人也」とあります。この下のほうだけ見ますと、傲慢な男ということになるのですね。だけど、『法華経』によってこうなるという立場を常に表明しております。その次もその次も、同じパターンの表現であります。

そういう日蓮でありますから、先ほど申しました最初の〔二〕のところ、直線上の仏と愚衆との間に日蓮を置くという考え方が出てくるわけであります。それは言うまでもなく、『法華経』の世界そのものであるわけなのですけれども、そういう立場の日蓮だからこそ、他の祖師方とは全く違った、独自な文章が書かれるということになってくるわけであります。

そのひとつふたつをご紹介いたしますと、まず資料№3の『佐渡御書』でございますけれども、上段の傍線を引いたところをご覧ください。「摂受・折伏、時によるべし。譬ば世間の文武二道の如し」とあります。優しく受け入れるのと強くやっつけるのとは、時と場合によるというわけですね。これも軍記物語あたりの影響だと思いますけれども、文武二道に譬えまして、今は武の時代であると言って、武の姿勢を強めて強烈な教宣活動をしたのが日蓮です。そのために伊豆の伊東に流されたり、安房の東条で殺されかけたりするということになります。その揚句が文永八年（一二七一）に相州の竜の口の刑場で首を斬られそうになり、何かの事情で――これ、事情はわかりませんけれども――一命を取りとめはしたものの、その後すぐ佐渡に流されるわけですね。幕府からの弾圧がひどかったそのころ、日蓮教団はパニック状態でありまして、弟子たちはどんどん離れていきました。もう師匠にはついて行けないというような連中が出るわけです。そういう弟子たちを日蓮は、自分は死の島と言われる佐渡にいるくせに、笑いとばしているのですね。あるいは叱りつけてもいます。そんな事情が書かれているのが、下段うしろのほうの傍線部分であります。「日蓮御房は師匠にてはおはせども余にこはし。我等やはらかに法華経を弘べしと云んは、蛍火が日月をわらひ、蟻塚が華山を下し、井江が河海をあなづり、烏鵲が鸞鳳をわらふなるべし」と言って笑いとばしているのですね。「そんな臆病な連中なんか、もう我が弟子ではない」、と言って叱りつけているわけです。こういう調子の強い文章――高山樗牛は「肝胆を白紙に塗りつけたような」という言い方を『吾が好む文章』の中で称えておりますけれども、こういう強烈な法語が何篇もございますが、例を引くのはこれ一つだけで止めさせていただきます。

それから一方、また逆の非常に抒情的な法語もあるわけです。たとえば資料№6をご覧ください。先ほどの『光日房御書』でございます。これは安房の天津に住んでいたと思われる、光日尼という夫を亡くした信者の尼さんから来た手紙に対する返事でありますけれども、かなり長いものであります。前のほうに傍線を引きました。「生国なれば安房国はこひし」いという言い方、そして次の傍線部分、「父母のはかをみる身」となりたいと言う。しかし自分は故郷にも帰れない身であると言うのですね。それから六行目、「父母のはかをもみ、師匠のありやうをもとひをとづれ」なかったのは残念であるというようなことも言っています。故郷が恋しい恋しいと言っているわけですね。そしてさらにうしろの傍線部分、佐渡から鎌倉へ帰ってきて、故郷を訪れるチャンスがやってきた。だから「本国にいたりて今一度、父母のはかをもみんと」思ったのだけれども、また鎌倉にいられなくなって故郷から離れて行く、身延のほうへ向かって離れて行くということを言っています。こういうことをずっとかなり長々しく、ずっと故郷が恋しい故郷が恋しいと言い続けています。一体、何故そのようなことを言っているのかと疑問に思うほどでありますが、これには仕掛けがあったのです。

今度は波線の部分あたりからご覧ください。「か丶る事なれば（このように自分は非常に故郷が恋しくてしかたがない）」「故郷の人は設心よせにおもはぬ物なれども（自分を追放した故郷の人は、自分を思ってくれなくても私は）」「我国の人といへばなつかしくてはんべるところに、此御ふみを給て心もあらずしていそぎいそぎひらきてみ候へば」、（ここで文意が大逆転するのです）「をと丶しの六月の八日に、いや四郎にをくれてとかかれたり」。光日尼からの手紙には、息子の弥四郎がおととし死んだということが書かれていたわけなのですね。日蓮がこれまで故郷が恋しい恋しいと言っていたのは、この驚き悲しみを強調するための伏線だったわけですね。恋しがって飛びつくようにして故郷からの手紙を開いた。そうしたらなんと、お子さんが亡くなったと書かれている——、このショックの大きさを書きたかったのです。さてその先ですが、「御ふみも、ひろげつるまではうれしくて有つるが、今、此ことばをよみてこそ、なにしにかいそぎひらきけん。うらしまが子のはこなれや、あけてくやしきものかな」と、そのときの心情を告白しています。

弥四郎は武家に仕えておりましたので、お母さんとしては、人殺しまでした息子は死んでから地獄へ行くのではないかと、そんな心配があるわけですね。それで、その悩みを師匠の日蓮に打ち明けているのです。それが下の段の波線部分です。「御消息云、「人をもころしたりし者なれば、いかやうなるところにか生れて候らん、をほせをかほり候はん」」。一体どこに生まれたのか、地獄へ行ったのではないでしょうか、教えてくださいというわけですね。そうしますと次に日蓮は、「夫、針水にしずむ。雨は空にとどまらず、蟻子を殺る者は地獄に入、死にかばねを切る者は悪道をまぬかれず。何況、人身をうけたる者をころせる人をや」――殺人した者はたいへんな罪だと言っておいて、「但シ」と逆接にする。「大石も海にうかぶ、船の力なり。大火もきゆる事、水の用にあらずや。小罪なれども、懺悔せざれば悪道をまぬかれず。大逆なれども、懺悔すれば罪きへぬ」と言って……それでずっととんで傍線部分まで行きましょう。「故弥四郎殿は、設悪人なりともうめる母、釈迦仏の御宝前にして昼夜なげきとぶらはば、争か彼人うかばざるべき」と言って、あなたが『法華経』信仰に一所懸命だから、その子供はきっと救われる――あなたが船になって重い石を浮かべるよう子供はきっと救われるというような、相手の気持ちになりきって、一所懸命にお母さんを慰めているわけですね。

それから次には№5をご覧ください。これは弘安三年（一二八〇）の一月に、身延の山の中から出した『秋元御書』という手紙の一節です。下総に住んでいた秋元太郎兵衛丞という武士でありますが、その秋元氏から供養の品が届いた。一行目に「筒御器一具付三十並ニ盞付六十送リ給セ候畢ンヌ」とありますように、身延山へ筒御器と盃が送られたその礼状であります。書き出しは「御器と申はうつはものと読候。大地くぼければ水たまる。青天浄ければ月澄り」と、器を手がかりとして言い出します。そして、三行目以下をご覧ください。器には四つのいけないことがある。ひとつは「覆」、ひっくり返すこと、ひとつは「漏」、漏ること、ひとつは「汗（お）」、ここは汚（けが）れることですね、それから「四には雑也」、何か混ざってしまうこと、これが四つの失であると言います。そして五行目、「器」というところですが、「器は我等が身心を表す」、我等は器のようなものだと言いまして、それからその次、「我等が心は器の如し。口も器、耳も器なり。『法華経』と申は、仏の智慧の法水を我等が心に入ぬれば、或は打返し、……」と言って、「覆」とか「漏」とか「汗」とか「雑」とかがないようにと書いています。この身体の器でもって『法華経』を完全に受け入れて、覆したり漏らしたり、汚したり混ぜたりするようなことがないようにと教えているわけですね。それから次の傍線部分でありますが、「今『法華経』に筒御器三十盞六十進(まいら)せて、争か仏に成らせ給はざるべき」（あなたはそういう功徳を積んだのだから、きっと仏になるであろう）、そういうふうにお礼を言いまして、そして下段にまいります。一行目「南岳大師云『法華経』の讎(あだ)を見て呵責せざる者は謗法の者也。無間地獄の上に堕んと」、つまり、『法華経』を信ずるのが大切なことはもちろんなのだけれども、逆にまた『法華経』を謗る者を放っておいたら、それも地獄に堕ちる原因になるのだというふうに教えるわけですね。二行目、「日蓮此禁を恐る、故に、国中を責て候程に、一度ならず流罪死罪に及びぬ。今は罪も消え、過も脱なんと思て、鎌倉を去て此山に入て七年也」とございます。自分は深い罪を負っている凡愚である、そうだけれども、いろんな罪を負って、重罪にあって、次第にその罪を消していったという考え方でございますね。

　同じ考え方は№3にも見えています。下段の十五行目、二重線と波線のところですね。「先業の重罪を今生に消し」たということ、これ、同じ立場でございますね。悪業を負って生まれた自分が、死罪・流罪を受けることによって罪を消していったのだと言っております。また№5に戻りまして、下段の三行目から読んでみます。「鎌倉を去って此の山に入って七年なり。此の山のていたらく、日本国の中には七道あり。七道の内に東海道十五箇国。その内に甲州飯野御牧三箇郷の内、波木井と申す。この郷の内、戌亥の方に入りて二十余里の深山あり。北は身延山、南は鷹取山、西は七面山、東は天子山なり。板を四枚つい立てたるが如し。この外を回りて四の河あり。北より南へ富士河、西より東へ早河、これは後なり。前に西より東へ波木井河の中に一の滝あり。身延河と名づけたり。

中天竺の鷲峰山（これは釈迦が『法華経』を説いたところですね）をこの処に移せるか、はたまた漢土の天台山の来たれるかと覚ゆ。この四山四河の中に、手の広さ程の平かなる処あり。ここに庵室（じち）を結んで天雨を脱れ、木の皮をはぎて四壁とし、自死の鹿の皮を衣とし、春は蕨を折りて身を養い、秋は果（このみ）を拾いて命を支へ候いつる程に、去年十一月より雪降り積もりて、改年の正月今に絶ゆる事なし。庵室は七尺、雪は一丈。四壁は氷を壁とし、軒のつららは道場荘厳の瓔珞の玉に似たり。内には雪を米と積む。本より人も来らぬ上、雪深くして道塞がり、問う人もなき処なれば、現在に八寒地獄の業を身につぐのえり。生きながら仏には成らずして、また寒苦鳥と申す鳥にも相似たり。頭（こうべ）は剃ることなければうずらの如し。衣は氷にとじられて鴛鴦（おし）の羽を氷の結べるが如し」。なかなか流麗な文ではありますが、一体、何のためにこんなことを言っているのだかちょっとわかりにくいのですが、とにかく自然描写を盛んにしているわけですね。

整理をするためにもう一度、『秋元御書』の展開を振り返ってみます。最初、筒御器盃をもらいましたから、そのお礼を申しまして、これには四つの失（とが）があると言って、引っくり返すとか汚れるとかいう四つの失があることを述べました。それに関連させて『法華経』説法に移り、これを長々といたします。先ほど見たように、№5下段のうしろのほうの『平家物語』朝敵揃なども入れたりして説法をずっと続けます。それを終わった段階で、今度は身延山の風光叙述に移り、今ものすごく寒い、去年から雪が降り積んで「庵は七尺、雪は一丈」というふうな文章になったわけです。そして、十三行目の波線のあたりをご覧ください。「かかる処へは古へ昵（むつ）びし人も問わず、弟子等にも捨てられて候いつるに、この御器を給いて、雪を盛りて飯と観じ、水を飲みてこんずと思う。志のゆく所思いやらせ給え」と、結局は「御器」で結んでいくのですね。この起こし方と結び方など実に見事なもので、構成力のすごさを感じるわけです。とくに感心してしまうのは、日蓮の手紙は、われわれがものを書くときのように、推蔵を重ねたものではないということです。最初から一気呵成に、ダーッと書き流しているはずです。なぜそういうことが言えるかというと、日蓮の手紙を見ますと一番最初に贈り物のお礼が書かれていて、それから何か説法を一言というのがほとんどなのですね。場合によっては、「贈り物、何々をいただいた」という事務的な返事の次に、「ありがとう。南無妙法蓮華経」とだけ書いておしまいになっていることもあるのです。それなどはおそらく、贈り物を運んできた人が「すぐ帰らなきゃなりません」とでも言ったものだから、日蓮は「そうか、ちょっと待て」とか何とか言って、確かに何々を受領したという、受領証文に当たる短い礼状を書いたというわけなのだと思います。

ところで、『秋元御書』のときの使者は、多分、身延山で一泊でもしたのでしょう、ですからこれだけ長い返事が書けたのだと思いますが、だからといって今私たちが作品を練り上げていくような、そんな暇はない。頭から書き流していくという点では、短い手紙も長い手紙も変わりがないはずです。自然と心に湧き出てくるものが、こういう見事な構成をとった作品を作り上げているということなのですね。先ほどの光日尼に与えた手紙でもそうでしたね。とにかく故郷が恋しい恋しいといって、だから急いで手紙を開けてみたら、相手が子を亡くしたと書いてある。そこで、「あけてくやしきものかな、うらしまが子のはこなれや」という思いを懐く。こういうのが、技巧的ではなくて、ごく自然に湧き出しているところがすごいと思うのであります。

さて、そろそろまとめのことばを申し上げることにいたします。日蓮は『法華経』に全身全霊を打ち込んで、いわば『法華経』を生きているわけでありますね。それも、死罪・流罪の刑にまであいながら命がけの実践をしたわけです。そのことを通して、人間存在というものの聖賢性と凡愚性の極限を体験しているわけですね。そういう極限を体験してそれを血とし、肉とした人であるわけです。その意味ではたいへん珍しい人だということができるわけでありますけれども、明らかな形で、聖賢性と凡愚性とを自己の中に確認できた人なのですね。だから平気で自分のことを、「日本第一の法華経の行者」だとも「旃陀羅が子」だとも言えた。そんなことを言えた人は、おそらく日本の歴史の中にも一人もいないわけでありますけれども、それを公言できた人なのですね。

そういう聖賢性と凡愚性の極限を血とし肉とすることに成功した日蓮が、その内質をありのままの形で言語文字と切り結ばせている。そこに日蓮独自の法語が成立し、独特の文学性が醸し出される、こういうふうに言ってよいのではないかと私は思っております。

■No.2 上段

七六『善無畏三蔵抄』文永七年(一二七〇)

浄土宗は曇鸞・道綽・善導より誤多くして、多くの人々を邪見に入けるを、日本の法然、是をうけ取て人ごとに念仏を信ぜしむるのみならず、天下の諸宗を皆失はんとするを、叡山三千の大衆・南都興福寺・東大寺の八宗より是をせく(塞)故に、代々の国王勅宣を下し、将軍家より御教書をなしてせけ(塞)どもとどまらず。弥々繁昌して、返て主上上皇万民等にいたるまで皆信伏せり。而るに①日蓮は安房国東条片海の石中の賤民が子也。威徳なく、有徳のものにならず。なににつけてか、南都北嶺のとどめがたき天子虎牙の制止に叶はざる念仏をふせぐべきとは思へども、経文を亀鏡と定め、天台伝教の指南を手ににぎりて、建長五年より今年文永七年に至るまで、十七年が間是を責たるに、日本国の念仏大体留り了ぬ。

九一『佐渡御勘気抄』文永八年(一二七一)十月

九月十二日に御勘気を蒙て、今年十月十日佐渡国へまかり候也。本より学文し候し事は仏教をきはめて仏になり、恩ある人をもたすけんと思ふ。仏になる道は、必ず身命をすつるほどの事ありてこそ仏にはなり候らめと、をしはからる。既に経文のごとく悪口罵詈　刀杖瓦礫　数数見擯出と説れて、かゝるめに値候こそ法華経をよむにて候らめと、いよいよ信心もおこり、後生もたのもしく候。死して候はば、必ず各各をもたすけたてまつるべし。天竺に師子尊者と申せし人は檀弥羅王に首をはねられ、提婆菩薩は外道につきころさる。漢土に竺道生と申せし人は蘇山と申所へながさる。法道合蔵は面にかなやき（火印）をやかれて江南と申所へながされき。是皆法華経のとく（徳）仏法のゆへなり。②日蓮は日本国東夷東条安房国海辺の旃陀羅が子也。いたづらにくち（朽）ん身を、法華経の御故に捨まいらせん事、あに石に金をかふるにあらずや。各各なげかせ給べからず。道善の御房にもかう申きかせまいらせ給べし。領家の尼御前へも御ふみと存候へども、先かゝる身のふみなれば、なつかしやと、おぼさざるらんと申ぬると、便宜あらば各各御物語申させ給候へ。

十月　日

三〇五『妙法比丘尼御返事』弘安元年（一二七八）九月十六日

此国は仏の世に出させし給し国よりは東に当て二十万余里の外、遥なる海中の小島なり。而に仏御入滅ありては既に二千二百二十七年なり。月氏漢土の人の此国の人人を見候へば、此国の人の伊豆の大島・奥州の東のえぞなんどを見るやうにこそ候らめ。而に④日蓮は日本国安房国と申す国に生て候しが、民の家より出でて頭をそり袈裟をきたり。此度いかにもして仏種をもう（植）へ、生死を離るる身とならんと思て候し程に、皆人の願せ給事なれば、阿弥陀仏をたのみ奉り、幼少より名号を唱候し程に、いさゝかの事ありて、此事を疑し故に一の願をおこす。日本国に渡れる処の仏経並に菩薩の論と人師の釈を習見候はばや。又倶舎宗・成実宗・律宗・法相宗・三論宗・華厳宗・真言宗・法華天台宗と申宗どもあまた有ときく上に、禅宗・浄土宗と申宗も候なり。此等の宗々枝葉をばこまかに習はずとも、所詮肝要を知る身とならばやと思し故に、随分にはしりまはり、十二・十六の年より三十二に至まで二十余年が間、鎌倉・京・叡山・園城寺・高野・天王寺等の国々寺々あらあら習回り候し程に、一の不思議あり。我等がはかなき心に推するに仏法は唯一味なるべし。

■No.2　下段

三〇七『本尊問答抄』弘安元年（一二七八）九月

然ば日本国中に数十万の寺社あり。皆真言宗也。たまたま法華宗を並とも真言は主の如く法華は所従の如也。若兼学人も心中は一同に真言也。座主・長吏・検校・別当、一向に真言たるうへ、上に好ところ下皆したがふ事なれば一人ももれず真言師也。されば日本国或は口には法華経最第一とはよめども、心は最第二最第三也。或は身口意共に最第二三也。三業相応して最第一と読る法華経の行者は四百余年が間一人もなし。まして能持比経の行者はあるべしともおぼへず。如来現在猶多怨嫉況滅度後の衆生は上一人より下万民にいたるまで法華経の大怨敵也。然に⑤日蓮は東海道十五ヶ国内、第十二に相当安房国長狭郡東条郷片海の海人が子也。生年十二同郷の内清澄寺と申山にまかりて、遠国なるうへ、寺とはなづけて候へども修学人なし。然而随分諸国を修行して学問し候しほどに我身は不肖也、人はおしへず、十宗の元起勝劣たやすくわきまへがたきところに、たまたま仏菩薩に祈請して、一切経論を勘て十宗に合せたるに、倶舎宗浅近なれども一分は小乗経に相当するに似たり。成実宗は大小兼雑して謬悞あり。律宗は本は小乗、中比は権大乗、今は一向に大乗宗とおもへり。又伝教大師の律宗あり。別に習事也。法相宗は源権大乗経の中の浅近の法門にてありけるが、次第に増長して権実と並び結局は彼宗々を打破と存ぜり。譬ば日本国の将軍将門・純友等のごとし。下に居て上を破。

三五四『中興入道御消息』弘安二年（一二七九）十一月三十日

我等は幼子なり。阿弥陀仏は母なり。地獄のあな、餓鬼のほりなんどにをち入ぬれば、南無阿弥陀仏と申せば音と響との如く、心来てすくひ給なりと、一切の智人ども教へ給しかば、我日本国かく申ならはして年ひさしくなり候。然に⑥日蓮は中国都の者にもあらず、辺国の将軍等の子息にもあらず、遠国の者、民が子にて候しかば、日本国七百余年に、一人もいまだ唱へまいらせ候はぬ南無妙法蓮華経と唱候のみならず、皆人の父母のごとく、日月の如く、主君の如く、わたり（渡）に船の如く、渇して水のごとく、うえて飯の如く思て候南無阿弥陀仏を、無間地獄の業なりと申候ゆへに、食に石をたひ（炊）たる様に、がんせき（巌石）に馬のはねたるやうに、渡に大風の吹来たるやうに、じゆらく（聚落）に大火のつきたるやうに、俄にかたきのよせたるやうに、とわりのきさき（后）になるやうに、をどろきそねみねたみ候ゆへに、去建長五年四月二十八日より今弘安二年十一月まで二十七年が間、退転なく申つより候事、月のみつるがごとく、しほのさすがごとく、はじめは日蓮只一人唱へ候しほどに、見人・値人・聞人耳をふさぎ、眼をいからかし、口をひそめ、手をにぎり、はをかみ、父母・兄弟・師匠・ぜんう（善友）もかたきとなる。（中略）日本国ををはれあるく程に、或時はうたれ、或時はいましめられ、或時は疵をかほふり、或時は遠流、或時は弟子をころされ、或時はうちをはれなんどする程に、去文永八年九月十二日には御かんき（勘気）をかほりて、北国佐渡の島にうつされて候しなり。

■No.3　上段

一〇〇『佐渡御書』文永九年（一二七二）三月二十日

此文は富木殿のかた、三郎左衛門殿、大蔵たう（塔）のつじ（辻）十郎入道殿等、さじきの尼御前、一一に見させ給べき人人の御中へ也。京・鎌倉に軍に死る人人を書付てたび候へ。外典鈔・文句ノ二・玄ノ四ノ本末・勘文・宣旨等これへの人人もち（持）てわたらせ給へ。

世間に人の恐るゝ者は火炎の中と刀剣の影と此身の死するとなるべし。牛馬猶身を惜む、況や人身をや。癩人猶命を惜む。何況壮人をや。仏説云以二七宝一布二満三千大千世界一不レ如下以二手小指一供中養仏経上意取。雪山童子の身をなげし、楽法梵志が身の皮をはぎし、身命に過たる惜き者のなければ、是を布施として仏法を習へば必仏となる。身命を捨る人他の宝を仏法に惜べしや。又財宝を仏法におしまん物、まさる身命を捨べきや。世間の法にも重恩をば命を捨て報ずるなるべし。又主君の為に命を捨る人はすくなきやうなれども其数多し。男子ははぢ（恥）に命をすて、女人は男の為に命をすつ。魚は命を惜む故に池にすむ（栖）に、池の浅き事を歎て池の底に穴をほりてすむ。しかれどもゑ（餌）にばかされて鉤をのむ。鳥は木にすむ。木のひきゝ（低）事をおぢて木の上枝にすむ。しかれども、ゑにばかされて網にかゝる。人も又如レ是。世間の浅事には身命を失へども、大事の仏法なんどには捨る事難し。故に仏になる人もなかるべし。仏法は摂受・折伏、時によるべし。譬ば世間の文武二道の如し。されば昔の大聖は時によりて法を行ず。雪山童子・薩埵王子は身を布施とせば法を教へん、菩薩の行となるべしと責しかば身をすつ。肉をほしがらざる時身を可レ捨乎。紙なからん世には身の皮を紙とし、筆なからん時は骨を筆とすべし。破戒無戒を毀り、持戒正法を用ん世には、諸戒を堅く持べし。儒教道教を以て釈教を制止せん日には、道安法師・恵遠法師・法道三蔵等の如く王と論じて命を軽すべし。釈教の中に小乗・大乗・権経・実経雑乱して明珠と瓦礫と牛驢の二乳を弁へざる時は、天台大師・伝教大師等の如く大小権実・顕密を強盛に分別すべし。畜生の心は弱きをおどし、強をおそる。当世の学者等は畜生の如し。智者の弱をあなづり王法の邪をおそる。諛臣と申は是也。強敵を伏て始て力士をしる。悪王の正法を破るに、邪法の僧等が方人をなして智者を失はん時は、師子王の如くなる心をもてる者必仏になるべし。例せば日蓮が如し。これおごれるにはあらず。正法を惜む心の強盛なるべし。おごる者は必ず強敵に値ておそるゝ心出来する也。例せば修羅のおごり、帝釈にせめられて、無熱池の蓮の中に小身と成て隠すが如し。正法は一字一句なれども時機に叶ぬれば必得道なる（成）べし。千経万論を習学すれども時機に相違すれば不レ可レ叶。宝治の合戦すでに二十六年、今年二月十一日十七日又合戦あり。外道悪人は如来の正法を破がたし、仏弟子等必仏法を破べし。師子身中の虫の師子を食等云云。大果報の人をば他の敵やぶりがたし、親しみより破べし。薬師経云　自界反逆難是也。仁王経云　聖人去時七難必起云云。金光明経云　三十三天各生二瞋恨一由三其国王縦レ悪不レ治等云云。日蓮は聖人にあらざれども、法華経を如レ説受持すれば聖人の如し。又世間の作法兼て知によて、注し置こと是不レ可レ違。現世に云をく言の違はざらんをもて、後生の疑をなすべからず。日蓮は此関東の御一門の棟梁也、日月也、亀鏡也、眼目也。日蓮捨去時七難必起べしと、去年

■No.3　下段

九月十二日蒙御勘気之時大音声を放てよばはりし事これなるべし。纔に六十日乃至百五十日に此事起る歟。是は華報なるべし。実果の成ぜん時いかがなげかはし（歎）からんずらん。世間の愚者の思に云、日蓮智者ならば何ぞ王難に値哉なんと申。日蓮兼の存知也。父母を打子あり、阿闍世王なり。仏・阿羅漢を殺し血を出す者あり、提婆達多是也。六臣これをほめ、瞿伽利等これを悦ぶ。日蓮当世には此御一門の父母也。仏・阿羅漢の如し。然を流罪し

て主従共に悦ぬる、あはれに無慚なる者也。謗法の法師等が自禍の既に顕るゝを歎きしが、かくなるを一旦は悦なるべし。後には彼等が歎き日蓮が一門に劣るべからず。例せば泰衡がせうと（弟）を討、九郎判官を討て悦しが如し。既に一門を亡す大鬼の此国に入なるべし。法華経云　悪鬼入其身是也。日蓮も又かくせめ（責）らるゝも先業なきにあらず。不軽品云　其罪畢已等云云。不軽菩薩の無量の謗法の者に罵詈打擲せられしも先業の所感なるべし。何に況や[3]日蓮今生には貧窮下賤の者と生れ、旃陀羅（漁者）が家より出たり。心こそすこし法華経を信たる様なれども、身は人身に似て畜身也。魚鳥を混丸して赤白二渧とせり、其中に識神をやどす。濁水に月のうつれるが如し。糞嚢に金をつゝめる（包）なるべし。心は法華経を信ずる故に、梵天・帝釈をも猶恐しと思はず。身は畜生の身也。色心不相応の故に愚者のあなづる道理也。心も又身に対すればこそ月金にもたとふ（譬）れ。又過去の謗法を案ずるに誰かしる。勝意比丘が魂にもや、大天が神にもや。不軽軽毀の流類歟、失心の余残歟。五千上慢の眷属歟、大通第三の余流にもやあるらん。宿業はかりがたし。鉄は炎打てば剣となる。賢聖は罵詈して試みるなるべし。我今度の御勘気は世間の失一分もなし。偏に先業の重罪を今生に消して、後生の三悪を脱れんずるなるべし。（中略）日蓮を信ずるなるやうなりし者どもが、日蓮がかくなれば、疑をこして法華経をすつるのみならず、かへりて日蓮を教訓して我賢しと思はん僻人等が、念仏者よりも久く阿鼻地獄にあらん事不便とも申計なし。修羅が仏は十八界我は十九界と云ひ、外道が云仏は一究竟道我は九十五究竟道と云が如く、日蓮御房は師匠にてはおはせども余にこは（剛）し。我等やはらかに法華経を弘べしと云んは、蛍火が日月をわらひ、蟻塚が華山を下し、井江が河海をあなづり、烏鵲が鸞鳳をわらふなるべし、わらふなるべし。南無妙法蓮華経。

文永九年太歳壬申三月二十日　　日蓮花押

日蓮弟子檀那等御中

佐渡国は紙候はぬ上、而面に申せば煩あり、一人ももるれば恨ありぬべし。此文を心ざしあらん人人は寄合て御覧じ、料簡候て心なぐさませ給へ。世間にまさる歎だにも出来すれば劣る歎は物ならず、当時の軍に死する人人、実不実は置く、幾か悲しかるらん。いざは（伊沢）の入道さかべ（酒部）の入道いかになりぬらん。かはのべ（河辺）の山城得行寺殿等の事いかにと書付て給べし。外典書貞観政要すべて外典の物語、八宗の相伝等、此等がなくしては消息もかゝれ候はぬに、かまへてかまへて給候べし。

〔参考〕
公家の日記（『真言宗私見聞』、二〇八六頁）
武家の日記（『下山御消息』、一三四三頁）
公家・諸家・叡山等の日記（『報恩抄』、一二二三頁）
元興寺・四天王寺等の無量の寺々の日記、日本紀と申すふみより始て多の日記（『新尼御前御返事』、八六六頁）

■No.4　上段

一三六『小乗大乗分別抄』文永十年（一二七三）

例せば頼朝右大将家泰衡を討んが為に、泰衡を誑て義経を討せ、太政入道清盛は源氏を喪して世をとらんが為に、我伯父平馬介忠正を切る。義朝はたぼらかされて慈父為義を切るが如し。此等は墓なき人人のためしなり。

『平治物語』学習院大学蔵本　巻下〈頼朝挙兵・平家退治の事〉

「九郎判官義経、梶原が讒言によりて、鎌倉殿に中たがひ、陸奥へ下、秀衡をたのみて年月を送られけるが、秀衡一期のゝち、泰衡をすかして九郎判官を討せて、其後泰衡をほろぼし、日本国残所なくぞしたがへ給ひ」

『保元物語』半井本・巻下〈忠正家弘等誅セラルル事〉
「清盛、無左右伯父ヲ切ニケリ。扶ケント思ハンニハ安ク申免スベカリケレ共、伯父甥ノ中悪カリケル上、清盛ガ伯父ヲ切ナラバ、義朝父ヲ切ランズラント和讒ニ構テ切テケリ」

『保元物語』半井本・巻下〈為義最期ノ事〉
「伯父ヲバ甥ニ切セテ後、左馬頭義朝ニ、父為義法師ガ首ヲハネテ進セヨト被仰。義朝ハ清盛ガ和讒ヲバ覚ラズシテ、乳子ノ正清ヲ呼テ、コハ如何センズル、清盛已ニ伯父ヲ切ヌ。引宣ヲ蒙ヌ……」

七〇『法門可被申様之事』文永六年（一二六九）
例せば国民たりし清盛入道王法をかたぶけたてまつり、結局は山王大仏殿をやきはらいしかば、天照大神、正八幡、山王等よりき（与力）せさせ給て、源頼義が末頼朝仰下て平家をほろぼされて国土安穏なりき。

『平家物語』巻第五　物怪之沙汰
源中納言雅頼卿のもとに候ひける青侍が見たりける夢もおそろしかりけり。たとへば大内の神祇官とおぼしきところに、束帯ただしき上臈たちあまたおはして、議定の様なる事のあり……かの青侍夢の心に、「あれはいかなる上臈にてましますやらん」と、ある老翁（武内の大明神）に問ひ奉れば、「厳島の大明神」とこたへ給ふ。其後座上にけだかげなる宿老（八幡大菩薩）のましましけるが、「この日来平家の預かりたりつる節刀をば、今は伊豆国の流人頼朝にたばうずるなり」と仰せられければ、其御そばに猶宿老（春日大明神）のましましけるが、「其後はわが孫にもたび候へ」と。

■No.4　下段

(A)『四条金吾殿御返事』（一二〇三）＝建治三年。五十六歳。真蹟身延山久遠寺曽存。真蹟断簡三紙、京都妙覚寺蔵

「天台の座主明雲と申せし人は第五十代の座主也。去安元二年五月に院勘をかほりて伊豆国へ配流。山僧大津よりうばいかへす。しかれども又かへりて座主となりぬ。又すぎにし寿永二年十一月に義仲にからめとられし上、首うちきられぬ。……内には真言の大法をつくし、外には悪僧どもをもて源氏をい（射）させしかども、義仲が郎等ひぐち（樋口）と申せしをのこ（男）、義仲とただ五六人計、叡山中堂にはせのぼり、調伏の壇の上にありしを引出てなわ（縄）をつけ、西ざかを大石をまろばすやうに引下て、首をうち切たりき」

(B)『下山御消息』（一二二九）＝建治三年六月。五十六歳。真蹟断簡三十二紙、小湊誕生寺外二十二個所存。日法筆写本、岡宮光長寺蔵

「明雲は義仲に殺れて」

(C)『頼基陳状』（一二五九）＝建治三年六月二十五日付。五十六歳。日興写再治本、北山本門寺蔵。

「明雲は義仲にころされぬ」

(D)『兵衛志殿御書』（一三八八）＝建治三年九月九日付。五十六歳。真蹟断簡一紙、池上本門寺蔵。日興写本、北山本門寺

蔵。

「明雲は義仲に切ぬ」

(E)『本尊問答抄』（一五八五）＝弘安元年九月。五十七歳。日興写本断簡、北山本門寺蔵。日源写本、岩本実相寺蔵。

「明雲は義仲に殺る」

(F)『師子王御書』（一六〇九）＝弘安元年。五十七歳。真蹟断簡六紙、富士大石寺蔵。

「明雲座主の義仲に殺し」

(G)『瀧泉寺申状』（一六七九）＝弘安二年十月。五十八歳。真蹟十一紙（但し第八紙より第十紙にかけて日興代筆）、中山法華経寺蔵。

「安徳天皇沈二没西海一　叡山明雲当二死流矢一」

(H)『秋元御書』（一七三七）＝弘安三年正月二十七日付。五十九歳。日朝写本、身延山久遠寺蔵。

「明雲は義仲に殺され給き」

(I)『慈覚大師事』（一七四二）＝弘安三年正月二十七日付。五十九歳。真蹟十三紙、中山法華経寺蔵。

「明雲座主は義仲に頭を切たり。（中略）第五十五並に五十七の二代は明雲大僧正座主なり。此座主は安元三年五月日、院勘を蒙て伊豆国へ配流、山僧大津にて奪取。後、治承三年十一月に座主となりて源右将軍頼朝調伏せし程に、寿永二年十一月十九日義仲に打つさせ給」

■No.5　上段

三六〇『秋元御書』弘安三年（一二八〇）一月二十七日

筒御器一具付三十並ニ盞付六十送リ給セ候畢ンヌ。御器と申はうつはものと読候。大地くぼければ水たまる。青天浄ければ月澄り。月出ぬれば水浄し。雨降ば草木昌へたり。器は大地のくぼきが如し。水たまるは池に水の入が如し。月の影を浮ぶるは『法華経』の我等が身に入せ給が如し。器に四の失あり。一には覆と申てうつぶける也。又はくつがへす、又は蓋をおほふ也。二には漏と申て水もる也。三には汗と申てけがれたる也。水浄けれども糞の入たる器の水をば用る事なし。四には雑也。飯に或は糞、或は石、或は沙、或は土なんどを雑へぬれば人食ふ事なし。器は我等が身心を表す。我等が心は器の如し。口も器、耳も器なり。『法華経』と申は、仏の智恵の法水を我等が心に入ぬれば、或は打返し、或は耳に聞じと左右の手を二の耳に覆ひ、或は口に唱へじと吐出しぬ。譬ば器を覆するが如し。或は少し信ずる様なれども又悪縁に値て信心うすくなり、或は打捨、或は信ずる日はあれども捨る月もあり。是は水の漏が如し。或は『法華経』を行ずる人の、一口は「南無妙法蓮華経」、一口は「南無阿弥陀仏」なんど申は、飯に糞を雑へ沙石を入たるが如し。『法華経』の文に「但楽レ受ニ持大乗経典一乃至不レ受ニ余経一偈一等」と説は是也。世間の学匠は『法華経』に余行を雑ても苦しからずと思へり。日蓮もさこそ思候へども、経文は不レ爾。……今此筒の御器は固く厚く候上。漆浄く候へば『法華経』之御信力の堅固なる事を顕し給歟。毘沙門天は仏に四の鉢を進せて、四天下第一の福天と云はれ給ふ。浄徳夫人は雲雷音王仏に八万四千の鉢を供養し進せて、妙音菩薩と成給ふ。今『法華経』に筒御器三十盞六十進せて、争か仏に成らせ給はざるべき。……日蓮一人、阿弥陀仏は無間の業、禅宗は天魔の所為、真言は亡国の悪法、律宗持斎等は国賊也と申故に、自二上一人一至二下万民一父母の敵・宿世の敵・謀反・夜討・強盗よりも、或は畏、或は瞋、或は詈、或は打。是を訾者には所領を与へ、是を讃る者をば其内を出し、或は過料を引せ、殺害したる者をば褒美なんどせらるゝ上、両度まで御勘気を蒙れり。当世第一の不思議の者たるのみならず、人王九十代、仏法渡ては七百余年なれども、かゝる不思議の者なし。日蓮は文永の大彗星の如し、日本国に昔より無き天変也。日蓮は正嘉の大地震の如し。秋津洲に始ての地夭也。日本国に代始てより已に謀反の者二十六人。第一は大山の王子、第二は大山の山丸、乃至、第二十五人は頼朝、第二十六人は義時也。二十四人は奉レ被レ責レ朝、獄門に被レ懸レ首、山野に曝レ骸。二人は奉レ傾二王位一国中を拳レ手。王法既に尽ぬ。此等の人々も日蓮が不過レ被レ悪二万人一。尋二其由一……。

〔参考〕
真蹟断簡二〇
「御宇応神御子
大山皇子　大石山丸」

■No.5　下段

南岳大師云、『法華経』の讎を見て不二呵責一者は謗法の者也。無間地獄の上に堕んと。見て申さぬ大智者は、無間の底に堕て彼地獄の有ん限は出べからず。日蓮此禁を恐るゝ故に、国中を責て候程に、一度ならず流罪死罪に及びぬ。今は罪も消え、過も脱なんと思て、鎌倉を去て此山に入て七年也。此山の為体、日本国の中には七道あり。七道の内東海道十五箇国。其内に甲州飯野御牧三箇郷之内、波木井と申。此郷之内、戌亥の方に入て二十余里の深山あり。北は身延山、南は鷹取山、西は七面山、東は天子山也。板を四枚つい立たるが如し。此外を回て四の河あり。従レ北南へ富士河、自レ西東へ早河、此は後也。前に西より東へ波木井河中に一の滝あり。身延河と名けたり。中天竺之鷲峰山を此処に移せる歟。将又漢土の天台山の来る歟と覚ゆ。此四山四河之中に、手の広さ程の平かなる処あり。爰に庵室を結で天雨を脱れ、木の皮をはぎて四壁とし、自死の鹿の皮を衣とし、春は蕨を折て身を養ひ、秋は果を拾て命を支へ候つる程に、去年十一月より雪降り積て、改年の正月今に絶る事なし。庵室は七尺、雪は一丈。四壁は氷を壁とし、軒のつらゝは道場荘厳の瓔珞の玉に似たり。内には雪を米と積む。本より人も来らぬ上、雪深して道塞がり、問人もなき処なれば、現在に八寒地獄の業を身につぐのへり。生ながら仏には成ずして、又寒苦鳥と申鳥にも相似たり。頭は剃事なければうづら（鶉）の如し。衣は氷にとぢられて鴦鴛の羽を氷の結べるが如し。かゝる処へは古へ昵びし人も不レ問、弟子等にも捨られて候つるに、是御器を給て、雪を盛て飯と観じ、水を飲てこんず（漿）と思。志のゆく所思遣せ給へ。又々可　申候。恐々謹言。

弘安三年正月二十七日　　　　　　日　蓮　花押

秋元太郎兵衛殿　御返事

『平家物語』巻第五　朝敵揃

夫我朝に朝敵のはじめを尋ぬれば、やまといはれみことの御宇四年、紀州なぐさの郡、高雄村に一つの蜘蛛あり。身みじかく足手ながくて、力人にすぐれたり。人民をおほく損害せしかば、官軍発向して、宣旨をよみかけ、葛の網をむすんで、終にこれをおほひころす。それよりこのかた、「野心をさしはさんで、朝威をほろぼさんとする輩、大石山丸、大山王子、守屋の大臣、山田石河、曽我いるか、大友のまとり、文屋宮田、橘逸成、ひかみの河次、伊与の親王、大宰少弐藤原広嗣、ゑみの押勝、佐あらの太子、井上の皇后、藤原仲成、平将門、藤原純友、安倍貞任、宗任、対馬守源義親、悪左府、悪衛門督にいたるまで、すべて廿余人、されども一人として、素懐をとぐる者なし。かばねを山野にさらし、かうべを獄門にかけらる」

■No.6 上段

二一三『光日房御書』建治二年（一二七六）三月

去文永八年太歳辛未九月のころより御勘気をかほりて、北国の海中佐渡の島にはなたれしかば、なにとなく相州鎌倉に住には、生国なれば安房国はこひしかりしかども、我国ながらも、人の心もいかにとや、むつ（睦）びにくくありしかば、常にはかよう事もなくしてすぎしに、御勘気の身となりて死罪となるべかりしが、しばらく国の外にはなたれし上は、をぼろげ（小縁）ならではかまくらへはかへるべからず。かへらずば又父母のはかをみる身となりがたしとおもひつづけしかば、いまさらとびたつばかりくやしくて、などかかゝる身とならざりし時、日にも月にも海もわたり、山をもこえて父母のはかをもみ、師匠のありやうをもとひをとづれざりけんとなげかしくて、彼の蘇武が胡国に入て十九年、かりの南へとびけるをうらやみ、仲丸が日本国の朝使としてもろこしにわたりてありしが、かへされずしてとしを経しかば、月の東に出たるをみて、我国みかさの山にも此月は出させ給て、故里の人も只今月に向てながむらんと、心をすましてけり。此もかくをもひやりし時、我国より或人のびん（便）につけて、衣をたびたりし時、彼の蘇武がかりのあし、此は現に衣あり。にるべくもなく心なぐさみて候しに、……いよいよ強盛に天に申せしかば、頭の白烏とび来ぬ。彼燕のたむ（丹）太子の馬、烏のれい（例）、日蔵上人の、山がらすかしらもしろくなりにけり我かへるべき時やきぬらん、とながめし此なりと申もあへず、文永十一年二月十四日の御赦免状、同三月八日に佐渡の国につきぬ。同十三日に国を立てまうら（網羅）というつ（津）にをりて、十四日はかのつにとどまり、同十五日に越後の寺どまり……十二日をへて三月二十六日に鎌倉へ入。同四月八日に平左衛門尉に見参す。本よりごせし事なれば、日本国のほろびんを助がために、三度いさめんに御用なくば、山林にまじわるべきよし存ぜしゅへに、同五月十二日に鎌倉をいでぬ。但本国にいたりて今一度、父母のはかをもみんとをもへども、にしきをきて故郷へはかへれといふ事は内外のをきてなり。させる面目もなくして本国へいたりなば、不孝の者にてやあらんずらん。これほどのかた（難）かりし事だにもやぶれて、かまくらへかへり入身なれば、又にしきをきるへんもやあらんずらん。其時、父母のはかをもみよかしと、ふかくをもうゆへにいまに生国へはいたらねども、さすがこひしくて、吹風、立くもまでも、東のかたと申せば、庵をいでて身にふれ、庭に立てみるなり。かゝる事なれば、故郷の人は設心よせにおもはぬ物なれども、我国の人といへばなつかしくてはんべるところに、此御ふみを給て心もあらずしていそぎいそぎひらきてみ候へば、をとゝしの六月の八日に、いや（弥）四郎にをくれ（後）てとかかれたり。御ふみも、ひろげつるまではうれしくて有つるが、今、此ことばをよみてこそ、なにしにかいそぎひらきけん。うらしまが子のはこなれや、あけてくやしきものかな。我国の事は、うくつらくあたりし人のすへまでも、をろかならずをもうに、ことさら此人は形も常の人にはすぎてみへし上、うちをもひたるけしきも、かたくなにもなしとみしかども、……。

■No.6　下段

主のわか（別）れ、をや（親）のわかれ、夫妻のわかれ、いづれかおろかなるべき。なれども主は又他の主もありぬべし。夫妻は又かはりぬれば、心をやすむる事もありなん。をやこのわかれこそ、月日のへだつるまゝに、いよいよなげきふかかりぬべくみへ候へ。をやこのわかれにも、をやはゆきて子はとど（留）まるは、同無常なれどもことはりにもや。をひたるはゝ（母）はとどまりて、わか（若）き子のさきにたつなさけなき事なれば、神も仏もうらめしや、いかなれば、をやに子をかへさせ給てさきにはたてさせ給はず、とどめをかせ給て、なげかさせ給らんと心うし。……又御消息云、「人をもころしたりし者なれば、いかやうなるところにか生れて候らん、をほせをかほり候はんと云云」。夫、針水にしずむ。雨は空にとどまらず、蟻子を殺る者は地獄に入、死にかばね（屍）を切る者は悪道をまぬかれず。何況、人身をうけたる者をころせる人をや。但大石も海にうかぶ、船の力なり。大火もきゆる事、水の用にあらずや。小罪なれども、懺悔せざれば悪道をまぬかれず。大逆なれども、懺悔すれば罪きへぬ。所謂、粟をつみ（摘）たりし比丘は、五百生が間牛となる。苽をつみし者三悪道に堕にき。羅摩王・抜提王・毘樓真王・那睺沙王・迦帝王・毘舎佉王・月光王・光明王・日光王・愛王・持多人王等の八万余人の諸王は、皆、父を殺て位につく。善知識にあはざれば、罪きへずして阿鼻地獄に入にき。波羅奈城に悪人あり、其名をば阿逸多という。母をあひ（愛）せしゆへに父を殺し妻とせり。父が師の阿羅漢ありて、教訓せしかば阿らかむを殺す。母又、他の夫にとつぎしかば、又母をも殺つ。具に三逆罪をつくりしかば、隣里の人うとみ（疎）しかば一身たもちがたくして、祇園精舎にゆいて出家をもとめしに、諸僧許ざりしかば、悪心強盛にして多の僧坊をやきぬ。然ども、釈尊に値奉て出家をゆるし給にき。……これらはさてをき候ぬ。人のをやは悪人なれども、子、善人なればをやの罪ゆるす事あり。又、子、悪人なれども、親、善人なれば子の罪ゆるさるる事あり。されば故弥四郎殿は、設悪人なりともうめる母、釈迦仏の御宝前にして昼夜なげきとぶらはば、争か彼の人うかばざるべき。いかにいわうや、彼人は法華経を信じたりしかば、をやをみちびく身とぞなられて候らん。法華経を信ずる人は、かまへてかまへて法華経のかたきををそれさせ給へ。念仏者と持斎と真言師と、一切南無妙法蓮華経と申さざらん者をば、いかに法華経をよむとも法華経のかたきとしろしめすべし。かたきをしらねばかたきにたぼら（誑）かされ候ぞ。あはれあはれけさんに入てくわしく申候はばや。又、これよりそれへわたり候三位房・佐渡公等に、たびごとにこのふみ（文）をよませてきこしめすべし。又、この御文をば明恵房にあづけ（預）させ給べし。なにとなく我智恵はたらぬ者が、或はをこつき、或は此文をさいかく（才覚）としてそしり候なり。或はよも此御房は、弘法大師にはまさらじ、よも慈覚大師にはこへ（超）じなんど、人くらべをし候ぞ。かく申人をばものしらぬ者とをぼすべし。

建治二年太歳丙子三月　日

日　蓮　花押

甲州南部波木井郷山中

中世仏教説話集と法語

一、古代仏教説話集の旧規性

説話集には、先行する同類作品の規矩を踏襲しようとするものが多い。いわゆる世俗説話集でも、『宇治拾遺物語』（序）が、

大納言の物語にもれたるをひろひ集め、又、その後の事など書き集めたるものであると言い、『古今著聞集』は撰者橘成季が、

それ『著聞集』といふは、宇県の亜相巧語の遺類、江家の都督清談の余波なり。（序。原漢文）

と言っているようなところにその傾向が明らかに察せられるのであるが、仏教説話集にあっては、どの作品にも〈仏道成就〉という鮮明な目的が厳存するので、後続作品が先規に随順する傾向は世俗説話集に倍して強い。

およそ仏教説話集が目的とする〈仏道成就〉は、具体的な功徳の面から言えば、〈現世安穏〉〈息災招福〉と〈後生善処〉〈往生浄土〉との二類に分別できるわけであるが、説話集では概して、その前者を霊験記類が、また後者を往生伝類が受け持つことになる。

まず霊験記類に目を配れば、わが国の仏教説話集の嚆矢とされる『日本霊異記』は、「奇記を覧る者、邪を却け、

正に入り、諸悪なすことなく、諸善奉行せむことを」願う薬師寺の景戒が、「ほのかに聞くことを注し」た書であるが、上巻の序に、

昔、漢地に『冥報記』を作り、大唐国に『般若験記』を作りき。何ぞ他国の伝録に慎みて、自土の奇事を信りざらむや。(原漢文)

とあって、中国の『冥報記』や『般若験記』に対する、わが国独自の『記』の撰述を目指したことが明らかにされている。しかし、それは話材の地理的な分布圏に関してのことだけであって、実質的には内容も形態も、中国の先行書を踏襲するものであった。

また、「『法華経』は久遠本地の実証にして、皆成仏道の正規」であるから、「もしは受持読誦の伴、もしは聴聞書写の類、霊益に預る者これを推すに広し」として、『法華経』の霊験得益談集『大日本国法華経験記』を編んだ叡山横川首楞厳院の沙門鎮源も、

巨唐に寂法師といふものありき。『験記』を製りて世間に流布せり。観れば、それ我が朝、古今未だ録さざりき。(中略)若し前事を伝へざれば、何ぞ後裔を励さむ。(原漢文)

と思ったというのであるから、問題にしているのは話材の場であって、実質は中国の先蹤依存志向にある点、前の景戒の場合と変わりがない。

『霊異記』や『法華験記』と類を同じくする説話集には、『霊異記』に踵を接して成ったと推定される元興寺義昭の『日本感霊録』や、『法華験記』と同じころに成ったらしい三井寺実叡の『地蔵菩薩霊験記』をはじめ、撰者不詳の『長谷寺霊験記』や『観音利益集』など、古代後期から中世にかけてのいくつかの作品が編まれているが、それらは書名を一見すれば知られるように、みな先行する霊験得益談集の跡を襲おうとするものばかりである。

次に目を転じて往生伝類を見ると、これまた中国の往生伝に刺激されて発足し、爾後は先規に則る作品が陸続と輩出することになる。すなわち、わが国の往生伝類の濫觴となった『日本往生極楽記』には、撰者慶滋保胤が、

大唐弘法寺の釈迦才『浄土論』を撰しけり。その中に往生の者を載すること二十人。（中略）また『瑞応伝』に載するところの四十人、（中略）予、この輩を見るごとに、いよいよその志を固くせり。今、国史及び諸の人の別伝を検するに、異相往生せる者あり。兼てまた故老に訪ひて都盧四十余人を得たり。予、感歎伏膺して聊に操行を記し、号づけて『日本往生極楽記』と曰ふ。（原漢文）

と序して、この書の作出が中国の先蹤を踏んでなされたものであることを明かしている。

ひとたび『日本往生極楽記』が世に出ると、折からの浄土教隆昌の波を受けて、堰を切ったように往生伝類が編まれるようになるが、それら作品群の撰者たちの意図は、『日本往生極楽記』、およびその後を継いだ往生伝を補充することにあった。だから『日本往生極楽記』の後三十年ほどして『続本朝往生伝』を撰んだ大江匡房は、

寛和の年の中に、著作郎慶保胤が、往生の記を作りて世に伝へたり。（中略）或は前記の遺漏するところを採り、或はその後の事を接ぎて、（中略）諸々の結縁に備ふと爾云ふ。（序。原漢文）

と記し、さらに二十年ほどを経て『拾遺往生伝』を、またそれから十五年ほどして『後拾遺往生伝』を編んだ三善為康は、

江家の『続往生伝』に接ぎて、予その古今遺漏の輩を記す。（『拾遺往生伝』序。原漢文）

慶・江両家の記に接し、古今数代の遺れるを拾ふ。（『後拾遺往生伝』序。原漢文）

と言っているのである。また『後拾遺往生伝』とほぼ同じころに『三外往生記』を著した沙弥蓮禅は、

昔、慶内史、往生伝を作り、見る者を発心せしめ、以て世に伝ふ。その後、江納言・善為康等、各々その人を

記してまた後に之をつぐ。尊卑道俗、随喜するところ多し。予、愚頑たりと雖も（中略）ほぼ遺漏の輩を得、重ねて方来にのこさんと、聊か以て行状を録す。（序。原漢文）

と言い、その後十年ほどして藤原宗友は『本朝新修往生伝』の序に、

『日本往生伝』は、寛和年中、著作郎慶保胤の作る所なり。康和のころ、黄門侍郎江匡房、『続本朝往生伝』を作りて世に弘む。その後、算博士善為康、また『拾遺往生伝』『後拾遺往生伝』を作りて之を継ぐ。近ごろ往生人あり。世に希有なる所なり。今、未だ聞かざるを課し、ほぼ大概を記す。（原漢文）

と述べている。

これらの往生伝類は、鎌倉時代の作と思われる『為盛発心集』が、

我が朝に六家十一巻の往生伝これ有り。一は慶滋保胤の『日本往生極楽記』一巻。二は大江匡房の『続本朝往生伝』一巻。三は三善為康の『拾遺往生伝』三巻。四は同人の『後拾遺往生伝』三巻。五は蓮禅上人の『三外往生伝』一巻。六は藤原宗友の『本朝新修往生伝』一巻。七は証真法印の『今撰往生伝』一巻なり。

と言い、さらに、

惣じて之を云はば、保胤法師を始として、匡房以下、記すところの往生伝十余巻なり。（原漢文）

と重ねて述べているように、「六家十一巻の往生伝」として一括して扱われていた。これは往生伝の類型性を端的に物語る事実と言えよう。

往生伝に見られる前記の傾向は、特定の一山一寺における往生人だけを対象とした伝記にあっても、一向に変わりがない。たとえば平安時代の最末期に、高野山の往生人を尋ねた法界寺の沙門如寂は、

寛和の慶内史は、広く国史を検して以て四十人を得、康和の江都督は、又、朝野に諮りて以て四十人を記す。

今一寺に限りて且に四十人を載す。（『高野山往生伝』序。原漢文）

と言い、中世初頭に三井園城寺の往生人を収集した沙門昇蓮も、

それ日本の往生伝は、初め慶保胤、源信僧都を訪れ、続いて江匡房、慶朝法印に求め、多く延暦寺を載せて諸寺を載せず。予、管見すと雖も頗る寡聞にあり。まず智証の遺風を扇ぎて聊か園城の門葉を拾ふ。（『三井往生伝』序。原漢文）

と言っている。

右に述べた旧規に随順する志向を古代仏教説話集の一特質としてとらえると、次項に述べる中世仏教説話集にはきわだった異質性が指摘できることになるのである。

二、中世仏教説話集の新規性

中世にあっても旧規性を有する漢文体の説話集が作られなかったわけではない。しかし、この時代を代表するのは『発心集』『閑居友』『撰集抄』『沙石集』などの和文体説話集であって、それらは古代の説話集のような、中国以来の伝統的規矩に則る霊験記でも往生伝でもなく、内容も形態も、従来の説話集の流れとはかけ離れた斬新なものであった。ということは、古代の仏教説話集が画一的・類型的な書名を負っていたのに反し、中世のそれが、「発心を楽しむ」から『発心集』、「深山の住居ずすみておぼえ」るから『閑居友』、「かしこきあとを撰びもとめける言の葉を書き集め」るから『撰集抄』、「沙を集め、……石を拾」って黄金や宝石を求めるのになぞらえて『沙石集』、といった画期的・個性的な名を掲げていることを一見しただけでも、容易に見当がつくであろう。

中世仏教説話集の斬新さが、新時代の息吹きを反映したものであることは言うまでもないが、それにしても前項で確認したような、古代仏教説話集に貫徹する伝習の牢固さを放擲して新機軸を生み出すためには、よほど深刻な契機がなければならなかったはずである。そこで、その契機なるものを明らかにするために、もう一度、古代仏教説話集撰者の撰集意識を振り返ってみよう。

九六四年（康保元）、慶滋保胤は、白楽天が俗塵にまみれた詩文の筆を折ったとき、「願はくは今生世俗文字の業、狂言綺語の誤りを以て、翻して当来世世讃仏乗の因、転法輪の縁とせむ」の心を心として、文学的な法会である勧学会を興した。しかし、それでもなお熾烈な仏道心を満足させることができなかったのであろう、九八六年（寛和二）には出家して寂心と号し、純粋な念仏結社である叡山横川首楞厳院の二十五三昧会に投じている。

保胤の編んだ『日本往生極楽記』は、「在俗の時、この記および序等を草して、既に巻軸を成し了」っていたものに、出家後、若干の増補をしたものだというから、大部分は勧学会で文筆の業を狂言綺語として貶めていたころの作品なのであるが、それにもかかわらずこの『極楽記』は、その序の、

予、感歎伏膺して聊に操行を記し、号して『日本往生極楽記』と曰ふ。後にこの記を見る者、疑惑を生ずることなかれ。願はくは、我、一切衆生とともに安楽国に往生せむ。（原漢文）

という末尾の一節にも読み取れるように、仏法を説く者の高玄な姿勢がうかがわれこそすれ、文筆を弄することに対する、畏れや謹みの心情など微塵も表れていない。つまり保胤にとって仏教説話集の撰述は、一般の文筆の業（狂言綺語）とは類を異にする、つまり、「翻す」までもなく本来的に、「讃仏乗の因、転法輪の縁」となるべき営為であると認識されていたことがわかる。

勧学会に重きをなした保胤でさえもそうなのであるから、他の仏教説話集撰者たちが、たとえば『大日本国法華

経験記』（序）で鎮源が「意はただ暗愚のために作るのみ」だと言い、『拾遺往生伝』（序）で三善為康が「もし我を知る者は、必ず往生の人たらしめむ」と抱負を高唱しているように、説話集の撰集を、仏意にかなった〈晴〉の営みであるとして、高踏的な姿勢を示していたとしても不思議ではない。古代の仏教説話集が、規矩とすべき先行説話集の名をあげ連ね、その係累に属するものであることを表明していたのは、伝統的な〈晴〉の営みに参画することを誇りとしていたからなのであった。

古代仏教説話集撰者の懐く高い誇りは、

朝散大夫行著作郎慶保胤撰　（『日本往生極楽記』）

首楞厳院沙門鎮源撰　（『大日本国法華経験記』）

黄門侍郎江匡房撰　（『続本朝往生伝』）

朝議大夫廟陵令算博士越州員外別駕三善為康撰　（『後拾遺往生伝』）

といった格式ばった記名の仕方にも現れている。これを中世仏教説話集撰者の、

承久四年の春、弥生の中のころ、西山の峰の方丈の草の庵にて記しおはりぬる。　（『閑居友』跋）

時に寿永二年むつきの下のゆみはりに、讃州善通寺の方丈の庵にしてしるし終りぬ。　（『撰集抄』跋）

時に弘安第二の暦、三伏夏の天、之を集む。林下の貧士無住。　（『沙石集』序）

などという奥書と比較するならば、古代と中世との仏教説話集撰者の意識の差違が一層歴然とするであろう。

中世の撰者は説話集を、「座の右に置いて、一筋に知識にたのまむ」（『撰集抄』序）ために、また、「我が一念の発心を楽しむ」（『発心集』序）ために撰しているのであり、それを披見する人に対しては、「ねがはくは、いつくしみのまなこのまへにをさめて、あはれみの心のほかにちらさざれ」（『閑居友』跋）と懇請するような人物である。

すなわち彼らは隠者なのであって、古代の撰者が説話集を外なる凡夫のために編んでいるのに対し、自己の内なる迷心に向けて綴っているのである。つまり中世の仏教説話集は、自心の罪深さにおののく撰者が、深刻な葛藤の果てに聞きつけた微かな仏の救済の声を、文字世界に対象化することによって、人間存在の確かなあり様への止揚を求める資とすべく編んだものなのであった。ただしそこに、同じ苦海に沈吟する他者との連帯が期待されていることとは言うまでもない。

このような中世仏教説話集における新規性の、胎動と発起とを見事に典型化し形象化しているのが『方丈記』である。

前に引用した中世仏教説話集の奥書の様式――したがって意識――が、『方丈記』の、

時に建暦の二年、弥生のつごもりごろ、桑門の蓮胤、外山の庵にしてこれを記す。

から始まるという事実は、仏教文学史上、重要な意味を持つ。そもそも『方丈記』が成立後間もなくのころから伝播していたことは、『平家物語』の諸所に『方丈記』からの引用の跡が見られることによって知られるばかりでなく、一二五二年（建長四）に成った『十訓抄』が、

『方丈記』とて、仮名に書けるものを見れば、はじめの言葉に、「ゆく河のながれはたえずして、しかももとの水にあらず」とある（中略）かの庵にも、おり琴・つぎ琵琶などもならべり。　（九）

と、『方丈記』の名を掲げ、且つ文を引きながら感想を述べていることによって確認される。この『十訓抄』は、仏教説話集の範疇に入るものではないが、撰者は、

しづかに諸法実相の理を案ずるに、狂言綺語の戯、還て讃仏乗の縁たり。況や又おごれるをきらひ、直しきを勧る旨、をのづから法門の心にあひかなはざらめや。　（序）

と言っている通り、仏道に沿うものとして教訓説話集を編んだ人であって、基本的な精神構造は、仏教説話集の撰者たちと軌を一にするものがあると言える。そしてこの人物も、

建長よとせの冬神無月半の比、をのづからいとまあき、こゝろしづかなる折ふしにあたりつゝ、草のいほりを東山のふもとにしめて、蓮のうてなを西の雲にのぞむ翁、念仏のひまにこれをしるしをはること、しかなりとなん侍。（序）

という、『方丈記』様の奥書を記している。

一方、『方丈記』に続いて成った『発心集』も、成立直後の一二二二年（承久四）にはすでに「世の人」の間に伝播し、種々に取り沙汰されていたことが知られる。なぜなら、その年に『発心集』を参照しながら『閑居友』を編んだ撰者が、「長明は、人の耳をもよろこばしめ、また結縁にもせむとてこそ、伝のうちの人をものせけんを、世の人のさやうにはおもはで」と非難するむきがあることを指摘し、「『発心集』には伝記の中にある人人あまたみえ侍めれど、この書には伝にのれる人をばいるることなし」という方針を発表しているからである。

このような状況を勘案すると、後鳥羽院の寵を得、その歌壇で名を馳せていた鴨長明の突然の出奔と潔い隠棲は、隠遁の志向を懐いていた人々に、「世をも人をもうらむるほどならば、かくこそあらまほしけれ」（『十訓抄』）との称賛を以て迎えられ、同時に『方丈記』や『発心集』は、隠者たちの先達の書として多大の関心を寄せられ、伝播していたことが推測される。

ところで、『方丈記』と『発心集』との関係について、かつては非連続な、あるいは乖離するものであるとするとらえ方が多くなされていた。『方丈記』を、閑居における日常的な悦楽を賛美する非仏教的（もしくは反仏教的）な随筆であると見る限り、まぎれもなく仏教的な作品である『発心集』との溝は、埋める術もなかったのである。

ところが近ごろでは、『方丈記』に仏教文学性が認められるようになったことにより、『発心集』との質的な隔離感は急速に薄れ、両書が共通の場で論じられることが多くなった。とはいっても、両書を、いわば当体の両面としてとらえられるところの相互補完的な作品であるとする認識は、未だ育っていない。しかし、そのような認識こそが、菊大夫鴨長明から桑門蓮胤への思想・人格の開展や、『方丈記』による中世隠者文学の幕開きの実態を解明する上での、不可欠な要因であると思うのである。

『方丈記』の末文は、『発心集』への連繫を述べた章段としてとくに注目すべきところである。それは、

仏の教へ給ふおもむきは、事に触れて執心なかれとなり。今、草庵を愛するもとがとす。閑寂に着するも障りなるべし。いかが要なき楽しみを述べてあたら時を過ぐさん。

と、それまで喋々と述べてきた「草庵を愛」し、「閑寂に着する」思いを「要なき楽しみ」として退けた蓮胤が、なお「あたら時を過ぐさん」として、去来する胸中の懐疑に対して何ら答えることなく、

ただ、かたはらに舌根をやとひて、不請の阿弥陀仏、両三遍申してやみぬ。

というものであるが、その、「心さらに答ふることなし」の部分を、仏法究極の真理（不二法門）は、言語文字を以てしては説くことができない旨を示した、維摩居士の「默然無言」（『維摩経』不二法門品）に擬するものとする拙説に対し、もし『方丈記』の結実を維摩の一黙にありとするならば、『方丈記』の筆を擱いた蓮胤が『発心集』を選述することはなかったはずであるという、難詰が寄せられることを予測する。

右のような難詰には、すでに古く聖徳太子が明解に答えている。それは、『維摩経』において、維摩詰が「默然無言」による説示をしたときに、文殊師利菩薩が「善き哉。善き哉。乃至文字語言有ること無し。これ真に不二法門に入る」と称賛したことに関する、『維摩経義疏』（下）の解説である。

「もし無言を以て極となさば、文殊もまた無言なるべし。何ぞなほ言を発して讃述せんや」。解きて言はく「文殊述べざれば、惑心ただ浄名の黙然として答へざるを疑はん。なほ無言を以て極となすを知らざるべし。この故に文殊まさに物を伝へんと欲し、言を発して讃述するなり」（原漢文）

すなわち、維摩詰の無言の真価は、言語の力を借りなければ発揮できないと言うのである。

この、〈黙〉が〈弁〉を興すという論理は、『維摩経』観衆生品にも説かれている。そこでは天女が、「言語文字も皆解脱の相なり。（中略）文字を離れて解脱を説くことなかれ」と言っているが、このことばは、「解脱は言説する所なきが故に」という理由で、「黙然として答へず」にいる舎利弗に対して発せられたものなのである。無言は、深密な真理であると同時に、妄語・綺語を実語に再生させる、いわば通過儀礼としてあるものであったのである。

全篇に『維摩経』を踏まえた痕跡の見える『方丈記』であれば、末文の「心、さらに答ふることなし」もまた、前記のようなものと理解すべきであろう。『方丈記』の主人の心は、妄執のあまりの激しさゆえに、かえって自己凝視の機会に恵まれ、不二なる仏法の真諦を会得するに至ったのであろう。一方、「要なき楽しみ」（欲楽）を述べてきた舌根は、言絶という峻厳な通過儀礼を受けることによって、心の導くまま、不請の阿弥陀仏に報謝の念仏を唱える質直さを回復したことになる。こうして『方丈記』の結末は、そのまま「発心を楽しむ」（法楽）言説、『発心集』の発起に連動するものとなるわけである。

このように考察してくると、『方丈記』と『発心集』との、成立の時期の先後を問題にすることの無意味さが明らかになる。なぜなら、『方丈記』の撰ばれた一二一二年（建暦二）には、『発心集』所収説話の多くはすでに集められていたであろうし、『発心集』が一書として公表されるに当たっては、その前に『方丈記』における黙然の通過儀礼がなければならなかったからである。『方丈記』と『発心集』とは、かく相互補完的な作品なのであった。

さて、ここで中世の隠者たちが、『方丈記』と『発心集』とに多大の関心を寄せ、類を同じくする文言をも留めているという事実が思い返される。そして、おそらくはこの両書が、ひとたびは俗世とともに言語をも捨てたはずの隠者たちをして、言語世界への再生の希望と自信とを沸き立たせ、説話集の編纂へと駆り立てる原動力となったであろうことが思われてくるのである。

三、説話から法語へ

『方丈記』において典型化されているような、深刻に屈折した心の遍歴の上に成った中世仏教説話集であれば、古代仏教説話集が先規に則りながら、〈現世安穏〉〈息災招福〉と〈後生善処〉〈往生浄土〉との二願を達成した人々の事蹟収集に主力を注いで事足れりとしていたのとは、自から異質の作品が撰集されるのは当然のことである。

中世仏教説話集にあっては、仏道成就者の事蹟収集よりは、仏道成就の方途の模索が主眼となる。したがって内容は、揺れ動く妄心を凝視してその真相を確かめ、そこに巣喰う邪魔を降伏しようとするものが多くなり、形態は、序や跋や、あるいは物語部分に関連して表明する撰者の教説が長大化する。この序・跋・教説は、撰者の仏教観が物語部分を介して表出されたものであって、法語と称するに価するものである。つまり中世の仏教説話集は、説話と法語とを併存するものであるところに、一つの大きな特色が指摘できるのである。

およそ言語文字による仏教の宣説法には、大別して教学的方法と文学的方法との二類がある。前者は学理的・専門的で知識層を主たる享受対象とし、後者は感性に訴える平易な表出で広範な層の人々の心をとらえうる。そこで古代にあっては、教学的側面を教義書の法語が、文学的側面を説話集が担当するという宣説が一般であったのだが、中世に入って民衆的な新仏教が興り、文学的感興をそそる平易な和文の法語が記されるようになると、類型化して文学性を欠落していた古代様の仏教説話集は、急速に存在理由を滅失することになる。そこで仏教説話集は、人間内奥を照射する物語と、それをめぐる撰者の法語とを併載するという、個性味の豊かな路線に転進する。それが中世の仏教説話集なのであるが、しかしそれらの説話集は、仏教宣説文学の主座が、漢文体から和文体へ、説話から法語へと移行する、その過渡の態様を象徴的に示したかたちの、すぐれて個性的な数篇の作品を残しただけで、鎌倉時代の終焉とともに文学史上から姿を消していく。

では中世仏教説話集が、量的にも盛行を見ず、時期的にも比較的早く絶えてしまったのは何故であろうか。その理由の一つには撰者の問題があろう。中世仏教説話集の成立には、古代のそれに倍して、文学的に資質の高い撰者が要求されるからである。しかし、それにも増して重要な内的要因として、中世仏教説話集の説く、宗教の雑修諸行主義があげられよう。

中世仏教説話集撰者たちの最大の関心事が、妄心を滅して真心を蘇らせるところにあったことは前述した通りで、彼らは「仏をつくり堂をたてんよりも、心を法界にすまさんこそ、げにあらまほしけれ」(『撰集抄』)と考えていた。この、外相を捨象し内実に切り込む志向は、まさしく中世仏教の原点となるものであったが、いかにして「心を法界にすま」すかという行業については、説話集は法語とは対極的な立場にあった。すなわち説話集の説くところは、

功積めることなけれども、一筋に憑み奉る心深ければ往生する。(『発心集』)

人の心の進む方様様なれば、勤めも又一筋ならず。(『発心集』)

いづれのおこなひにても、よくだにせば、後世をとりてんずる。(『閑居友』)

おこなひはなにのおこなひにてもあれ、つねに心をすまして、にごすまじき。（『閑居友』）

道心を発さば、無始より積み集め置ける罪の、さながらみな消えて、本有常住の月を胸の中にすまさん事、さらさら遠きにあらず。（『撰集抄』）

彼の酒を愛し、碁を好むが如く、仏法を愛楽し、修行せば、道を悟らんこと安かるべし。（『沙石集』）

などと、一致して雑修諸行主義なのである。それが、不可思議微妙な心に対する中世の隠者たちの真摯な取り組みの中で得られた一つの結論であることは理解できるし、その結果が人心の機微を穿つ異色ある物語収集の因となって、中世仏教説話集の文学性を豊かにしたことも間違いないと思われる。

しかし、そのような雑修諸行主義の宗教が、動乱期の不安におののく広い階層の人々に強い教導力を発揮しえないのは言うまでもない。宣説文学の主座が、専修一行主義によって純度を高め、易行性を徹底させた中世新仏教創始者たちの法語の系統に移行するのは、理の当然であったと言える。

法語にあっては、

本願の念仏には、ひとりだちをさせてすけをささぬなり。すけさすほどの人は、極楽の辺地にむまる。すけといふは、智恵をもすけにさし、持戒をもすけにさし、道心をもすけにさし、慈悲をもすけにさすなり。善人は善人ながら念仏し、悪人は悪人ながら念仏して、ただ、むまれつきのままにて念仏する人を、念仏にすけささぬとは云ふ也。（『禅勝房伝説の詞』）

と、一切のすけを峻拒したひとりだちの念仏専修を勧める法然や、

たとひ法然上人にすかされまひらせて、念仏して地獄におちたりとも、さらに後悔すべからずさふらふ。そのゆへは、自余の行をはげみて仏になるべかりける身が、念仏まうして地獄におちてさふらはばこそ、すかされ

> たてまつりてといふ後悔もさふらはめ、いづれの行もをよびがたき身なれば、とても地獄は一定すみかぞかし。
> （『歎異抄』）

と、法然の所説に絶対随順しながら、ついに、

> 真実信心の行人は、摂取不捨のゆへに、正定聚のくらゐに住す。このゆへに、臨終をまつことなし。来迎をたのむことなし。信心のさだまるとき、往生またさだまるなり。来迎の儀をまたず。正念といふは、本弘誓願の信楽さだまるをいふなり。
> （『末灯抄』）

と、来世往生を否定し、現世での正信の決定を以て往生・成仏の決定であると明言する親鸞や、あるいは「善につけ、悪につけ、法華経をすつるは地獄の業なるべし」（『開目抄』）として、

> いかに強敵重なるとも、ゆめゆめ退する心なかれ、恐るる心なかれ。縦ひ首をば鋸にて引切り、どうをばひしほこを以てつつき、足にはほだしを打てきりを以てもむとも、命のかよはんほどは、南無妙法蓮華経、南無妙法蓮華経と唱て、唱へ死に死ぬる。
> （『顕仏未来記』）

と、不惜身命の法華一乗行を督す日蓮の文章に見られるような、あるいは峻厳、あるいは明澄、あるいは熾烈、時に際し機に応じて迸り出る、専修の信と行とを凝結した言語宇宙は、末世の闇に沈淪する凡愚衆に、安堵と希望の生を蘇らせるに十分な魅力を秘めたものであった。

中世中期を過ぎると、いわゆる新仏教も教団の組織化が進み、それに対抗する旧仏教教団をも含めて、各門派はそれぞれの独自性を鮮明に主張するようになる。そこで、中世仏教の祖師たちによって道を拓かれた和文法語の世界は、草創期のそれに見られたような醇乎たる文学性を減退させはするが、教宣力には磨きをかけ、一段とよく民心を把握するものとなる。そのような法語の旺勢な活力の前には、「自ら勤めて、執して、他の行を謗るべからず」

（『発心集』）と言い、「我が有縁の法をのみ執して、他の有縁の法をそしる事、又愚かなる心なり」（『沙石集』）といった柔軟な思考（よく言えば鷹揚な、悪く言えば微温的な宗教性）を身上とする中世仏教説話集の類は、出る幕を閉ざされてしまったのである。

中世仏教草創期の法語
——法然・道元・日蓮を通して——

一、はじめに

天台密教の理論を大成した五大院安然（九〇二年没？）が、「桓武天皇斯の地を択び、高祖我が山を卜す。世智と道眼と互ひに精神を通ず。天象地儀と共に函蓋を得たり。故に仏法王法を護り、王法仏法を崇めて、永く皇帝本命の道場を建つ。偏に国家鎮護の精誠を厳にす[1]」という比叡山の仏法王法相依観は、その沿革を辿れば開創者最澄にまで行き着くのであって、そのことに関する、「平安の初期から、すでに天台仏教は、南都仏教と全く異ならない王室との迎合と俗のうちに終始した」という戸頃重基のことば[2]と、黒田俊雄の、平安時代の鎮護国家思想に見られる仏法王法相互の関係は、「古代専制国家の段階に比べて〈仏法〉の立場が相対的に高まっている」という発言[3]との差違、具体的に言うならば、前者の「全く異ならない」と、後者の「相対的に高まっている」との語句の違いにこだわることはあるまい。なぜなら、厳密な意味で「全く」ということはありえないのだから、前者は強調の意図でその語を用いているはずだし、また後者がわざわざ「相対的に」とことわっているのは、程度の微弱さを告知したいからにほかならないであろうからであって、両者間に本質的な懸隔はないと見てよかろう。

もっとも、場合によっては前記二者に表出されているような微細な差違を重視しなければならないこともないわけではないが、本章が対象とする中世新仏教の祖師たちの法語類の思想は、前記二者を一括して対比させてもさしつかえないほどのきわだちを示すものであるので、問題にならない。以下、法然・道元・日蓮の法語によって、その様相を検索してみよう。

二、法然

中世初頭には、法然は日本浄土教の第三祖とされていた。「時暦、正嘉元（一二五七）丁巳七月中、於常陸集記」と跋書されている愚勧住信の『私聚百因縁集』は、巻八「永観の事」に、

　今の往生浄土宗の祖師として在す。浄土の教は、和漢並びて八祖なり。所謂、曇鸞・道綽・善導・懐感・少康已上大唐五祖、恵心・永観・法然上人日本三祖

とし、源信の『往生要集』を永観の『往生拾因』が継いで、日本浄土教の基礎が固まったと言う。日蓮に同様な発言があることは後に触れるが、文永十二年（一二七五）に了恵が編んだ『和語灯録』[4]の序も、

　恵心僧都は楞厳の月の前に往生の要文をあつめ、永観律師は禅林の花の下に念仏の十因を詠じて、をのをの浄土の教行をひろめ給ひしかども、往生の化道はまださかりならざりしに、中比、黒谷の上人……。

と、日本浄土教展開の系譜を示しており、このような考え方が当時の通念であったことが知られる。

ここに、法然の宗教の濫觴とされている『往生要集』のはらむ要件は、最澄以来、古代国家の支配者層と共有していた天台仏教の危機意識（それが鎮護国家の論理を構築する）を、「苦・無常などの、いわば生の不安として自己の内部に見出」すことにより、「台密とも分離した」「厭離穢土・欣求浄土の決断をなしえた[5]」ところにあり、さら

にはその「決断」が、

妄念はもとより凡夫の地体なり。妄念の外に別の心もなきなり。臨終の時までは、一向に妄念の凡夫にてあるべきとこころえて念仏すれば、来迎にあづかりて蓮台にのるときこそ、妄念をひるがへしてさとりの心とはなれ。妄念のうちより申しいだしたる念仏は、濁にしまぬ蓮のごとくにして、決定往生うたがひあるべからず。妄念をいとはずして信心のあさきをなげきて、こころざしを深くして常に名号を唱ふべし。(6)

という、妄念の凡夫に相応した口称の念仏へと突破口を開くに至った点にあると言える。

しかし、源信の念仏が観想を主としたものであることは言うまでもなく、のちに法然が専らそれに拠るようになった『観経疏』の〈散善義〉(7)への言及はない。『観経疏』については、わずかに〈玄義分〉に関して、「観経の善導禅師の玄義には、大小乗の方便以前の凡夫を以て九品の位に判じ、諸師の所判の深高なるを許さず(8)」と記しているだけであるから、「(源信は)『観経疏』を高く評価しておらなかった(9)」と断定されても当然なのである。『往生要集』には見られない『観経疏』〈散善義〉が、南都東大寺永観の『往生拾因』に引かれ、さらに同じ東大寺の珍海の『決定往生集』に至ると当然のことのように重視されて、「称名は正中の正なり」などと言われている事実に注目した井上光貞は、法然が『往生要集』に説かれた口称念仏に強い関心を懐きながらも、この書の諸行本願義に満足できずに指針を善導に求めるようになったであろうこと、そして、南都留学を機に当地で盛んになっていた善導流の念仏に触発されて、独自の選択本願説の樹立に到達したであろうことを推測している。(11)

法然の専修念仏が、すでに行われていた善導流の称名念仏と一線を画するのは、念仏を阿弥陀仏(法蔵比丘時代)の選択した本願の業とし、それゆえにこそ、「願力にすがりて往生する事はやすし。(中略)念仏にあらずは極楽へむまるべからざる者也(12)」とするところにあるわけだが、ここにおいて、本願の念仏には、ひとりだちをせさせて助をさゝぬ也。助さす程の人は、極楽の辺地にむまる。すけと申すは、智恵をも助にさし、持戒をもすけにさし、道心をも助にさし、慈悲をもすけにさす也。それに善人は善人ながら念仏し、悪人は悪人ながら念仏して、ただ、むまれつきのまゝにて念仏する人を、念仏にすけさゝぬとは申す也。[13]

という、「ひとりだち」の「すけささぬ」念仏が、絶対唯一の功徳あるものとして位置づけられるのであって、このような法然の新義には、王法などのつけ入る余地は全くないのである。

とはいっても、法然の仏教がすべての面において旧仏教を超克しているわけではない。「持戒をもすけにさし、道心をも助にさし」することを否定しながらも、法然がしばしば貴族たちの受戒の要請に応じていたことは『玉葉』や『明月記』の記録の示す通りであるし、「一声も南無阿弥陀仏と申せば、わが身はたとひいかに罪ふかくとも、仏の願力によりて、一定往生するぞとおぼしめして、よく〳〵一すぢに念仏し候べき也[14]」と一念の念仏を認めながらも、他方では、「一念往生の義は、京中にも粗流布するよしうけ給はるところ也。をよそ言語道断の事也。まことにほとほと御問にもをよぶべからざる事歟[15]」と一念義を叱責している。また、厭離穢土・欣求浄土を説きながら、「コノ世ノイノリニ、仏モ申サム事ハ、ソモクルシミ候マジ。後世ノ往生、念仏ノホカニアラズ行ヲスルコソ念仏ヲサマタグレバ、アシキ事ニテ候ヘ。コノ世ノタメニスル事ハ、往生ノタメニテハ候ハネバ、仏神ノイノリ、サラニクルシカルマジク候[16]」と、現世の希望を仏神に祈ることを認めているのである。

このような法然に関しては、「円頓戒の立場から云えば矛盾ではなかった[17]」とする赤松俊秀の考えや、それに対する、法然は「専修念仏を弘める機縁になること」であったから不本意な行動を敢えてしたに過ぎないという田村円澄の反論[18]、あるいは重松明久の「新旧要素の交錯の上に、彼の人間的立場があったのではなかろうか[19]」といった宗教の外縁的要素をも加味した意見などが出されているが、ここには法然の尖鋭な新仏教独特の教義と、寛容な旧仏教を踏まえた実践とを包摂した、宗教的立場を見るべきであると思う。

ただ本稿にとって重要なことは、法然にあっては、その旧仏教的側面においてもなお、王法とは無縁であったということである。したがって法然とその門下は、仏法との相依を期待する王法体制にとっては、とりつく島のない無気味な、というよりも不穏な存在であったに違いない。このような事態が、法然一党に対する王法側からの弾圧の要因であったとする清水澄の、「法然によって初めて、宗教的原理と社会的原理とが判然と区別され積極的に対立するものになったとみられる。法然上人没後、鎌倉幕府の念仏教団弾圧は、根本的には、全く妥協の余地のない二つの原理の衝突であると思われる」[20]という発言は、時期を法然在世中にまで引き上げても当を得たものと言えるであろう。

右のような、旧体制との徹底した対決要因を有しながらも、法然没後の門流が急速に信仰圏を拡張していったのは、前述の旧仏教的要素を多く含む流派が主軸となって、「顕密仏教の浸透が浄土教を発達させ、浄土教の信仰が顕密仏教を発達させるという相互関係」[21]のうねりの中に積極的に身を投じていったからであって、その猖獗に危機を感じた日蓮の、「恵心は『往生要集』をつくる、日本国三分が一は一同の弥陀念仏者。永観は『十因』と『往生構式』をつくる、扶桑三分が二は一同の念仏者。法然『せんちゃく』をつくる、本朝一同の念仏者」[22]ということばによっても知られるように、法然は『往生要集』『往生拾因』の思想を継承してそれを飛躍的に興した日本浄土教の第三祖であり、旧仏教と断絶した新義の創唱者としては受け止められていないのである。

このように法然の宗教は、柔軟な社会的対応の相を示しつつも、「まづこの娑婆世界をいとひすてゝ、いそぎてかの極楽浄土にむまれて、かのくにゝして仏道を行」ずべく、「意に往生せんとをもひて口に南無阿弥陀仏ととなへば、こえについて決定往生のをもひをなすべし。その決定によりて、すなはち往生の業はさだまる」[23]旨を唱導し、王法圏（娑婆世界）を全否定した仏国土（極楽浄土）専願の、尖鋭な世界観を滞りなく大衆に浸透させるという成果をあげたのである。

三、道元

道元には、他の中世仏教創唱者と異質の要素が少なからず認められる。たとえば、「大乗実教には、正像末法をわくことなし。修すればみな得道す」[24]という末法思想・劣機観の否定や、「諸仏諸祖の成道、ただこれ出家受戒のみなり。諸仏諸祖の命脈、ただこれ出家受戒のみなり。いまだかつて出家せざるものは、ならびに仏祖にあらざるなり。仏をみ、祖をみるときは、出家受戒するなり」[25]といった出家受戒主義[26]などは、中世に興った民衆仏教の相容れないところのものである。

このような道元の立場については、「彼の仰ぐ処の仏教が日本の仏教と何のかゝはりもなく唐突として大陸より輸入せられた舶来の思想であったことに主な因縁をもつ」[27]という指摘があるが、事実、道元は中国を主格として、わが国を仏法の機縁にはずれた劣悪な種姓と見るところから、彼の宗教を出発させている。

この日本国は、海外の遠方なり、人のこゝろ至愚なり。むかしよりいまだ聖人むまれず、生知むまれず、いはんや学道の実士まれなり。道心をしらざるともがら、道心をおしふるときは、忠言の逆耳するによりて、自己をかへりみず、他人をうらむ。[28]

と言い、

このくにの出家人は、大国の在家人にもおとれり。挙世おろかにして、心量狭少なり。ふかく有為の功を執して、事相の善をこのむ。かくのごとくのやから、たとひ坐禅すといふとも、たちまちに仏法を証得せむや。[29]

という道元のことばに、日本国は救済の対象からかけ離れていることが、ありありと示されている。

しかし、この道元における日本国蔑視が、実は個体としての日本国を対象としたものではなく、日本国の現出している具象を通して王法国家一般に向けられていることを見落としてはなるまい。

道元は、中央権力者との接触を避けて深山幽谷に一個半個の仏性を磨くようにとの師如浄の訓誡を守り、「帝者に親近せず、帝者にみえず、丞相と親厚ならず、官員と親厚ならず、紫衣師号を表辞するのみにあらず、一生まだらなる袈裟を搭せず[30]」して「自己の身心および他己の身心を脱落せしむる[31]」ことに勉めた人であるから、彼の宗教は本来的に、王法仏法相依観とは無縁のものであったのである。にもかかわらず、道元が日本国の劣悪さにこだわっているのは、そこにある「繫縛」性・「魔」性を確認することにより、それを転迷開悟の機縁としようとする意識が潜在していたからではないかと思われる。ということは、

はじめて仏道を欣求せしときのこゝろざしをわすれざるべし。いはく、はじめて発心するときは、他人のために法をもとめず、名利をなげすてきたる。名利をもとむるにあらず、たゞひとすぢに得道をこゝろざす、かつて国王大臣の恭敬供養をまつことを期せざるものなり。しかあるに、いまかくのごとくの因縁あり、本期にあらず、所求にあらず。人天の繫縛にかゝわらんことを期せざるところなり。しかあるを、おろかなる人は、たとひ道心ありといへども、はやく本志をわすれて、あやまりて人天の供養をまちて、仏法の功徳いたれりとよろこぶ。国王大臣の帰依しきりなれば、わがみちの現成とおもへり。これは学道の一魔なり。あはれむ心をわするべからずといふとも、よろこぶことなかるべし。[32]

といった文章に読み取れるのであって、「いま澆季には、もとめて帝者にまみえんとねがふあり」という日本国の醜悪な現実を凝視するがゆえに、かえって「王臣に親近せざらんと行持せる行持、これ千載の一遇なり」[33]との警声を、自他に発するのが道元なのであった。

ただ道元には、『弁道話』の末尾近くに「曽礼、仏法を国中に弘通すること、王勅をまつべし……」といった発言があるので、仏法が王法に従属する制度を容認しているのではないかとの疑問が湧くかもしれない。しかし右の一節は、逆接の接続によって、

ふたたび霊山の遺嘱をおもへば、いま百万億刹に現出せる王公相将、みなともにかたじけなく、仏勅をうけて、夙生に仏法を護持する素懐をわすれず、生来せるものなり。その化をしくさかひ、いづれのところか、仏国土にあらざらむ。このゆゑに、仏祖の道を流通せむ、かならずしもところをえらび、縁をまつべきにあらず。[34]

という一文に続くのであって、「霊山の遺嘱」、すなわち『涅槃経』や『仁王経』の〝仏が仏法の弘通を国王らに付嘱する〟という文により、国王らは仏の勅命を受けて仏法を護持する義務を負わされ、それを果たすために出現するという、仏本王従の立場は明確なのである。

道元は右の件に関しても、それが具現されている場として中国を讃美している。

大宋国には、いまのよの国王・大臣・士俗・男女、ともに心を祖道にとゞめずといふことなし。武門・文家、いづれも参禅学道をこゝろざせり。こゝろざすもの、かならず心地を開明することおほし。これ世務の仏法をさまたげざる、おのづからしられたり。

という道元は、さらに論を普遍化させて、

国家に真実の仏法弘通すれば、諸仏諸天ひまなく衛護するがゆゑに、王化太平なり。聖化太平なれば、仏法そ

のちからをうるものなり。[35]

と述べている。中国の現実に関する道元の認識が正当であるわけはないが、その認識によって仏国土の理想郷が具体的に存在するとの確信を得、それと対蹠するものとして、仏本王従を阻害する状況をはらむ日本国への批判を厳格化し、その批判を通して反俗的宗教体系の純化を徹底させるという方法が、道元には認められるのである。

四、日蓮と「平家」

中世新仏教の創唱者の中で、『平家物語』をはじめとする軍記物の直接的な資料となった記録類・物語類（以下「平家」という）[36]を味読した形跡がうかがえるのは、日蓮だけである。この事実は、日蓮の法語における王法・仏法の問題を解析する、重要な手がかりとなるものと思われる。

およそ一宗の祖と仰がれるほどの真摯な宗教者は、物語などの外典に接することがないのが一般である。彼らには学ばねばならない万巻の仏書があり、積むべき無尽の行業がひかえているのであって、とても外典などに触れている余裕などなかったはずである。日蓮にあっても、その事情は変わっていないであろう。「行学の二道をはげみ候べし。行学たへなば仏法はあるべからず」[37]と励んで、「智者に我が義やぶられずは用いじ」[38]と高言できるほどに研鑽を深め、弟子たちに対しても、「我が門下は、夜は眠を断ち、昼は暇を止めて之を案ぜよ」[39]と鞭撻する日蓮が、娯楽的な関心のもとで外典に接したとは考えられない。では、日蓮にとって「平家」とは何であったのであろうか。

この疑問を解くために、まず「平家」享受の跡が見られる最も早い時期の遺文[40]、『法門可被申様之事』の一節を掲げてみよう。

国民たりし清盛入道、王法をかたぶけたてまつり、結句は山王・大仏殿をやきはらひしかば、天照大神・正八幡・山王等よりきせさせ給て、源頼義が末の頼朝に仰下して平家をほろぼされて国土安穏なりき。[41]

右の一文には、(1)平清盛が王法に違背し仏法を滅尽させたこと、(2)天照大神・正八幡・山王の諸神が合議して政権の交替を計ったこと、(3)神々の命を受けた源頼朝が、平家を滅ぼして政権の座についたことが記されている。これは文永六年（一二六九）、日蓮四十八歳の折のものであるが、のちに日蓮が身延隠棲後の五十九歳のときに記した『諫暁八幡抄』の、

安芸の国いつく島の大明神は平家の氏神なり。平家をごらせし失に、伊勢大神宮・八幡等に神うちに打ち失なはれて、其後、平家ほどなくほろび候ひぬ。[42]

という神うちの話とほぼ一致している。そしてこの物語は、『平家物語』の治承四年八月の源頼朝挙兵を予兆する夢見話と変わりがない。

その夢見話というのは、源中納言雅頼に仕える青侍の夢に関するもので、神々の議定の場から厳島明神が追放され、八幡大菩薩が、「この日来、平家のあづかりたりつる節刀をば、今者伊豆国の流人頼朝にたばうずる也」と言うと、春日明神が、「其後者わが孫にもたび候へ」と乞うものであり、[43]政権が厳島明神を信奉する平家から八幡大菩薩の守護する源氏へと移ること、およびその後は春日明神を氏神とする藤原氏が交代するであろうことを予告する、霊夢話なのである。この話は『平家物語』諸本に載せられているが、日蓮の『諫暁八幡抄』と同じく、春日明神の発言を欠く場合もある。[44]

神慮によって政権が授受されるという発想は、『愚管抄』にも「トヲクハ伊勢大神宮ト鹿島ノ大明神ト、チカクハ八幡大菩薩ト春日大明神ト、昔今ヒシト議定シテ世ヲバタモタセ給フナリ[45]」とあるように、当時一般的な考え方

であったが、それによって源平の政権交代が行われたとする話は「平家」として流伝しており、日蓮はそれを享受したものと推測される。

もっとも、前に掲げた『法門可被申様之事』の一節には厳島明神が登場せず、山王日吉神がそれに変わっているので、『平家物語』の神うち話とは若干の距離を認めざるをえず、この部分をもって直ちに「平家」享受の跡と見なすには躊躇されるものがあるが、『法門可被申様之事』以降の日蓮遺文中には『平家物語』関連記述が続出するようになるので、それらの事実を含めて、日蓮の「平家」享受は、『法門可被申様之事』の記された文永六年を遡る、わずかな時期から始まったと判断される(46)。

この時期というのは、蒙古の国書が到来（文永五年閏一月）して国内に危機感が高まったころであり、日蓮は、文応元年（一二六〇）に幕府へ呈上した『立正安国論』に予言をしておいた「他国侵逼難」の襲来が迫ったとして『安国論御勘由来』を著し（文永五年四月五日）、

（念仏者・禅宗の跋扈により）叡山守護の天照大神・正八幡宮・山王七社、国中守護の諸大善神、法味を喰はずして威光を失ひ、国土を捨て了んぬ。悪鬼便りを得て災難を至し、結句、他国より此の国を破る可き先相、勘ふる所なり(47)。

などと、幕府要路の人々に檄を飛ばしたりしているのだが、日蓮のそのような動きの中に、「国」に対する観念の変化が起きていることを見逃すことはできない。

正元元年（一二五九）、長編の論文『守護国家論』を記し、それを基として翌年に『立正安国論』を述作したころの日蓮が言う「国家」「国」とは、漠然と、生活する場でありその環境であった。鎌倉地方で続発した、「正嘉元年太歳丁巳八月廿三日戌亥の時、前代に超えたる大地震。同二年戊午八月一日、大風。同三年己未大飢饉。正元元年己未大

疫病[48]」などの災厄に遭っての、「牛馬巷に斃れ、骸骨路に充てり。死を招くの輩、既に大半に超え、之を悲しまざるの族、敢て一人もなし[49]」という悲惨な現実を目前にした日蓮は、それを『金光明経』『大集経』『仁王経』などに記された謗法蔓延の現証と見た。正法の滅失が国家守護の諸天善神を去らしめ、よって国土の乱れ、人民の疲弊が招来されていると判断したのである。

この、日蓮によって見つめられている国というのは、鎌倉地方であり、またその地方の、その時点における現状から敷衍して推測される抽象的な生活空間であって、構造的に具体性を有する国ではない。したがってこのころの日蓮にあっては、「国」を統治すべき主体として対象化される「国王」「国主」の観念もまた曖昧である。佐々木馨は、佐渡流謫以前の日蓮は、「天皇を実質的な国主と比定し、鎌倉幕府を名目的なそれとしていた[50]」と言うが、日蓮の『立正安国論』を上呈した対象が、天皇でも執権でもなく前執権北条時頼であったという事実が、日蓮の国主観の曖昧さを端的に物語っている。

ところが、蒙古が、自分たちの生活空間を消亡させる可能性のある存在として目前に出現した段階では、日蓮は、外国に対する自国――もちろんそれは、正法によって繁栄を保証される国である――と、その国を統治すべき国王・国主の具体像を鮮明にする必要に迫られる。そこで学ばなければならないのは、日蓮がかつて研鑽した仏典類には扱われていなかったところの日本の歴史、とくに慈鎮が「保元元年七月二日、鳥羽院ウセサセ給テ後、日本国ノ乱逆ト云コトハヲコリテ後、ムサノ世ニナリニケルナリ[51]」と指摘する保元の乱から、「日本国ノナラヒハ、国王種姓ノ人ナラヌスヂヲ国王ニハスマジト、神ノ代ヨリサダメタル国[52]」であるという定理に亀裂を生じた承久の乱に至る、古代末・中世初頭の変革期動乱の歴史であったはずである。日蓮の「平家」享受が、そのような宗教研鑽上の要請に応じてなされたものであることは想像に難くない。

さて、周知のように佐渡流謫以前の日蓮には、未だ独自の法門が確立されていない。『法門可被申様之事』にも、「仏法の滅不滅は叡山にあるべし[53]」といった天台僧意識が顕わなのであるが、しかし、日蓮独自の「国土即仏土論=釈尊御領観[54]」、「三界=釈尊御領という至上理念[55]」は成熟している。

此の国は釈迦如来の御所領。（中略）梵天・帝釈等は我等が親父釈迦如来の御所領をあづかりて、正法の僧をやしなうべき者につけられて候。毘沙門等は四天下の主、此等が門まもり。又四州の王等は毘沙門天が所従なるべし。其の上、日本秋津島は四州の輪王の所従にも及ばず、但島の長なるべし[56]。

この『法門可被申様之事』の一節に明らかなように、釈迦如来→梵天・帝釈等→四天王→四州の王→日本国王という、釈尊御領における主従関係の図式が、日蓮の脳裡に明確に描かれているのである。

そこで日蓮は、梵天・帝釈以下の諸王は釈尊の「御所領をあづかりて、正法の僧をやしなうべき者」であるにもかかわらず、その末座に連なる日本の島長が義務を怠り、仏勅使日蓮の諫言を容れないばかりか迫害をも加えているとし、

日本一州上下万人、一人もなく謗法になれば、大梵天王・帝釈・並びに天照大神等、隣国の聖人に仰せつけられて、謗法をためさんとせらるるか[57]。

という。ここにおいて蒙古は、謗法の国日本を治罰する聖人にまで見立てられているのである。

こうした仏法為本の国家観は、ついに王権の公家から武家への移行も認めるようになるが[58]、それも、一切の俗的なものを、仏法の総体系を支える機関と見る日蓮にとっては当然のことであったと言える。日蓮の現実主義的仏本王従の思想は、その構築過程に「平家」などの外典を混ぜ込むことによって、いよいよ純度と強度とを増すことになったのである。

五、むすび

如上、八宗体制[59]の外にいた法然・道元・日蓮らの法語を検討した結果、われわれはそこに、仏本王従・仏勝王劣の思想が厳固としてあることを確認した。この特質は、同じく非八宗の仏門を開いた栄西・親鸞・一遍ら、他の中世新仏教の創唱者たちにも認められるところである。

しかし、中世新仏教も草創期を終えて教団の組織化が進むと、派閥間に利害の対立が起こり、その抗争の有利な展開を求めて、王権との接合を計るものが出てくる。そして、その傾向の累積が、新仏教一般をして草創期における鮮烈なエネルギーを滅失させ、顕密体制[60]の中への溶解を余儀なくさせるのである。

註

(1)『四明安全義』(原漢文。日本大蔵経『天台宗密教章疏』三、六五六頁)。
(2) 戸頃重基『日蓮の思想と鎌倉仏教』(冨山房、昭和四十年)六〇―六一頁。
(3) 黒田俊雄『日本中世の国家と宗教』(岩波書店、昭和五十年)四六三頁。
(4)『浄土宗全書』(以下、『浄全』と略称する)第九巻、四六八頁、下。
(5) 田村円澄『日本仏教思想史研究・浄土教篇』(平楽寺書店、昭和五十九年)三〇二頁。
(6)『横川法語』(岩波・日本古典文学大系。以下、古典大系と略称する。『仮名法語集』五一頁)。
(7) 法然は『観経疏』巻四〈散善義〉「就行立信」の「一心専念、弥陀名号」の一文によって、選択本願念仏義を立てたと認められている。
(8)『往生要集』大文第十「問答料簡」(原漢文。岩波・日本思想大系。以下、思想大系と略称する。『源信』二七四頁）。
（9）大橋俊雄『法然・一遍』（思想大系）三九四頁。
（10）井上は、初期の伝記により法然の南都留学を承安五年（一一七五）の離山以前と推定している。
（11）井上光貞『新訂・日本浄土教成立史の研究』（山川出版社、昭和五十年）三〇九―三一一頁。
（12）「大胡の太郎実秀の妻室のもとへつかはす御返事」（『和語灯録』第二之四。『浄全』第九巻、五五九頁下）。
（13）「諸人伝説の詞」（『和語灯録』第二之五。『浄全』第九巻、六〇八頁下）。
（14）「正如房へつかはす御文」（『和語灯録』第二之四。『浄全』第九巻、五六九頁上）。
（15）「越中国光明房へつかはす御返事」（『和語灯録』第二之四。『浄全』第九巻、五六七頁上）。
（16）「津戸の三郎へつかはす御返事」（思想大系『法然・一遍』一七二頁。ただし、『和語灯録』にはこの条を欠く）。
（17）赤松俊秀「鎌倉仏教の課題」（『史学雑誌』第六七巻七号、昭和三十三年七月）。
（18）田村円澄『日本仏教史』（法藏館、昭和五十八年）三、九八頁。
（19）重松明久『日本浄土教成立過程の研究』（平楽寺書店、昭和四十一年）四九六頁
（20）清水澄「法然上人の人間観」（仏教大学法然上人研究会編『法然上人研究』所収、昭和五十年）。
（21）平雅行「末法・末代観の歴史的意義――浄土教中心史観批判――」（『仏教史学研究』昭和五十八年二月）。
（22）「撰時抄」（立正大学・日蓮教学研究所篇『昭和定本・日蓮聖人遺文』。以下、『昭和定本』と略称する。一〇四七頁）。
（23）「往生大要抄」（『和語灯録』第二之一。『浄全』第九巻、四八二頁下・四九一頁下）。
（24）『弁道話』（思想大系『道元』上、二六頁）。
（25）『正法眼蔵・出家』（思想大系『道元』下、二九九頁）。
（26）道元には「坐禅弁道して仏祖の大道に証入す。ただこれこゝろざしのありなしによるべし。身の在家出家にはかゝはらじ」（『弁道話』。思想大系『道元』二五頁）といった在家信仰を認めるような発言もあるが、真意が出家主義にあることは、所説の総体と自身の行実によって明らかである。
（27）家永三郎『中世仏教思想史研究』（法藏館、昭和二十二年）五〇頁。

(28)『正法眼蔵・渓声山色』（思想大系『道元』上、二九五頁）。
(29)『弁道話』（思想大系『道元』上、二九頁）
(30)『正法眼蔵・行持・下』（思想大系『道元』上、二一六頁）。
(31)『正法眼蔵・現成公案』（思想大系『道元』上、三六頁）。
(32)『正法眼蔵・渓声山色』（思想大系『道元』上、二九六頁）。
(33)『正法眼蔵・行持・下』（思想大系『道元』下、二〇五頁）。
(34)『弁道話』（思想大系『道元』上、三一頁）。
(35)『弁道話』（思想大系『道元』上、二六頁）。
(36)今成元昭『平家物語流伝考』（風間書房、昭和四十六年）九〇頁。
(37)『諸法実相抄』（『昭和定本』七二九頁）。
(38)『開目抄』（『昭和定本』六〇一頁）。
(39)『富本殿御書』（原漢文。『昭和定本』一三七三頁）。
(40)日蓮の文書は「法語」と言わずに「遺文」と称するならわしになっているので、以下それに従う。
(41)『法門可被申様之事』（『昭和定本』四五四頁）。
(42)『諌暁八幡抄』（『昭和定本』一八三九頁）。
(43)『平家物語』（古典大系上、三四三頁）。
(44)屋代本のように八坂流の古態を伝えるものがそれに当たる。
(45)『愚管抄』巻七（古典大系、三四七頁）。
(46)たとえば『平家物語』に、「法皇を傾け奉らせ給はん事、天照大神・正八幡の神慮にも背候なんず」（二・教訓状）、「天照大神・正八幡宮いかでか後鳥羽法皇を捨まいらせ給べき」（三・法皇被流）、「天照大神・正八幡宮も我君（安徳天皇）をこそまもりまいらさせ給ふらめ」（八・大宰府落）などと記される王法守護の二尊が日蓮遺文に特記されるようになるのも、源頼朝や平清盛の名が見られるようになるのも、文永五年（一二六八）以後のことである。なお、文永五年以前の作とされている『行者仏天守護抄』（弘長二年。『昭和定本』二四六頁）、『聖愚問答抄』（文永二年。『昭和定本』三六四頁）に天照・八幡両尊が、また『持妙法華問答抄』（弘長三年。『昭和定本』二八四頁）に八幡大菩薩、『秋元殿御返事』（文永三年。『昭和定本』四〇六頁）に天照大神が登場するが、これらの遺文はいずれも真撰であることが疑われる。

(47)『安国論御勘由来』（原漢文。『昭和定本』四二三頁）。

(48)『安国論御勘由来』（原漢文。『昭和定本』四二一頁）。

(49)『立正安国論』（原漢文。『昭和定本』二〇九頁）。

(50) 佐々木馨「日蓮と天皇――国主観との関連で――（上）」（日本仏教研究会「日本仏教」第四三号、昭和五十二年十月）。

(51)『愚管抄』巻四（古典大系、二〇七頁）。

(52)『愚管抄』巻七（古典大系、三二八頁）。

(53)『法門可被申様之事』（『昭和定本』四五三頁）。

(54) 佐藤弘夫「中世仏教における仏土と王土」（日本史研究会「日本史研究」第二四六号、昭和五十八年二月）。

(55) 藤井学「中世における国家観の一形態――日蓮の道理と釈尊御領を中心に――」（読史会『国史論集』（一）所収、昭和三十四年十一月）。

(56)『法門可被申様之事』（『昭和定本』四四七頁）。

(57)『法門可被申様之事』（『昭和定本』四五四頁）。

(58) 高木豊は、「鎌倉仏教における国王のイメージ」（『古代・中世の社会と思想』三省堂、昭和五十四年）において、日蓮は天皇にかわる治世者としてまず北条時頼・時宗を比定し、晩年には源頼朝・北条義時を比定したという。

(59) 南都六宗に天台・真言の二宗を加えた、「古代国家の存立と相即不離の関係にある」仏教界の体制（田村円澄『日本仏教史』三、二三九頁）。

(60) 黒田俊雄は、「中世において国家権力と完全に結合してその正統性を誇り顕密体制ともいうべきイデオロギーの体制をつくった宗教的な主義（イズム）」があったことを指摘している（『日本中世の国家と宗教』四一五頁）。

第Ⅳ部　仏教の古典文学

蓮胤方丈記の論

一、はじめに

鴨長明が「世をうらみて出家」したことは間違いあるまい。「さきだちて、世をそむける人のもとへ言ひやりける」という和歌、「いづくより人は入りけん真くず原、秋風吹きし道よりぞこし」が何よりもそのことをよく語っている。だから『十訓抄』の筆者も、長明の出家は「ふかき怨みの心の闇」によるものだと言っているのである(1)。これは誤りのない事実なのであろうが、そのような出家を果たしたころまでの長明と、それから十年ほどを大原や日野の宗教的環境の中で過ごした蓮胤とを短絡に結びつけて、『方丈記』執筆時点においてもなお「追いつめられたものの、拭いがたい屈辱感がまつわ」(稿末付記補足A。以下同)り、「真実に生きようとする熾烈さがなく、閑寂を愉楽しようとするやや低次な心が支配的」(B)な人物とする見方が一般になされているのはいかがなものであろうか。出家の動機とその後に形成される人格とには全く関わりがないことなど誰でもわかっているはずであるのに、こと蓮胤に関する限り、人々はあまりそれを認めたがらないで、いつまでも苦悩する文人であり怨念の囚虜であることを望んでやまないようである。

たとえば『方丈記』には、蓮胤が二十六歳のころに見たという福原京のことが、「その時おのづから事のたよりありて、津の国の今の京にいたれり。所のありさまをみるに」として記されているのだが、蓮胤自身の証言とは裏腹に、「長明は、新都福原をみるために摂津へ出かけている」などと断言され、「『方丈記』では『おのづから事のたよりありて』と書いているだけである。要するにさしたる要事はなかったということだけは判る。要事もないのに何故出掛けたかという問いには推測を以て答える外はない。私は好奇心だと思う」といった解釈がなされたりするのは、やはり蓮胤に関するある種の先入観があって、それが思わぬ誤解をうながしているように思えてならない。そしてさらに悪いことには、福原訪問から実に三十年もの長年月を経た五十七歳の蓮胤が、飛鳥井雅経の推挙によって鎌倉へ下り実朝と面会をしたことについてまで、「何故長明が庵を出て鎌倉までの長旅を敢てしたかという問を発してみても具体的に答えうる材料は何もない」としながらも、「若いとき福原へわざわざ出向いて、この眼で都遷りの実態をみておきたいと思った同じものが老いた長明を動かしたとでも察する外は無いのである」（以上C）といった推論までが、そこには用意されてしまうのである。無根拠な（むしろ誤った）推測を基礎として、さらに、人生の三十年という、波瀾に富み、出家遁世までがなされた実に大きな時の隔りを無視して、『方丈記』執筆時点の蓮胤像を想定することの非は言うまでもないが、このような安直な発想は、右の引用文の筆者に限らず、蓮胤を論じ『方丈記』に言及する人々一般に、多かれ少なかれ認められる傾向なのである。

蓮胤に関する根強い偏った先入観は、彼の覚悟の出家や苦渋の遁世生活をも正面から受け止めてやろうとはしない。多くの場合、「外見こそ『それかとも見えぬほどにやせおとろへ』（『源家長日記』）ていったが……」といった、逆接の論理の中に葬り去ってしまうのである。しかしそれを主張する論者たちは決して、蓮胤をおとしめようとしているのではない。むしろ全く逆に、〈文人長明〉を称えようとする心理が右のような傾向に拍車をかけているようである。蓮胤『方丈記』という秀れた文学作品を遺した秀れた作家であるためには、宗教的次元からなるべく遠ざかっていてもらわなくては困るといった、宗教と文学とを乖離させなくてはおさまらない発想がそこには認められる。だからたとえば、「外見こそ『それかとも見えぬほどにやせおとろへ』ていったが」には、「鮮度をいっこうに失わない心を内に蔵していた長明とは、それだけでも決して平凡な人物ではない」（以上D）といった賛美の文が続くのである。つまりこの文章の筆者たちには、「やせおとろへ」ていることが心の鮮度を失った証左となるという前提があり、そのような外徴を示しているにもかかわらず、心の鮮度を失っていないがゆえに、蓮胤は文学者として称えられるべきであるという考えがあるのである。

しかし、「それかとも見えぬほどにやせおとろへ」ている隠遁者が、大寺院に寄住して肥え脂ぎっている紫衣の名僧たちよりも、どれだけ鮮度の高い心の持ち主であったかは、当時の史書や説話集などをひもとけば、すぐ知れることなのである。むしろ「あやしげなる法師のやせくろみたる」とか「黒み衰へたる」[2]とかいうのは、真摯で清浄な世捨聖に対して用いられた、常套的な言辞でさえあった。だから、「やせおとろへ」ていることと「鮮度をいっこうに失わない心」とは当然、順接の関係にあってしかるべきことなのである。にもかかわらず、それを逆接とする考え方が一般的であり、説得力をもって行われているのは、やはり、蓮胤の宗教的次元からの乖離を期待する心情が支配的だからであると考えざるをえない。

もし『方丈記』の、「念仏ものうく読経まめならぬ時は、みづから休み、身づからおこたる」の一節から蓮胤の宗教的不徹底さを指摘する人がいるならば、その人は、「念仏の時、睡におかされて行を怠り侍る事、いかがしてこの障りを止め侍らん」との質問に対して、「目の醒めたらんほど、念仏し給へ」と答えた法然[3]にも非難の鉾先を向けるべきであろうし、文筆活動を捨てなかった蓮胤が問題になるならば、同じ俎上に五山の禅僧たちも載せなければなるまい。蓮胤ばかりが『方丈記』を遺したがために、以而非聖であるとされるいわれはないのである。

蓮胤をひたすら文人墨客の側にひきつけておきたいという心情は、彼の法名をさえ慶滋保胤の名にあやかったものであろうという憶測を生み、それを通説とした。根拠皆無のままにである。しかし多大の覚悟を以て大原に籠り、やせおとろえるような隠遁生活を始めた蓮胤が、あやかるべくは寂心（保胤の法名）なのではなかろうか。しかも蓮胤当時、僧正印円の弟に覚胤、また法然の弟子である隆寛の子に慈胤ら、叡山系・大原系に「〇胤」を号する僧たちがいることを思い合わせるならば、「蓮胤」が「保胤」を摸したものであるなどとは、軽々しく言えないはずなのである。

私はいくつかの具体例をあげて、一般が〈文人長明〉を賞揚しようとするあまり、『方丈記』執筆時点の蓮胤をまで、出家以前や出家直後の宗教的には低い次元に彷徨する弱々しい知識人の相貌のままに定位させようとすることの弊を指摘したのであるが、私の観るところ、『方丈記』の筆者「桑門の蓮胤」は、宗教的にかなり高い次元に達した聖であった。そして『方丈記』は、「これが若し宗教的情熱に徹底したとしたら、『方丈記』の文学的価値の大半は失われるにきまっている」（E）といった大方の認識に反し、宗教的な自覚のもとに虚構された、すぐれて仏教的な作品なのであって、従来考えられてきたような随筆文学の系列下に置かれるべきものではないのである。以下、右の考えを立証するために、ごく基礎的な資料の洗い直しから作業を進めていこうと思う。

二、「蓮胤上人」という呼称

『方丈記』を著した蓮胤が、宗教的には未熟な知識人であったと判断された最大の根拠は『方丈記』自体にあるが、この作品についてはのちに述べるとして、まず周辺の諸資料を再吟味してみると、案に相違して、それらの中から通常考えられているような〈長明像〉を描き上げることは困難なのである。

たとえば源家長は、大原に籠ってやせおとろえた蓮胤が、「『うき世を思ひすてず、すこしのほだしにもこれが侍』とて歌のかへし書きたりし琵琶のばちを経ぶくろより取り出でて『これはいかにも、こけの下まで同じ所にくちはてんずるなり』」と涙したことを記している。これは、迷妄の闇に沈む出家後の蓮胤を彷彿させる一文であるが、ただ時期的にはごく初期のことと言うべく、『方丈記』執筆時点の蓮胤に言及しうる資料とはなりえない。むしろ『源家長日記』では、河合社の禰宜になるべき望みを絶たれた失意の蓮胤が、「氏社と申す社を官社になされ、(中略)かの社の禰宜になしたばんとさだめられ」た後鳥羽院の破格な待遇を一蹴して、「かきこもり(中略)いづくにありともきこえ」なくなってしまったこと、「そののち出家しておほはらにおこなひすまして侍しと聞え」たこと、そして、しばらくして偶然会ったときには「やせおとろへ」ていたという、その蓮胤の「こはぐ\しき心」「けちえんなる心」と一途な行動とが印象的であるし、一方で前掲のような泣き言をもらしたとしても、同時に他方では、「世をうらめしと思ひはべらざらましかば、うきよのやみはるけず侍なまし。これこそまことの朝恩にてはべるかな」と、やや気張った覚悟のほどを述べているのであるから、このような蓮胤が十年ほど隠遁修行に打ち込んだとするならば、晩年にはかなりの宗教的高み の境に達していたとしても何の不思議もない。

『十訓抄』にも、「念仏のひまぐ\には糸竹のすさび思ひすてざりけるこそ、すきのほどいとやさしけれ」とあるが、すぐ続けて、「其後もとのごとく、わかどころの寄人にて候べきよし後鳥羽院おほせられければ、しづみにき今更わかのうら波によらばやよらんあまのすて舟。と申て、つゐにこもりゐてやみにけり。世をも人をもうらむほどならば、かくこそあらまほしけれ」と、出家後多くの時を経ずして、かつては〝妄執〟とさえなっていた和歌所寄人への後鳥羽院の招請さえ一顧だにせずして、「つゐにこもりゐて」止んだ蓮胤の隠遁者としてのいさぎよさが称えられているのである。

右二書から読み取れる蓮胤の世俗との断絶・仏道への回心は、元久二年（一二〇五＝出家の翌年）六月十五日の五辻堂詩歌合出詠を最後として、蓮胤が歌壇との交渉を絶ったと判断されること、また、出家遁世の因となった複雑な事情や、関東下向・源実朝との対面などの世俗的な関わりについては、自らの筆にのぼせようとしていないことなどとも関連して考えられることなのである。(4)

蓮胤は『方丈記』執筆時点近くに著した『無名抄』に、賀茂社歌合の折の次のような話を載せている。

石川やせみのを川の清ければ月も流をたづねてぞすむ。とよみ侍りしを、判者師光入道「かかる川やはある」とて負になり侍りにき。思ふ所ありて読みて侍しかども、かくなり侍しかば、いぶかしく覚え侍し程に、（中略＝顕昭に「石川せみのを川」が賀茂川の異名であることを教えた。それを聞いた祐兼は、こういうことばは晴の会で使うべきだと難じた）新古今撰ばれし時、この歌入れられたり。「いと人も知らぬ事なるを」と申す人などの侍けるにや。すべて此の集中に十首入り侍り。これ過分の面目なる中にも、此歌の入りて侍るが、生死の余執ともなるばかり嬉しく侍るなり。但し、あはれ無益の事かな。

最後に蓮胤が「あはれ無益の事かな」と言っているのは、勅撰集入集を喜ぶ心に関しての感慨ではない。ということは、この話の次に、「千載集には、予が歌一首いれり」と素直にそれを喜ぶ話が語られていることによって知られるのである。したがって蓮胤は、ここでは「思ふ所ありて」詠んだ「石川や」の歌が、予想通り名だたる歌人たちに一泡ふかせ、とくに己の禰宜昇任を妨害した祐兼の非難に一矢酬いて、見事に晴れの庭に登場したのを「生死の余執ともなるばかり嬉しく」思ったという、その人事にまつわる妄念に、自己批判のつぶやきを漏らしているものと受け取らねばなるまい。つまり『方丈記』執筆以前に蓮胤は、在俗時の醜い人間関係をいまわしいものとして回顧しうる、心の高みを獲得していたと認められるのである。

右に述べきたったところは、わずかな資料による推測であるが、蓮胤が当時はたからも「蓮胤上人」と呼ばれていたという事実は、右の推測の確率を高めることになるであろう。蓮胤の没年次考証に決定的な役割を果たした資料「月講式」は、蓮胤の五七日忌に当たって、法然の弟子で日野外山を建立した大原如蓮上人禅寂の記したものであるが、そこには明らかに「蓮胤上人」としたためられている。「上人」称の内容は時代によって変遷があるが、蓮胤の場合は、その時代と環境から推して、〈念仏聖に対する日常的な敬称〉(5)という古代以来の原則が、大きくくずれていたとは思われない。そもそもこのような聖・上人などの称は、特定機関から授与されるものではなく、その人の行業がその称に値することを認めた周辺が自から称するようになる尊号であり、出自の尊卑・政治力・経済力等の俗的圧力の及びえないところの、専ら宗教的状況に関わる称号であるから、「月講式」に見られる「蓮胤上人」なる記述は、蓮胤の現実にあった立場を示す状況証拠として注目すべきものなのである。

このように種々思量してくると、『方丈記』に記された「桑門の蓮胤」なる署名の持つ意味の重さを、ひしひしと感ぜざるをえない。『方丈記』の著述主体は「かものながあきら」ではないのであるから、蓮胤がこの「記」を述作するにあたって、自ら明らかにしている宗教者の姿勢を、われわれは素直に受け止めなければいけないと思うのである。

三、『方丈記』の構成意図と宗教性

大原での蓮胤の実生活を具体的に知りうる資料はないが、『一言芳談』に載せられている次の話は、その大概を推測する手立てとなるものである。

（敬仏房云）近来の遁世の人といふは、もとゞりきりはつれば、いみじき学生・説経師となり、高野にのぼりつれば、めでたき真言師・ゆゝしき尺論の学生になり、或はもとは仮名の「し」文字だにもはかぐ〳〵しくかきまげぬものなれども、梵漢さるていに書ならひなどしあひたるなり。然而生死界を厭心もふかく、後世のつとめをいそがはしくする様なる事は、きはめてありがたき也。はやもとゞりきりけん時は、さりとも、此心をばよもおこしたてじとおぼゆる様なるを、我執・名聞甚しき心をさへ、おこしあひたる也。（中略）されば、大原高野にも、其久さありしかども、声明一も梵字一もならはでやみにしなりと云云。[6]

敬仏房は法然・明遍両者に師事した人であるから、右の記述は蓮胤時代の大原の様子を誤りなく伝えていると判断してさしつかえなかろう。とするならば当時の大原は、人間内面への沈潜や後世菩提の行業に至らぬところがあった反面、無学文盲の輩さえも梵字漢字を書きならって説経師となれるような実学が、隆盛をきわめていた。[7]したがって大原は蓮胤にとって、のちに『発心集』に収録したような説法材料を多く見聞し、また自らそれを語りふくらませる絶好の機会に恵まれた場でであったことになるのである。

この『方丈記』執筆以前の蓮胤が、多くの説経材料を持っていたという疑う余地のない事実は、案外無視されている。そして『方丈記』を述作してから『発心集』を編むまでの一、二年の間に、蓮胤のもとに説話群が突如怒濤のように流れ込み、彼の思想・信仰に急激な変化が起こったというような、ありうべくもない状況がなんとなく認められている傾向が一般にはある。そこで、「『方丈記』以後のかれはそれ（注＝励まし合う仲間）に近づいて行き、『発心集』に到着したのではなかろうか、と考える。長明にはなかまがあった。それらのなかまが話し合う信仰談、見せ合う書物もあった――それは『方丈記』の長明の予想しなかった世界であろう」（F）とか、「長明は発心集を執する段階において、妄念を否定し、真心を採った。その時点で彼は発心したと見なし得る」とかいった発言も聞かれ、『発心集』巻七の次の話、

雑阿含の中に、譬を取りて云へり。人のもとに独りの奴あり。万のわざ心に叶ひて一もかく事なし。主偏に是を相たのみて、朝夕哀みはごくむ。かれが好みねがふ事、きる物くひ物より始めて、はか無き遊び戯に至るまで皆かなへり。ともしき事あらせじと心をつくしいとなむより外の事ぞなき。しかるを此の奴、年来敵のたばかりてつけたりける使なれば、主の志を思ひしらんや。隙をはからひつゝ、忽ちに主を殺して去りぬ。奴と云ふは我が身なり。主と云ふは心なり。心のおろかなる故に、あだかたきなる身をしらずして、宿善の命をうしなひ、悪趣に堕する事をいへり。

について、「この話、方丈記において、心を主人とし、手足を従者として双方相むつぶ生活を賛美した時点に比べると、格段の違いである」（以上G）という解説もなされるのである。しかし蓮胤が右のような話を知らないで、『方丈記』に「わが身を奴婢とするにはしかず（中略）たゆからずしもあらねど、人をしたがへ、人をかへりみるよりやすし」などと偶然記述したとは到底考えられない。むしろ、『雑阿含経』の譬をひいて、五根五欲のいましむべきを説く説経のごときは、大原あたりの僧団では日常的に行われていたはずのものであって、『方丈記』執筆時点はおろか、入山後間もない蓮胤がそれを知ったとしても不思議のないことなのである。

右の推断に誤りがないならば、『方丈記』執筆時点の蓮胤は、奴婢に譬えられた肉体が、実は煩悩の起因となり、心をむしばむ元凶であることを充分に承知していたことになる。それを承知の上で「手の奴、足の乗物、よくわが心にかなへり」などと、いかにも楽しそうに『方丈記』に記していることになる。そこで多くの人々は、それを蓮胤の本心の流露と錯覚し、誤った『方丈記』論を組み立ててきたことになるのである。また日野山の方丈庵の記述

についても、「楽しき『閑居の気味』のすばらしさが、『住まずして誰かさとらむ』という自信をともなって誇示」され、「『方丈記』のなかで、この章ほど、たのしげに書かれたところはなく、作者の本心は、この部分に、もっとも、のびのびと表現せられている」（H）と感じ、「それ（注＝仏意に背くこと）を自覚しつつも、やはり無常の人の世に抗する己れのよりどころは草庵の世界しかありえないとする。それが『方丈記』なのである」（I）と誰もが考えているようであるが、『方丈記』を記す蓮胤は、閑居の楽しみもまた諸々の悦楽とともに虚妄に過ぎないことをはじめから承知の上で、その虚妄性をきわだたせ、それを否定するために、一層楽しそうに「閑居の気味」と讃歎しているのである。

このような考え方は従来の『方丈記』論と著しく齟齬するものであるが、こう考えなければ、『発心集』巻五における「貧男好差図事」という話の存在を是認することは、ほとんど不可能であろうと思われる。その説話には、差図（家の設計図）ばかりを書いて楽しんでいる貧乏な男について、次のような感想が述べられている。

誠に有るまじき事をたくみたるははかなけれど、能々思へば、此の世の楽には心をなぐさむるにしかず。一二町を作りみてたる家とても是をいしとも思ひならはせる、人めこそあれ、誠には我身のおきふす所は一二間に過ぎず。その外は皆したしきうとき人の居所の為、もしは野山にすむべき牛馬のれうをさへ作りおくにはあらずや。かくよしなき事に身をわづらはし、心をくるしめて、百千年あらんために材木をえらび檜皮かはらを玉鏡とみがき立て、何のせんかは有る。ぬしの命あだなれば、住む事ひさしからず。或は他人の栖となり、或は風にやぶれ、雨に朽ちぬ。況や一度火事出できぬる時、年月のいとなみ片時の間に雲烟となりぬるをや。しかあるを、彼の男が有増の家は、走りもとめ作りみがく煩もなし。雨風にも破れず、火災の恐もなし。なす所はわづかに一紙なれど、心をやどすに不足なし。（中略＝龍樹・性空・唐の琵琶の師の例により、豊かさ、楽しさは心の持ち方による旨を述べる）中々目の前につくりいとなむ人は、よそ目こそ、あなゆゆしと見ゆれど、心には猶たらぬ事おほからん。彼の面影栖ことにふれて徳おほかるべし。

見る通り、『方丈記』の閑居の楽しみを述べた部分そのままの筆運びで、『方丈記』との言辞の重複さえ見られる文章であるが、これはこのままでは説経話にはなりえない。当然のこととして次の一節が続くのである。

但し此の事、世間の営みにならぶる時は、かしこげなれど、能く思ひとくには、天上の楽なほ終あり。つぼのうちのすみか、いと（イ終に居所と）心ならず。況やよしなく（イき）有増にむなしく一期をつくさんよりも、ねがはゞ必ず得つべき安養世界の快楽不退なる宮殿楼閣を望めかし。はかなかりける希望なるべし。

前にいかにも欣喜雀躍して述べきたった差図の家の徳は、実は、究極的に求むべきものとしての極楽浄土を提示するための否定的素材に過ぎなかったのである。いかにも聴衆を深くうなずかせ、巧みに信仰に誘うこの手なれた説法の型と話柄とは、大原などの説経師の中で練り上げられ、好んで語られたものであることは想像に難くないであろう。蓮胤は当然、『方丈記』執筆以前にこのような説経を見聞し、おそらくは人に語りもし、自ら書きつけもしていたに違いない。とするならば、『方丈記』を構想するにあたり、蓮胤が欣求すべき浄土の那辺にあるかを明かすに先立って、それへの導入のために閑居の楽しみを述べるなどということは、ごく自然な手段であったと言えるのである。繰り返しをかえりみずに言うならば、学生・説経師を育成するという別所に入った蓮胤が、先に引用したところの、肉体を奴婢に譬えて賛美しながら一転してそれが五欲の根源であると説く話などと共に、現実の家よりは差図の家、差図の家よりは極楽浄土と、漸層法によって菩提心を発させる説経話を所有するのに、それほど多くの年月を要したとは思えないから、差図の家を閑居に置きかえればそのまま構造の出来上がる『方丈記』とは、右の話と同様な宗教的な意図によって記された作品であり、深い宗教思想が巧みな虚構と秀れた文辞とによって、明澄な美しさとなって具象化された仏教文学であることは、間違いなかろうと思うのである。それなのに蓮胤を宗教的な高みから引きおろして、あまりにも近代的な悩める知識人の座に据え、また『方丈記』を、筆に随って書きつがれた随筆文学の範疇に置いて見ようとするものであるから、『方丈記』の結末とそれ以前との間に大きな断層を感じ、「長明が彼の生活自体を『思考』し、またそれを書いた『時』の上においても、二つの時点があったように読み取ら」(J)なければならなくなったり、結末に文趣を盛り上げるという文章作法の常識を無視して、「(末文に)記された仏徒としての反省をさまで強いものと見るべきではない」とし、「ここに書かれた反省は、これ以上つきつめられる必要はないし、またつきつめられないのが長明の性格であるといえよう」(K)と、曖昧さをそのまま蓮胤の中に押し戻してしまわなければおさまらなかったのが、従来の『方丈記』論であった。そのような立場から、断りもなしに「長明も自分で承認しているように、彼は非常に不徹底な人間であったらしい」(L、傍点は今成)などときめつけられたのでは、蓮胤上人も苦笑するほかはなかろう。

四、『方丈記』と『維摩経』

『方丈記』が明確な意図と構造とをもって記された仏教文学であることを外徴資料に基づいて証してきた私は、次に『方丈記』自体によってそれを明らかにしようと思うが、この課題を解く最要の鍵は『維摩経』にある。『方丈記』と『維摩経』との関係については、単に語句文辞だけでなく、思想においても構想においても共通するものがあるとの説が提出されたこともあったが、論証に足りないものがあったせいか、学界は「『方丈記』全体の浄土教的な背景と、無常観の流露、一篇の結構から考えて(中略＝『方丈記』と『維摩経』とは)質的に異なる」(M)といった具合に、にべもなく退けてしまっている。しかし「浄名居士の跡」の名を標題にかかげるこの作品は、やはりそれなりの深みにおいて『維摩経』と関わっているのである。

『維摩経』は周知のごとく、病床に臥す毘耶離国の長者維摩詰（浄名居士）を文殊師利菩薩が見舞って、菩薩行の真髄について問答をする経典で、すべて十四品から成っているが、その方便品に維摩詰が「方便を以て身に疾あることを現」じたのは、「因に身の疾を以て広く為に法を説」かんがためであって、その説法とは、「是の身は聚沫の如し、撮摩すべからず。是の身は泡の如し、久しく立つことを得ず。（中略）是の身は浮雲の如し、須臾に変滅す」るものであるし、「是の身は実ならず、四大を家となす。是の身は空たり、我と我所とを離る」べきものであるから、「仏身を得て一切衆生の病を断ぜんと欲せば、当に阿耨多羅三藐三菩提心を発すべし」という旨を説くものであると述べられている。この、泡沫・浮雲のごとき人間存在は、四大の集成であり、その調和によって保たれるものであるから、四大の乱れによって起こる苦悩を除くためには、発心を願って「我と我所」とを離れなければならないとする『維摩経』の所説に、私はそのまま『方丈記』の思想と構造とを見うるように思うのであるが、以下、いま少し具体的に両者の比較を試みてみよう。

文殊師利の「居士、この疾、何の因る所ありて起れる」との問いに対し、維摩詰は「一切衆生病めるを以て是の故に我病む」とし、「衆生の病は四大より起る。その病あるを以て、是の故に我病む」と答えて、己れの病が人間一般の苦悩を代弁するものであること、そして人間の苦悩は四大より起こることを述べるが、この四大の患いがいかに酷烈に人の世に作用し、そこに住む人々を苦艱に追いやっているかを、蓮胤が己れの生きた時代の具体的な事象によって生々しく描き出したのが『方丈記』の前半なのである。安元三年（一一七七）の大火、治承四年（一一八〇）の辻風、養和年間（一一八一―八二）の飢饉・疫癘を記したのちに、元暦二年（一一八五）の大地震の恐怖を述べて、「四大種のなかに、水・火・風はつねに害をなせど、大地にいたりては異なる変をなさ」ないはずであるのに、近来の惨状は目を覆うばかりであると歎く蓮胤の発想の基盤には、「問ふ、地大水大火大風大、この四大の中に於いて何れか大の病なりやと。答へて曰く、最の病は地大に非ず、亦地大を離れず。火水風大も亦復是の如し」といった一節を含む、『維摩経』文殊師利問疾品が踏まえられていたのであろうことは疑いあるまい。[8]

こうして四大の不調に翻弄される世間苦を具象化した蓮胤は、次に、「心念々に動きて、時として安から」ぬ人間が、「いづれの所を占めて、いかなるわざをしてか、しばしもこの身を宿し、たまゆらも心を休むべき」との課題を解決するために、煩悩の業火燃え、苦患渦巻く人間社会を厭離し、閑寂の楽しみに足りうる山林の庵へと移り住むさまを述べるわけであるが、これは『維摩経』に説くところの、「此の病の起るは皆我に著するによる。是故に我に於て著を生ずべからず」とし、妄執の「心を調伏」して「我と我所とを離るる」法の、その第一次（低次）的実践なのである。我とは外界からの作用によって生ずる欲望の集積体であり、我所とは住居・眷属・地位・財産など我をとりまく一切のものであって、その二者を離れるために心の調伏が行われたことになるのである。

『方丈記』のこの部分が、「現世的秩序において喪失した貴族としての己が存在性を、己が心において文化的秩序として回復する試み」であり、「〝外なる都〟に対する〝内なる都〟の再建だった」（N）とまで解かれているところで、蓮胤は前に引用した〈肉体の奴婢〉や〈設計図の家〉を賛美する手法で、閑居の楽しさを筆を尽くして記す。そして「三界は只心一つなり。心若しやすからずは、象馬・七珍もよしなく、宮殿楼閣も望みなし。今、さびしきすまひ、一間の庵、みづからこれを愛す」と言い、ついには「住まずして誰かさとらむ」と大見得をまで切るのであるが、この、閑居に対する異常なまでの愛執の盛り上がりは、当然、「仏の教へ給ふおもむきは、事にふれて執心なかれとなり。今、草庵を愛するもとがとす。閑寂に着するもさはりなるべし」という反省を誘発せずにはおかない。こうして「不請の阿弥陀仏」を唱え、真に「我と我所とを離る」という一求道者の精神のドラマは、幕を閉じることになるのである。

このような『方丈記』の、

1、無常の理で筆を起こし、

2、それを承けて、俗世の住みにくい窮状を記し、

3、転じて、閑居の楽しみを述べ、

4、閑居をまた終の住家とはなしえず、弥陀の慈悲のもとに身を投じて結ぶ。

という秩序立った展開は、『維摩経』問疾品の、

文殊師利、疾ある菩薩は是の如く、其の心を調伏して其の中に住せず、亦復不調伏の心に住せざるべし。所以は何。若し不調伏の心に住すれば愚人の法なり。若し調伏の心に住すれば是れ声聞の法なり。是の故に菩薩は当に調伏不調伏の心に住すべからず。是の二法を離るる、是れ菩薩の行なり。

すなわち、

起——我と我所との空たる理。

承——不調伏の心に住する愚人の法（四大の破毀しやすきに身をまかせ、貪瞋痴の妄心にさいなまれて右往左往する愚人の相）。

転——調伏の心に住する声聞の法（不浄の世を独り逃れ超然として山林に交わり、心を調伏して我と我所とを離れえたと錯誤する独善者の相）。

結——右の二法を離れた菩薩の行（真に我と我所とを離れ、不二の中道に入る行者の相）。

という思想と構造とを、そのまま受けてなされたものである。

かく全体の構想を『維摩経』によった『方丈記』には、当然のことながら随所にこの経の影響を認めうるが、たとえば蓮胤が、「人を頼めば、身、他の有なり、人をはごくめば、心、恩愛につかはる」「馬・鞍・牛・車と、心をなやます」などと人間関係のわずらわしさ、財物のはかなさを繰り返し述べ、また住居についても妻子・眷属・朋友から、果ては「財宝・牛馬のためにさえこれをつくる」と、対人対物関係の繋縛を人間苦の原点としてとくに取り立て、それを捨棄せよとするような発想も、普現色身菩薩の「父母妻子、親戚眷属、吏民知識、悉く是れ誰とか為す。奴婢僮僕、象馬車乗、皆何れの所にか在る」という問いに対して維摩詰が、それらの頼み願うべからざることを示し、満足は仏法の中にのみ求められるものであって「畢竟空寂なるは舎なり」と説く、『維摩経』仏道品との関わりを考えなければならないのである。

さて、『方丈記』と『維摩経』との間に、このような深い関連が指摘できるとなると、『方丈記』をしめくくる終末部分、すなわち「事にふれて執心なかれ」との仏の教誡にしたがえば、「草庵を愛するもとが」であり「閑寂に着するもさはり」であるから、「このことわりを思いつゞけて、みづから心に問ひ」責めたとき、「心更に答ふる事な」く、「只、かたはらに舌根をやとひて不請の阿弥陀仏両三編申して」止んだという、余韻嫋嫋たる一節も当然、『維摩経』を踏まえて記されたものであろうことは予測がつく。にもかかわらず、従来の『方丈記』論ではこの必然性は全く無視されている。「心更に答ふる事なし」と〈維摩の黙然無言〉との契合に着目した論者でさえ、「所謂維摩の一黙を気取ったところが実におもしろい」（O）というばかりで、『維摩経』における「黙然無言」との本質的な関わりを見ようとはしない。人々はこのあたりに、あるいは「きびしい自己凝視の眼を見開いて、現在の自己の不徹底な姿を直視し（中略）進退きわまって筆を擱」（P）く真摯な懐疑者長明を想い、あるいは「維摩の無言にひきかえ、私の『無言』は、仏菩薩に対して、まったく申しわけないことをしてきているために、恥ずかしくて答えられないという、とんだ無言の二の舞」を書きつけた「おどけ」（Q）を見、ついには、「かたはらに舌根をやとひて」、以下は「数奇者好みの文飾からきたきざな蛇足」（R）であるから切り捨てたほうがよいとまで言う。いずれにしても、「聖の思想にもとづく自問に対し文人の立場をはっきり見せ」（S）た結末として受け止め、『方丈記』を非仏教文学（時としては反仏教文学）として国文学史の上に定位させてきたのである。

しかし、『方丈記』の終末部分こそまさに仏教者蓮胤が真面目を発揮し、仏教文学としてのこの作品を終結させるにふさわしい（宗教的にも文学的にも）重要な一節なのであって、その思想・構造の典拠を、『維摩経』の最高頂たる不二法門品に求めうべき部分なのである。

『維摩経』不二法門品は、菩薩の不二法、すなわち絶対の真理（中道）を説く章で、維摩詰が諸菩薩に不二法門に入る要諦を問うところから始まる。維摩詰の問いに答える三十一人の菩薩がそれぞれ、生と滅、垢と浄、有為と無為等々の二にして二ならざるを答えると、文殊師利は「我が意の如きは、一切の法に於いて、言もなく説もなく示もなく識もなし。諸の問答を離るゝ是を不二法門に入るとなす」と述べ、次に「我等、各々自ら説きおわんぬ。仁者当に説くべし。何等か是れ菩薩不二法門に入る」と維摩詰に教えを乞う。そして、

　時に維摩詰黙然として言無し。文殊師利歎じて曰く、善い哉、善い哉、乃至文字語言有ることなし。是れ真に不二法門に入るなりと。是の入不二法門品を説ける時、此の衆の中に於て五千の菩薩皆不二法門に入り、無生法忍を得たりき。

と結ばれる一章であって、維摩詰の教説の究極が示されているのである。多くの菩薩の口を介して、不二法門の何たるかが、ほとんどすべての角度から、しかもいかなる批判にも堪えうる濃い密度で説き明かされた——と思えた

ところで文殊師利は、それらが言・説・示・識の範疇に止まる限り未だ不徹底なのであって、理智を超え、言語文字を絶したところに中道実相が観えてくることを述べ、その上で維摩詰に総括的意見を求めたのであるが、意外や維摩詰は、一言も発しなかったのである。では、なぜ維摩詰は「黙然無言」であったのか、また、なぜそれを文殊師利が、「善然善哉」と讃歎したのか。

文殊師利は他の諸菩薩の入不二法門論を踏まえた上で、それを綜合し昇華した形で、至極の真理は言語文字を以てしては表し尽くせないこと、よって諸々の問答を離るべきことを言ったのであって、その論理はその限りでは完全に正しい。ところが文殊師利は、いま自らが離るべしとした〈言語〉を以てそれを解き、さらに維摩詰に言説の問答を仕掛けたのであった。したがってこの問いに対する完璧な答えは、「黙然」以外に求めうべくもないわけである。維摩詰の「黙然」は、千万言に勝る説法となって文殊師利を覚醒させる。「黙然」の真意を直ちに信受した文殊師利は、素直に「善哉」を叫んだのである。この緊迫した対応・軽妙な展開による懇切で徹底した教示は、その庭にいた五千人の菩薩をして皆不二法門を悟らせた、というのがこの品の概要である。

ところで『方丈記』は、不調伏の心に住する愚人の法と、調伏の心に住する声聞の法との二法を離れて菩薩の行に入るというクライマックスを叙すにあたって、説得力に満ちた右の不二法門品の方法を、そのまま応用しているのである。閑居の主が、「しづかなる暁、このことわりを思ひつゞけて、みづから心に問ひていはく」という、その「ことわり」とは、草庵・閑寂への執着もまた仏意に背くということであったわけだが、それを覚知した庵主は、「いかが要なき楽しみを述べて、あたら時を過ぐさむ」と宣言した。ところが、その宣言の舌の根の乾かないうちに庵主は、あたかも不二法門品の文殊師利の如く、[9]「若これ、貧賤の報のみづからなやますか、はたまた、妄心のいたりて狂せるか」などとつまらぬ問答を挑んで、「あたら時を過」ごそうとしているではないか。心がその非に答える道は「黙然」以外にないのである。ここにおいて理論的道程を辿ってきた『方丈記』に、豁然として深々とした宗教の世界が開かれ、念仏の大団円となるのである。『方丈記』末尾の右のような構造、とくに発問者が迷妄心であり、応答者が覚悟心であるという関係を理解しえなかったところに、従来の『方丈記』論が、不可避的に錯誤を生じなければならなかった根本原因が認められるのである。

こうして、『華厳経』仏不可思議法品に説く十種不可思議の一である不可思議解脱の法（不二法門）を、不可思議解脱法門経ともいわれる『維摩経』に則して明らかにした蓮胤は、最後に末法の濁世に生をうけた凡愚が、かかる難解の法門に参入するにはどうしたらよいかという現前の課題に答えるために、阿弥陀仏に帰命する庵主の姿を描き出して『方丈記』を閉じたのである。

さて一般には、『方丈記』を非宗教的、『発心集』や『一言芳談』を宗教的な述作として対置するような見方が行われている。しかしそれらは同じ精神風土の中で芽生えた作品なのであるから、そんなに異質であるはずはないし、事実、異質なものではないのである。『方丈記』の示す宗教的立場は、同一筆者になる『発心集』は言うに及ばず、『一言芳談』の中にも多く見られる。「居所の心にかなはぬはよき事なり。心にかなひたらんには、われらがごとくの不覚人は、一定執着しつとおぼえ候ふなり」と言い、「妄念おこさずして往生せんとおもはん人は、むまれつきの目鼻を取りすてて、念仏申さんと思ふが如し」とする明善や法然のことばは、閑居への愛着をてことして不二法門に入るという、『方丈記』の構想とは無縁ではない。また、方丈庵主の念仏は、明遍が「所詮事実に浄土をねがひ、穢土を厭ふ心候はば、散心称名をもて往生候ふ事うたがひなく候」という散心称名の類であるからこそ、〝舌根をやとひて両三遍〟唱えられているのであろう。蓮阿弥陀仏は、「往生は一念にもよらず、多念にもよらず、心によるなり」との八幡宮の夢告を受けたという（以上『一言芳談』）が、「誓願不思議にたすけられまゐらせて、往生をとぐなりと信じて、念仏まうさんと思ひ立つ心のおこる時、すなはち摂取不捨の利益にあづけしめたまふ」阿弥陀仏（『歎異抄』）への信仰は、決して親鸞によって唐突に想起され提唱されたものではないのである。精神文化というものが、ある特定の時代や地域や社会を土壌として漸次発酵していくものであることを思えば、右に掲げた法然や親鸞や、その他『一言芳談』に登場する人々の思想・信仰が、多く蓮胤のものでもあったことは疑いないのである。であるからこそ、『方丈記』の結末で庵主は絶対の慈悲者「不請の阿弥陀仏」の前に身を投げ出しているのであって、古来、論議の的となっていた「不請」も、蓮胤の生きた精神風土や『方丈記』全篇の思想・構造から帰趨して考えれば、これまた『維摩経』の仏国品に、「衆人請ぜざれども友として之を安んじ」とあるがごとき、請い求めなくても進んで救済の手をさしのべてくれる、絶対の慈悲者の謂であることが知られよう。

五、むすび

如上、私は、その性格と周辺の状況から『方丈記』執筆時点の蓮胤が、かなり高い宗教的境地を獲得していたであろうことを考え、進んで『方丈記』の仏教文学としての特質を明らかにした。『方丈記』は、相対する原理を超えて絶対平等の真理に入ることを説く『維摩経』の思想と方法とに則りながら、究極的には末法澆季に生きる凡愚のさめたあり方を謳う、言いかえれば、六道界と二乗界とを弁証法的に止揚した菩薩の境涯を表す仏教文学であるのである。

蓮胤は、まず現実に体験した大災厄を素材として人界本然の悲惨をリアルに描き、その過酷さをてことして、次に苦界から這い出そうとする人間のエゴイスティックな希求と、それを果たしえたと錯誤する驕慢とを、閑居生活を素材として具象化し、その上でまた、その生々しい情念の凝縮をてことして、真の解放への目覚めを敬虔に念仏する男の姿に託して、強烈なスポットライトの中に浮き上がらせている。つまり、言語文字を以てしては解説しえない入不二法門の真髄を、典型的な環境とそれを踏まえて典型的な生き方をする人物の精神ドラマ[10]として、どの一語もいずれの一句を欠いてもゆがめても、忽ちにその均衡のすべてを失ってしまうような、緻密で繊細な構造と文体によって具象化させたのが『方丈記』なのである。このように『方丈記』は、おそらく同時期に編集が進行していたであろうところの『発心集』と、思想信仰的にはほとんど同じ基盤に立ちながら、散文的な泥臭い教旨宣説談の領域からすっきりと抜け出た、詩的世界の構築に成功した仏教文学（法語文学）なのである。

〔付記〕

①本稿は通説を全く否定するものであるが、思えば所謂通説とは、半世紀ほど前からの、『方丈記』が「個人主義的で、知性的で、現実的で、近代的精神と一致するものを多くもっている」（B）ことを喜び迎える風潮が生んだ新しい説なのであって、それ以前には拙論に近い考え方が一般的であった。『方丈記』はあまりにも近代的な文学観によって評価を誤られた最も代表的な作品であると思うのだが、ほかにも、中世のものは中世に、聖のものは聖にかえすといった立場から、再検討を加えなければならない古典があるであろう。

②厳密に言えば、『維摩経』の解釈にも僧肇義・恵遠義など諸説あるが、『方丈記』がそれらのいずれと、より密な関係にあるかは、未だ結論を得ていない。

③本稿に引いた諸先学の言辞は、『方丈記』に関する一般的な考え方を説明するためにのみ借用させていただいたものである（そのためにも、AからSまで一論者一事項に限ってある）。特定の論をあげつらうつもりは毛頭ないの

で、出典の表示は遠慮させていただくことにする。

註

（1）以上の引用文は『十訓抄』。
（2）以上の引用文は『発心集』六七・七五。
（3）引用文は『徒然草』（第三九段）であるが、『一言芳談』などにも同様な話が記されている。
（4）「長明が石の床には後鳥羽上皇二度御幸ありし」という「ささめごと」（心敬）の記事が事実であるとすれば、この世俗的には名誉な出来事をどこにも記録していないことも、例証の一としてあげられる。
（5）今成元昭「聖・聖人・上人の称について」（『国士舘大学人文学会紀要』第五集）。
（6）文中×××印の高野に対し、。。。印部分が大原の特記事項であることに注意。
（7）『方丈記』の「空しく大原山の雲にふして」という記述が、この状況と関連があるとすれば、ここからも真摯な仏者蓮胤像がうかがえることになる。
（8）蓮胤が『維摩経』により四大によって人界の苦患を描こうと目論むかぎり、戦乱は『方丈記』の方法の対象外の事象なのであるから、それを記さないのは当然である。このことに関して蓮胤の歴史意識の有無を云々するのは、的外れな議論であると言わざるをえない。
（9）この問責は蓮胤の独創ではない。『発心集』巻三（三十二）に、「（聖の行に対して一般が）やゝもすれば是をそしりて云はく『先の世に人にくひ物を与へずして、命を失へるむくひに、自らかゝるめをみるぞ』とも云ひ、或は、『天魔の心をたぶらかして、人を驚かして、後世をさまたげんとかまうるぞ』なども云ふべし」とあり、蓮胤にとっては通俗的ないいがかりの類であったことが知られる。
（10）そこには蓮胤の過去のすべてが封じ込められていよう。過去のすべてを封じ込めきるという自己のつきはなしを見事に成し遂げたところに、『方丈記』文学の達成があったとも言えるのである。

〔付記補足〕

「蓮胤方丈記の論」を発表した昭和四十九年時点では、A～Sの引用文は、当時までの学界の普遍的な通念を鳥瞰するために紹介したものであるので、③に記した通り、個人名の公表は適当ではないと判断して伏せたのであるが、年次を経て、その要を感じなくなった。左に記すことにする。

A―小林智昭氏「方丈記と徒然草」（『講座日本文学・中世篇Ⅰ』三省堂、一九六九年〈昭和四十四〉）。
B―石田吉貞氏『隠者の文学』（塙新書、一九六八年〈昭和四十三〉）五四頁。
C―唐木順三氏『中世の文学』（筑摩書房、一九六五年〈昭和四十〉）五〇・五三・七八頁。
D―三木紀人氏「方丈記と徒然草」（『国文学』一九七一年〈昭和四十六〉五月）。
E―舟橋聖一氏「危機の文学としての方丈記」（『国文学と日本精神』一九三六年〈昭和十一〉十一月）。
F―益田勝実氏『火山列島の思想』（筑摩書房、一九六八年〈昭和四十三〉）二一八頁。
G―山田昭全氏「二人の長明―方丈記から発心集へ―」（『国文学踏査』一九七三年〈昭和四十八〉三月）。
H―永積安明氏「方丈記について」（『中世文学の成立』岩波書店、一九六三年〈昭和三十八〉）。
I―臼井吉見氏『日本の思想5　方丈記・徒然草・一言芳談』（筑摩書房、一九七〇年〈昭和四十五〉）三九頁。
J―佐々木八郎氏「方丈記私論」（『国文学研究』一九六二年〈昭和三十七〉三月）。
K―冨倉徳次郎氏『日本古典鑑賞講座　徒然草・方丈記』角川書店、一九六〇年〈昭和三十五〉二七〇頁。
L―石母田正氏『平家物語』（岩波新書、一九五七年〈昭和三十二〉）四八頁。
M―大隈和雄氏「遁世について」（『北海道大学文学部紀要』一九六五年〈昭和四十〉三月）。
N―伊藤博之氏「方丈記論」（『国文学雑誌』一九六八年〈昭和四十三〉八月）。
O―豊田八千代氏「維摩経と方丈記」（『国語と国文学』一九二九年〈昭和四〉二月）。
P―西尾実氏『日本古典文学大系　方丈記・徒然草』（岩波書店、一九五七年〈昭和三十二〉）。
Q―神田秀夫氏『日本古典文学全集　方丈記・徒然草・正法眼蔵随聞記・歎異抄』（小学館、一九七一年〈昭和四十六〉）。
R―亀井勝一郎氏『中世の生死と宗教観』（文藝春秋社、一九六四年〈昭和三十九〉）五四頁。

S——桜井好朗氏『隠者の風貌』（塙新書、一九六七年〈昭和四十二〉）八四頁。

論争へのいざない
——学界時評子へ——

本誌昨年八月号の〈学界時評〉によって私は時評子との間に論争の契機が芽生えたことを喜んだ。そして当然時評子は、時評という形をかりてとりあえず提出した拙論への批判を、本格的な駁論として発表されるものと思っていた。それは、その時評の口調の激しさによって十分予測されることであった。ところが、それから半年を経過した今日、未だ時評子の論難に接するの栄に浴していない。この事態は、独り私だけではなく、その時評に接して論議の展開を望んだであろう多くの方々の期待をも裏切っている。よって私は、時評子に、該時評を端緒とする御論の公表を要望する次第であるが、それに先立ち、論の重複や煩累を避ける意味を含めて、該時評に関する若干の意見を述べておこうと思う。

時評子は、私が「池亭記の影響を必要以上に等閑視している」と言われるが、一体何を根拠としてそのような断定をされたのか不可解である。『方丈記』が『池亭記』の影響下にあることは「長明方丈記抄」以来三百余年にわたる定説であるから、論者はいちいちそれを再説するには及ぶまい。まして、『池亭記』との関わりを隠蔽しなければ不利を生ずる『方丈記』論ででもあるならば話は別であるが、そのような危惧の全くない拙論においては一層のことであろう。したがって拙論が『池亭記』に言及していないことを以て〈必要以上の等閑視〉と判断したならば、それは誤りである。そして、そのような誤った独断に基づいて、私に「文化伝統への無理解」があるとまで言われるのは、時評の常軌を逸した中傷と言わざるをえない。

また時評子は、拙論が、「少ない、しかも必ずしも有効でない論拠からの強引な論証」を行っていると言を極めて難詰されるが、『文学』(昭和四十九年二月)の拙論に明記しておいたように、私は「半世紀ほど前からの……新しい説」(所謂通説)に反対しているのであって、古く明暦年間に成ったとされる「首書方丈記」以下の、豊富で有効な論証が築き上げた研究史の本道に拠っている。その本道に添って、近ごろでは豊田八十代氏が「維摩経と方丈記」の関わりの重さを説き、小林智昭氏が『方丈記』を以て「法語の様式にも照応する」ものとされているが、拙論は、それら先学の関係諸説を補強したに過ぎないものであることを、時評子は全く御存知ないようである。

要するに、時評子が私に対して向けられた厳しい非難、「少ない、しかも必ずしも有効でない論拠からの強引な論証」「旧説への粗放な批判」「長明の生きた文化伝統への無理解」など「基本的なところで難が目立ちすぎ」るといったお言葉は、そっくりそのまま時評子にお返ししなければならないものである。

こうしてみると、時評子と私との意見の隔りは大きすぎるようである。中世文学全般の理解のためにも決しておろそかにすべきではないと思われる当面の問題に関し、私はここに時評子に対し、真理探究の共同作業としての意見交換を提唱するものである。

註

この論は、今成元昭著『『方丈記』と仏教思想――付『更級日記』と『法華経』』(二〇〇五年、笠間書院)に、編者の日下力による、以下の解説が付されて収録された。参考までに紹介しておく。

編者より一言――本稿は『国文学・解釈と教材の研究』昭和五〇年三月号に掲載されたもので、「学会時評子」は、三木紀人氏のことである。著者は本書への収録を躊躇されたが、編者の一存で収めることとした。後出の論文「五『方丈記』について――『発心集』との関わりを中心に――」で、本稿への言及があり、かつ、当時の学会の状況を知るために不可欠な論と考えたからである。三木氏の反論は、同誌の同年四月号に掲載された。

『更級日記』の構造と仏教

一、はじめに

『更級日記』の作者、菅原孝標女は、大小さまざまな対応関係を設定し、それを巧みに編み上げることによって独自な文学世界の創造を成し遂げている。

対応関係の最も大きいのは、冒頭部の「はて」の語と、末尾部の「はて」の語に象徴的に表出されていることであるが、この語を含む冒頭部と末尾部は、物語全篇の内実を総括的に示して余りあるものである。

すなわち『更級日記』は、

あづま路の道のはてよりも、なほ奥つ方に生ひ出でたる人、いかばかりかはあやしかりけむを、いかに思ひはじめけることにか、世の中に物語といふもののあんなるを、いかで見ばやと思ひつつ……。

と書き出され、

世のつねの宿のよもぎを思ひやれそむきはてたる庭の草むら

という「尼なる人」の教誡歌で結ばれている。そもそも「あづま路の道のはて」は、「わしの山のりをばてらす月影もわきてあづまの奥をさすなり」（権律師実権、『安撰和歌集』）という釈教歌の詠出を促すような、〝仏から遠い道のはて〟に見立てられる場であったのだから、右の冒頭部・末尾部の対応は、『更級日記』が、東方の「はて」の俗界に生い立ち、西方の「はて」の浄土を志向する作者の、心の旅の記であることを見事に啓示している。

次に小部分の対応関係設定について一言するならば、宮仕えや結婚の現実によって、少女時代からの浪漫的な夢が無慚にも打ち砕かれた三十三歳ごろの作者が、

（現実は）ことのほかにたがひぬる有様なりかし。

幾ちたび水の田芹をつみしかは思ひしことのつゆもかなはぬ

とばかりひとりごたれてやみぬ。

その後はなにとなくまぎらはしきに、物語のこともうちたえ忘られて、ものまめやかなるさまに、心もなりはててぞ、などて、多くの年月を、いたづらにて臥し起きしに、おこなひをも物詣をもせざりけむ。このあらましごととても、思ひしことどもは、この世にあんべかりけることどもなりや、光源氏ばかりの人は、この世におはしけりやは、薫大将の宇治にかくしすゑたまふべきもなき世なり。あなものぐるほし。いかによしなかりける心なり、と思ひしみはてて、まめまめしく過ぐすとならば、さてもありはてず。

と記す一節にも「はて」の語が連ねられていて、物語熱にうなされていた過去を、「あなものぐるほし。いかによしなかりける心」であったことかと懺悔し、「おこなひをも物詣をも」して「まめまめしく過ぐす」身になり切ろうと「思ひしみはて」ながら、結局は「さてもありはてず」にたゆたう、己れの突き放した観察がきわだっている。

私は別稿で、(1)平安時代中期には信濃国更科（さらしな）の地名を「さらじな」という懐疑のことばと掛ける技法が成立しており、それが釈教歌の世界でも用いられていたことを指摘し、釈教歌でいう「さらじな」とは授記に対する懐疑の歎辞にほかならないこと、したがって、

このような「さらじな」は、まさしく『更級日記』の作者を呪縛し続けた想念であったはずです。即ち作者は、聖諦の〈明〉の極に向けて「さあらん」と願いながら、俗諦の〈暗〉の極から襲いかかる「さあらじ」の枷鎖を払いきることができず、いつも「さ（あ）らじな」の蕩揺に身悶えしていた人なのでした。ですから、『更級日記』の命名には、「さらじな」の思いが込められていたと考えざるを得ません。

『さらしなのにき』は、『さらじなのにき』でもあるのだという、作者の心底からの哀訴に耳を傾けなければ、この作品の本質を見失うことになってしまうのではないかと思うのです。

と述べたものだが、前に記したように『更級日記』は、東方の「はて」の俗界に生いたち、西方の「はて」の浄土を志向する作者の、心の旅の記ではあるものの、作者の西方志向が、「さてもありはてず」に苦悶する、その喘ぎの激しさと幽かさの対応の中に、女流日記文学ならではの魅力を感受することができるように思われるのである。

二、『法華経』五の巻の夢見話

東方の俗界に育った十三歳の作者は、俗の俗たる心のときめきを求め、「等身に薬師仏を造りて（中略）京にとくあげ給ひて、物語の多くさぶらふなる、あるかぎり見せたまへ」と祈念した甲斐があって、上京後は「昼は日ぐらし、夜は目のさめたるかぎり、灯を近くともして、これを見るよりほかのこと」なく、「后の位も何にかはせむ」と嘯くまで物語に耽溺するのだが、そのような生活態度を誡める仏の夢告を受ける。そのことに関して作者は、件の誡告を無視した若き日の浮薄さと、それについての老後（『更級日記』執筆時点）の感想を、

夢に、いと清げなる僧の、黄なる地の袈裟着たるが来て、「法華経五の巻をとく習へ」といふと見れど、人に

も語らず、習はむとも思ひかけず。物語のことをのみ心にしめて、われはこのごろわろきぞかし。さかりにならば、かたちもかぎりなくよく、髪もいみじく長くなりなむ。光の源氏の夕顔、宇治の大将の浮舟の女君のやうにこそあらめと思ひける心、まづ、いとはかなくあさまし。

と記している。この一文は、作品の末尾近く、夫俊通が逝って失意の極に達した作者の、いわゆる述懐部と対応する。

昔より、よしなき物語・歌のことをのみ心にしめで、夜昼思ひて、おこなひをせましかば、いとかかる夢の世をば見ずもやあらまし。初瀬にて前のたび、「稲荷より賜ふしるしの杉よ」とて投げ出でられしを、出でしまに、稲荷に詣でたらましかば、かからずやあらまし。年ごろ「天照御神を念じたてまつれ」と見ゆる夢は、人の御乳母して、内裏わたりにあり、みかど后の御かげにかくるべきさまをのみ、夢ときもあはせしかども、そのことは一つかなはでやみぬ。ただ悲しげなりと見し鏡の影のみたがはぬ。あはれに心うし。かうのみ心に物のかなふ方なうてやみぬる人なれば、功徳も作らずなどしてただよふ。

この述懐部と、前の「法華経五の巻をとく習へ」という夢告を得た折のことを記した一文とが、意識的な対応関係にあるということは、「(若いころに)物語のことをのみ心にしめて」仏誡に背いた自分を、「まづ、いとはかなくあさまし」と回顧反省する作者が、その反省時点の述懐として「昔より、よしなき物語・歌のことをのみ心にしめで」仏道に精進すべきであったと、順接(「て」)に対する逆接(「で」)を配した同文を組み込んで記していることによって明らかである。すなわち「法華経五の巻をとく習へ」という夢告は、述懐部に列挙されている夢――「稲荷より賜ふしるしの杉よ」とか「天照御神を念じたてまつれ」とか告げられた夢などとは同列に談ずることのできないところの、「かうのみ心に物のかなふ方なうてやみぬる人なれば、功徳も作らずしてただよふ」と述懐される人生を紡ぎ出した原点に、「まづ」立ちはだかった重大な不祥事であったと認識されているのである。

だからこそ、『法華経』五の巻の夢見話は、述懐部ばかりでなく、それに続く阿弥陀仏の夢告談とも、さらにその後に記された甥の来訪談とも、それぞれに対応関係を有して、『更級日記』全篇の構造を深部から支えることになっている。以下、その仕組みを解き明かしたいと思うが、それに先立って、「法華経五の巻」とはいかなる経典であるかを一瞥しておこう。

三、『法華経』巻五、勧持品の授記物語

『更級日記』作者たちの接した八巻本『法華経』（姚秦鳩摩羅什訳『妙法蓮華経』）の第五巻には、第十二品から第十五品まで、すなわち提婆達多品・勧持品・安楽行品・従地涌出品の四品が収められているが、そのうちの前二章がとくに多くの人々の心をとらえていた。というのは、提婆品においては、前世で三逆の大罪を犯して地獄に堕ちたはずの提婆達多[2]が授記され、また、生来五障を負うとされた龍の乙女の速得成仏が現前して、この品の受持による悉皆得脱が力説されており、勧持品は、譬喩品第三以来の無数の受記者から漏れていた女性たちが全員授記される章——提婆品で龍女によって象徴的に示されていた女性の成仏が、実在の人物に確約されて、『法華経』における授記が完結する章だからであって、この二品は、末法到来時の罪障感に怯える当時の人々（とくに女性）に、鮮烈な仏の慈光を照射し、底知れない安堵を与えるものであったからである。また、『法華経』第五巻に関する『更級日記』個有の問題について言うならば、菩薩の親近処・不親近処を説く安楽行品が、

諸の外道・梵志・尼犍子等、及び世俗の文筆・讃詠の外書を造る、及び路伽耶陀・逆路伽耶陀の者に親近せざ

れ。

と教えて、「物語のことをのみ心にしめて」いる愚輩への、直接的かつ具体的な厳戒を発していることも、特筆しておかなければならないことである。

次に、『法華経』第五巻の受容のされ方について言うならば、『源氏物語』（蜻蛉）の、

蓮の花のさかりに、御八講せらる。（中略）五巻の日などは、いみじき見物なりければ、こなたかなた、女房につきまゐりて、物見る人、多かりけり。

の一節には、法華八講で第五巻が講ぜられる日の賑わいが映し出され、

法華経をわが得しことは薪こり菜つみ水くみつかへてぞえし

という行基歌（『拾遺集』）を唱詠しながら仏前を廻る、いわゆる〝薪の行道〟をはじめとする「いみじき見物」が人気を博していたことが知られるが、そこに集う人々は、感性的な甘美さに酔っていたばかりではない。『栄華物語』（うたがひ）の、

こゝらの上達部・殿上人・僧どもの聞くに、（中略）経を誦じ、論義をするに、劣り勝りの程を聞しめし知り、この人々の僧だち勝負を定め、この方知り給へる殿ばら、さし出でて宣ひなどして、あるはうち笑ひなどし給へる程、めでたうも恥しげにも。

という一節によって明らかなように、論義の展開にも多大の関心を寄せていたのであって、『法華経』に関する知的理解度は非常に高いものであった。

言うまでもなく『更級日記』の作者は、そのような貴族の一員であるから、若いころに「法華経五の巻をとく習へ」との夢告を得て以来、自分が、勧持品に、

後の悪世の衆生は、善根うたた少くして増上慢多く、利供養を貪り、不善根を増し、解脱を遠離せん。教化すべきこと難し。

と説かれているところの、その「悪世の衆生」の典型的な人物にほかならないとの想いが、日を追って強くなっていたことは疑いない。そして、右の一文に続いて展開する勧持品の授記物語が、脳裡から去らなかったことも間違いなかろう。

勧持品は、二万人の眷属を伴った薬王菩薩と大楽説菩薩が、仏前において、「悪世の衆生」救済のために、

我ら当に大忍力を起して、此の経を読誦し・持説し・書写し・種々に供養して、身命を惜まざるべし。

と誓言する場面から始まり、次にはすでに授記を得た五百人の阿羅漢が、

異の国土に於て、広く此の経を説かん。

と誓願し、次いで、同じく授記を得た八千人の学・無学の者たちが、

我ら亦、当に他の国土に於て広く此の経を説くべし。所以は何ん。是の娑婆国の中の人、弊悪多く、増上慢を懐き、功徳浅薄に、瞋濁諂曲にして、心不実なるが故に。

と誓言する場面が描かれている。

右の活気に溢れた誓願者たちの陸続たる登場は、授記を得る者の覚悟の峻厳さを確認させるとともに、末世における衆生の究極の生き甲斐は、授記された者でなければ持ちえないものであることを示している。

そこで暗澹たる雰囲気に包まれたのが唯一の未授記者集団である女性たちであって、釈尊の叔母であり義母でもある摩訶波闍波提比丘尼（憍曇弥）らが立ち上がって、哀訴のまなざしを釈尊に注ぐ。

仏の姨母摩訶波闍波提比丘尼、学・無学の比丘尼六千人と倶に、座より而も起って一心に合掌し、尊顔を瞻仰

して、目暫くも捨てず。

右の無言の陳訴に対して、「何が故ぞ憂ひの色にして如来を視る」と応じた釈尊は、

汝、記を知らんと欲せば「将来の世に当に六万八千億の諸仏の法の中に於て大法師と為るべし。及び六千の学・無学の比丘尼も倶に法師と為らん。汝、是の如く漸漸に菩薩の道を具して、当に作仏することを得べし。

と授記を与える。すると、ただ一人取り残された、釈尊在俗時代の妻に深い憂愁がはしる。

羅睺羅の母耶輸陀羅比丘尼、是の念を作さく、世尊、授記の中に於て独り我が名を説き給はず。仏、耶輸陀羅に告げ給はく。汝、来世百千万億の諸仏の法の中に於て、菩薩の行を修し大法師と為り、漸く仏道を具して、善国の中に於て当に作仏することを得べし。

とすべての授記が完了し、女性たちは「皆、大いに歓喜し、未曾有なることを得、即ち仏前に於て」、

世尊導師、天・人を安穏ならしめ給ふ。我ら、記を聞いて心安く具足しぬ。（中略）世尊、我ら、亦、能く他方の国土に於て、広く此経を宣べん。

と誓言する。

こうして一切衆生への授記を終えた釈尊は、「八十万億那由多の諸の菩薩摩訶薩を視」廻して、仏滅後における彼らの広宣流布の決意のほどを確認しようとすると、菩薩たちは釈尊の意図を察知して、

仏の滅度の後、恐怖悪世の中に於て、我ら、当に広く説くべし。（中略）是の経を説かんが為の故に、此の諸の難事を忍ばん。我、身命を愛せず、但、無上道を惜む。（中略）願はくは、仏、安穏に住し給へ。我、世尊の前、諸の来り給へる十方の仏に於て、是の如き誓言を発す。仏、自ら我が心を知しめせ。

と、〈勧持〉を誓って幕を閉じるのが勧持品なのである。

四、阿弥陀仏の夢見と甥の来訪談

『紫式部日記』に、「人、といふともかくいふとも、ただ阿弥陀仏にたゆみなく、経を、ならひはべらん」と記され、『更級日記』の作者自身によっても、「このごろの世の人は、十七八よりこそ、経よみ、おこなひもすれ」と呟かれているように、平安時代貴族の日常的信仰形態が、釈尊と阿弥陀仏とを併べ崇めて「経よみ」（『法華経』の読誦）と「おこなひ」（阿弥陀の念仏）とを兼修するものであったことを念頭に置いて『更級日記』を見返すと、この日記では、作者晩年に見た阿弥陀仏の夢見話と、それに続けて記されている甥の来訪談とが対応し、さらにその両者が、若いときに見た「法華経五の巻をとく習へ」と告げられた夢の話と対応するという、対応関係の重構造によって成り立っていることが知られる。

およそ『更級日記』には夢に関する記述が十一箇所見られるのであるが、その最初が『法華経』の教旨に背いた夢であり、最後が阿弥陀仏の来迎を予感する夢であるので、この始めと終わりの夢見話が、当代仏教界の代表的な信仰形態についての否定・肯定両態度という、顕著な対応関係にあることは歴然としている。また、晩年に体験した甥との感動的な邂逅談は、勧持品における憍曇弥の授記物語との契合を認めることができるし、同時に、若いころの「法華経五の巻をとく習へ」の夢見話と、これまた、肯定・否定の背反関係において対応していることが判明する。

以下、それらのことをもう少し詳しく解析してみよう。まず阿弥陀仏出現の夢見話であるが、この話には、執筆時点を数年遡った天喜三年（一〇五五）十月十三日のことであった旨が記されているので、その年月日明記と年次

遡洄とに関連して家永三郎氏は、

年号年月日を明記したのは更級日記一巻を通じ唯この一箇所だけであることによって、この夢が作者により如何に重要なる意義をもっていたかを知るべきである。物語への思慕、夕顔や浮舟の生活への憧憬から、妻として母としての幸福へと移り来った作者の眼は、今や三度転換し、阿弥陀仏来迎の誓に魂の安住地を見出したのであった。(3)

と言い、鷲山樹心氏は、

著者が年次を逆に、弥陀来迎の夢の記事を、夫俊通の死に伴う哀傷・悔恨の念の頂点を記しとどめた後に位置づけていることについては、当然そこに何らかの意図が働いていたことを認めなければならない。この点については、わたくしは、それは「功徳も作らずして漂ひ」「後の世も思ひかなはずぞあらむかし」とばかり思われる不安の自己にも、只一つ、阿弥陀仏の「後に迎へに来む」という、力強い呼び声があったのだということを、著者が確信しようとしたのであろうと考えている。(4)

と述べている。また、「弥陀来迎の夢は、首尾よく来迎に乗じて安養に帰したであろうと想像できるであろうか」と、家永氏や鷲山氏の言うような、作者の宗教的回心に疑問を投じる秋山虔氏であっても、

この日記中年号をしるした唯一の例であり、順序としてそれより後の夫俊通の死没（康平二年）の記事よりのちにしるされてゐる程作者にとっては去り難く重大なものには違ひなかったであらう。(5)

として、阿弥陀仏出現の夢見話の年次遡洄と年月日明記とは、それが作者にとって重要な体験であったからなされたことであると認めている。

しかし、右三氏の発言から推測されるように、作者が夢見をした時点でそれを記さなかったのは何故かという疑

問に対しては、積極的な解答を用意しえていないのが学界の現況であるように思われる。諸家の言うように、件の夢見が作者にとってかけがえのないほどの貴重な体験であるならば一層のこと、それは実現した時点に配置されて然るべきなのではなかろうか。

右のような問題に関して従来の諸説が微温的な解答しか出しえていないのは、阿弥陀仏出現の夢見話を、甥の来訪談との対応関係においてとらえることを怠ったからであると思う。

甥の来訪談は、

甥どもなど、一ところにて朝夕見るに、かうあはれに悲しきことの後は、ところどころになりなどして、誰も見ゆることかたうあるに、いと暗い夜、六らうにあたる甥の来たるに、珍しうおぼえて、

月も出でで闇にくれたる姨捨になにとて今宵たづね来つらむ

とぞいはれたる。

と語られているのだが、この部分は雨宮隆雄氏が着想[6]したように、『法華経』勧持品を踏まえているものと思われる。

すなわち、一家離散して姨捨山に置き去りにされたような孤独な身を憂えている「いと暗い夜」の作者の前に、思いもよらぬ甥の来訪があって、月光が闇を払拭したような明るい感動を覚えたとき、作者の脳裡には、日ごろから憧憬してやまなかった、叔母憍曇弥の、甥釈尊との邂逅――女性の身にはかなえられていなかった授記が、ついに現実のものとなるという晴れがましい出会いの光景が、まざまざと浮かび上がってきたと思われるのである。

とくに「六らうにあたる甥」という難解な文言が、群書類従本に見られるように「六はらにあるをひ」であるとか、もしくは津本信博氏が考証[7]したように、「六波羅に住たる甥」の誤記であるならば一層のことであって、大乗

菩薩の行法である六波羅蜜を名に負う土地からの来訪者ということになれば、その甥に釈尊を重ね視た可能性はさらに濃厚となるであろう。

また、甥の来訪談が、勧持品を踏まえたものであるとする推論は、その折に作者が詠んだ「月も出でで」の歌の存在によって一段と確度を増す。というのは、勧持品は、

憂きことの忍びがたきをしのびても猶この道を惜しみとどめん　（選子内親王、『発心和歌集』）

さまざまに浮世の中を忍びつついのちにかへて法を説くらん　（藤原公任、『公任集』）

などと詠歌されているように、「憂き」を「忍び」て「道を惜しみとゞめん」とする末世の菩薩のあり方を説く経典であり、その教説展開の過程で、「憂ひの色」濃い叔母の憍曇弥に釈尊が記を授ける場面があることは前項で述べたところであるが、その憍曇弥を姨捨伝説の姨に見立て、尼の憂愁を晴らす甥の釈尊を月に譬えることが、平安時代中期から行われるようになり、

いのちをば捨てて法をぞもとむべき水に宿れる月ぞこの世は　（前僧都源信、『万代和歌集』）

をばすての山のけしきのしるければ今さらしなにてらす月影　（藤原清輔、『今撰和歌集』）

といった詠歌が、勧持品を題としてなされているという事実によって知られる。『更級日記』の「月も出でで闇にくれたる姨捨になにとて今宵たづね来つらむ」が、右に掲げた二首の釈教歌と同質のものであることは、そこに詠まれている「月」が、〈心を曇らせるもの〉とされる姨捨伝説の月の常識に反していることによって明らかなのである。

五、日記の終末

『更級日記』の甥の来訪談が、勧持品に関わるものであるとすると、それは、『法華経』による授記の期待を秘めた話であるということになるから、「法華経五の巻をとく習へ」という夢中の誡告に背いた話柄とも、来迎の期待がふくらむ阿弥陀仏出現の夢見話とも対応するという『更級日記』の構造が見えてくるばかりでなく、阿弥陀仏出現の夢見話が、述懐部の後に配されたことの理由を知る手がかりが得られることになる。そこで改めて、阿弥陀仏出現の夢見話の記述を振り返ってみることにする。

さすがに命はうきにもたえず、長らふめれど、後の世も思ふにかなはずぞあらむかしとぞ、うしろめたきに、頼むこと一つぞありける。天喜三年十月十三日の夜の夢に、ゐたる所の家のつまの庭に、阿弥陀仏立ちたまへり。（中略）こと人の目には、見つけてたてまつらず、われ一人見たてまつるに、さすがにいみじくけおそろしければ、簾のもと近くよりてもえ見たてまつらねば、仏、「さは、このたびはかへりて、後に迎へに来む」とのたまふ声、わが耳一つに聞こえて、人はえ聞きつけずと見るに、うちおどろきたれば、十四日なり。この夢ばかりぞ後の頼みとしける。

右に年月日が記されているのは、この話が、『更級日記』の、年次を追うという常套的な叙述法に反して配されていることを明らかにするためであることは誤りなかろうが、そのような手立てを選んでまで阿弥陀仏出現の夢にこだわる作者の心境は、いかなるものであったのだろうか。

阿弥陀仏の「このたびはかへりて、後に迎へに来む」という告示は、未来の往生を保証する託宣であって、永年練行の修行者でも容易に得られるものではない。それほどに希有な体験なのであるから、作者はその感動的な事件を直ちに記録して然るべきであるのに、それをしなかったのは、「後の世も思ふにかなはずぞあらむかしとぞ、うしろめたき」身であることを痛感している作者には、あまりに分に過ぎた瑞徴の顕現と思われて、自から執筆が躊躇されたのであると推断される。事実、件の夢見の後の作者の身辺には、目立った僥倖の兆しもなく、かえって夫との永訣を余儀なくされる不幸に見舞われさえもしたのであるから、阿弥陀仏の来迎予告などは、仏法講説の庭などで耳にする、魑魅魍魎の誑惑ではないかとさえ思われていたかも知れない。

天喜三年十月時点の作者の心境を右のように憶測した場合、では何故に三年後になって唐突に、「頼むこと一つぞありける」「この夢ばかりぞ後の頼みとしける」という帰依の心情の露わな話として阿弥陀の夢見を語り出したのか、という疑惑が湧くわけだが、それに答える鍵は、「誰も見ゆることかたうある」「いと暗い夜」に不意に来訪した甥に、釈尊の面影を重ね見て恐懼感激した、その心の戦きの中に求められるように思う。

作者が、甥の来訪に痺れるような宗教的感動を覚えたとき、連鎖的に、かつて見た夢の阿弥陀仏——あまりに厳粛な加被の霊威に畏れをなして直視することを憚っていた来迎仏の面影が蘇って、その折の託宣を「後の頼み」と恭順しうる心境に立ち至ったのではなかろうか。このようにして、阿弥陀仏霊験の夢が、年次遡洄談として、『法華経』瑞祥談に類する甥来訪の話と併置され、『更級日記』の末尾近くの宗教的雰囲気を盛り立てることになったのだと思うのである。

さりとて作者は、宗教的境地に安住しきることはできなかったようで、その境地を、甥が来訪したときに詠んだ「月も出でで」をはじめとする五首の歌に託して表現し、それを以てこの作品の終焉とすることにしたようである。

作品末尾に配された五種の歌の内容を箇条書きにすれば、

第一歌＝予想もしなかった甥の来訪があった。（明）
第二歌＝親しくしていた人が消息を絶ってしまった。（暗）
第三歌＝月の明るさが夫の往生を保証しているようである。（明）
第四歌＝孤独な侘住まいの寂寥を某尼に訴える。（暗）
第五歌＝超脱の安らぎを教える某尼からの反歌に息を呑む。（絶句）

となり、明と暗との世界が交互に歌い上げられ、最末は、作者を翻弄してきた相対観が弾呵されて絶句しているのである。

最終歌が「そむきはてたる庭の草むら」と詠み上げられたままになっていて、その後に一句の文言も添えられていないのは、ハッと息を呑んだ作者をそのまま描き出した、無表示の表示として受け止めたい。

大小さまざまな対応関係を設定し、それを巧みに編み上げてきた『更級日記』は、終末を迎えていよいよ、この書が、「さらじなの日記」であることの本領を発揮しているようである。

〔追記〕
本稿は、註（1）の拙稿と深く関わります。併せてご覧いただければ幸甚です。

註

（1）今成元昭「『更級日記』と『法華経』」（『仏教文学』第二一号、平成九年三月）。
（2）『法苑珠林』九の五の二。『経律異相』二二の五。『今昔物語集』一の十などで伝播。

（3）「更級日記を通して見た古代末期の廻心」（『上代仏教思想史研究』昭和十六年）。
（4）「更級日記における宗教的自覚過程」（『仏教文学研究』七、昭和四十四年）。
（5）「更級日記についての小見」（『国語と国文学』昭和四十二年十月）。
（6）「更級日記〝闇にくれたる姨捨〟歌考——法華経勧持品に於ける憍曇弥の授記をめぐって——」（『平安文学研究』第四五輯、昭和四十五年十一月）。
（7）「『更級日記』と説話文学」（『更級日記の研究』昭和五十七年）。

『徒然草』の源泉――仏典

博覧強記の兼好が、どれほど多くの書物に接し、その影を『徒然草』の上に投じているかは計り知れないほどであろうが、その多くの、『徒然草』の源泉となった書物の中で、仏典の占める割合の大きさは相当なものであったに違いない。しかし、ある章段なり文辞語句なりが、具体的にどの仏典によったものであるかを知ろうとするとき、われわれは、ほとんど絶望的な困難を感ぜざるをえないのである。

第二四一段に当たってみよう――。

「(A) 望月のまどかなることは、暫くも住せず、やがて欠け」る。そのように、人生は無常で「住する隙なくして、死期既に近」いものであるのに、人々は健康な間は「常住平生の念に習ひて」ばかりおり、「(B) 生の中におほくの事を成じて後、閑に道を修せんと思ふほどに、病をうけて死門にのぞむ時、所願一事も成ぜず、いふかひなくて、年月の懈怠を悔いて」、今度病気が治ったら日夜精勤しようと誓ったりするのだが、それもむなしく死んでゆく類が多い。「所願を成じて後、暇ありて道にむかはんとせば、所願尽くべからず。(C) 如幻の生の中に、何事をかなさん。(D) すべて所願妄想なり。所願心にきたらば、妄心迷乱すと知りて、一事をもなすべからず。(E)

直ちに万事を放下して道にむかふ時、さはりなく、所作なくて、心身ながくしづかなり」。

右は、原文を混じえて第二四一段の概略を記したものである。ここに見られる考え方は、第四九段・第五九段・第七四段・第七五段・第九二段・第一〇八段・第一一二段・第一八八段・第二四二段などにも繰り返し述べられており、兼好の人生観の基本に触れるところのものであって、その中のＡＢＣＤＥの記号を付した各部分には、それぞれ仏典との符号が指摘されるところである。

（Ａ）『往生要集』巻上本の、「『罪業応報経』の偈に云はく、水の渚は常に満ちず。火盛なるは久しく燃えず、日出づれば須臾に没し、月満ち已れば復た欠く」。

（Ｂ）『観心略要集』の、「恨むらくは壮齢に精進の志を遂げずして、瞑目に定んで懈怠の過を悔いんことを。『大荘厳論』に曰く、盛年にして患ひなき時は、懈怠にして精進せず、もろもろの事務を貪営して、施と戒と禅とを修せず。死のために呑まるるに臨んで、はじめて悔いて善を修せんことを求む」。

（Ｃ）『維摩経』の常なきものの十喩、すなわち聚沫・泡・炎・芭蕉・幻・夢・影・響・浮雲・雷の一。

（Ｄ）『観心略要集』の、「『止観』に曰はく、無始より闇識昏迷にして煩悩に酔はされ、妄りに人我を計す。人我を計するが故に身見を起す。身見の故に妄想顛倒す。妄想顛倒する故に貪瞋を起す」。

（Ｅ）『摩訶止観』巻四下の、「諸の縁務をやむとは、縁務の禅を妨ぐること由来甚し」。

『正法眼蔵随聞記』の、「只須らく万事を放下して一向に学道すべし」。

このように列記してみると、『徒然草』が思想的にはこれらの仏典類と全く同じ基盤に立っていることはわかるが、しかし（Ａ）についてだけ言っても、兼好が『罪業応報経』に直接当たったのか、またはそれを載せている『往生要集』を見たのか、あるいは仏典外の『史記（蔡沢伝）』や『文選（女史箴）』にある同類の記述によったものであるか、それとも今日では管見の及びえない散佚書の類が原拠としてあったのか、それをにわかに断定することは困難なのである。

しかも一層不都合なことは、第二四一段のように、多くの仏典が源泉として指摘できるような短章が、「万物を放下して道にむかふ時、さはりなく、所作なくて、心身ながくしづかなり」と結ばれているならば、そこに求められている「道」とは当然、「仏道」であろうと思量される――とくに中世の作品であればそれは常識的なことであるのであるが、『徒然草』にあっては、そのような一般性は通用しないのである。

右に記した事情は、第一九四段を見れば明らかとなる。すなわちこの段が、「達人の人を見る眼は、少しも誤る所」のないことを述べ、「愚者の中の戯だに、知りたる人の前にては、このさまざまの得たる所、詞にても顔にてもかくれなく知られ」るものであるから、

ましてあきらかならん人の、まどへる我等を見んこと、掌の上の物を見んが如し。

と記されていることを知れば、誰もが「まどへる我等」とは煩悩にさいなまれるわれわれ凡夫のことであり、それに対して「あきらかならん人」とは、仏陀を指すであろうと思うに違いない。しかし兼好は、自らも人々のそのような受け止め方を予想したからであろうが、わざわざ、

但し、かやうの推し測りにて、仏法までをなずらへ云ふべきにはあらず。

と記して、前の考えの非なることを言明しているのである。

このように、明らかに仏教的な発言と思われる章段でさえ、内容が世俗の枠内に止まるという傾向は、『徒然草』に一貫して見られるところであって、「人事おほかる中に、道をたのしぶより気味ふかきはなし。これ、実の大事なり」という第一七四段のごときも、かならずしも仏道を説いた章とは言えない。したがって、前述の第二四一段

のように仏教関係の記述が多く、それらの源泉となったであろうと思われる仏典類が目前に見えているような部分でさえ、特定の一書を以てその典拠であると指摘することは困難なのであるから、まして、きわめて短い語句からその出典を割り出すことなどは、ほとんど不可能であると言わざるをえないのである。

事実、兼好の仏教語使用の態度は奔放であって、仏教学的な厳密さとは関わりなく、意味の表層的な感覚的な通じ合いにより、気軽に世俗的事象の説明をすることが少なくない。たとえば第一八八段の「一大事の因縁」や第二一七段の「究竟」「理即」の用法などがそうである。仏教で言う「一大事の因縁」とは、仏がこの世に出現したいわくであって、「衆生をして仏知見を開かしめ清浄なることを得せしめん」「衆生に仏知見を示さん」「衆生をして仏知見を悟らしめん」「衆生をして仏知見の道に入らしめん」（『法華経』方便品）という仏出世の本懐を言うのであるが、『徒然草』の場合は、「万事にかへずしては、一つの大事成るべからず」という一般的な教訓を述べるにあたって、「一生のうち、むねとあらまほしからん事の中に、いづれかまさるとよく思ひくらべ」なければいけないということを、「一大事の因縁をぞ思ふべかりける」と言っているのであって、この語を以て直ちに、『法華経』に拠ったものとすることはできないのである。

また、第二一七段で、「人は、所願を成ぜんがために財を求む」るのであるから、「所願あれどもかなへず、銭あれどももちゐざらんは、全く貧者と同じ」であって、「ここに至りては貧富分く所なし」とする兼好は、この貧富同類の理を「究竟は理即にひとし。大欲は無欲に似たり」と、仏教語を混じえた譬喩で説明している。この究竟即と理即というのは、天台教学における六即（円教の菩薩の六つの行位で、その一々が即ち仏であるというところから「即」とする）の、分真即・相似即・観行即・名字即の上下に位する最高位と最低位とであって、究竟即とは仏性が完全に現れている円満具足の仏のこと、理即とは仏性を具有しているにもかかわらず、それを覚知しえないで生死の苦海を輪廻する衆生なのである。この二者はそれぞれ「即仏」であるから、「究竟は理即にひとし」という究極の真理会得ともなる。したがってそれは、通俗的には「貧富分く所なし」「大欲は無欲に似たり」と並記されても誤りとは言えないが、内質的には譬喩とするにはあまりにも高遠な仏教学上の哲理なのであって、『徒然草』のこの一句の典拠を、『摩訶止観』『天台四教儀』、その他「六即」について説く仏典類に求めることは妥当ではない。出典など霧消してしまった仏教的常識が、軽い気持ちの筆端に走り出たと考えるべきであろう。

ただし、前の「一大事の因縁」についても言えることであるが、このような深重な仏教教理を内包した辞句が、いとも便宜的に用いられているからといって、それが兼好の仏教に対する姿勢の不逞さや、教学的理解の浅薄さを示すものであるとすることは誤りである。むしろ兼好は、中世初頭における宗教改革の激動を経て、積極的な生き方の根源に深く根をおろすことを可能にした実践的な仏教と深く関わっているのであって、だからこそ『徒然草』には、多くの典籍によって裏づけられたであろうところの、生活感覚化した仏教智識が、さりげなく所を得ていると言えるのである。

『徒然草』の典拠となった確実な仏書、すなわち兼好自身が『徒然草』の中で書名を明らかにしている仏典は意外に少なく、中国の『摩訶止観』、本朝の『往生十因』と『一言芳談』の三書に過ぎない。今、それらの関わる章を瞥見しつつ、その周辺に筆を及ぼしてみよう。

『摩訶止観』は、天台三大部の一とされる書であり、智者大師智顗が開皇十四年に観心・修行について説いたところを弟子の章安が筆録したもので、『徒然草』には第七五段に、いまだ誠の道を知らずとも、縁を離れて身を閑にし、事にあづからずして心をやすくせんこそ、暫く楽しぶとも言ひつべけれ。「生活・人事・伎能・学問等の諸縁を止めよ」とこそ、『摩訶止観』にも侍れ。

と引かれている。これは同書巻四下の、

諸の縁務をやむとは、縁務の禅を妨ぐること由来甚し。蘭若の比丘、喧を去り静に就く。いかんぞ縁務を営造せん。蘭若の行を壊するは、応ずる所にあらざるなり。縁務に四あり。一には生活。二には人事。三には伎能。四には学問。

に拠ったものである。

そもそも『摩訶止観』は、古く加藤盤斎が『徒然草抄』に、「兼好がつれづれ草をかける心のおもむき」は、「天台摩訶止観をやはらげかける也。止観といふも、心要といふも、妙法といふも、名別義通也。今はつれづれ草といふも、名別義通也。日本国の人の止観のみちをしりよきやうに、この草子にかけると見るべし」とし、また「題号は摩訶止観の心にて、一異横計をはなれたる気也。つれづれなるままにとあるは、兼好が心に止観をさとりたる義なれば、己証の止観也。又は題は絶対止観。本文は相対止観也。いでや此世に生れては と云よりおくは対治止観といふ物なるべし」とまで、『徒然草』を癒着させている書である。盤斎の説はやや極端ではあるが、彼をしてそのように考えさせたほど、『摩訶止観』が大きく『徒然草』の上に投影していることは事実である。前述第七五段の「諸縁を止めよ」は、第五八段では「心は縁にひかれて移るものなれば、閑ならでは道は行じがたし」と記され、第一一二段では「吾が生既に蹉跎たり、諸縁を放下すべき時なり」と表現されているが、内容に変わりはない。また第二四一段の「万事を放下して道に向ふ」は、辞句上、『正法眼蔵随聞記』の「万事を放下して一向に学道すべし」との契合が考えられるが、内容的には、「諸縁を止め」「諸縁を放下」せよとする『摩訶止観』と選ぶところがない。

右のような辞句に顕在化されていなくても、「大事を思ひ立たん人は、去り難く、心にかからん事の本意を遂げずして、さながら捨つべきなり」という第五九段のごときは言うまでもなく、「法師は人にうとくてありなん」と説く第七六段も、一般周知の「高名の木のぼり」（第一〇九段）も、すべて、宿河原で「二人河原へ出であひて、心行くばかりに貫ぬき合ひて共に死」んだ虚無僧の伝承を、「死を軽くして、少しもなづまざるかたのいさぎよく覚えて、人の語りしままに書き付け」たという第一一五段などと同じく、「諸縁を放下」すべしとする人生観に根ざすものであって、その源泉を『摩訶止観』に求めうるものなのである。

また、第二四二段の「万の願ひ、この三つ（名・色・味）には如かず。これ顛倒の相より起りて、若干の煩ひあり、求めざらんには如かじ」については、『観心略要集』が言う通り、『摩訶止観』の「身見の故に、妄想顛倒す、妄想顛倒する故に、貪瞋癡を起す」あたりが源泉として考えられるし、第八段が「世の人の心惑はす事、色欲には如かず」とし、続けて「えならぬ匂ひには、必ず心ときめきする」と言うとき、「色欲……人の心を惑動する」から「香欲」へと進む『摩訶止観』（巻四下）が脳裡に浮かぶ。

あるいはまた、第一九三段に、

くらき人の、人を測りて、その智を知れりと思はん、さらに当るべからず（中略）文字の法師、暗誦の禅師、互に測りて、己れにしかずと思へる、共に当らず。

と記されているのを見るときも、『摩訶止観』（巻五上）の「闇誦の禅師、誦文の法師の能く知るところにあらざるなり」に思いを致さなければならないのである。

このように『徒然草』には、その全篇を貫く思想から一語一句に至るまで、多くの面で『摩訶止観』からの影響を認めることができるが、たとえば『摩訶止観』が、「闇誦の禅師、誦文の法師」というところを、『徒然草』が「文字の法師、闇誦の禅師」としていることによっても、両者はかならずしも親子関係にないことが明らかである。『徒然草』の表記は、むしろ「闇誦の禅師は智恵無く、文字の法師は定無し」と記す『雑談集』（巻一・解行の事）と同趣である。『雑談集』や、同じ無住一円の筆になる『沙石集』、あるいは平康頼の『宝物集』、または作者を西行に仮託した『撰集抄』など、先行仏教説話集との符号も『徒然草』には指摘されるが、それらのいずれか一つを確かな出典として選別決定することの非は、前に述べた通りである。

『徒然草』第四九段に、

「昔ありける聖は、人来りて自他の要事をいふ時、答へて云はく、今、火急の事ありて、既に朝夕に迫れり。とて耳をふたぎて念仏して、つひに往生を遂げけり」と禅林の十因に侍り。

と記されている「禅林の十因」とは、京都禅林寺に住した永観律師の『往生十因』のことで、その「第一広大善根」に右の聖の話が載せられている。そして『往生十因』の表記は『徒然草』とほとんど同文であるから、兼好はこの話を書写したか、あるいは字句ぐるみそらんじていたものと考えられる。いずれにしても『往生十因』は、『徒然草』ときわめて近い場に確かにあった仏典であることに間違いないのである。ところが一見奇異なことに、『往生十因』の影響を、われわれは『徒然草』のほかの章にほとんど見出すことができないのである。その理由は、次の『一言芳談』に関する項で触れるように、『徒然草』には念仏往生観を生に記すことがないからであって、第四九段の右の聖の話にしても、やはり徹底的に「諸縁を放下」した行動そのものに対する関心が兼好の筆を動かしているのであり、決して専修念仏の宣説談としてあるのではないのである。さて理由はともあれ、きわめて近い場にあったことの確認される『往生十因』が、『徒然草』にほとんど影を落としていないということは、兼好の接した仏典の範囲をますます曖昧にさせ、源泉試掘にあたって要請されるべき慎重さの度合いを、いやが上にも高めるものと言わざるをえない。

尊きひじりの云ひ置きける事を書き付けて、『一言芳談』とかや名づけたる草子を見侍りしに、心にあひて覚えし事ども

という前書を持つ第九八段は、法然・明遍・敬仏その他の念仏聖たちの法語百数十話を集録した『一言芳談』からの抜粋である。

一、しやせましせずやあらましと思ふ事は、おほやうは、せぬはよきなり。
一、後世を思はん者は、糂太瓶一つも持つまじきことなり。持経・本尊に至るまで、よき物を持つ、よしなき事なり。
一、遁世者は、なきにことかけぬやうを計ひて過ぐる、最上のやうにてあるなり。
一、上臈は下臈になり、智者は愚者になり、徳人は貧に成り、能ある人は無能になるべきなり。
一、仏道を願ふといふは、別の事なし。暇ある身になりて、世の事を心にかけぬを、第一の道とす。

この外もありし事ども、覚えず。

右は、順に、明善法師・俊乗房と解脱上人・聖光上人・顕性房・行仙房ら六師の法語をまとめたものである。これらの条々は、兼好によって記憶されていたものであるが、『一言芳談』の原文とほとんど変わりがないところを見ると、よほど「心にあひて覚えし事ども」であったと思われる。

『徒然草』には第四九段にも、『一言芳談』に見られる「心戒上人、つねに蹲居し給ふ。或人其故を問ひければ、『三界六道には、心やすくしりさしすゑて居るべき所なきゆゑ也』云々」という話が記されているが、こちらのほうは、

心戒といひける聖は、余りにこの世のかりそめなる事を思ひて、静かについゐけることだになく、常はうづくまりてのみぞありける。

とあって、第九八段の場合と異なり、文章上の差をはっきりと見せている。第四九段といえば、前項に述べたように『往生十因』の名をあげてそれとほとんど同文の引用をしている章であり、しかも心戒上人の話は、『往生十因』の引用にすぐ続いて記されているのであるから、彼此勘案するならば、第九七段に記し留められた五条の法語が、兼好にとっていかに印象的なものであったかということを一層明確に認識することができ、それだけに兼好の関心の方向を知るべき、恰好な素材であると言うことができるのである。

そこで、兼好の〝一言芳談抄〟には、『一言芳談』全篇を色濃く染め上げている専修念仏・往生極楽の思想が、全くといってよいほどないことが注目される。つまり第九八段は、『一言芳談』の名をあげながらも、同書とは異次元の世界を構築しているのであり、ただ「尊きひじりの言ひ置きける」言葉を借りて、已れの人生観を述べること、それだけが兼好にとってすべてであったと言える。兼好自身が書名を明示して、しかもほぼ原文通りの引用をしている仏典でさえも、その内実は骨抜きにされ、『徒然草』という新しい生命体の部分として生まれ変わらされているのである。

私が本稿で終始強調してきたところの、『徒然草』の源泉を辿ることの困難さの因は、右のようなところにある。

それは言いかえれば、虚妄に実体を与えようとすることの困難さと等似である。もろもろの源泉からの流れを貪欲に取り込んだ『徒然草』は、その多様な色や香や味を深い水底に沈澱させ、それを幾重もの屈折光の中に映し上がらせることによって、微妙で広大な人間曼荼羅を織り出しているのであって、ひとたび金剛不壊の曼荼羅世界が現出してしまうと、爾前のあらゆる価値的存在が無に帰してしまう、といった関係が、『徒然草』とその源泉となった仏典類との間にもあることを忘れてはならないのである。このことは、『徒然草』の〈文学〉としての確かさを証明する事実でもあると言えよう。

『徒然草』の末段

『徒然草』二四三段（末段）は、「回顧的・自伝的性格を帯びた」（有精堂・講座）「自賛の一段」（小学館・古典全集）であって、具体的に言えば、「兼好八歳の幼時に、『仏』の始源につき、父と問答し、終りに父を問い詰めたこと、父がそれを『諸人に語りて興じた』事実とを回想的に記したもの」（全注釈）だといった見解が大勢を占めている。

しかし、もしこの段を自讃・回想のそれとするならば、なぜ兼好は、「自讃の事七つ」と記した二三八段の中に、この話を組み込まなかったのかという素朴な疑問が湧いてくるのであって、「この話をこの随筆の一章に仕立てたのには特別に意味あってのことではあるまい」（角川・鑑賞古典）から、「すなおに幼時への回想で一編を閉じたと見るべきであろう」（桜楓社・仏教圏）と言われてみても、何か納得しきれないものが残るのは、私のすなおさが足りないせいばかりではないような気がする。二三八段が「自讃」であるという兼好自身の証言と、末段を「自讃」の段とは別立てにした彼の構図とを、この段における自讃意識の薄さ（あるいは無さ）を示す事実として認めるほうが、むしろすなおな享受態度なのではなかろうか。

そもそもこの段を自讃と認定するためには、幼い兼好が父親を問い詰めて困惑させたという前提が必要になるわけだが、もし父が本当に困惑したとするならば、「空よりやふりけん、土よりやわきけん」と言っておらかに「わらふ」ことも、子供の目の前で、「問いつめられてえこたへずなり侍りつ」などと、わざわざ「諸人にかたり」、しかも「興じ」ることなど、あろうはずがない。それなのに、父のことばをそのまま生に受け取って、彼は仏についての認識がなかったのだ（だから困惑した）などと考えるとしたら、それはあまりに、〈中世の教養〉というものを無視した〝読み〟であろうと思われる。

「万の道の人、たとひ不堪なりといへども、堪能の非家の人にならぶ時、必ずまさる」という、『徒然草』一八七段の筆法にならって言うならば、中世の最も非中世的な人々でさえ、現代の最も中世的な人々よりは一層中世的であるということになろうが、中世人の仏との関わり方は、現代人のそれとは比較にならないほど密なものであった。『法華経』寿量品の偈は、「我、仏を得てより以来、経たるところの諸の劫数無量百千万億載阿僧祇なり」と説き、日蓮はそれを論じて、「仏、既に過去にも滅せず、未来にも生ぜず、所化以て同体なり」（『観心本尊抄』）と明示しているが、このような久遠実成の本覚仏に対する認識は、中世の知識人ならば一般に持っていたものであって、その本仏観は、今様にも「釈迦の正覚成ることは　この度初めと思ひしに　五百塵点劫よりも　彼方に仏と見えたまふ」（『梁塵秘抄』一）と詠われていた。そして一介の白拍子までが、「仏も昔は凡夫なり　我等もついには仏なりいづれも仏性具せる身を　へだつるのみこそかなしけれ」と、『梁塵秘抄』所載の法文歌を即座に変え歌にして、已れの立場を訴えるといった物語（『平家物語』一）が、何の違和感もなく語られるのが中世であった。さすれば、「仏は如何なる物」との問いに対する回答は、兼好の父兼顕にとって間違いなく容易なものであったに違いない。彼はただ、幼児への正確な、あるいは精緻な解説が困難なばかりでなく、無意味でさえあることを知っていたから、本質論の開陳を避けているだけなのである。

もっとも、八歳の兼好が父の回答に不満を持ち、あるいは父を問い詰めたという自讃の念を懐いたというようなことはあったかも知れない。しかし、たとえそうであったと仮定しても、それは幼時の無邪気な想念であって、この段執筆当時の兼好とは無縁のものである。晩年の兼好は、あのような形で仏（始覚仏）を追い求めることの基本的な誤りも知っていたし、父があのように答えるほかなかったことも理解できていたに違いないから、件の仏身問答を、「今の自分にも答え得ない幼い日の疑問としてここに書いた」（角川・鑑賞古典）はずは更々ないし、まして自讃に価する事件の回想として『徒然草』の掉尾を飾ろうなどとは、夢にも考えていなかったであろうと思う。

『徒然草』の末段を自讃的回想の章と見ることの不自然さは、右のほかにも、「仏教者としての、求道者としての姿勢にたちもどった兼好の揺がぬ究極の言葉」（明治書院・味わい方）とされる前二段（二四一・二四二）との連繋や、「つれづれ」を「ものぐるほし」く生きるという序段との対応の全くの無さ、あるいは、不可思議微妙な協和音を奏でるこの作品全篇との、響き合いのあまりの薄さなど、いくつかの点（実は、これらは、中世文学としての『徒然草』にとって、たいへん重要な点である）から指摘できよう。ということは、逆に言えば、それらの諸条件を満足させうる説明がこの末段にはほしいということになるわけだが、私の考えによれば、それは次のようなことになる。

この段には、『徒然草』の各所に説かれ、そして前段・前々段において極度に高揚されているところの、諸縁放下の思想の昇華が見られる。ここでは、「万事を放下して道に向ふ時、障りなく、所作なくて、心身永く閑かなり」（二四一）などという説示調は影をひそめ、さりげない寓話の中に、仏へのこだわりをも捨てた、あっけらかんとしたさわやかさが示されることによって、ねばっこい人間追求に生への妄執を燃やし続けようとする序段と厳しく対峙している。つまり序段と末段とには、執念と放下と、有為と無為と、そして文芸的生と宗教的生との照応が認められるのであって、もし『徒然草』を、「詠嘆的無常観から自覚的無常観へ」（岩波・古典大系）の展開の相のもとにとらえるとするならば、その詠嘆的無常観の根源が序段に、自覚的無常観の究竟が末段に形象されていると言ってもよい。「万の事も、始め、終りこそをかしけれ」（一三七）と喝破した兼好の面目、ここに躍如たるものがあると言えよう。

『徒然草』のあの一見雑々然とした融合の妙は、右に考えたような序末両段を対極として、その緊張関係の中に人生の諸実相を抱え込ませるという構造のもとに初めて可能な、文学的成果であったのではなかろうか。私は、華厳法界が、また雑華荘厳世界とも呼ばれることを、『徒然草』との関わりの上で、甚だ興趣深く思っているものである。

註

本文中に引用される研究文献は以下の通りである。

・有精堂編集部編『徒然草講座』全四巻、一九七四～一九七七年〈昭和四十五～五十二〉、有精堂出版
・神田秀夫、永積安明、安良岡康作『方丈記・徒然草・正法眼蔵随聞記、歎異抄』日本古典文学全集、一九七一年〈昭和四十六〉、小学館
・安良岡康作『徒然草全註釈』上下、日本古典評釈・全注釈叢書、一九六七～一九六八年〈昭和四十二～四十三〉、角川書店
・安良岡康作『徒然草・方丈記』日本古典鑑賞講座第十三巻、一九六〇年〈昭和三十五〉、角川書店
・武石彰夫『徒然草の仏教圏』一九七一年〈昭和四十六〉、桜楓社
・佐々木八郎『徒然草の味わい方』味わい方叢書、一九七三年〈昭和四十八〉、明治書院
・西尾實校注『方丈記・徒然草』日本古典文学大系三〇、一九五七年〈昭和三十二〉、岩波書店

解説

今成学の地平へ

小峯和明

仏教文学と近代

本書は戦後の仏教文学研究を領導してきた今成元昭氏の著作集第一巻である。著者にはすでに『平家物語流伝考』をはじめ、『仏教文学の世界』『方丈記と仏教思想』など学界に大きな影響を及ぼした著述が複数あるが、その一方で単発で書かれた論文や講演筆録をはじめ、初出のままで一般の目にはふれにくくなったものも少なくない。この度、それらの論考群を集大成した著作集が刊行の運びになり、今成学の全貌をうかがう手立てができて大変ありがたく思う。

あたかも二〇一一年、仏教文学会が創設五十周年の節目を迎え、現在の研究状況があらためて問い直されるようになった。記念の学会においても、未来の仏教文学研究はどうあるべきか、とくに若い研究者に向けて問いかけがなされた。そのような状況において、まさに仏教文学研究の泰斗というべき今成氏の著作集が刊行されることはきわめて意義深い。未来の新しい研究創出のためには常に過去をふりかえり、過去にさかのぼらなくてはならない。過去をつきつめることがあらたな未来を切り拓くことにつらなる。今成学の再検証は、新時代の仏教文学研究の創成にかかわってくるはずである。

本巻は序論と「仏教文学の構想」「仏教文学の担い手と場」「法語の世界」「仏教の古典文学」の四部構成の論考二十本からなる。「仏教文学の構想」をはじめ「仏教と文学」「仏教史と文学史」「寺院と文学」など、仏教文学とは何かという根幹にかかわる問題が提起される。折りにふれ、依頼に応じて、種々書き継がれたもので、年次の早い論考で一九七〇年代の半ばから八〇年代にかけてのものが最も多く、さらには九〇年代から二〇〇〇年代にまで及ぶ。実に息が長く幅もひろい活動のさまがうかがえ、著者の抱えている問題の本性が最も見えやすいかたちで継続的に披瀝されていると言える。内容も、仏教文学の精髄というべき法然・親鸞・日蓮などのいわゆる鎌倉新仏教の始祖たちの法語や『発心集』などの仏教説話、『方丈記』『徒然草』や『更級日記』等々が俎上に載せられる。今成論のエキスがここに詰め込まれているとみてよい。

著者の指向は一貫して平安後期から中世の鎌倉期に向けられ、とりわけ源信、保胤らの勧学会や、『法華験記』あたりから『今昔物語集』を経由して鎌倉期の顕密体制下における新仏教異端派にいたる流れや言説に焦点がある。同じ中世でも室町期やその後の近世にはあまりふれられず、近年研究が活発な中世神道、神祇信仰には充分視野が及んでいない。また平安の貴族の時代から鎌倉の武士の時代へという旧来の歴史観も随所にみえる。これは個々の研究主体が常に当代の研究状況の枠内を越えることができないからで、時代状況のしからしむる制約である。問題はむしろ時代の枠内でどれだけ研究を深め掘り下げているか、その深度とひろがりにある。その点で今成論はどの論をとっても周到精密で説得力があり、示唆深い。

そもそも「仏教文学」という用語は近代になってから確立するもので、近代化にともなって日本の文化が一般的に仏教から離れたがゆえに出てきた語彙である。特定の教団に属する敬虔で熱心な信者を除いて、無宗教、無信仰が一般人のごく日常的な精神生活になったことと無縁ではない。言い換えれば、「仏教文学」という語彙が必要になり、他の分野と区分けして「仏教文学とは何か」を考えざるをえなくなった時代が近代であり、我々はまさにそういう時代を生きている。前近代はおしなべて仏教がすべてを覆っていたから、「仏教文学」を特立する必要を要せず、対象化する必然性もなかった。非仏教や無仏教の学的環境になったからこそ「仏教文学」が唱えられたと言ってもよい。いわば、近代になって日本の文化、文学における仏教の意義や役割があらためて重視されるようになり、「仏教文学」が特化されるようになったのである。

仏教文学研究の当初の担い手は僧籍に身を置く人が大半であり、やや特権的であったが、それが次第に在俗で仏教を知らずに経典もあまり読んだことのない人（筆者も含めて）が仏教文学を論ずるというような事態に移行する。古代や中世の日本文学を専攻すると、仏教の影響は遍在しているから、どの作品やテーマを選んでも仏教と無縁でいることはできない。そこでやむなく現代の高みから仏教文学を裁断せざるをえなくなる。そのような状況に異を唱え、痛罵し、警鐘を鳴らし続けたのが今成論であった。

仏法即文芸

今成論の真髄は、たとえば巻頭の「仏教と文学――序論にかえて――」に端的にあらわれている。一般的には仏教と文学を対置させて二元論に扱い、文学における仏教的なるものを抽出したり、文学に仏教がどうかかわっているか、を検証するのが常で、そこでは双方が別々にあって、重ねたりはがしたり、つぎあわせたりできるという二元論が暗黙の前提になっている。この論拠には有名な狂言綺語観があり、仏教にとっての文学は害悪視され、修行や信仰の上で排除すべきものとみなされる。そのような一面的な前提から、一方で仏教をはがそうとする文学至上の研究も出てくるし、逆にその反措定として文学に仏教とのかかわりを積極的に見いだそうとする研究も出てくる。

しかし、いずれにしても、それらの研究は二元論の枠を越えることがない。これに反して今成論では、徹底して仏教即文学の一元論につく。そこが大きな違いである。ここでは、法身・報身・応身の三身即一の仏身観を援用し、釈迦のごとき、仏でもあり衆生でもある応身仏の言語営為こそが仏教文学であると力説してやまない。さらには、仏が説いたのが経典であると同時に、仏も経典から生み出されるという言説を背景に（『法華経』を主とする天台教学。あるいは近代の『法華経』非仏説論への反駁）、「真の作者とは、作品からの帰納によって実体を現すもの」（九頁）だという文学論をも展開する。八〇年代に流行した、実体の作者のみに読みを還元しないテクスト論を先取りするものであるし、文学の担い手と受け手との有機的な連関をとらえるのにきわめて示唆的な見解と言えるだろう。

このように今成論では、文芸と仏教を相即観でとらえるから、とりわけ和歌と仏教とのかかわりなどもきわめて明快に対応できるであろう。仏教と文学の二元論の発想自体すでに仏教と切れてしまった、まさに近代の見方であるというほかない。ましてや一般によく使われる「仏教的」という語彙にみる、「仏教」と「仏教的」との一字の違いの持つ懸隔は決して小さくない。要するに、「仏教的」というのは「仏教」ではないことを言っているようなもので、「的」の曖昧な領域に囲い込み、主体を仏教から切り離し、高みから裁断しようとする研究のあり処を露呈させているのである。

「蓮胤方丈記の論」の衝撃

このような近代がもたらした読みの歪曲の最も象徴的な例が『方丈記』である。いささか私事に及ぶが、学部から大学院時代にかけて、直接、著者の謦咳に接した者にとって、その影響力は絶大であった。二〇一二年、ちょうど『方丈記』が作られてから八百年ということで種々の催しや出版が活発であったが、前年の震災の影響もあり、にわかに『方丈記』の言説や表現がリアリティをもって受け止められるようになってきた。種々のイベントが企画され、超訳ものが出されたりしたが、それらの試みをみて痛感させられるのは、右に述べてきた近代化の状況からあまりに『方丈記』が扱われすぎていることへの違和感であり、同時に今成論への咀嚼のなさに対する苛立ちである。仏教文学を文字通り身をもって体現し、主張したその論が、あまりに無視され、対象化されていないことへの違和と言ってもよい。

何といっても、本書の白眉でもある「蓮胤方丈記の論」（初出・『文学』岩波書店、一九七四年）の持つ衝撃は忘れがたい。その前後、学生闘争の終焉やオイルショックなど時代閉塞の状況が蔓延し、隠者・隠遁文芸が関心を持たれていた。従来の随筆論を一気に転覆させて法語論へ回転させた、その切り口あざやかな論はまさに衝迫的であった。その頃、著者はことあるごとに人をつかまえてはその論の構想を得々と語り、自由に反論させた。筆者も幾度か相手をさせられたが、こちらが苦し紛れにいろいろ難癖をつけてはその都度軽く一蹴される、釈迦の掌で弄ばれるような感じであった。

そしてその論が刊行されて批判が出るや、著者は敢然と対決をいどみ、論争へのいざないを試みたが、目立った反駁もなく、結局なしくずし的に葬り去られてしまった感は否めない。その時の精算がなされないまま学界は今日に至っているのではないか、という思いを消しがたい。その証拠にこの今成論以降、『方丈記』論はほとんど停滞状況に陥ったとみて過言ではないだろう。もちろん論文がないわけではないが、この今成論にまともに向き合って真正面から批判する論は、その後あらわれなかったのである。

「蓮胤方丈記の論」が刊行されて後、早大の大学院で著者の仏教文学をめぐる講義が二年間開講された。筆者は博士課程に籍を置きつつ早稲田実業の教員を勤めていて、講義を受講するためにわざわざ担当授業の時間をあけてもらって聴講に出かけた思い出がある。初年度はこの「蓮胤方丈記の論」をめぐって、初出論文ではAから順にアルファベットが付され、執筆者名を消されていた先行研究の引用を一つひとつ名をあげて論評するもので、おのずと仏教文学研究史が浮かび上がるようだった。また、二年目はＮＨＫブックスの『仏教文学の世界』を執筆する過程で、その都度原稿を用意されて滔々と語られた。この二年間の講義で、仏教学や仏教文学の基本を植え込まれた気がしている。通説を疑うこと、現代の高みから古典を裁断するのではなく、その時代に押し戻し位置づけ直して読むべきことを教えられた。まさに刷り込みがなされたのである。

とりわけ『方丈記』は研究者も含めて愛好者がそれぞれの思い入れを込めやすいテキストであり、まさに自己や現代に引き寄せて自由気ままに読みこなされてきた。たしかにそれはそれでひとつの読み方には違いないし、時代によって作品の読み方は変化していくのが当然ではあろうが、はたしてそれだけで『方丈記』が正確に読めたと言えるのであろうか。まさに近代に始まった仏教文学研究がその真価を逆に見えなくしてしまった象徴が、『方丈記』であったように思われてならない。

「蓮胤方丈記の論」はすでに『方丈記と仏教思想』の論集に収録されているが、その際、A以下のアルファベット表記の先行研究引用はすべて実名入りに改訂された。特定の個人の批判が目的ではないという配慮によるもので、そこに著者の研究者としての倫理を見る思いがした。

今成『方丈記』論の眼目は、『維摩経』とのかかわりを基軸に置くところにある。しかも「鴨長明」ではなく、「蓮胤」という僧名の銘記がつくことも重視され、従来言われる随筆などではない、本格的な法語文学だとする論点は明快である。「方丈」という語彙自体、すでに『維摩経』を連想させるのが前近代の常識であり、近代はそのような常識を失ってしまった。だからそうした常識を取り戻してあらたに読み直さなければならない、というのが今成論の基本であり、そのような常識を必要としない、もしくは無視し排除しようとするのが、一方の近代的な読み方である。いわば、研究上の古典派と近代派に分離したわけで、これほど評価が分かれる古典も珍しいのではあるまいか。

このような『方丈記』論に匹敵する新境地を開拓したのが『更級日記』論であろうか。『法華経』を軸にすることで、従来よくわからなかった結末のやや唐突な甥の登場などが明確になったと思われるのだが、しかし、日記文学の研究者が今成論をどう検証しているのか、これまた曖昧なままである。『法華経』を読んでいたのはほかならぬ『更級日記』の書き手自身であるにもかかわらず、研究者が『法華経』を理解しておらず、充分対象化できていないのではないか、という印象を受ける。

未来の仏教文学研究へ

一九九〇年代から二〇〇〇年代に入って仏教文学研究は、またあらたな方向に進みつつある。第一に、次々と各地の寺院の蔵が開けられ、原資料の悉皆調査が進められるようになった。かつては俗人など容易に手を触れることのできなかった聖教に、じかに接して調査しうる機会が格段に増えたのである。いわば、資料学の基礎から研究を積み上げる環境が、前代までとは比較にならないほど進展した。しかもそれはたんに自分の専攻する分野や作品の資料のつまみ食いのごとき調査ではなく、文庫の全体像を掌握しようとするもので、個々の資料の伝来、伝流からコレクションの成り立ちにいたるまでを対象とし、知と学の総体にいたろうとするものである。

第二に、海外の優れた仏教研究者の増加があげられる。欧米やアジアの研究者が、これも前代とは比べられないほど層が厚くなり、もはや海外の研究を無視しては仏教学の研究は推進しえない時代になってきた。これら第一、第二にあわせて、宗教学や仏教学、思想史などとの協同を抜いて研究が成り立たなくなった。文学だけを切り出して論ずれば事足りた、かつての特権的な研究が存在意義を失いつつある全体の動向とも深く連関するが、とりわけ仏教文学研究はそうした全円的な動向が著しい。むしろそのような地平でこそ、文学研究の真価も問われるであろう。

このような新しい研究の地殻変動とも言うべき進展をみるにつけ、仏教文学研究の今後のあり方をめぐって、今成学の読み直しがますます要請されるであろう。本書が多くの読者に迎えられ、将来の道しるべとなることを祈念してやまない。

◆初出一覧

仏教と文学―序論にかえて（「大法輪」四五―四、一九七八年〈昭和五十三〉四月、原題は「仏教と文学」）

第Ⅰ部　仏教文学の構想

仏教文学の構想――『方丈記』論によせて――（今成元昭編『仏教文学の構想』、新典社、一九九六年〈平成八〉）
仏教文学研究のあゆみ（『立正大学文学部論叢』八〇、一九八四年〈昭和五十九〉九月）
仏教史と文学史（『国文学　解釈と鑑賞』五一―六、至文堂、一九八六年〈昭和六十一〉六月）
〈講演〉仏教と文学（『一隅会速記録』一〇八、日本能率協会一隅会、一九七九年〈昭和五十四〉十一月）
〈講演〉歴史が文学となるとき（『国士舘大学国文学論輯』一六、国士舘大学国文学会、一九九五年〈平成七〉三月）

第Ⅱ部　仏教文学の担い手と場

「聖」「聖人」「上人」の称について――古代の仏教説話集から――（「人文学会紀要」五、国士舘大学文学部、一九七三年〈昭和四十八〉一月）
寺院と文学――概説篇――（『歴史読本』特別増刊　三七―一四、新人物往来社、一九九二年〈平成四〉七月）
僧侶の文学活動（『歴史公論』八七　特集「鎌倉仏教を担った人々」、雄山閣、一九八三年〈昭和五十八〉二月）
日本語の中の宗教性――仏との親しい交わり（『短歌研究』五二―八、短歌研究社、一九八三年〈昭和五十八〉八月）

第Ⅲ部　法語の世界

法然・親鸞の世界（今成元昭著『仏教文学の世界』ＮＨＫブックス三〇七、日本放送出版協会、一九七八年〈昭和五十三〉）
〈講演〉親鸞と日蓮（武蔵野女子学院日曜講演会『心』九、一九九一年〈平成三〉二月）
〈講演〉日蓮の法語（『国文学研究資料館講演集』一〇、一九八九年〈平成元〉三月）
中世仏教説話集と法語（日本文学協会編『日本文学講座　三』「神話・説話」、大修館書店、一九八七年〈昭和六十二〉）

中世仏教草創期の法語――法然・道元・日蓮を通して―（『日本文学』三五―四、一九八六年〈昭和六十一〉四月）

第Ⅳ部　仏教の古典文学

蓮胤方丈記の論（『文学』四二―二、岩波書店、一九七四年〈昭和四十九〉二月）
論争へのいざない――学界時評子へ――（『国文学　解釈と教材の研究』二〇―三、学燈社、一九七五年〈昭和五十〉三月）
『更級日記』の構造と仏教（『仏教文学とその周辺』、和泉書院、一九九八年〈平成十〉）
『徒然草』の源泉――仏典（『徒然草講座　四』「言語・源泉・影響」、有精堂出版、一九七四年〈昭和四十九〉）
『徒然草』の末段（『日本文学』二四―一一、一九七五年〈昭和五十〉十一月）

著者略歴

今成元昭（いまなり げんしょう）

1925年、東京都に生まれる。1984年、早稲田大学文学部国文学専攻科卒業。1949年、私立東京立正高等学校教諭。1951年、早稲田大学文学部大学院（旧制）修了。1963年、国士舘大学専任講師。1966年、国士舘大学文学部助教授。1973年、国士舘大学文学部教授。1980年、立正大学文学部教授。1983年、文学博士（早稲田大学）。1999年、立正大学名誉教授。

主要著書・編著書

『平家物語流伝考』（風間書房、1971年）、『宗教と文学』（秋山書店、1977年）、『ＮＨＫブックス・仏教文学の世界』（日本放送出版協会、1978年）、『日蓮のこころ』（有斐閣、1982年）、『暮らしに生きる仏教語』（有斐閣、1985年）、『挫折をこえて日蓮』（講談社、1989年）、『日蓮聖人全集　第七巻　信徒二』（春秋社、1992年）、『方丈記（付）発心集』（旺文社、1994年）、『仏教文学講座』全九巻（共編、勉誠社、1994～1996年）、『仏教文学の構想』（編著、新典社、1996年）、『『方丈記』と仏教思想』（笠間書院、2005年）ほか

仏教文学総論
今成元昭仏教文学論纂　第一巻

二〇一五年四月三〇日　初版第一刷発行

著　者　今成元昭
発行者　西村明高
発行所　株式会社法藏館
京都市下京区正面通烏丸東入
郵便番号　六〇〇―八一五三
電話　〇七五―三四三―〇〇三〇（編集）
〇七五―三四三―五六五六（営業）

装幀者　名子デザイン事務所
印刷・製本　亜細亜印刷株式会社

ISBN978-4-8318-3315-0 C3391

今成元昭仏教文学論纂

全五巻

A5判 上製函入
各巻一二、〇〇〇円（税別）

第一巻 **仏教文学総論**
解説 小峯和明
第Ⅰ部 仏教文学の構想／第Ⅱ部 仏教文学の担い手と場／第Ⅲ部 法語の世界／第Ⅳ部 仏教の古典文学

第二巻 **日蓮・信仰と文学**
解説 日下 力
第Ⅰ部 言語表現の力／第Ⅱ部 日蓮折伏説の否定／第Ⅲ部 在野の心

第三巻 **説話と仏教**
解説 小峯和明
第Ⅰ部 説話論――説示の文学／第Ⅱ部 往生論――浄土への希求／第Ⅲ部 古代説話の世界――日本霊異記から今昔物語集へ／第Ⅳ部 僧伝の世界／第Ⅴ部 中世説話の世界

第四巻 **平家物語研究**
解説 日下 力
第Ⅰ部 文学的自立への水脈／第Ⅱ部 思想性／第Ⅲ部 仏教界との交錯／第Ⅳ部 作品世界の開拓

第五巻 **法華経・宮澤賢治**
解説 小峯和明
第Ⅰ部 法華経の思想と文学／第Ⅱ部 法華経の文学史／第Ⅲ部 法華経と文化／第Ⅳ部 宮澤賢治と法華経